ヘシオドス
全作品

西洋古典叢書

凡例

一、本書はヘシオドスの名の下に伝わる『ヘラクレスの楯』および『名婦列伝』以下の断片、併せてヘシオドスに関する古代の証言を翻訳したものである。それぞれの底本については解説に記した。

二、記号について。校訂記号は多数あるが、翻訳でそれを再現するのは至難であるので、次の三種に限った。

(1) ［ ］ テクスト校訂者からのメッセージに属する部分。すなわち、『神統記』『仕事と日』『ヘラクレスの楯』の場合には、削除すべしとする詩行。断片の場合には、テクストの欠損部分を示し、校訂案を訳し入れた場合もある。

(2) （ ） 訳者からのメッセージに属する部分。すなわち、補訳と略解。

(3) …… 訳出不可能な部分。一行から数行にわたる場合もある。

三、断片について。

(1) 断片そのものは普通字で、古代作家の解説やパラフレーズは小活字で印字する。

(2) 断片の訳の後に出典を記し、必要に応じて訳註を付記する。ラテン語の出典が一九ある。

四、固有名詞の母音の長短は示さないが（ヘーシオドスでなくヘシオドスとする）、ムーサイ、テーバイ、『大エーホイアイ』のみは音引きを用いた。ギリシア語を説明する際にも音引きを用いた場合がある。

五、ϕ, θ, χ の音は π, τ, κ の音として扱った。

六、撥音（ペロポンネソス等）、促音（カッリマコス等）を用いたが、アポロン（およびその派生語）のみはアポッロンとしなかった。

目次

証言……3
『神統記』……91
『仕事と日』……157
『ヘラクレスの楯』……209
断片……241
『名婦列伝』(242) 『大エーホイアイ』(380) 『ケユクスの結婚』(391)
『メランプス物語』(395) 『ペイリトオスの黄泉《よみじ》降り』(402)
『イダ山のダクテュロイ』(405) 『ケイロンの教え』(406) 『メガラ・エルガ』(407)
『アストロノミアまたはアストロロギア』(409) 『アイギミオス』(412)
場所不明の断片(418) 疑わしい断片(446)

解　説……………………………………………………459
関連地図
系　図
著作家・資料索引／固有名詞索引（逆丁）

ヘシオドス　全作品

中務哲郎訳

証言

証言概観

一、生涯
一　伝記　二五　誕生　二七　名前　三〇　死　三五　雑
二、作品
三六　吟遊詩人ヘシオドス　四二　作品目録・『神統記』　四九　『仕事と日』　五二　『楯』
五六　『名婦列伝』　六六　『大エーホイアイ』　六七　『ケユクスの結婚』
六九　『ケイロンの教え』　七二　天文学　七九　その他
三、影響と受容
八三　吟遊詩人ヘシオドス　八七　詩に歌われるヘシオドス　九七　宗教
一一一　学説と修辞　一五二　雑感

一、生涯

伝記

一

ヘシオドス、キュメ出身。若年期には、ボイオティア地方[1]のアスクラ村で、父ディオス、母ピュキメデに扶育される。その系譜は父がディオス、その父はアペッリス、その父はメラノポスで、この人は一説に歌人の祖ホメロスの祖父とされるから、ホメロスはヘシオドスの再従兄弟《またいとこ》[2]となり、両者ともにアトラスの後裔である。作品には『神統記』、『仕事と日』、『楯』、『名婦列伝』五巻、寵童バトラコスに寄せる「悼詩」、『イダ山のダクテュロスたち』、その他多数。アンティポスとクティメノスの家に客となっている時に死んだ。二人は妹を誘惑した男を殺害するつもりで、夜陰、心ならずもヘシオドスを殺してしまったのである。一説によるとホメロスより年長、別の説では同時代人である。ポルピュリオス他大勢の人はヘシオドスを一〇〇年若いとするが、そうすると第一オリュンピア紀（前七七六―七七三年）に先立つこと僅かに三二年ということになる。

出典　『スーダ辞典』η五八三。

註　(1) 中部ギリシア。ピンダロス、コリンナ、プルタルコスらの故郷でもある。(2) 厳密に言えば、ヘシオドスの父ディオスとホメロスが再従兄弟。

二

ヘシオドスは兄弟のペルセスともども、ディオスとピュキメデから生まれた。両親はアイオリス地方のキュメの人で貧しく、困窮と負債ゆえに祖国キュメを逃れ、アスクラ付近に移ってそこに住みついた。これはボイオティア地方の冬は厳しく夏は耐えがたい村で、ヘリコン山の麓に位置していた。人々が貧困にあえぐ中で、ヘシオドスはヘリコン山で羊を飼っていた。伝えられるところでは、九人の女性（詩神《ムーサ》たち）がやって来て、ヘリコン山の月桂樹の小枝を折り取り、彼に食べさせたところ、彼は知恵と詩の技に満たされるようになった。（中略）

彼はホメロスと同じ頃に活躍したという説もあれば、ホメロスより年長だと断言する説もある。ホメロスより年長だと断言する説では、ヘシオドスをアルキッポスの統治の初期に、ホメロスを末期に置くが、このアルキッポスというのはアカストスの息子で、アテナイを三五年間統治した人である。両者を同時代に置く説によると、二人はエウボイア島のアンピダマス王の死に際して歌競べ(1)を行ない、ヘシオドスが勝ったという。この競技を催し審判を務めたのはアンピダマスの兄弟パネイデス王と、ガニュクトルはじめアンピダマスの息子たちであった。（中略）しかしこれらは後世の人の作った戯言《たわごと》である。（中略）思うに、というより正確な知識に基づいて言うのだが、黄金のホメロスの方がヘシオドスより遥かに古いからである。（中略）

恐らく、ヘシオドスと同時代にもう一人のホメロスがいて、こちらはポキスの人でエウプロンの息子であった。（中略）キュクロス作者のディオニュシオス[2]によると、往古《いにしえ》のホメロスはテーバイ戦争やイリオンの陥落[3]の時代に生きたという。従って、ホメロスはヘシオドスより四〇〇年昔の人という計算になる。というのは、哲学者アリストテレス——というより『ペプロイ』[4]の著者と思われる人——が『オルコメノス人の国制』の中で、抒情詩人ステシコロス[5]がヘシオドスの息子であり、母親はアンピパネスとガニュクトルの姉妹でペゲウスの娘なるクティメネであった、と述べているからである。このステシコロスは哲学者ピュタゴラス、およびアクラガスのパラリスと同時代なのであり、彼らがホメロスより四〇〇年後《おく》れることは、ヘロドトスも記すとおりだからである。[6]（中略）

ヘシオドスが物した作品は一六篇、往古《いにしえ》のホメロスは一三篇である。ここまで述べてきたヘシオドスはロクリスにおいて次のような最期を遂げた。アンピダマスの葬送競技における勝利の後、彼はデルポイへと赴き、こんな神託を受けた。

わが館を過《よぎ》るそこなる男は幸いなり。
ヘシオドス、不死なるムーサイに称えられたる者。
その名声は曙の光の拡がる限りに及ぼう。
されど、ネメアなるゼウスの麗しい杜に心せよ。
汝の死の際《きわ》が定められてある故。

そこで彼はペロポンネソスのネメアを避けたのだが、ロクリス地方のオイノエで、ペゲウスの子アンピパネスとガニュクトルによって殺され、海に投じられた。彼らの姉妹クティメネを誘惑したというのがその理

由で、彼女からステシコロスが生まれた。このオイノエの地こそネメアのゼウスの神域と呼ばれていたのである。(7)

三日後に彼の遺体は海豚《いるか》たちによって、ロクリスとエウボイア島の間の浜辺に運ばれ、(8)ロクリスの人々はそれをオイノエのネメアに葬った。殺人者たちは船に乗って逃走を図ったが、嵐のために滅び去った。後になってオルコメノスの人々が神託に従ってヘシオドスの遺骨を移し、広場《アゴラ》の中央に埋葬して、次のような墓碑を刻んだ。

稔り豊かなるアスクラこそ生国なれど、命果てし
ヘシオドスの骨を納むるは、馬を駆るミニュアイ人(9)の地。
その名声は世に比ぶるものなし、
知恵の試金石もて人々裁かるる時には。

ピンダロス(10)も墓碑を作っている。

さらば、二度の青春、二度の埋葬を味わいたる
ヘシオドスよ。(11)人の世に知恵の基準を掲げし者よ。

出典　ヘシオドス『仕事と日』へのツェツェスによる古註。

註　(1)作者不詳『ホメロスとヘシオドスの歌競べ』で語られる。(2)サモスのディオニュシオス。ヘレニズム期。神話ハンドブック『歴史の環《キュクロス》』は散逸。(3)前一一八四年（異説も多い）のこととされ、テーバイ戦争はさらに一世代溯る。(4)神話関係の偽書。(5)ステシコロスがヘシオドスの落胤というのは俗説。(6)こ

の記述はヘロドトス『歴史』二-五三の主旨を違えている。証言一〇参照。(7)ネメアはペロポンネソス半島東北部の古都で、ゼウスに奉献するネメア競技祭でも名高い。しかし、「ネメアのゼウスの聖域」と呼ばれる場所が、西ロクリスのオイノエ（ナウパクトスの東方）にもあった。トゥキュディデス『歴史』三-九五のオイネオンに同じ。(8)「ロクリスとエウボイア島の間」といえば、東ロクリス（ボイオティア地方の北）としか考えられないが、ヘシオドス終焉に纏わる地（オイノエ、モリュクレイア、リオン）はいずれも西ロクリスにあるから、ここには筆者の混乱があるかと思われる。(9)ギリシア人の最古層をなす民族。ボイオティアのオルコメノスがその中心都市。(10)前五一八頃―四三八年頃、合唱抒情詩の大家。この墓碑は後世の作。(11)「ヘシオドス的老齢」とは異常な長寿をいう諺であり、「二度の埋葬」の事情はここに語られるが、「二度の青春」の詳細は不明。ヘシオドスの遺骨については証言一〇三参照。

三

年代、ホメロスその他の詩人との関係

ホメロスとヘシオドスの年代については意見の一致を見ていない。ピロコロス、クセノパネスらがホメロスをヘシオドスより年長と記したのに対して、詩人ルキウス・アッキウスや歴史家エポロスはホメロスの方が若いとする。しかしマルクス・ウァッロが『肖像集《イマーギネース》』第一巻で言うところによると、どちらが先に生まれたかは確定しがたいものの、二人の生がある期間重なっていることは疑いなく、そのことは、ヘシオドスがヘリコン山に据えたと伝えられる鼎に刻まれた銘からも証明される、という。(1) 他方、アッキウスは

『演劇史《ディダスカリカ》』第一巻で極めて薄弱な論拠を用いつつ、ヘシオドスが先に生まれたことが証明されると考えている。すなわち彼は言う、「ホメロスは『イリアス』の冒頭で、アキレウスはペレウスの子だと言いながら、ペレウスが何者であるかは付言していない。そのことは既にヘシオドスが語っているのをもし見ていなかったならば、ホメロスも必ずやそれを語ったであろう。同様にキュクロプスについても、とりわけそれが一眼であるという(3)ような目立った特徴が、もしヘシオドスの先行する詩によって世間周知のものとなっていなかったならば、ホメロスもそれを省かなかったはずである」と。

出典　アウルス・ゲッリウス『アッティカ夜話』三-一一。

註　(1)証言四〇参照。(2)『神統記』一〇〇六以下に「銀《しろがね》の足の女神テティスはペレウスに屈服して、軍《いくさ》を破る、獅子の胆《きも》もつアキッレウスを生んだ」とある。(3)『神統記』一三九以下に「大地はキュクロプスたちを生んだ……丸い眼が一つだけ、額の真中についていた」とある。但し、ホメロス『オデュッセイア』九-三三三等でも、キュクロプスの眼は単数で示されている。

四

ヘシオドスとホメロスの年代については私も極めて詳しく詮索したが、とりわけ当代の叙事詩の権威者たちの口うるさいのを知っているので、それについては書きたくない。

出典　パウサニアス『ギリシア案内記』九-三〇-三。

五

ヘシオドスの方が後に生まれ、ホメロスの詩句の多くを改悪した、とポセイドニオスも言うのを読んだのではなかったかと思う。

出典　ポセイドニオス「断片」四五九（Theiler）。

六

（ヘシオドスより）何世代も前の人と私には思えるホメロス。

出典　キケロ『大カトー　老年について』五四。証言一五二参照。

七

これと同じ頃、ホメロスの時代より一二〇年ほど隔たってヘシオドスがいた。極めて洗練された文才の持主で、優に優しい詩の味わいは特筆に値し、閑暇と静穏を何よりも求め、時代の点でも作品の威光の点でもホメロスに次ぐ。彼はホメロスの轍を踏むことなく、祖国と両親について証言しているが、祖国からは罰を受けたので、口を極めて祖国を罵っている。

出典　ウェッレイユス・パテルクルス『ローマ世界の歴史』一-七-一。

八

名声の点でも時代の点でもホメロスに後れをとる、とはいえ自分自身を詩神《ムーサ》たちの弟子と公言するヘシオドス。

出典　プルタルコス『アポロニオスへの慰めの手紙』一〇五D。

九

彼（ホメロス）と、第一オリュンピア紀年（前七七六—七七三年）の初めに死んだ詩人ヘシオドスの間には一三八年が介在する。

出典　ガイウス・ユリウス・ソリヌス『奇聞集』四〇-一七。

一〇

ヘシオドスやホメロスは私より四〇〇年ほど年長で、それより古くはないと思われる。

出典　ヘロドトス『歴史』二-五三。

一一

ホメロスとヘシオドスに関してほとんど全ての作家が一致して言うところによると、彼らはほぼ同じ時代に生きたか、ホメロスの方がやや古い。しかし両者とも、シルウィウス一族(1)がアルバを支配した頃のローマ建設(2)より前に生き、カッシウスが『年代記《アンナーレース》』第一巻でホメロスとヘシオドスについて書き残したところによると、トロイア戦争(3)より一六〇年以上後のこととなる。一方、コルネリウス・ネポスが『年代記《クロニカ》』第一巻でホメロスについて言うところでは、ローマ建設より約一六〇年前となる。

出典　アウルス・ゲッリウス『アッティカ夜話』一七-二一。

註（1）アエネアスとラウィニアの子がシルウィウス、その子シルウィウス・アエネアス、以下代々シルウィウスの名を継ぎ、ローマの母市となる古都アルバ・ロンガを支配した。（2）前七五三年。（3）異説もあるが、前一一八四年のこととされた。

一二

エウテュメネスの『年代記《クロニカ》』によると、ホメロスはヘシオドスと同じ頃に活躍、トロイア陥落の約二〇〇年後に、アカストスが支配するキオス島に生まれた。アルケマコス『エウボイア誌』第三巻も同じ意見である。

出典　アレクサンドレイアのクレメンス『雑録』一-二一-一一七-四。

一三

また別の説によると、トロイア戦争から一六〇年経って、ホメロスとヘシオドスがカルキスで歌競べをしたという。

出典　ピロストラトス『英雄が語るトロイア戦争』四三-七。

一四a

ヘシオドスが世に知られるようになった。エポロスによると、彼はホメロスの従兄弟で同時代。

一四b

彼の時代に[1]、ギリシアでは偉大なホメロスとヘシオドスがいた。

出典　シュンケッロス『年代記選』二〇二頁二一、二〇六頁九（Mosshammer）。

註　(1) 彼とはイスラエルのダヴィデ王。世界紀元四四二八頃—四四六八年頃。

一五

詩人ヘシオドスが現われてから六七［三?］[1]年、アテナイの王は［……］（前九三七／三五年）詩人ホメロスが現われてから六四三年、アテナイの王はディオグネトス（前九〇七／〇五年）。

出典『パロス島大理石刻文』A二八―二九。

註（1）六七［三］年とは、この碑の最後、前二六三年までの年数をいう。

一六

シモニデスに言わせるとヘシオドスは庭師、ホメロスは花冠編みである。一方は神々や英雄たちにまつわる神話を植えたし、他方は神話から『イリアス』『オデュッセイア』という花冠を編んだから、と。

出典『ヴァティカン本ギリシア語格言集』一一四四（Sternbach, "Gnomica" in Ribbeck）。

一七

これらの事柄の中、あるものはオルペウス[1]によって、あるものはムーサイオス[2]によってあちこちで簡潔に、あるものはヘシオドスによって、あるものはホメロスによって、あるものはその他の詩人たちによって、あるものはギリシア人や異国人の書き物の中で、恐らく既に語られている。

出典　ヒッピアス「断片」六（Diels-Kranz）。

註　（1）神話上の楽人であるが、ホメロスに先立つ詩人ともされ、後世幾つもの偽作が彼に帰せられた。（2）伝説的な詩人で、オルペウスの子または弟子などとされる。

一八

そもそもの初めから考えてみるがいい、
高貴なる詩人たちがいかに世の中の為になってきたかを。
オルペウスは秘儀と殺人のタブーを我々に教え示し、
ムーサイオスは病の治療と神託を、ヘシオドスは
農作業と獲り入れ時と鍬入れのことを示した。神の如きホメロスは、
陣形や武勲や武具のことなど、有益な事柄を教えたればこそ、
尊敬と名声を勝ち得たのではなかったか。

出典　アリストパネス『蛙』一〇三〇―一〇三六。

一九

ヘシオドスの息子というのはムナセアスである。ピロコロスはしかし、クリュメネを母とするステシコロ

スが息子だという。別の説では母の名はアルキエペ。

出典　ヘシオドス『仕事と日』二七一への古註a（Pertusi）。

二〇

一説によると、ステシコロスは彼（ヘシオドス）とその娘の間に生まれた孫である。しかし、彼（ステシコロス）が死んだその年にシモニデスが生まれ、それは第五十六オリュンピア紀（前五五六―五五三年）のことである。

出典　キケロ『国家について』二-二〇。テクストは破損が甚だしく、Ziegler の補訂による。

二一

もしホメロスやヘシオドスがローマ建国以前の人だったなら、

出典　キケロ『トゥスクルム荘対談集』一-三。

二三

一〇〇〇年前、文字が興った頃に、ヘシオドスが農夫のための規則を広め始めて、

出典　プリニウス『博物誌』一四-一-三。

二三a
一説によると、ホメロスとヘシオドスはこの時代に生きたという（前一〇一七／一六年）。

二三b
ポルピュリオスが説くように、ヘシオドスは際だった存在とされている（前八〇九／〇八年）。

二三c
一説に、ヘシオドスは有名詩人とされている（前七六七／六六年）。
出典　エウセビオス『年代記』（ヒエロニュムスによるラテン語訳）一一九F、一四五F、一五一F（Helm）。

二四
他の作家たちの中で見出したところでは、ヘシオドスは第十一オリュンピア紀（前七三六―七三三年）に活躍していた。
出典　ツェツェス『千行史略《キリアデス》』一三-六四三。

誕　生

二五

ヘシオドスの父は貧しく、債権者が大勢いたので祖国から逃げたと言われる。しかしエポロスが言うには、彼がアスクラに渡って来たのは貧困[1]の故ではなく、親族殺しを犯したからであった。

出典　ヘシオドス『仕事と日』六三五への古註 a（Pertusi）。

註　（1）テクストは *δι' ἐμπορίαν*（ディ・エンポリアーン、貿易の故に）とあるが、Most に倣って *δι' ἀπορίαν*（ディ・アポリアーン、不如意の故に）の誤りとみてこう訳す。

二六

ヘシオドスについて伝えられる出来事（中略）。幼子を入れて運ぶ揺籃の周りを蜜蜂が飛びまわり、多くが口に止まったが、それは、幼にして既に甘美な彼の息吹を吸っていたのか、豊饒で今我々が称えているとおりの詩人に将来なることを示していたのか。

出典　ウァッカ『ルカヌス伝』四〇三頁（Badali）。

二七

Ἡσίοδος（ヘーシオドス）、アイオリス方言で *αἰσίαν ὁδόν*（アイシアーン・ホドン、吉祥の道）を行く者の意。生きるための労働と規範制定のために『仕事と日』を書いた。あるいは、彼は詩神《ムーサ》たちに出会いながら、タミュリス[1]のような扱いは受けなかったので、*αἰσίως*（アイシオース、縁起よく）歩いたところから。それ故第一級の詩人である。

出典　『大語源辞典』四三八頁二〇（Gaisford）。

註　（1）伝説上の楽人。ムーサイに音楽の技競べを挑み、敗れて視力と楽才を奪われた。

二八

Ἡσίοδος（ヘーシオドス）、*ἥσω*（ヘーソー、*ἵημι*（ヒーエーミ、送つ、投げる）の未来形）と *ὁδός*（ホドス、道）から。

出典　『大語源辞典』四三八頁二五（Gaisford）。

二九

Ἡσίοδος（ヘーシオドス）は *ἥσις*（ヘーシス）つまり *εὐφροσύνη*（エウプロシュネー、愉楽）と *εἴδω*（エイドー）つまり *λέγω*（レゴー、言う）とからできている。

出典　ヘシオドス『仕事と日』一への古註、二二頁一（Gaisford)。

死

三〇

彼（将軍デモステネス）は軍勢と共にネメアのゼウスの神域で野営したが、ここで詩人ヘシオドスは土地の人間に殺されたと伝えられ、彼にはネメアでこの厄に遭うとの神託が下っていたという。

出典　トゥキュディデス『歴史』三-九六-一。

三一

ヘシオドスの死についても相反する説が行なわれている。ガニュクトルの子クティメノスとアンティポスがヘシオドスを殺したためにナウパクトスからモリュクリアに逃れ、そこでポセイドン神に不敬を働いて罰せられた。ここまでは全ての説が一致している。しかしこの若者たちの姉妹については、別人が辱めたのに、ヘシオドスが犯人だとあらぬ噂を立てられたという説と、彼の仕業だという説とがある。

出典　パウサニアス『ギリシア案内記』九-三一-六。

三二

ロクリスでのこと、ヘシオドスはミレトス出身と思しき男とある家に相客となりもてなされたが、その男が宿主の娘と密かに情を通じて捕まった時、初めから知っていながら悪事を隠す手助けをしたとの嫌疑をかけられた。まったく無実であったのに、怒りと悪意が昂じて謂われなき犠牲となったのである。すなわち、娘の兄弟たちがロクリスなるネメアのゼウスの神域付近でヘシオドスを待ち伏せして、トロイロスという名の従者共々殺害したのである。

二人の遺体は海に突き落とされたが、トロイロスの方はダプノス川の力で外へ運ばれ、海面上に僅かに顔を出し波に洗われる岩礁にひっかかった。今に至るもその岩礁はトロイロスと呼ばれている。ヘシオドスの死体は陸地を離れるや否や海豚の群がこれを支え受け、モリュクレイアに近いリオンへと運んだ。折しもロクリスの人々がリオン伝統の犠牲式と祭礼を行なっているところであったが、その祭は今もその場所で派手やかに営まれている。遺体が運び寄せられて来るのを見ると、当然のこと人々は驚いて海岸へと駆け下りたが、まだ生暖かい死体が誰だか分かると、ヘシオドスの名声ゆえに、殺人の究明を何よりも優先することにした。そしてそれをたちまちやり遂げ殺人者を見つけ出した。彼らを生きながら海に沈め、家は取り壊したのである。ヘシオドスはネメアのゼウス神殿の側に葬られた。異国人はたいていその墓を知らず、オルコメノスの人々が探し求めたにもかかわらず隠されたままであった。彼らは神託に従って遺骨を取り集め、自分たちの国に埋葬したかったということである(1)。

出典　プルタルコス『七賢人の饗宴』一六二C―E。

註（1）偉人の遺骨を将来すれば自国に利益があるとする英雄崇拝に関わる話。オイディプス（ソポクレス『コロノスのオイディプス』）やオレステス（ヘロドトス『歴史』一-六七）等の例が有名。

三三a

賢者ヘシオドスの犬も同じことをしたと伝えられる。すなわち、ナウパクトスの人ガニュクトルの子らがヘシオドスを殺した罪を顕わしたのである。

三三b

犬ばかりを功労者にして海豚を忘れてはいけない。というのも、もし海豚たちが、ネメアのゼウス神殿あたりの海に漂う死体を救い上げ、心をこめて次から次へとリレーして、リオンの浜に運び上げ、殺害を顕わさなかったならば、犬の犯人暴露もなかったからである。

出典　プルタルコス『動物の知恵について』九六九E、九八四D。

三四

有名な犬、ヘシオドスの犬。殺された主人の側に留まり、吠えて殺害者たちの罪を顕わした。

出典　ポッルクス『辞林』五‐四二。

雑

三五

ヘシオドスとホメロスは王たちと交わる機会に恵まれなかったか、あるいは自分からそれを軽視していた。ヘシオドスは田舎が好きで出不精ゆえであったが、ホメロスは極めて広く旅したけれども、権力者からの財政的援助より民衆の間での人気を重視したからであった。

出典　パウサニアス『ギリシア案内記』一‐二‐三。

二、作品

吟遊詩人ヘシオドス

三六

もしホメロスが人々を助けて徳へと向かわせることができたのなら、当時の人々はホメロスやヘシオドスがラプソドス[1]としてあちこち巡り歩くままにしておいたであろうか。

出典　プラトン『国家』六〇〇D。
註　(1) 祭礼や競技会の場でホメロスの叙事詩等を朗唱するのを業とする人々。

三七
アリストテレス『創作について』第三巻によると、レムノスの人アンティロコスと占い師アンティポンがソクラテスの論敵であった。同様に、ピュタゴラスにはクロトンの人キュロンが、そして生前のホメロスにはシュアグロスが、没後にはコロポンのクセノパネスが(1)、さらに生前のヘシオドスにはケルコプスが(2)、死後には同じくクセノパネスが、敵となった。
出典　ディオゲネス・ラエルティオス『ギリシア哲学者列伝』二-四六。
註　(1) 証言九七参照。(2) 証言七九参照。

三八
聞くところによると、当時の賢者たちの中でも最も令名高い詩人たちが、アンピダマスの葬儀のためにカルキスに会した。アンピダマスというのは武人で、エレトリアの人々と久しく事を構え、レラントン平原を巡る戦いで倒れたのであった。さて、詩人たちが提示する詩句は甲乙つけがたく、判定が困難で厄介なことになったし、競いあうホメロスとヘシオドスの名声からして、審判たちは躊躇い困惑するばかりだったので、問答合戦に切り換えることにした。伝えによると、レスケスがこんな問いを出した。

ムーサよ、我に語れ、往昔《おうせき》起こりしことなく、
向後も起こらざらんことを。

するとヘシオドスが間髪を容れず答えた。

ゼウスの墳墓のまわり、(1)戛々《かつかつ》たる蹄の馬ども、
勝利に向けて逸りたち、戦車と戦車をぶつけあう時、

これがために彼は最大の賞賛を受け、鼎を勝ち取ったと伝えられる。

出典　プルタルコス『七賢人の饗宴』一五三F以下。

註　(1) 不死なる神々の王ゼウスに墓があるなどということは有りえぬこと。

三九

ヘシオドスも、歌いながら竪琴で伴奏することを学んでいなかったために、(デルポイにおける) 競技から閉め出されたと伝えられる。

出典　パウサニアス『ギリシア案内記』一〇-七-三。

四〇
ヘリコン山には他にも鼎が奉納してあるが、中でも一番古いものは、エウリポス海峡に臨むカルキスで、ヘシオドスが歌競べで勝って手に入れたものだと言われている。
出典　パウサニアス『ギリシア案内記』九-三一-三。

四一
ニコクレス(1)によると、ヘシオドスが最初のラプソドスであった。
出典　ピンダロス『ネメア祝勝歌』二-一への古註。
註　(1) 詳細不明。

作品目録・『神統記』

四二
ヘリコン山の周りに住むボイオティア人は昔から伝えられてきた意見だとして、ヘシオドスは『仕事《エルガ》』しか作っていないと言う。しかも彼らはこの詩から詩神《ムーサイ》に捧げる序歌を削除して、二種のエリス（争いの女神）の条《くだり》（一一行）が作品の初まりだと言う。さらに彼らは、泉のほとりで私に鉛の板を見せてくれたが、時の経過で傷みが甚だしいものの、そこには『仕事』が彫り込まれていた。しかしこれとは別の意見もあって、ヘシオドスは実に多数の叙事詩を作ったという。女性たちを歌ったもの（『名婦列伝』）、『大エーホイアイ』と呼ばれるもの、『神統記』、予言者メランプスの物語、テセウスがペイリトオスと共に冥界へ降る話、アキッレウスを訓育するための『キロンの教え』、『仕事と日』その他である。この意見の人々はヘシオドスがアカルナニアの人々から予言の術を学んだと言い、事実私たちも読んだことのある『予言術』なる叙事詩や、異兆を解説したものもある。

出典　パウサニアス『ギリシア案内記』九-三一-四以下。

四三

本書は『ヘシオドスの仕事と日』と題す。（中略）このように題をつけて他の一五作品、すなわち『楯』、『テオゴニア』、『英雄たちの系譜』、『名婦列伝』、その他全てと区別するのである。

出典　プロクロス『ヘシオドス「仕事と日」への序文』。

四四

それを心ゆくまで飲むと、至福なる神々の一族、仕事、そして往古《いにしえ》の半神の一族を、お前は歌に託して書いた。

出典　『ギリシア詞華集』九-六四、アスクレピアデス（前三世紀）またはアルキアス（前一世紀）。これは証言九三に掲げた短詩の六行に続くもの。

四五

カオス（空隙）、ゲー（大地）、ウラノス（天空）、エロスといった最初の神々にまで溯って神々の誕生を詳述し、さらには女性たちの徳や農作業に関わる忠告を語り、昴星《すばる》のこと、耕作や獲り入れや航海にふさわしい時期のこと、その他ありとあらゆることを語ることで、あなたは一方では完璧に責を果たしているが、（後略）

出典　ルキアノス『ヘシオドスとの対話』一。

四六

ヘシオドスは英雄の系譜を家系ごとに分けて語る。女性から始めて、誰がどの母から生まれたかを語っていく。そのように、神々の話もまた英雄の系譜とは分けて語られ、神々の系譜となる。さらにこれらと分けて、生活のこと、なすべき仕事、仕事を行なうべき日のこと、など有益なことが語られる。

出典　テュロスのマクシモス『哲学談義』二六-四。

四七

ホメロスに次いで、

ヘシオドスが語るのは神々とその親たちのこと、
大地を生んだカオス（空隙）、その膝下に未だ幼い
世界、初めての道をたどたどしく進む星々、
旧世代のティタンたち[1]、大神ゼウスの揺籃、
兄弟ながら夫と呼ばれ[2]、母なしの父と呼ばれるゼウス[3]、
父の体から二度目に誕生したディオニュソス[4]、
森の神々、ニュンフたちの聖なる霊威、
さらに彼は、田野の耕作、その決まりごと、
土の苦役をも記した、すなわちディオニュソスは丘を、
豊饒のデメテルは野を、アテナは両方を愛すること[5]、
木々は浮気な果実と姦通することを[6]。
そして、広大な宇宙を飛びまわる全ての光体は、平和が
生み出したもの、彼はそれを大いに自然の役に立つよう秩序づけた。

出典　マニリウス『アストロノミカ』二・一一―二四。

註　(1)ゼウスの父クロノスやオケアノス(大洋)などの巨神族。(2)ゼウスは姉妹のヘラを妻とした。(3)アテナの母はメティス(知恵)であるが、ゼウスの頭から生まれたから、母なしと言われる。『神統記』八八六以下参照。(4)ディオニュソスを孕んだセメレはゼウスの雷火に撃ち殺された。ゼウスは胎児を取り出し、腿に縫い込んで育てた。月満ちて腿から二度目の誕生となる。(5)ディオニュソス(葡萄)は丘が、デメテル(小麦)は野が、アテナ(オリーブ)は両方が、栽培に適すとの意。(6)接ぎ木で別種の木の実を結ぶことをいう。

四八

英雄の系譜とカタログの後で、彼は新しく別のテーマに取りかかりたいと思った。

出典　ヘシオドス『仕事と日』への古註、「序説」B(Pertusi)。

『仕事と日』

四九

序歌を抹消した人々がいるが、中でもアリスタルコスはその行(一―一〇)に削除記号を付けているし、テオプラストスの弟子のプラクシパネスもそうしたのを我々は知っている。プラクシパネスは、序歌がなく、詩神《ムーサイ》への呼びかけを欠いて、「そもそも争い《エリス》の種類は一つではなく」(一一)で始まる本に出会ったことがあると言っている。

出典　ヘシオドス『仕事と日』への古註、「序説」Ac（Pertusi）。

五〇

ヘシオドス『仕事と日』および『神統記』の序歌は詩作品全体の冒頭に置くべきものだ。それ故、クラテスがそれを削除したのは妥当である。

出典　キージ家図書館本『ディオニュシオス・ペリエゲテス伝』七二‐五八―六〇（Kassel）。

註　ディオニュシオス・ペリエゲテスは二世紀の人。『世界の案内《ペリエーゲーシス》』を著わしたことからこう呼ばれる。キージ家は十三世紀以来のローマの富豪で、芸術家のパトロンでもあった。

五一

大いなる苦役を終えて、祖国に帰ると、
彼は万人の、とりわけ両親の光として輝いた。
この時、父祖の地を耕すことに心を向け、
あらゆることを手がけると共に、家育ちの奴隷に命じて、
全てを適切に行なわせた、ヘシオドスが農夫について、
かくも豊かな稔りを取り入れさせ、教えた限りのことを。

彼は永きにわたり贅沢に暮らし、あらゆる善きものに囲まれ、幸と富を堪能して、永遠の憩いに到った。
出典　兵士にして農夫プリスクスの墓碑。黒海南岸パプラゴニア、一三八年以後。

『ヘラクレスの楯』

五二
『楯』の開巻五六行までは『名婦伝列《カタロゴス》』の第四巻で伝承されている……
『ヘラクレスの楯』古伝梗概の冒頭二つの段落参照。

五三
およそこれに似ていないのは「靄《アクリュス》」についてのヘシオドスの表現である。もっとも、『楯』がヘシオドスの作だとしてのことだが。
彼女（靄）の鼻からは鼻汁が流れていた。(1)
これでは恐ろしいどころか、嫌らしいイメージにしているのである。
出典　伝ロンギノス『崇高について』九-五。

註　（1）『楯』二六七行。瀕死の戦士の側に立ち、死者の目に覆いかぶさる靄を擬人化する。

五四

（ホメロスはヘシオドスを批判している）他にも少なからずあるが、とりわけ楯の描写のところで。ヘシオドスはキュクノスの楯[1]を説明する際、ゴルゴ[2]の姿を平板で詩的でない仕方で歌ったからである。

出典　ピロストラトス『英雄が語るトロイア戦争』二五‐七。

註　（1）正しくはヘラクレスの楯。『楯』一二三以下。（2）醜怪な顔、蛇の髪、猪の牙を持ち、眼力で人を石に変える女性。

五五

偽書のタイトルとしてはヘシオドスの『楯』などがある。これは、詩人の信用を借りて読む価値ありと判断してもらいたいがために、別人がヘシオドスのタイトルと名前を利用したのである。

出典　トラキアのディオニュシオス『文法論』への古註、一二四頁四（Hilgard）。

『名婦列伝』

五六

ボイオティアのヘシオドスも語ろう。あらゆる言い伝えを
保持するこの詩人は、恋ゆえに、家郷を
遠く後にして、アスクラ人の住むヘリコンの村にやって来た。
そこでアスクラ娘、エホイエ(1)に求婚したが、
苦悩は深く、初恋の娘から始めて物語の数々を、
歌にして全ての本に書きつけた。

出典　ヘルメシアナクス(2)『レオンティオン』断片七-二一—二六。

註　(1)『名婦列伝』の各節は「エー・ホイエー（あるいはこのような女）」の句で始まるが、それを人名として
いる。(2) 前三世紀、神話伝説上の人物や詩人・哲学者などを自在に組み合わせて恋物語のエレゲイア詩を
作った。

五七

「しかし、父上、ヘシオドスでさえ自分の力がホメロスよりどれだけ劣っているか、気づいていないよう
に私には思われるのです」

「どういうことだね」

「つまり、あちらが英雄の詩を作ったのに、当人は『名婦列伝』なんかを作って、まったくのところ、女部屋を歌って、男を褒め称えることはホメロスに譲ってしまったということです[1]」

出典　ディオン・クリュソストモス『第二弁論（王権について）』一三。

註　（1）マケドニア王ピリッポスとその子アレクサンドロスの対話。証言一五三の少し後に来る部分である。

五八

少なくとも先ほど、君が恋に落ちた相手をヘシオドス式の長いカタログにして初めから次々に語っていく時の君の目つきは、楽し気で、今にもとろけそうに潤んでいた。

出典　伝ルキアノス『異性愛と少年愛』三―一八。

五九

詩神《ムーサイ》は女たちの恋、それに男たち、諸々の川、王たち、植物などの恋の他に、何をヘシオドスに向かって歌うのだろう。

出典　テュロスのマクシモス『哲学談義』一八―九。

六〇

あなたはサッポー(1)の恋愛詩やホメロスやヘシオドスの詩からも引用すべきだ。彼の『名婦列伝』には神々の色ごとや結婚のことが沢山語られている。

出典　弁論家メナンドロス『演示弁論について』六。

註　(1)前七／六世紀、レスボス島生まれの女流詩人、十人目の詩神《ムーサ》と称えられる。

六一

古人にとってはより秀れた婿を求めるのが渝らぬ習慣であった。(中略)ヘシオドスも「女の物語」で、強い男との結婚を望んだ女性を多数登場させている。

出典　ウェルギリウス『アエネイス』七-二六八へのセルウィウス註。

六二

この家系(1)からは――ヘシオドスの『エーホイアイ』のようなものを書くつもりはないので「家系から」と言うが(2)――あたかも星から光が流出するように、幾何《いくばく》かの流出物が後に残された。

出典　エウナピオス『哲学者およびソフィスト列伝』六−一〇−一。
註　（1）四世紀前半、新プラトン派の女性哲学者で超能力を喧伝されたソシパトラの家系をいう。（2）『名婦列伝』は各節が「エー・ホイエー（あるいはこのような女が）」で始まるが、そのスタイルは採らぬということ。

六三
歴史とは叙述と系譜が合成されたもので、ヘシオドスの『名婦列伝』やその類をいう。
出典　ディオメデス『詩について』（Keil, Grammatici Latini, I. p. 482. 33-483. 1）。

六四
エーホイアイ、ヘシオドスのカタログのこと。
出典　ヘシュキオス『辞典』η六五〇。

六五
ヘシオドスが女性ばかりのカタログを作ったのに対して、この詩人（ホメロス）が英雄と同時に有名女性をもカタログにしてこの巻（『オデュッセイア』一一歌）を作ったのはまことに巧みであった。

出典　エウスタティオス『ホメロス「オデュッセイア」註解』一一‐一二五。

『大エーホイアイ』

六六

ヘシオドスに帰せられる『大エーホイアイ』および『メガラ・エルガ（大エルガ）』（後略）。

出典　アテナイオス『食卓の賢人たち』三六四B。

『ケユクスの結婚』

六七

『ケユクスの結婚』をヘシオドスの作品に紛れこませた人。

出典　プルタルコス『食卓歓談集』七三〇F。

六八

ヘシオドスは『ケユクスの結婚』の中で――因みに、文献学者たちがこの詩を彼の作から除外するにしても、私には古いもののように思われる（断片二〇四b参照）。

出典　アテナイオス『食卓の賢人たち』四九B。

『ケイロンの教え』

六九

『教え』はこの詩人（ヘシオドス）の作ではないと最初に言った人[1]。

出典　クインティリアヌス『弁論家の教育』一-一-一五。

註（1）文献学者ビュザンティオンのアリストパネス（証言五二、断片二二〇参照）。

七〇

人々は『ケイロンの教え』をヘシオドスに帰す。その冒頭はこうである（断片二一八）。

出典　ピンダロス『ピュティア祝勝歌』六-二への古註。

七一

ケイロン、ケンタウロス[1]の一人。薬草による治療術を最初に見つけ出した。アキッレウスに対する『教え』を叙事詩の形にした。馬の治療（獣医術）も。そこからケンタウロスとも呼ばれた。

出典　『スーダ辞典』χ二六七。

註　(1)上半身は人間、胴は馬の怪物の種族だが、ケイロンだけは賢者で、アキッレウスや医神アスクレピオスらを教育した。語源は不明で、ここではタウロス(牡牛)と獣医術を結びつけるか。

天文学

七二

真の意味での天文学者は、必然的に最も賢い人ということになる。これはヘシオドスが言うような星のことを調べる人とか、天体の入りや出を観察してきた程度の人たちとは訳がちがう。

出典　プラトン『エピノミス』九九〇A。

七三

テーマとスタイルはヘシオドスのもの。最果ての
歌人ならで、蜜の甘さこの上なき叙事詩を、
ソロイの詩人は模倣したのではなかろうか。ようこそ、
繊細なる詞章よ、アラトスの夜業《よなべ》の証しよ。(1)

出典　カッリマコス『エピグラム』二七。

註　(1)「最果ての《エスカトン》」と訳した語が「最低」か「最高」か決めがたい等、難解な詩であるが、ヘレニズム文学を代表する学匠詩人カッリマコスが、年下のアラトスの『星辰譜《パイノメナ》』を称えた詩かと考えられる。アラトスはキリキア地方のソロイ出身。「夜業の証し」は星空の観察と共に、徹夜の詩の推敲を諷す。

七四

ヘシオドスは昴星《プレイアデス》の夜明けの入りが秋分の終る時に起こると伝えている。彼の名を冠する天文学書もあるのである。

出典　プリニウス『博物誌』一八-二一三。

七五

ヘシオドスに帰せられる『天文学《アストロノミア》』の作者も、昴星《プレイアデス》のことを常にペレイアデスと言っている。(1)

出典　アテナイオス『食卓の賢人たち』四九一C。

註　(1)プレイアデスはアトラス（天空を支える巨人）の七人娘で、山の狩人オリオンに五年間追いかけられ、憐れんだゼウスによって鳩に変えられ星になった。ペレイアデス（複数）は鳩の意味で、音の類似から昴星の意味でも使われることが多いが、プレイアデスの語源は不詳。断片一一八、二二三参照。

七六

以前にはエウドクソスやヘシオドスやタレスが韻文で書いていた天文学を――タレスに帰せられる『天文学』を本当に彼が書いたとしての話だが――アリスタルコスやティモカリス、アリステュッロスやヒッパルコス、それにその追随者たちが散文で書いたからといって、天文学の声価を下げたわけではない。

出典　プルタルコス『ピュティアの神託について』四〇二F。

註　(1)前四〇〇頃―三四七年頃、クニドス出身の天文学者・数学者。この人の説に基づいてアラトスが『星辰譜』を作った。(2)前三一〇頃―二三〇年頃、サモス出身の天文学者・数学者。地動説の先駆者。

七七

ヨセフスによると、アブラハムは神が創造主であることを初めて公言し、また初めてエジプトへ下り、エジプト人に数学と天文学を教えたという。これらの学問を発明したのはカルデア人で、フェニキア人がそれをヘブライ人から受容した。それをフェニキアからギリシアにもたらしたのはカドモスであるが、極めて巧みに組織化し、うまくギリシア化したのはヘシオドスである。

出典　ゲオルギオス・モナコス（別名ハマルトロス）『年代記』一-一〇。

註　(1)三七頃―一〇一年頃、ユダヤ人歴史家。但しその著『ユダヤ古代誌』にはヘシオドスについてのこの記事はないという。(2)フェニキアから文字をはじめ様々な文化をギリシアにもたらし、テーバイを建設した。

七八

その冒頭は知らないが、中ほどに次の詩行（断片二二七）がある星の本をヘシオドスは書いていないだろうか。

出典　ツェツェス『千行史略《キリアデス》』一二-一六一―一六二。

その他

七九

『アイギミオス』の作者はヘシオドスかミレトスのケルコプス[1]か、ともあれこんなことを言っている（断片二三八）。

出典　アテナイオス『食卓の賢人たち』五〇三D。

註　（1）証言三七にヘシオドスの批判者として出るが詳細不明。前六世紀？

八〇

ここに『鳥占い』を加える諸本もあるが、ロドスのアポロニオスは削除記号を付けている。

出典　ヘシオドス『仕事と日』八二八への古註。

八一

アテナイ人エウテュデモス(1)の塩漬魚に関する本によると、ヘシオドスはありとあらゆる塩漬魚についてこんなことを言ったそうだ。(中略)この叙事詩は詩宗ヘシオドスではなく、料理人か何かの作だと思われる。(中略)そこでこの詩はエウテュデモスその人の作だと私には思われるのだ。

出典　アテナイオス『食卓の賢人たち』一一六A以下。

註　(1)前二世紀?　医師、食品に関する著述があった。

八二

それをアリストパネスは『商船』の中でマゾノメイアと呼び、『焼物師』の作者――ヘシオドスをこれの作者に擬する説もある――はカナストラ(行李柳《こりやなぎ》の籠)と呼ぶ。

出典　ポッルクス『辞林』一〇-八五。

三、影響と受容

吟遊詩人ヘシオドス

八三

ソクラテス　今はこのことだけを答えておくれ。君はホメロスについてのみ名人なのか、それともヘシオドスやアルキロコスについてもそうなのか。

イオン　とんでもない、ホメロスについてのみです。それで十分だと思われますから。

出典　プラトン『イオン』五三一A。

八四

次の発言も教養人にふさわしい。一般の人は宴会との相性に現《うつつ》を抜かして、愛唱歌を酒宴の場に持ちこむが、ホメロスやヘシオドスを初めとする詩や音楽の作者を持ちこまないのは大間違いである、と。こういった詩人たちの作品を用いる酒宴の方が上等なのだ。

出典　バビュロンのディオゲネス『音楽について』断片八〇（『初期ストア派断片集』）。

八五

我々の酒宴にもラプソドスはちゃんといた。（中略）ラプソドスはホメリステス（ホメロス語り）とも呼ばれたと、アリストクレスが『合唱隊《コロス》について』で言っている。今日ホメリステスと呼ばれる人たちを初めて劇場に登場させたのは、パレロンのデメトリオスである。(1) カマイレオンが『ステシコロス論』で言うところによると、ホメロスのみならずヘシオドスやアルキロコス、さらにはミムネルモスやポキュリデス(2)の詩までもが節をつけて歌われた。（中略）イアソンは『アレクサンドロス祭祀』第三巻で、アレクサンドレイアの大劇場において、喜劇役者ヘゲシアスがヘシオドスの詩を、ヘルモパントスはホメロスの詩を演じたと言っている。

出典　アテナイオス『食卓の賢人たち』六二〇A以下。

註　(1) 前三五〇頃―二八〇年頃、アテナイを一〇年間統治、テオプラストスの弟子として多作の学者でもある。(2) 前六世紀、ミレトスで『ポキュリデス』なる格言集が編まれ、その作者名ともされるが詳細不明。

八六

その後で我々は詩神《ムーサイ》に酒を献じ、ムーサイの指導者（アポロン）に賛歌を捧げると、ヘシオドスの詩の中からムーサイ誕生の条《くだり》（『神統記』五三以下）を、エラトンと共に竪琴に合わせて歌った。

出典　プルタルコス『食卓歓談集』七四三C。

詩に歌われるヘシオドス

八七a

神馬の足跡のあたり、[1] 羊飼う
ヘシオドスに出会った折り、ムーサイの一団は、
彼にカオス（空隙）の誕生を［
］蹄の泉のほとり［
他人に悪をなす者は、己れの心になすのだと。

八七b

神馬の足跡のあたり、羊あまた飼う
彼に、ムーサイは物語を授けた。

出典　カッリマコス『縁起物語』断片二-一—五、一一二-五—六。

註　(1) 天馬ペガソスの踏み跡に泉が湧き出たことについては証言九三の註参照。

八八

ロクリスの蔭深き杜《もり》に、ニュンフら
己が泉の、水もてヘシオドスが骸《むくろ》を浄め、
塚を築きぬ。山羊飼う者ら、
乳と黄金《こがね》の蜜混ぜ、手向けとなしぬ。
九柱のムーサらの、浄らの水を酌みし翁の、
出だせし声の、さても甘かりし故に。

出典 『ギリシア詞華集』七―五五、メッセネのアルカイオス。前二〇〇年頃。

八九

ある日のこと、ヘシオドスの巻物を両手で広げていると、
突然、ピュッラがやって来るのが見えた。
僕は本を地べたに投げつけると、こう叫んだのさ。
「ヘシオドス老人よ、どうして僕に仕事《エルガ》を与えるのだ(1)」

出典 『ギリシア詞華集』九―一六一、マルコス・アルゲンタリオス。前一／後一世紀。

註 (1)『仕事と日』を読んでいるところへ恋人が来たのである。「仕事を与える」と訳したところは「面倒をか

ける、邪魔をする」の意味になる。

九〇a

(シレノスが[1])次に歌ったのはガッルス[2]のこと。ペルメッソス[3]の川辺を
さまよう彼を、ムーサイ姉妹の一人が、アオニア[4]の山へと導き行くと、
アポロンの合唱隊《コロス》が一斉に立ち上がって迎えた。
花々と苦いセロリで髪を飾り、
歌は神業のリノス[5]がこう言った。
「この葦笛はムーサイから君への贈物。さあ、受けたまえ。
その昔、アスクラの耆宿《きしゅく》[6]にも贈られたものだ。彼がこの笛で
歌えば、堅いトネリコでさえ、山から聴きに降りてきたものだ。
君はこの笛で、グリュネイア[7]の杜の起源を歌うのだ。
アポロンが、これ以上誇りに思う杜がないほどに」

出典　ウェルギリウス『牧歌』六-六四以下。

註　(1)ディオニュソスに従う山野の精。酔っぱらい老人だが深い智恵を蔵す。(2)前六九頃―二六年、政治家・詩人。ウェルギリウスの親友。(3)ヘリコン山麓を流れる川。ムーサイの沐浴の場。(4)ボイオティア

地方の代称。その山はヘリコン山。（5）アポロンの子ともムーサイの子ともされる伝説上の歌人。（6）『神統記』三〇では、ヘシオドスがムーサイから授かったのは葦笛でなく月桂樹の枝。（7）アイオリス地方の古都、アポロンの神記所があった。

九〇b

ご機嫌よう、大いなる稔りの母、サトゥルヌス(1)の地よ、
勇士らの偉大な母よ。あなたのために、私は敢然として
聖なる泉を開こうと、古き代の誉れと技に
踏み出し、アスクラ(2)の歌をローマの町々に響かせよう。

出典　ウェルギリウス『農耕詩』二‐一七三以下。

註　（1）イタリアの古い農業神。その地とはイタリアのこと。（2）ヘシオドスの生地。その『仕事と日』のような歌を歌うということ。

九一

あなたは歌う、往古《いにしえ》のアスクラの詩人の教えを(1)。
いずこの野に穀物が、いずこの丘に葡萄の緑栄えるかを。
あなたは作る、キュントスの神(2)の指置き

調べ整るにも似た歌を、練達の竪琴にのせて。
出典　プロペルティウス『エレギーア詩集』二-三四-七七以下。
註　（1）ウェルギリウス（あなた）がヘシオドスに倣って農耕を歌うことをいう。（2）アポロンはデロス島のキュントス山で生まれた。

九二

葡萄が新酒となるべく膨《ふく》れる限り、穀物が曲がり鎌で
刈られて落ちる限り、アスクラの詩人は生きるだろう。
出典　オウィディウス『恋の歌』一-一五-一一以下。

九三

真昼どき、岩がちの山に羊飼うお前を、
ムーサイ自らが見た。ヘシオドスよ、
そしてお前をぐるりと囲み、月桂樹の
聖なる小枝、葉も瑞々しいのを差し出した。
そして与えたのは、ヘリコンの泉の霊感の水。

その昔、翼ある馬の蹄が蹴り出したもの(1)。

(この後に証言四四が続く)

出典『ギリシア詞華集』九-六四。アスクレピアデスまたはアルキアス。

註 (1)ピエロスの九人の娘はムーサイに歌競べを挑む。ヘリコン山はムーサイの歌に喜び、膨れ上がって天に届かんばかりになったので、ポセイドンが有翼の馬ペガソスに命じ、山を蹴って成長を止めさせた。そこからヒッポクレネ(馬の泉)が湧出した。

九四
我が保てる広大なヘラス(1)の冠《かむり》、歌の荘厳、
そはアスクラに生まれしヘシオドス。
出典『ギリシア詞華集』七-五二。デミウルゴス。前一世紀?
註 (1)ギリシア語でギリシア。

九五
ムーサイに[　　]されてヘシオドスはどんなことを言ったのであろう。
いかなる神が私を揺すぶったのか。ある夜のこと、

山々と森と羊の群を後にする私に、神の息吹を運んで下ったのは、
いずれの神か。世に名高いヘリコン山の、
葉も艶《つや》やかな月桂樹の瑞枝を、手折ることを知っていたのはどなたか。
親しく私に語って下さい、神々の種族を、巨人族《ギガンテス》との戦いを、
あらゆる英雄の家系を、女たちの族譜を。
親しく歌って下さい、宇宙を、この目で見たことのないものを。
いともみすぼらしい我が牧舎、かつての山羊小舎、
進み行こう、「戦い　　」競争の庭。
聖なる木蔦(1)も羊の群も、もはや飽きたらぬ。
惨めな家ばかりのアスクラは、どこもかしこも狭すぎる。
キュメ(2)も関心の外、みんなさようなら、だ。
羊飼う私に、ムーサイは美しい歌を教え、
私は霊感を宿すアガニッペ(3)から、たっぷりと流れを汲んだ。
さて、最愛の父ディオスよ、この上なく仕合わせな
母ピュキメデよ、そして愚かなるペルセスよ。
あなた方は立てるだろう「　　」私が歌い始めるのは、
牧人の小さな歌にはあらず、貧弱な田舎人が
気やすく歌うようなものでもない。

山羊飼いの［　　］葦笛も、私には気に入らぬ。
こんな葦ともども、田舎の響きが私は嫌になった。
ゼウスから、ムーサイから［　　］天の
門戸が私に顕われた。神々の宮居が見える。
今こそ歌い始めたい［　　］

出典「オクシュリュンコス・パピュロス」三五三七、右三以下。後三／四世紀。
註（1）ディオニュソスが花冠に編む植物、田野や酒盛の象徴。（2）ヘシオドスの父は小アジアのキュメで食いつめ、海を渡ってボイオティアのアスクラに移住した。（3）ヘリコン山麓にある泉、そしてそのニュンフ。原文は行頭の一字を繋いでいけば「彼に答えてこう言った」という文になるアクロスティックであるが、訳文でそれを再現することは断念した。

九六
風荒きアスクラ、黙《もだ》すことなき牧人の月桂樹多《さわ》なる故郷。
出典　ノンノス『ディオニュソス譚』一三―七五。

宗　教

九七

ホメロスとヘシオドスは、人間の世では恥辱となり非難の的となるあらゆることを、神々に行なわせた——盗み、姦通、騙し合い。

出典　クセノパネス『諷刺詩《シッロイ》』断片一一。

九八

ギリシア人のために神々の系譜を定め、神々に呼称を与え、権能と特技を配分して、その姿を説明してくれたのはヘシオドスとホメロスなのだ。

出典　ヘロドトス『歴史』二-五三。

九九

「彼ら（乳母や母親たち）が現在話している物語は、その多くを捨ててしまわないといけない。（中略）ヘシオドスやホメロスやその他の詩人たちが私たちに話してきた物語だ。彼らは人々に向かって、嘘の物語を作って話してきたし、今もそのようだから」

「一体どのような物語で、どの点をあなたは非難するのですか」（中略）

「神々や英雄のあり様について、言葉でもって間違ったイメージを形作るような場合だ。(中略)まず、最大の事柄についての最大の嘘は、ウラノス(天空)はヘシオドスが語るとおりのことをしたとか、クロノスもそれに対して復讐したというような(『神統記』一五四以下)、悪質な嘘が語られていることだ。それにまた、クロノスのしたことや息子からされたことも(『神統記』四九五以下)、たとえ本当のことだとしても、考えの足りない人や若者たちには、そう簡単に話すべきではないと私なら考えるだろう。(中略)神々が神々と戦争するとか、陰謀をこらすとか、喧嘩するという話も絶対にいけない――真実ではないのだから。(中略)巨人族《ギガンテス》との戦いや、神々や英雄たちの親類縁者相手の多種多様な敵対行動に至っては、彼らに物語るのも刺繍に縫いこむのももっての他だ」

出典　プラトン『国家』三七七C以下。

一〇〇

ヒエロニュモスが言うには、ピュタゴラスは冥府《ハデス》へ降りて行った時に、ヘシオドスの魂が青銅の柱に縛りつけられ悲鳴をあげているのを見たし、ホメロスの魂は木に吊るされて蛇に囲まれているのを見たが、これは彼らが神々について語ったことへの罰だという。

出典　ディオゲネス・ラエルティオス『ギリシア哲学者列伝』八-二一。

一〇一

神は死後のアルキロコスとヘシオドスに、ムーサイをとおして栄誉を授けた。

出典　プルタルコス『対比列伝』「ヌマ」四-九。

一〇二

彼の時代にもアスクラは廃村であったとプルタルコスは伝えている。テスピアイの人々が住民を滅したためで、生存者はオルコメノスの人々が受け入れた。それ故、神はオルコメノスの人々に、ヘシオドスの遺骨を集めて自国に埋葬するよう命じた。これはアリストテレスも『オルコメノス人の国制』で書いているところである。

出典　ヘシオドス『仕事と日』六三三―六四〇への古註。

一〇三

（オルコメノスには）ミニュアス(1)とヘシオドスの墓もある。ヘシオドスの骨が将来された経緯はこのようであったと伝えられる。疫病が人と家畜を襲ったため、人々が神（デルポイのアポロン）の所へ神託使を遣わしたところ、ヘシオドスの骨をナウパクトスからオルコメノスの地へ運ぶべし、それ以外に癒やす術はない、と巫女《ピュティア》が答えたという。それはナウパクトスのどこに見出されるのかと重ねて伺うと、烏が教えるであろうと、再び巫女は答えた。そこで神託伺いの使者たちがその地に上陸すると、道から程遠からぬところに岩があり、その上に烏がいるのが見えたという。彼らはその岩の穴にヘシオドスの骨を見つけた。墓標にはエレゲイア詩が刻まれてあった。

稔り豊かなるアスクラこそ生国なれど、命果てし
ヘシオドスの骨を納むるは、馬を駆るミニュアイ人の地。
その栄誉はヘラスの地に比類なき高みに上がろう、
知恵の試金石もて人々裁かるる時には。

出典　パウサニアス『ギリシア案内記』九-三八-三以下。
註　(1) ミニュアイ人（証言二参照）の名祖。

一〇四
ヘシオドスのムーサイにうち連れて生贄を捧げる者らの、聖なる土地の境界。
出典　『ギリシア金石文集成』七-一七八五。テスピアイ出土の境界石。前三世紀。

一〇五a
アンピクリトスの子エウテュクレス、ムーサイにこれを奉納す。

六脚韻詩もて飾りしが、その美永遠にして、
家運の成就、彼が名の安らかならんことを。

一〇五b

私ヘリコンは、人と同じく、かくも年古りて、ムーサイの
知り人として、い向かう人らに神託を告ぐ。
「ヘシオドスの教えに従う人らの、
その国に法行なわれ、果実溢るるぞ」

一〇五c

ディオスの子ヘシオドス、ムーサイと神の山ヘリコンを、
美の極みなる讃歌もて［一行半破損］
出典　『ギリシア金石文集成』七-四二四〇。テスピアイ出土の石柱。前三世紀。

一〇六

かつて名高きヘシオドス、［兄弟］ペルセスを［　　　　　　］時、

地所［　　　　］父親の［　　　　　　　　　　　　］

だが、適切にも、［極めて多くの］勧告をなした。

出典　『ギリシア金石文補遺』四四‐一二九一、四七‐一八七四。アルメニアのアルマヴィル出土。前二〇〇年頃。

一〇七

マケドニアのヘラクレア・リュンケスティス出土の奉納刻文（一一〇―一二〇年）に、『仕事と日』二三〇―二三二に続けて「正義の女神に」の字が刻されている。『ギリシア金石文集成』一〇‐二‐二‐一。

一〇八

ここ（テスピアイの広場《アゴラ》）に青銅のヘシオドスが建てられてある。

出典　パウサニアス『ギリシア案内記』九‐二七‐五。

一〇九

（ヘリコン山には）膝に竪琴を抱えたヘシオドスの座像もあるが、これはヘシオドス本来の持ち物ではない。詩そのもの（『神統記』三〇）から、彼が月桂樹の杖に凭《よ》って歌ったことは明らかだからである。

出典　パウサニアス『ギリシア案内記』九-三〇-三。

二〇

（オリュンピアの）大神殿の左側に沿って、ミキュトス(1)はまた別の像を奉納した。デメテルの娘コレ（ペルセポネ）、アプロディテ、ガニュメデス、アルテミス、詩人ではホメロスとヘシオドス、再び神々ではアスクレピオスとヒュゲイア（健康女神）。

出典　パウサニアス『ギリシア案内記』五-二六-二。

註　(1)前五世紀前半、レギオンの僭主アナクシラオスの奴隷であったが、主の死後、王子の摂政として統治する。

二一

アスクラ生まれのヘシオドスは山に住むムーサイに
語りかけているように見えた。神授の歌を口に上ぼせたいと思い、
詩的熱狂のあまり、青銅に（声を出させろと）強制していた(1)。

出典　『ギリシア詞華集』二-三八以下。エジプトのテーバイのクリストドロス、六世紀。

註　(1)ビュザンティオンにあるゼウクシッポスという体育場に立て並べられた青銅群像を言葉で解説したもの

（エクプラシス）である。

哲学

一一二

その頃[1]の知恵といえば、ヘシオドスが備え、とりわけ『仕事と日』の中の格言で名を揚げたような、そんな類の、そんな意味あいのものであった。

出典　プルタルコス『対比列伝』「テセウス」三。

註　（1）アテナイの伝説的な王テセウスの祖父ピッテウスの時代。

一一三a

博識は知力を持つことを教えない。さもなければ、ヘシオドスやピュタゴラス、さらにはクセノパネスやヘカタイオスにもそれを教えたはずではないか。

一一三b

最も多くの人々の教師へシオドス。人々は彼が誰よりも多くのことを知っていると考えるが、昼と夜のことも分からないような人なのだ。それらは一つのものなのだから。

出典　ヘラクレイトス「断片」四〇、五七（Diels-Kranz）。

二一四

ピュタゴラス派の人たちは魂を矯正するために、ホメロスやヘシオドスから選び出した詩句をも利用した。

出典　イアンブリコス『ピュタゴラス伝』一六四。

二一五

私（プロタゴラス）[1]に言わせるなら、ソフィストの技術は昔からあるが、古人でそれを実行する人たちは反感を恐れて、隠れ蓑を設けて正体を隠した。詩を隠れ蓑にしたのはホメロスやヘシオドスやシモニデスら、秘儀や神託を使ったのはオルペウスやムーサイオスの徒たちである。

出典　プラトン『プロタゴラス』三一六D。

註　（1）前四九〇頃—四二〇年頃。アブデラ出身、ソフィスト（知恵の教師）の元祖。

二一六a

あるいはまた君たちは、オルペウスやムーサイオス、ヘシオドスやホメロスと（あの世で）交わるのと引き換えに、どれほどのものを払うだろうか。私なら、もしそれが本当なら、何度死んでも本望です。

出典　プラトン『ソクラテスの弁明』四一A。

二一六b

そして誰しも、人間の子供よりそういった子供が自分にできる方を望むでしょう。そしてホメロスやヘシオドスはじめ秀れた詩人たちを見て羨ましく思うのです。なぜなら、彼らが後に残す子孫は自ら不滅なものとして、生みの親に不滅の名誉と記憶を授けてくれるからです。

出典　プラトン『饗宴』二〇九D。

二一六c

その他の神格については、その出自を語ったり知ったりすることは我々の力を超えているので、昔、語った人たちを信じるしかありません。何しろ彼らは神々の子孫だと称しているし、(1)自分の先祖をはっきりと知っているようですから。ともかく、尤もらしい証明や絶対的な証明なしで言われていることではあっても、神々の御子たちを疑うわけにはいかないし、身内のことを報告していると言うのだから、慣例に従って信じておくべきです。というわけで、彼らに従えばこれらの神々の出自はこのようなものとして語っておきましょう。ゲー（大地）とウラノス（天空）からオケアノス（大洋）とテテュスが生まれ、その二神からポルキュスとクロノスとレアとその一統が、そしてクロノスとレアからはゼウス、ヘラ、およびその兄弟姉妹と言われる全ての神々が、さらにそこから他の子孫らが生まれた。

出典　プラトン『ティマイオス』四〇D以下。

註　(1) セレネ（月）やムーサの子とされるムーサイオスやオルペウス（プラトン『国家』三六四E）が考えられているのであろう。

一一七a

そこで以上のことから、場所《トポス》とは物体とは別の何ものかであり、感覚される物体は全て場所の中にある、と考えてよい。ヘシオドスも最初にカオス（空隙）を作ったが、その言は正しいと思われる。すなわち彼は、万物に先がけて「まず初めにカオスが生じた。次に胸広きガイアが」（『神統記』一一六）と語っているが、それは、多くの人と同様彼も、万物はどこかしら場所の中に存在すると考えるところから、存在するもののためにはまず空間《コーラー》があらねばならない、としているのである。

出典　アリストテレス『自然学』二〇八b二七以下。

一一七b

生成しないというものは何ひとつなく、全ては生成し、そして生成したものは、あるいは不滅のものとして留まり、あるいは再び消滅する、と主張する人たちがいるが、とりわけヘシオドス一派の人たち、次いでは最初の自然学者たちがそうである。

出典　アリストテレス『天について』二九八b二八以下。

一一七c1

今の世代より遥か大昔に初めて神々のことを語った人たちも、自然について同じように考えた[1]、という説がある。すなわち彼らは、オケアノスとテテュスを生成の親となし[2]、ステュクス（冥界の川）と呼ぶ川の水を神々の誓いの証人としたからである[3]。最も古いものは最も尊く、最も尊いものは誓いだということである。ともあれ、自然についてのこの考えが大昔からの古いものかどうかは恐らく不明だとしても、タレスは第一の原因についてこのような説を表明したと言われている。

出典　アリストテレス『形而上学』九八三b二七以下。

註　(1)タレスのように、万物の始源を水と考えた。(2)『神統記』三三七以下、ホメロス『イリアス』一四-二〇一他。(3)『神統記』七七五以下、ホメロス『イリアス』一五-三七他。

一一七c2

そのようなもの（美と運動の原因となる原理）を最初に探究したのはヘシオドスではないか、とも考えられる。あるいは別に、愛《エロース》または欲望を存在するものの中での原理と定めた人がいたら、その人がそうだ。たとえばパルメニデス。(1) 彼は万物の生成を理論だてて、「あらゆる神々の最初に愛をもってきた」(「断片」一三(Diels-Kranz)) と言っているからである。ヘシオドスが「まず初めにカオスが生じた。次に胸広きガイアが。(中略) そして、全ての神々の中でも抽《ぬき》んでたエロスが」(『神統記』一一六以下) と言うのは、事物を動かし結びつけるような何らかの原因が、存在するものの中にはなければならないからである。こう考える人々のうち誰が最初と順番をつけるべきか、それは後ほど決めてよいことにしよう。

出典　アリストテレス『形而上学』九八四b二三以下。

註　(1) 前五一五頃—四五〇年頃、南伊エレア出身の哲学者。なお、「全ての神々の中でも抽んでたエロスが」は異読である。

一一七c3

それにしても、一体なぜ彼ら (元素は一つだと主張する人々) は世間の多くの人同様、土も元素だと言わないのであろうか。多くの人が万物は土だと言っているし、ヘシオドスも土 (大地) が物体の中で最初に生じたと言っているのに。この考えはこのように古く一般的なのである。

出典　アリストテレス『形而上学』九八九a八以下。

一一七
c4
以上のどれにも劣らぬ難問が、今の学者からも昔の人たちからも無視されてきた。すなわち、消滅するもののの原理と不滅なるものの原理は同じなのか別物なのか、という難問である。もし同じならば、あるものは消滅するのにあるものは不滅であるのはどうしてか、その原因は何か？　ヘシオドス一派の人々や神々のことを語る人たちは全て、ただ自分たちの納得できることだけを考慮して、我々のことは配慮しなかった。というのは、彼らは始源（原理）は神々であり神々から生まれたものとしながら、ネクタルとアンブロシア(1)を味わわないものは死すべきものとなると言っているが、それを自分たちだけに分かる言辞で語っていることは明らかだから。ところが、これら原因物の使い方について彼らが語ってきたことは我々の理解を超えている。なぜなら、神々がネクタルとアンブロシアに手を出すのが、もしも快楽のためだとするなら、それらは決して神々の生存の原因ではないし、逆にもし生存のためであるのなら、食物を欠いた場合の神々がどうして永遠でありえようか。だが、神話的な理屈は真面目な考察には価しない。

出典　アリストテレス『形而上学』一〇〇〇a五以下。

註　(1) 神々の飲物と食物。これを摂取する者は不死となる。

一一八
というのは、

いかにも、まず初めにカオスが生じた。次いで
胸広きガイア、万物の座。（『神統記』一一六―一一七）

と言った人は、自身によって覆される。なぜなら、そのカオスは何から生じたのか、と尋ねられても答えられないであろうから。そして一部の人に言わせると、これがエピクロス[1]が哲学に志す原因となった。すなわち、まだほんの少年であった時（一四歳）のこと、読み書きの教師が彼に「まことに、まず初めにカオスが生じた」と読み聞かせたのに対して、もし最初に生まれたのならば、そのカオスは何から生まれたのか、と彼は質問したのだ。そのようなことを教えるのは自分の仕事ではなく、哲学者と呼ばれる人たちの仕事だ、と教師が答えたところ、エピクロスは、「それならその人たちの所へ行かねばなりません。もしその人たちが存在するものの真理を知っているのでしたら」と言った。

出典　セクストス・エンペイリコス『学者たちへの論駁』一〇-一八。
註　（1）前三四一―二七〇年、魂の平静を理想とする、いわゆる快楽主義の哲学者。

一一九ａ
（ゼノン[1]は）しかしヘシオドスの『神統記』を解釈するにあたり、神々についての一般的に了解されている観念を完全に排除している。つまり、ユピテル（ゼウス）もユノ（ヘラ）もウェスタ（ヘスティア）も、またそのように呼ばれるどの神をも神々の数には入れずに、物言わぬ無生物に何らかの意味づけをするために、

これらの名前が割り振られた、と教えたのである。

出典　ゼノン「断片」一六七。キケロ『神々の本性について』一-三六、に引用。

註　(1)前三三五頃―二六三年頃、キュプロス島のキティオン出身、ストア派哲学の創始者。

一一九b1

(クリュシッポスは『神々の本性について』)第二巻で、オルペウスやムーサイオスに帰せられる詩、またホメロスやヘシオドスやエウリピデスその他の詩人に見られる詩を、クレアンテスもしたように、自分たち(ストア派)の教説と適合させようとする。

出典　クレアンテス「断片」五三九。ピロデモス『敬虔について』B九九七〇―八〇、に引用。

一一九b2

(クリュシッポスは『神々の本性について』)第二巻では、オルペウス、ムーサイオス、ヘシオドス、ホメロスらの物語を、彼自身第一巻で不死なる神々について語ったことに適合させようとしている。その結果、こんなことになろうとは夢にも思わなかった大昔の詩人たちも、ストア派であったかのように見えるのである。

出典　クリュシッポス「断片」一〇七七。キケロ『神々の本性について』一-四一、に引用。

一一九b3
クリュシッポスはホメロス、ヘシオドス、ステシコロス、エンペドクレス、オルペウスらの詩句で自分の本全体を満たした上でさらに、悲劇やテュルタイオスその他の詩人たちからも少なからず引用している。

出典　クリュシッポス「断片」九〇七。ガレノス『ヒッポクラテスとプラトンの学説』三-四、に引用。

一一九c
世界が生成するものであり不滅のものであることはヘシオドスによって語られていると考えて、詩人ヘシオドスをプラトンの教説の父だと見なす説がある。「生成するもの」というのは、ヘシオドスが「まことに、まず初めにカオスが生じた。次いで胸広きガイア、永遠《とこしえ》に揺るがぬ万物の座が」と語っているからであり、「不滅のもの」というのは、彼がカオスの解体や消滅を明言していないからである。カオスについては、アリストテレスは、物体より前にそれを受け入れるものを仮定しなければならぬところから、カオスは場所だと考える。他方、ストア派のある者たちは、カオス（Chaos）はキュシス（chysis, 注ぎ、流れ）から形成されるものと見なして、水だと考える。いずれにせよ、世界が生成するものであることは、ヘシオドスによって極めて明瞭に表明されている。しかしこれよりずっと早く、ユダヤの立法家モーセが聖なる書物の中で、世界は生成し不滅であると語ったのである。

出典　アレクサンドレイアのピロン『世界の永遠について』五－一七以下。

一二〇a

こういうことが起こると、多くの光を湛《たた》え魂たちによって照らされるこの世界は、以前のものに加えて、あちこちから別の世界を受け入れることによって――かの世界の神々からも、魂の与え手なる別の知性からも受け入れることによって――さらに飾られるのである。あの神話が謎めかして言っているのもこういうことかもしれない。その神話では、プロメテウス[1]が女性を形づくると、他の神々も彼女をさらに飾りたてた。土を水で捏ねる、人間の声を吹きこむ、女神たちに似せた姿、アプロディテとカリテス（優美の女神たち）も何かを与える、各自さまざまな贈物、全員《パンテス》が贈物《ドーロン》をしたところから（パンドラと）命名する、という話である（『仕事と日』六一―八二）。これはつまり先慮《プロメーテイア》から造られたこの像に全員が贈物をしたことを意味する。贈物を拒否するエピメテウス[2]が意味するものは、贈物よりも良い選択が知性の世界にはある、ということに他ならない。女性の造り手自身も縛りつけられたが（『神統記』五二一）、これは自分が生じさせたものと何らかの接触を保っているということで、このような縛めは外からのものである。ヘラクレスによる解放は、かくても解放されるだけの力がプロメテウスにあることを意味している。以上のことは人にはどのように考えられようとも、世界に対する贈物ということを明らかにしているのであり、私の所説とも調和するのである。

出典　プロティノス『エンネアデス』四－三「魂の諸問題について」一四。

註 （1）『仕事と日』六〇以下で実際にこれを行なうのは鍛冶工芸の神へパイストスである。（2）プロメテウスの弟で「後知恵男」の意味。『仕事と日』八五では、拒否せよとの戒めを破って受け取る。

一二〇b

神話はヘリオス（太陽）を身震いするほど恐ろしいものと説くが、そのように考えてはならない。ヘリオスはむしろ温和で優しく、魂を生成から完全に解き放してくれるばかりか、解き放たれた魂を、懲らしめたり罰したりするために別の肉体に釘づけにすることもなく、上方に運んで思惟される世界にまで高めてくれるのだ。この考えが新しいものでは決してなく、ホメロスやヘシオドスといった最古の詩人たちも早くに懐いていたことは——自らそう思惟したのか、予言者のように神的霊感によって真理に導かれたのかはともかく——次のことから知られる。すなわちヘシオドスは、ヘリオスをヒュペリオン（高きを行く者）とテイア（神々しい女）の子とすることにより（『神統記』三七一）、彼が全てを凌駕する正統の子孫として生まれたことを示唆したに他ならない。なぜなら、ヒュペリオンは「高きを行く者」以外ではありえないし、テイアもまた別の仕方で、存在するものの中で最も神的だと言われているではないか。我々は夫婦の結合とか結婚を考えてはならない。それは詩神《ムーサ》の信じがたく馬鹿々々しいざれ言だ。ヘリオスを生んだ父は最も神々しく最も高いものと考えようではないか。全てを超え、全てがその人の周り、その人のために存在する者、その者をおいて他の誰がこれほどの者でありえようか。（中略）だが、詩人たちの言うこととはお別れしよう。神的なことと共に人間的なことも含まれているのだから。

出典　ユリアノス『第四弁論（王なるヘリオス讃美）』一三六a以下。

一二〇c

そこで、このような光景を既に自分のものにしている人たちに対して、こう言えばどうだろう。（中略）クロノスの縛めは、[1]創造の全体が知的で父権的なクロノスの超越性と合一することを明らかにしているのであり、ウラノスの去勢（『神統記』一七六以下）は、ティタン（巨神族）の鎖が包括的な世界経営からは切り離されていることを暗示しているのだ、と。こう言えば我々は周知のことを語ることになろうし、神話の大仰さや虚構性を、神的なるものを知的に考察することへと引き戻せるであろう。

出典　プロクロス『プラトン「国家」註解』一-八二頁九以下（Kroll）。

註　（1）現存するヘシオドスのテクストには、クロノスが縛められたという神話は見出されない。

学説と修辞

一二一

歴史家のエウメロス[1]とアクシラオスはヘシオドスの詩を散文に換えて、自作として公けにした。

出典　アレクサンドレイアのクレメンス『雑録』六-二-二六。

註　（1）前七三〇年頃活躍、コリントスの歴史家かとされるが、この同定には疑問も残る。

一二二

アクシラオスがヘシオドスを訂正した限りの箇処。

出典　ヨセフス『アピオン論駁』一・一六。

一二三

パンアテナイア大祭(1)の少し前のこと、私は連中（ライバルの弁論家）のために不快な思いをした。何人かの友人が私に出会って、こんな話をしてくれたのだ。有象無象のソフィストが三、四人、何でも知っていると吹聴し、すぐどこにでも顔を出す連中だが、これがリュケイオン(2)で坐りこんで、詩人たち、とりわけヘシオドスとホメロスの詩について議論していた。自分の考えから出ることは何もしゃべらず、詩人の句を吟じたり、以前に他人が言ったことの中から面白いところを思い出すばかりだった。周りの聴衆が彼らの談論を褒めそやしたところ、一番大胆なソフィストが私を中傷しようとしてこんなことを言ったという。曰く、私がそういった議論を全て軽蔑している、他人の哲学やあらゆる種類の教育をやっつけている、私の講義に連らなった人以外の発言はたわ言だと言っている、というのだ。こんなことが言われたために、その場にいた者の一部が私に反感を抱くようになったのである。

出典　イソクラテス『パンアテナイア祭演説』一七以下。

註 (1)アテナイの守護神アテナを祝って毎年八月に祭が営まれたが、四年に一度は大祭となった。(2)アテナイ東郊、イリッソス川ほとりのアポロンの聖林。体育場などがあり、前三三五年にはアリストテレスがここに学園を開いた。

一二四a

次に言葉の配列の点での第一人者を挙げていくべきだろう。この特徴を最も見事に達成したのは、叙事詩人ではヘシオドスだと私には思われる。抒情詩人ではサッポー、彼女に次いではアナクレオンとシモニデス、悲劇詩人ではエウリピデスただ一人、歴史家では厳密に言えば誰もいないが、広くとればエポロスとテオポンポス、弁論家ではイソクラテスだ。

出典 ハリカルナッソスのディオニュシオス『文章構成法』二三。

一二四b

ヘシオドスは言葉の滑らかさと音調のよい配列によって快さを心がけた。

出典 ハリカルナッソスのディオニュシオス『模倣論』二-二。

一二五
ヘシオドスは高揚することは稀で、作品の大部分は固有名詞で占められているが、教訓に関わる格言は有益で、言葉と配列の滑らかさは推賞に価するし、中間的な表現スタイルで栄冠を授けられる。
出典　クインティリアヌス『弁論家の教育』一〇・一・五二。

一二六
この種のもの（系譜に関わる讃歌）における解説で美点とすべきは純粋さ、そして過剰を避けることであるが、詩作においてはそれは迂言法の適正な使用によって達成される。（中略）詩におけるこの美点はヘシオドスが示したし、オルペウスの詩と比べればそのことが一層よく了解できよう。
出典　弁論家メナンドロス『演示弁論の分類』（Spengel, Rhetores Graeci, III. p. 340. 24-29）。

一二七
この本の目的は教化である。韻律は、この解説の目的に添える薬味の如く、魂を魅惑するものを、またこの本を愛するよう人を導くものを心がけた。それ故、この本の詩のスタイルは古めかしく、美化や装飾の積み重ねや比喩を概ね欠いている。単純さと自然らしさこそが道徳の話にふさわしいからである。

出典　ヘシオドス『仕事と日』への古註、「序説」Ab（Pertusi）。

文学史

一二八
ヘシュキオスのアリストテレス著作目録に、『ヘシオドスの諸問題』一巻、と見える。

一二九
ディオゲネス・ラエルティオス『ギリシア哲学者列伝』五-八七によると、黒海《ポントス》のヘラクレイア出身のヘラクレイデスに『ホメロスとヘシオドスの時代について』二巻なる著作があった。

一三〇
同書五-九二によると、カマイレオンは『ホメロスとヘシオドスの時代について』は、ヘラクレイデスが彼の著作を剽窃したものだと言っている。

一三一
『スーダ辞典』ε三五九によると、アブデラのヘカタイオスに『ホメロスとヘシオドスの詩について』という著作があった。

一三二

アテナイのメガクレイデスはこの詩を真作と考えるものの、ヘパイストスが母神（ヘラ）の敵たち（ヘラクレスたち）のために武具を造るのはおかしいとして、ヘシオドスを批判する。『ヘラクレスの楯』古伝梗概の第二段落参照。

一三三

一説によると、キュメのアンティドロス[1]が初めて自ら文献学者と名乗り、ホメロスとヘシオドスについて書いた。

出典　トラキアのディオニュシオス『文法論』への古註、四四八頁六（Hilgard）。

註　（1）前三〇〇年頃活躍、自らを批評家《クリティコス》ではなく文献学者《グランマティコス》と名乗ったという。

一三四

ヘシオドス『神統記』五への古註b2（Di Gregorio）によると、ゼノドトスに『神統記』への註釈があった。

一三五
ヘシオドス『神統記』一二六への古註bによると、ロドスのアポロニオスに『神統記』への註釈があった（証言五二、八〇参照）。

一三六
ヘシオドス『神統記』六八への古註aによると、ビュザンティオンのアリストパネスに『神統記』への註釈があった（証言五二、六九参照）。

一三七
ヘシオドス『神統記』七六への古註、および『仕事と日』九七への古註aその他数箇所によると、アリスタルコスにはこの両作品への註釈があった（証言四九参照）。

一三八
テオプラストスの弟子のプラクシパネスが『仕事と日』の序歌を抹消したことについて、証言四九参照。

一三九
ヘシオドス『神統記』一二六への古註によると、マッロス（キリキア地方）のクラテス（前二世紀）に『神統記』への註釈があった（証言五〇参照）。

一四〇

『スーダ辞典』ζ七五によると、アレクサンドレイアのゼノドトス（前二／一世紀？　文献学者）が『神統記』について本を書いた。

一四一

『スーダ辞典』δ四三〇によると、デメトリオス・イクシオンがホメロスとヘシオドスの解説を行なった。

一四二

『スーダ辞典』α三九二四によると、アレクサンドレイアのアリストニコスはヘシオドス『神統記』およびホメロス『イリアス』『オデュッセイア』の校訂記号について本を書いた。

一四三

ヘシオドス『神統記』一一六への古註、『仕事と日』三〇四への古註ｂによると、ディデュモス（前一世紀、文献学者）はこの両作品の註釈を書いている。

一四四
ヘシオドス『神統記』一一四—一一五への古註、『仕事と日』九六への古註a、『楯』四一五への古註その他によると、セレウコスはこれらの作品の註釈を書いた。

一四五
『グーデ語源辞典』九一頁一八および一七七頁二三（Sturz）によると、エパプロディトスはヘシオドス『楯』の註釈を書いている。

一四六
『スーダ辞典』δ一一七七によると、コリントスのディオニュシオスは叙事詩の他に、散文でヘシオドスの註釈を書いた。

一四七
アウルス・ゲッリウス『アッティカ夜話』二〇-八でゲッリウスの友人が、「プルタルコスの『ヘシオドス註解』第四巻で読んだことはもっと驚くべきことだ。月が欠けていく時、玉葱は緑豊かに芽を伸ばし、反対に、月が満ちていく時干からびる」と語るところからすると、プルタルコスにその著作があったことになる。実際、『仕事と日』への古註にはプルタルコスの説への言及が三〇回見られる。

一四八
『スーダ辞典』π二四七三によると、プロクロス（五世紀、新プラトン主義の哲学者）はホメロスの全註釈、ヘシオドス『仕事と日』の註釈を書いた。『仕事と日』への古註にはプロクロスへの言及が頻出する（証言一二〇c参照）。

一四九
クレオメネスはその『ヘシオドス論』の中で、「ἐγγύα, πάρα δ' ἄτη（エンギュアー・パラ・ダーテー、保証、その傍らに破滅）」という箴言は、早くホメロスが次の詩行によって語っている、と述べている。「つまらぬ者のための保証は、つまらぬことになりますよ」と（『オデュッセイア』八-三五一）。

出典　アレクサンドレイアのクレメンス『雑録』一-六一-二。

註　「保証、その傍らに破滅」は「汝自身を知れ」「度を過ごすなかれ」と共にデルポイの神殿に掲げられていた箴言だとされるが、クレオメネスはそれが早くホメロスに現われる、と言う。但し、「ἐγγύα, πάρα δ' ἄτη」の箴言としての意味も『オデュッセイア』のこの箇所における意味も、極めて理解しにくい。クレオメネスなる人物は多いが、特定できなかった。

一五〇

「（エルピスが）甕の中に留まった」、どうして甕の中に留まったのか？　エルピスは人間たちの間にあるのに。王の酌人頭コマノスもこの点を問題にしている。

出典　ヘシオドス『仕事と日』九七ａへの古註。

註　コマノスはアリスタルコスに批判される文献学者か？「エルピス」については解説四七九頁参照。

一五一

アスクラの人は陸に住む農夫、航海のことは知らないが、農業については最も確実なことを知り、季節を量る。「アトラスの姫御子、プレイアデスの昇る頃」（『仕事と日』三八三）、正にその時に収穫に取りかかり、沈む頃には耕耘に向かう。ちょうどオリオンが［破損］「黄昏時に」（『仕事と日』五六七）人々に現われる時に。我々が既に述べたように、アラトスはこの人の卑しい模倣者ではなかったので、［破損］言った人（カッリマコス）は間違ってはいなかった（証言七三参照）。

出典　『オクシュリュンコス・パピュロス』四六四八、右一四―二八。後三世紀。

一五二

施肥の効用については言わずもがなだ。それは農業について書いた本(『農業論』)の中で述べておいた。それについては物識りのヘシオドスは、農耕について一書を成したのに一言も費やしていない。対して、それより何世代も前の人と私[1]には思えるホメロスは、息子の不在からくる悲しみを和らげるべく畠を耕し肥料を施すラエルテスを描いている(ホメロス『オデュッセイア』二四-二二六以下)。

出典　キケロ『大カト　老年について』五四。

註　(1)話し手は大カト(マルクス・ポルキウス・カト)、前二三四―一四九年。政治家・弁論家・ラテン語散文の祖とされる。

一五三

「それではアレクサンドロスよ、ヘシオドスは価値の低い詩人だとお前は判断するのかね」と(父王ピリッポスが)問うと、こちらは答えた。

「とんでもない、大違いです。ただヘシオドスは王や将軍向きではないでしょう」

「では、誰に向いているのだ」

すると、アレクサンドロスは笑って答えた。

「羊飼いや大工や農夫たちです。羊飼いは詩神《ムーサイ》に愛されると彼は言っていますし、大工には車軸の長さをどれほどに切るべきかを経験豊かに教えているし（『仕事と日』四二四）、農夫には何時酒甕を開くかを教えている（『仕事と日』八一四）からです」

出典　ディオン・クリュソストモス『第二弁論（王権について）』八。証言五七参照。

一五四

「ヘシオドスがギリシアで賢者と目され、その評判を少しも裏切らぬとされてきたのは、このことやこの類のこと故ではなかったのか。すなわち、彼が詩を作り歌うのは人間の技によるのではなく、詩神《ムーサ》たちに出会ってその弟子となったからだ、と。そこから必然的に、彼に起こったことは全て詩的で知恵に溢れたものとして発せられ、徒らなものは一つもないことになる。それは次の句からも明らかだ」

「どの句でしょう」

「焼物師は焼物師に焼き餅を焼き、大工は大工に（『仕事と日』二五）、というのだ。この他にもヘシオドスの沢山の詩句が、人間のことや神々のこと、それに今述べてきたことよりも大きな問題についても、見事に作られていることが明らかになるだろう。それにしてもこの句も正に真理だし、人間の本性を知り尽くしていることを証明している」

出典　ディオン・クリュソストモス『第七十七弁論（嫉妬について）』一以下。

一五五

アナクサンドリデスの子クレオメネス（1）は、ホメロスはスパルタ人の詩人であるが、ヘシオドスは農奴《ヘイロタイ》の詩人だ、と言っていた。一方は戦わねばならぬことを、他方は耕さねばならぬことを命じたから。

出典　プルタルコス『スパルタ人名言集』二二三A。

註　（1）前五二五頃—四八八年頃在位、スパルタ王。なお、ここでスパルタ人というのは農奴階級に対して自由市民をいう。

一五六

思うに、もしヘシオドスがホメロスと同じくらい完璧な詩人で、かつ予言の力を備えていたなら、ホメロスがあなた方（ローマ人）の未来の帝国のことを予知して詩の中で（『イリアス』二〇-三〇七）明言しているように、ヘシオドスも現状のように黄金の種族から始めて系譜語りはしなかっただろうし、もしそのような始まりにしたとしても、最後の鉄の種族を語るところで、その種族がそんな風に滅びていくとは言わなかったであろう。

出典　アイリオス・アリステイデス『第二十六弁論（ローマ讃）』一〇六。

一五七

ホメロスとヘシオドスのどちらが秀れているかと問われて、同じ人（シモニデス）は、「ヘシオドスは詩の女神《ムーサイ》が、ホメロスは優美の女神《カリテス》が生んだ」と答えた。

出典　『ヴァティカン本ギリシア語格言集』五一五（Sternbach）。

神統記

序歌

ヘリコン(1)の詩神《ムーサ》たちから歌い始めよう。
神さびたヘリコンの巨大な山塊に住み、
菫《すみれ》色なす泉の周りを、また神威至大のクロノスの子（ゼウス）の
祭壇の周りを、嫋《たお》やかな足もて舞い踊り、
ペルメッソス(2)の流れに、あるはまた、ヒッポクレネ(3)や、
神さびたオルメイオスの流れに柔肌を浄めると、
ヘリコンの頂にて足どりも軽く、
美しく艶《あで》やかな舞いをする女神たち。
彼女らはそこより立ち出でて、(4)深い闇に包まれ、
夜を籠めて道行きする。玲瓏の声を発しつつ、
祝《ほ》ぎ歌うのは、アイギス(5)を持つゼウスに、
その妃、黄金のサンダルにて歩むアルゴスのヘラ、
アイギスを持つゼウスの娘なる、梟の目の(6)アテネ、

（1）ボイオティア地方西南部の山塊。一七四九メートル。東斜面にムーサイの聖域があり、東山麓にヘシオドスの生地アスクラ村がある。

（2）アスクラの東、後出オルメイオス川と合して北流し、コパイス湖に注ぎこむ川。

（3）ヘリコン山頂付近にある泉。天馬ペガソスの一蹴りで岩から湧き出したと伝えられる。

（4）どこへ向かうかは明記されないが、麓でヘシオドスに出会うためとも考えられる。

（5）ゼウスとアテネが振りかざす、あるいは肩にかける山羊皮の楯。

（6）アテネの聖鳥梟に因むとする説と、そのような関連は忘れられて、「輝く目の」という意味だとする説とがある。

ポイボス・アポロンに、幸矢《さちや》射るアルテミス、
大地を支え大地を揺するポセイドン、
貴《あて》なる掟《テミス》に、燦めく眼《まなこ》のアプロディテ、
黄金の冠を戴く青春《ヘベ》に、美しいディオネ(7)、
レトに、イアペトスに、奸知に長けたクロノス、
曙《エオス》に、偉大な太陽《ヘリオス》に、皓々たる月《セレネ》、
大地《ガイア》に、広大な大洋《オケアノス》に、黒い夜《ニュクス》、
その他、永遠に在《いま》す不死なる神々の聖なる一族のことだ。
　さて、ある時女神らは、このヘシオドス(8)に美しい歌を教えてくれた、
神さびたヘリコンの麓で、羊を飼っていた時のことだ。
アイギスを持つゼウスの姫たち、オリュンポス(9)なるムーサらは、
こんな言葉を、いきなり私に語りかけた、
「野に伏す羊飼い、情けない屑ども、胃袋でしかない者らよ、
我らは実《まこと》しやかな偽りをあまた語ることもできるし、
その気になれば、真実を述べることもできるのです」
偉大なるゼウスの娘、言の葉の匠たちはこう言うと、
瑞々しい月桂樹の枝を折って、私の杖にと

(7) ここではオリュンポス神族、その親の世代、自然の要素のうち代表的な名前だけが示されるが、ディオネは海のニュンフにすぎない。ホメロス『イリアス』では彼女はアプロディテの母神である。

(8) 神の召命を受けた誇らしさから自分を三人称で表わす。

(9) テッサリアとマケドニアの国境辺にあるギリシアの最高峰。二九一八メートル。神々の住むところと崇められた。

下さった。(1) 見事な杖だ。そして、これから起こること、
既にあったことを歌い広めるよう、私に霊感の声を吹きこんで、
併せて命じたのは、永遠に在《いま》す至福なる神々の族《やから》を祝《ほ》ぎ歌うこと、
初めと終わりには必ず、他ならぬムーサたちを歌うことだった。
　だが、こんな木や岩のことにどうして私はかかずらうのか。(2)
さあお前、(3) 詩神《ムーサ》たちから始めよう。女神らがオリュンポスにて、
父なるゼウスの大御心を、祝《ほ》ぎ歌で喜ばせるのは、
今あること、これから起こること、既にあったことを、
声を合わせて語るからだ。彼女らの疲れを知らぬ歌声が、
口の端から甘く流れ出ると、女神らの清らの声が
広がるままに、雷鳴轟かす父なるゼウスの館はうち笑い、
雪を戴くオリュンポスの峰々も、不死なる神々の館も
木霊《こだま》する。彼女らは神々しい声を発しつつ、
まずは、大地《ガイア》と広大な天空《ウラノス》が生み出した
神々の貴《あて》なる一族と、そこから生《あ》れ坐《ま》した
福分を授ける神々を、原初から歌い広める。
次には、神々と人間の父なるゼウスが、

(1) 壺絵にもあるように、ラプソドス（吟誦詩人）は杖を手に朗唱した。

(2) 諺的な表現だが明解は得られていない。「まさか昔話にある木（あるいはオーク）や岩から生まれたのでもあるまい」（ホメロス『オデュッセイア』一九-一六三）、「今となっては木や岩から始めて彼と語らうわけにはいかぬ」（ホメロス『イリアス』二二-一二六）、等の類似句も意味不明とされる。起源に関わる神話的なことは早々に切り上げよう、ということか。

(3) ヘシオドスが自分自身に呼びかける。

［女神らは歌い始めと歌い納めに彼を祝ぎ歌う（4）］
神々の中でいかに卓絶し、権勢至大であるかを歌う。
更には、人間の種族と強力な巨人族《ギガンテス》を歌って、
オリュンポスなるゼウスの心を喜ばせる、（5）
それがアイギスを持つゼウスの娘たち、オリュンポスのムーサたちだ。
　彼女らを生んだのは、エレウテル（6）の丘を領《うしは》く記憶《ムネモシュネ》、
クロノスの子と交わり、ピエリア（7）の地にて、
禍いを忘れ憂いを休める縁《よすが》となすべく彼女らを生んだのだ。
すなわち明知のゼウスは、不死なる神々から離れ、
聖なる臥牀《ねどこ》に上がると、九夜にわたり、彼女を抱いた。
だが、幾度びも月が虧《か》け、季節が巡り、
あまたの日々が満ちて時が至ると、
彼女は九人の娘を生んだが、心ばえは一つ、
胸中歌を思い、心の労《いたず》きを知らぬ娘たちだ。
それは雪を戴くオリュンポスの絶巓《ぜってん》を僅かに隔たる所、
そこに彼女らのつややかな舞いの場と美しい館があり、
すぐ傍《そば》に、優美の女神《カリテス》と憧れ《ヒメロス》が家を構えて、

（4）後人による挿入として削除される。［　］で記すのは以下同じ。

（5）まずガイアとウラノスから生まれた神々（クロノスたちティタン神族）とそこから生まれた神々（オリュンポス神族）を、次にゼウスの偉大さを、そして人間と巨人族を歌う、とプランの概略を述べている。人間のことは『名婦列伝』で語られるが、巨人族のことを系統立てて語る部分はない。

（6）ヘリコンの東南にあたるキタイロン山脈南麓のエレウテライのこととされる。

（7）オリュンポス山北麓の地域。ムーサイの生誕の地。

宴楽に耽っている。彼女らは口より愛らしい声を発しつつ、
節面白く歌い、愛くるしい声を発しつつ、
全ての神々の掟と、まめやかな作法を歌い広める。
　さて、彼女らは生まれるや、美しい声誇らかに、神歌を歌いつつ、
オリュンポスに向かった。祝ぎ歌に合わせて、黒い大地が
四囲に轟き、父神の許に赴く彼女らの足元から、
愛らしい踏み音が湧き起こった。この父神こそ天空の王者、
父親のクロノスを力で打ち負かした後、
雷とくすぶる雷火を保持している。そして不死なる神々に、
それぞれふさわしい掟を割り当て、権能を定めた。
オリュンポスの館に住むムーサらは、これらのことを歌った。
偉大なるゼウスから生まれた九人の娘たち、それは、
クレイオにエウテルペ、タレイアにメルポメネ、
テルプシコラにエラト、ポリュムニアにウラニア、
そしてカッリオペ[1]、この方が最も位高いのは、
畏れ多い王たちに付き添いもするからだ[2]。
ゼウスの育む王たちのうち、偉大なゼウスの娘らが

(1) 九人の名前はいずれも、『神統記』でこれまで使われた単語の音を響かせる。およその意味は、歌い広める、愉楽、宴楽、歌、歌舞の喜び、愛らしい、多くの讃歌、天空、美しい声、これを女性名らしく作ってある。

(2) ムーサイが歌人ばかりでなく王たちをも庇護するというのは些か唐突。聴き手の中の王たちへの配慮があるか。

目をかけ、誕生の時にも見守る者には、
舌の上に甘い露を滴らせて、
優しい言葉を口の端から流れ出させる。すると人々は
挙《こぞ》って、彼が真っ直ぐな裁きで裁定を下すのを
目にすることになる。彼は過つことなく弁じ、
大きな諍いでも、たちまち巧みに収めてしまう。
人々が市場の取引で損害を蒙っても、穏やかな言葉で
説得して、易々と賠償を成立させる。
それ故にこそ、思慮深い王というものがある。
彼が集会の場を行けば、人々は遠慮がちに、神の如くに
その意を迎え、集まりの中で彼の姿は際立つ。
　ムーサらの人間への聖なる賜物はこれほどのもの、
それというのも、この地上にある歌人と竪琴弾きの淵源は、
ムーサらと遠矢を射るアポロンにあり、
王たちの淵源はゼウスにあるからだ。ムーサらの愛する者は
幸いなり。その口からは甘い声が流れ出る。
たとえ、憂い重なる心に悲嘆を抱え、

心痛のあまり心が乾いてしまう人がいても、
ムーサの僕《しもべ》なる歌人が、往古人《いにしえびと》の勲功《いさおし》を、また、
オリュンポスに住む至福の神々を祝ぎ歌えば、
彼はたちまち憂悶を忘れ、思い煩うこともない。
女神の贈物が速やかに紛らせてくれるのだ。
　さらば、ゼウスの御子たち、魅惑の歌を授けたまえ。
歌い広めたまえ、大地《ゲー》と星の林の天空《ウラノス》から生《あ》れ坐《ま》した、
永遠に在《いま》す不死なる神々の聖なる一族を、
漆黒の夜《ニュクス》の子らを、塩辛い海《ポントス》が育てた者らを。
語りたまえ、その初め、神々と大地がいかにして生じたか、
諸々の河川と、波立ち騒ぐ果てしなき海、
輝きわたる星辰と、上方、広大な天空が生じた次第を。
[そこから生まれた福分を授ける神々を]
神々がいかに富を分けあい、権能を分配したか、
またその初め、山襞百重《やまひだももえ》なすオリュンポスを占めた次第を。
これらのことを、オリュンポスの館に住むムーサイよ、初めから
私に語って下さい。最初に生じたのは何かを告げて下さい。

宇宙開闢

いかにも、まず初めにカオス(1)が生じた。次いで、
雪を戴くオリュンポスの峰に住む、八百万《やおよろず》の神々の
永遠《とわ》に揺るぎなき座なる、胸広き大地《ガイア》が生じ、
道の広がる地の奥深くある、闇黒のタルタロス(2)が生じ、
そして、不死なる神々の中でも最も美しいエロス(3)が生じた。
全ての神、全ての人間の胸の裡なる心も、
分別の計らいをも打ち負かし、四肢を萎えさせる神だ。

カオスの子

カオスから晦冥《エレボス》と黒い夜《ニュクス》が生じた。
夜《ニュクス》からは顥気《アイテル》と昼《ヘメラ》が生じたが、
彼女は晦冥《エレボス》と愛の交わりをして、それらを身籠り生んだのだ。

大地《ガイア》の子

大地《ガイア》はまず、己の身に等しく、星の林の天空《ウラノス》を生むと、

(1) χάσκω（カスコー、大口を開ける）と語根を同じくする語で、闇などが充満する巨大な空隙の意。七四〇行のχάσμα（カスマ、大地とタルタロスの間の場所）に同じ。混乱、混沌の意味はない。
(2) 天空から大地までの距離と同じだけ大地の底深くにある暗黒領域。
(3) 篇中活躍することはないが、男女を結びつける生殖原理として存在する。ここではエロースではなく、短母音でエロスの語形である。

我が身をすっぽりと覆わせ、
至福なる神々の、永遠《とわ》に揺るぎなき座となした(1)。
また、谷深い山に住む、女神なるニュンフたちの、
面白の遊び場として、高い山々を生み、
波立ち騒ぐ不毛の綿津見《わたつみ》、海《ポントス》を生んだが、
心ときめく愛の契りはなかった。次いで、
天空《ウラノス》と共寝して生んだのは、深く渦巻く大洋《オケアノス》(2)、
コイオスにクレイオス、ヒュペリオンにイアペトス、
テイアにレイア、掟《テミス》に記憶《ムネモシュネ》、
黄金の冠を戴くポイベに、愛らしいテテュス。
この後に末子として生まれたのが奸知に長けたクロノス(3)、
最も恐るべき子供で、逞しい父親を憎んだ。
　更には、心ざま驕慢なキュクロプスたちを生んだ。
ブロンテスにステロペス、それに猛き心のアルゲス(4)で、
ゼウスに雷を提供し、雷火を造ってやった連中だ。
いかにも彼らは、他の点では神々に似ていたが、
額の真ん中に目が一つしかない。

（1）一一七行では大地が神々の揺るぎなき座とあるが、矛盾というものでもあるまい。
（2）大地を取り巻いて流れ、全ての河川沼沢に水を供給する大河。
（3）ガイアとウラノスの六男六女はティタン神族と呼ばれるが、ホメロス（『イリアス』八‐四七九）で名前が明記されるのはイアペトスとクロノスのみである。イアペトスは旧約聖書『創世記』に見えるノアの息子ヤペトと同一人格かと考えられている。クロノスは古い農耕神で、ローマのサトゥルヌスに対応する。ティタン神族は系譜上の役割しか持たぬものが多い。
（4）三人の名前は、雷鳴、稲光、白熱の雷火を意味する。

額に丸い目が一つ付いていたところから、
キュクロプス[5]というのが通り名となったが、
作り出す物には、力と勢いと技が備わっていた。
　なおその他に、大地《ガイア》と天空《ウラノス》から生まれたものに、
魁偉にして強悍、名を呼ぶことも憚られる三人の子供、
コットスにブリアレオスにギュゲスがいた。傲慢な倅どもだ。[6]
彼らの肩からは百の腕が突き出し、
異形の奴らだ、逞しい四肢に乗っかって、各人の
肩から、五十の頭が生えていた。
巨大な体躯に、恐るべき膂力が備わっていた。

天空《ウラノス》の去勢、王権の交替第一幕

　大地《ガイア》と天空《ウラノス》から生まれたものは全て、
最も恐るべき子供たちで、初めから父親に
嫌われていた。天空《ウラノス》は子供が生まれる尻から、
ことごとく、大地《ガイア》の洞窟に隠し続け、
光の中に出してやらず、この悪事を楽しんでいたが、

（5）κύκλος（キュクロス、輪）とὄψ（オプス、目）から成る名称。ヘパイストスが生まれる以前は、彼らが神々の鍛冶を勤めた。ホメロス『オデュッセイア』九歌で語られる人食い巨人キュクロプスとの関係は不明。

（6）後代の神話作家は彼らをヘカトンケイレス（百手巨人たち）と呼ぶ。

広漠たる大地《ガイア》は、腹中の圧迫堪えがたく、
呻き声を上げると、悪辣な手だてを考えついた。
たちまち灰色の不壊金剛《アダマス》というものを造ると、
大きな鎌を拵え、子供らに示した。
そして、悲痛な思いを胸に、励ましつつ言うには、
「私と不埒な父との子供たち、聞いてくれるかえ。
お前たちの親父のひどい暴力に、復讐してやれるのだよ。
向うから先に、醜い仕業を企んだのだもの」
　こう言うと、一同恐怖に取り憑かれ、声を発する者とて
なかったが、奸知に長けた大クロノスは勇を鼓して、
直ちにまめやかな母に言葉を向けて言った。
「母上、私がその仕事を引き受けて果たしましょう。
父と呼ぶのも厭わしい、あんな奴などへっちゃらだし、
向うから先に、醜い仕業を企んだのですから」
　こう言うと、広漠たる大地《ガイア》は心中大いに喜んだ。
彼を待ち伏せの場所に潜《ひそ》ませると、鋸鎌《のこぎりがま》を
手に取らせ、企みを残らず授けた。

(1) 父なる天ランギと母なる大地パパが抱擁して世界は暗黒に

さて、大いなる天空《ウラノス》が夜を運んでやって来て、
情交《まぐわい》を求めて大地《ガイア》の上にのしかかり、八方に
体を広げると、息子は待ち伏せの場所から左手を
伸ばし、右手に長く巨大な鋸鎌を
つかむや、己れの父親の性器《へのこ》を
一気に刈り取って、(1)肩越しに、背後に
投げ飛ばした。それは空しく手を離れることはなかった。
迸《ほとばし》り出た血の滴《しずく》は、大地《ガイア》が余さず
受け取ったからだ。そして年が巡ると、
彼女は強暴な復讐女神《エリニュエス》と、武具燦めかせ、
長い槍を手にした大きな巨人族《ギガンテス》(2)、そして、
果てしない大地の上で梣の精《メリアイ》(3)と呼ばれるニュンフらを生んだ。
性器《へのこ》の方は、クロノスが不壊金剛で切り取るや否や、
陸地から頻波《しきなみ》騒ぐ海へと投げ入れると、
久しい間、綿津見《わたつみ》の面《おもて》を漂っていたが、やがてその周りに、
不死なる肉《ししむら》から白い泡が湧き立ち、その中に乙女が
凝《こご》り出た。彼女はまず神さびたキュテラ島(4)に

覆われていたが、子供のタネ＝ヌフタが足で天を押し上げた（マオリ族の神話）、という類いの天地分離の神話の一種である。

（2）オリュンポス神族と巨人族が戦ったギガントマキア（巨人族の戦い）はアポロドロス『文庫（ギリシア神話）』一-六-一等に記され、ペルガモンのゼウスの大祭壇の浮彫などで知られるが、（伝）ヘシオドスでは断片六九（八九）で触れられるのみ。

（3）『仕事と日』一四五に、銀の種族の人間はトネリコから生まれたとあるが、ここのメリアイは木の精一般（ドリュアデス）を指すのであろう。

（4）ペロポンネソス半島の南に浮かぶ島。フェニキア人の創建になるとされるギリシア最古のアプロディテ神殿がある。

立ち寄ると、そこから次に、波に囲まれるキュプロス(1)に到った。
美しく貴《あて》なる女神が海から上がると、すらりとした
足もと一面に、和草《にこぐさ》が萌え出た。神も人も彼女を
「泡から生まれた《アプロゲネス》女神、冠よきキュテレイアと」
アプロディテと呼ぶのは、泡《アプロス》の中に凝り出たから、
キュテレイアと呼ぶのは、キュテラ島に到着したから、
キュプロゲネスと呼ぶのは、波洗うキュプロスで生まれたから、
そして、ピロンメイデスと呼ぶのは、性器《メーデア》から出現したからだ。(2)
彼女は生まれ落ちるや、神々の集いへ赴こうとしたが、
エロスが付き添い、美しい憧れ《ヒメロス》が伴をした。
彼女が人間と不死なる神々の間で、初めから
権能として保持し、職分として割り当てられていたのは、
乙女らの睦言、微笑みと偽り、
甘美な歓びと、色事と優しさだ。
　大いなる天空《ウラノス》は、自ら生んだ子供たちを罵って、
ティタンどもと綽名して呼んだが、それは、
不埒にも突っ張って《ティタイノー》、大それた所業をなした以上、

（1）トルコの南にある大島。西岸の町パポスはアプロディテ崇拝の中心地。

（2）φιλο-（ピロ、愛する）と μειδιάω（メイディアオー、微笑む）から作られ「微笑みを愛する」という意味であり、「性器を愛する」と解くのはヘシオドスの語呂合わせ。

やがてその復讐《ティシス》がなされる筈だから、というのだ。(3)

夜《ニュクス》の子

夜《ニュクス》は忌まわしい死の定め《モロス》と、黒い死神《ケール》と、
死《タナトス》を生み、眠り《ヒュプノス》を生み、夢《オネイロス》の一族を生んだ。
次にまた、漆黒の夜《ニュクス》はいずれの神とも枕を交わすことなく、
非難《モモス》と、痛ましい苦悩《オイジュス》を、更には、
名に負う大洋《オケアノス》の彼方で、美しい黄金の林檎と、
その実を結ぶ木々とを守る夕べの娘《ヘスペリデス》たちを生んだ。
また、運命《モイラ》たちと、容赦なく罰する死神《ケール》たちを生んだが、
[人の子が生まれるに際して福と禍を授ける、
クロトとラケシスとアトロポスを](4)
これは、人間と神々の違反を追及し、
犯した者に手ひどい罰を加えるまでは、
決して恐ろしい怒りを止めない女神たちだ。
空蝉の人の子の災厄となる悲憤《ネメシス》をも生んだ
禍々しい夜《ニュクス》は、その後更に、欺瞞《アパテ》に色事《ピロテス》、

(3) Τιτᾶνες（ティーターネス）を τιταίνω（ティタイノー、伸ばす、張りつめる）と τίσις（ティシス、復讐）に結びつける語源解釈だが、なぜこれが結びつくのか不明。

(4) 九〇五―九〇六行がこの場所に竄入したと考えられる。名前の意味はそこに記す。

呪わしい老い《ゲーラス》に、強《こわ》い心の争い《エリス》を生んだ。

争い《エリス》の子

さて、忌まわしい争い《エリス》が生んだのは、痛ましい労苦《ポノス》に、
忘却《レテ》に、飢え《リモス》に、涙に満ちた痛苦《アルゴス》、
戦闘《ヒュスミネ》に、戦い《マケ》に、殺戮《ポノス》に、殺人《アンドロクタシア》、
諍い《ネイコス》に、嘘《プセウドス》に、屁理屈《ロゴス》に、水掛け論《アンピッロギア》、(1)
無法《デュスノミア》に、迷妄《アテ》——同じ穴の狢《むじな》どもだ、
そして誓い《ホルコス》、これこそは、故意に偽りの誓いをなす者があると、
地上に住む人間どもを、いとも厳しく痛めつける。

海《ポントス》の子

海《ポントス》が子供らの長子として儲けたのは、嘘のない
正直なネレウス。(2) 彼が老人と呼ばれるのは、
過つことなく穏和で、人の道を忘れず、
公平で穏和な配慮を弁えているからだ。
更にまた、大いなるタウマスに、高貴なポルキュス、

（1）アルゴス（痛苦）からアンピッロギア（水掛け論）までは複数形になっている。

（2）変身の力と予言の術を備えた海の老人で、プロテウス、グラウコス、次に出るポルキュスなどとよく似る。

頬麗しいケトに、胸中不壊金剛の心を持つ
エウリュビアを、大地《ガイア》との交わりによって儲けた。

ネレウスの子

ネレウスを父、大地を取り巻く大河なる大洋《オケアノス》の娘、
髪美しいドリスを母として、不毛の海の中に、
夥しい姫神たちが生まれた。(3)
プロートーにエウクランテー、サオーにアンピトリーテー、
エウドーラーにテティス、ガレーネーにグラウケー、
キューモトエー、速きスペイオーに、愛らしいタリアー、
パーシテアーにエラトー、薔薇の腕《かいな》のエウニーケー、
優雅なメリテー、エウリメネーにアガウエー、
ドートーにプロートー、ペルーサにデューナメネー、
ネーサイアにアクタイアー、そしてプロートメデイア、
ドーリスにパノペー、見目よきガラテイア、
愛らしいヒッポトエーに、薔薇の腕《かいな》のヒッポノエー、
キューモドケーは、キューマトレーゲーと、踝《くるぶし》美しい

(3) 海の老人の五〇人の娘をネーレーイデス（ネーレウスの娘たち）という。本訳書では母音の長短は無視しているが、このカタログについては、音引きを用いてみる。名前の多くには、海の縁語 κῦμα（キューマ、波）、νῆσος（ネーソス、島）、γλαυκός（グラウコス、燦めく海の灰青色）等、あるいは海の老人のよき性格を表わす語 δῶρον（ドーロン、贈物）、θέμις（テミス、掟）などが織り込まれている。ネーメルテースはネーレウスを形容する「過つことない」の擬人化名。ホメロス『イリアス』一八-三九以下のカタログと重なる名前は一七名。

アンピトリーテーと力を合わせ、霧立ち籠める海の波と、
吹きすさぶ風の息吹を、たやすく鎮める。
キューモーにエーイオネー、冠もよきハリメーデー、
微笑み愛でるグラウコノメーにポントポレイア、
レイアゴラーにエウアゴラー、そしてラーオメデイア、
プーリュノエーに、アウトノエーに、リューシアナッサ、
肉《しし》おき愛らしく、美質欠けるところなきエウアルネー、
優雅な姿のプサマテーに、尊いメニッペー、
ネーソーにエウポンペー、テミストーにプロノエー、
そして、不死なる父の心を持つネーメルテース、
以上が、優れたネーレウスから生まれた、
優れた手技の心得ある、五〇人の娘だ。

タウマスの子

タウマスが深き流れの大洋《オケアノス》の娘、
エレクトラを娶ると、彼女は疾速の虹《イリス》と、
髪美しいハルピュイアたちを生んだ。その名も、

アエッロ（旋風）とオキュペテ（速飛び）、敏捷な翼で、風の息吹や
鳥たちにも後れをとらぬほど、天翔りゆくのだ。

ケトとポルキュスが生んだ怪物たち

他方、ケト(1)がポルキュスに生んだのは、生まれながらに
白髪《しらが》の、頬麗しい婆さんたち。不死なる神々と、
地上を行く人間から、老婆《グライアイ》たち(2)と呼ばれる、
衣美しいペンプレドと、クローカス色(3)の衣のエニュオ。
次に生んだのはゴルゴたち(4)。玉の声の夕べの娘たち《ヘスペリデス》の居る所、
名に負う大洋《オケアノス》の彼方、夜に向かう世界の果てに住む、
ステンノにエウリュアレ、そして、無惨な最期を遂げたメドゥサだ。
他の二人が不死不老であるのと異なり、彼女一人は
死すべき身で、これと、か黒い髪の神（ポセイドン）が、
春の花咲くやさしい野べにて、添い臥しした。
そして、ペルセウスが彼女の首から頭を切り離すと、
大いなるクリュサオルと、天馬ペガソスが跳び出した。
かく名づけられたのは、大洋《オケアノス》の泉《ペガイ》のほとりで生まれたから、

（1）κῆτος（ケートス、海の巨大な魚、怪物）から作られた名。
（2）美術では醜い老婆とも、美しい娘とも描かれる。後には、三人で一眼一歯を共有する三婆とされた。
（3）サフラン色とも訳されるが、花色の紫か、雌蕊から抽出する黄色か、訳者には不明。「薔薇色の指の曙」「クローカス色の衣の曙」ともいうが、ピンクか黄金色か、やはり迷う。
（4）睨みつけた対象を石に化す邪視の持ち主。ゴルゴン（複数はゴルゴネス）の形がよく知られる。ペルセウスがメドゥサの首を切り取って革袋に納め、残る二人のゴルゴたちに追われる様は、『楯』二一六以下で描かれる。

もう一方は、その手に黄金《クリュソス》の剣《アオル》を持つからだ。
ペガソスは飛び立って、羊の母なる地上を後にすると、
不死なる神々の許に到った。ゼウスの館に住んで、
明知のゼウスのために、雷鳴と稲妻を運んでいる。
クリュサオルは、名に負う大洋《オケアノス》の娘、カッリロエを抱いて、
三つの頭を持つゲリュオネウスを儲けた。
そやつを、波に囲まれるエリュテイア島(1)にて、
とろとろと歩む牛の傍らで、怪力ヘラクレスが討ち果たした。
大洋《オケアノス》の瀬戸を渡り、名に負う大洋《オケアノス》の彼方、
霧立ち籠める牧場にて、番犬オルトスと、
牛飼いエウリュティオンを殺した後、聖なるティリュンス(2)へと、
眉間の広い牛どもを追い立てて行った日のことだ。
　彼女は(3)、他にも手に負えぬ怪物、
死すべき人間にも不死なる神々にもまるで似ない、
猛き心もつ異形のエキドナを、空ろな洞窟で生んだ。
半身は、燦めく眼《まなこ》の頬美しいニュンフだが、
もう半身は、神さびた大地の隠れ穴にあって、

（1）神話的な島だが、スペイン西南岸ガデイラ（現カディス）の沖合にあると考えられた。ここに住む怪物ゲリュオネウスの牛を奪うのが、ヘラクレスの十番目の難業であった。

（2）アルゴリス地方の古都。この王エウリュステウスがヘラクレスに十二の難業を課した。

（3）メドゥサかカッリロエとする説もあるが、ケトを指すと解する。

生肉を喰《くら》う斑蛇《まだら》、恐ろしく巨大な蛇の怪物だ。
神界からも人界からも遠く離れて、
そんな地の底、空ろな岩の下に彼女の洞窟があるが、
それこそ神々が、名に負う館として、彼女の住処に割り当てたもの。
　恐るべきこのエキドナ、不死にして永遠に老いることなき
ニュンフは、アリモイ人(4)の国の地の下に閉じ込められている。
燦めく眼のこの娘と、凶暴無頼の乱暴者
テュポエウスが、愛の契りをなしたという。
彼女は身籠って、猛き心の子供たちを生んだ。
まず初めに、ゲリュオネウスに番犬オルトスを生んでやる。
二番目に生んだのは、手に負えぬ、口にするのも恐ろしい、
生肉喰《くら》いのケルベロスとて、青銅の声を持つ冥王《ハデス》の番犬、
五十の頭を持ち、情け容赦なく強暴だ。
三番目にはまた、破滅を企むレルネの水蛇《ヒュドラ》(5)を
生んだが、怪力ヘラクレスを執念深く恨む
白き腕《ただむき》のヘラが、これを育てた(6)。
だがそれを、アンピトリュオンの子、実はゼウスの胤なる

(4) アリモイ人ともアリマ山とも解しうる語形だが、いずれにしても、小アジアかイタリアか、どこにあるか古来不明。

(5) レルネはアルゴスの南方にある沼。ヒュドラは九頭を持ち、一つが切られても二つになって再生した。

(6) ヘラはゼウスがアルクメネ(アンピトリュオンの妻)に生ませたヘラクレスを終生迫害した。ヘラクレスは養父アンピトリュオンの子と呼ばれることも多い。

ヘラクレスが、アレスの寵児イオラオスと共に、
軍《いくさ》を導くアテネの計らいによって、無情の刃で退治した。
　彼女(1)は、抗いがたい火を吐くキマイラを生んだが、
恐るべく巨大で、足速く強暴だ。
その頭は三つ、一つは獰猛なライオン、
一つは牝山羊《キマイラ》、一つは強暴な竜蛇だ。
［前はライオン、後ろは竜、真ん中は牝山羊で、
燃え盛る火を勢い激しく吐き出す(2)］
そやつを、ペガソスと勇士ベッレロポンテスが討ち取った。
　キマイラがオルトスに屈服して生んだのは、カドモスの民の
破滅となる呪わしいピクス(3)、そしてネメアのライオン(4)。
これを、ゼウスの尊い妃ヘラが育てて、
人間どもの災厄になれよと、ネメアの丘に棲まわせた。
ライオンはそこを住処に、ネメアのトレトス山と
アペサス山を扼しつつ、人々を殺しまくった。
だがそれを、怪力ヘラクレスの力が打ち負かした。
　ケトはポルキュスと愛の交わりをして、末子として

(1) エキドナとする説も強いが、流れからしてヒュドラと解する。
(2) ホメロス『イリアス』六-一八一―一八二がここに竄入したと考えられる。キマイラの図像表現はホメロス流がよく知られ、ヘシオドスの表現では、三獣の頭が全て首から出ているのかどうか不明。
(3) カドモスはフェニキアの王子で、ギリシアに来てテーバイを建国した。その民とはテーバイ人。ピクスはスピンクスのこと。女性の顔とライオンの体をした怪物。「四本足、二本足、三本足で声は一つのものは何か」という謎を出し、解けない者を殺していたが、オイディプスに退治された。
(4) ネメアはアルゴリス地方北部の町。ここに棲むライオンを退治するのは、ヘラクレスの第

恐ろしい蛇(5)を生んだ。これは、広い世界の果て、
暗黒の大地の底で、金無垢の林檎を守っている。
以上が、ケトとポルキュスから生まれた一族だ。

テテュスと大洋《オケアノス》の子

テテュスは大洋《オケアノス》に、渦巻き流れる河川を生んだ(6)。すなわち、
ネイロスにアルペイオス、深く渦巻くエリダノス、
ストリュモンにマイアンドロス、豊かに流れるイストロス、
パシスにレソス、銀の渦巻くアケロオス、
ネッソスにロディオス、ハリアクモンにヘプタポロス、
グラニコスにアイセポス、聖なるシムース、
ペネイオスにヘルモス、清き流れのカイコス、
大河サンガリオスに、ラドンに、パルテニオス、
エウエノスにアルデスコス、聖なるスカマンドロス。
テテュスはまた、娘たち《クーライ》(7)の聖なる一族を生んだ。
アポロンの君や諸々の河川と共に、地上にて若者を
育て上げ、それをゼウスから託された職分とする者たちで、

一番目の難業。

(5) 後代の神話作家はこれをラドンと呼ぶ。大地の下で宝を守る蛇の話は世界中にある。

(6) 以下のカタログは、ギリシア、トロイア地方、小アジア、遠隔地などの河川を含むが、配列の原理はないようであるし、有名な川で抜け落ちているのもある（スペルケイオス、アソポス、ケピソス、エウロタス等）。ネイロスはナイル河。エリダノスは後世ポー河あるいはロダノス（ローヌ）河とされることもある。断片九八参照。イストロスはドナウ河。パシスについては断片二五二bへの註参照。アケロオス河は各地にあるが、アカルナニア地方にあるギリシア最大の川であろう。

(7) 三六四行でオケアニナイ（オケアノスの娘たち）と呼↙

ペイトにアドメテ、イアンテにエレクトラ、
ドリスにプリュムノ、神々しいウラニア、
ヒッポにクリュメネ、ロディアにカッリロエ、
ゼウクソにクリュティア、イデュイアにパシトエ、
プレクサウラにガラクサウラ、愛らしいディオネ、
メロボシスにトエ、見目よきポリュドラ、
肉《しし》おき愛らしいケルケイスに、牛の目をした(1)プルト、
ペルセイスにイアネイラ、アカステにクサンテ、
艶《あで》やかなペトライア、メネストにエウロパ、
メティスにエウリュノメ、クローカス色の衣のテレスト、
クリュセイスにアシア、魅惑のカリュプソ、
エウドラにテュケ、アンピロにオキュロエ、
そして、全員の中で最も位高いステュクス。
これが大洋《オケアノス》とテテュスから生まれた
年かさの娘たちだが、他にも大勢いる。
　踝《くるぶし》細き大洋の娘たち《オケアニナイ》が三千、
遍《あまね》く散らばって、陸といわず海の深みといわず、

↙ばれるが、オケアニデスという呼称が一般的。息子たちが河川であったのに対し、娘たちは泉のニュンフが多い。若者を育て豊穣をもたらす機能をもつ。ドリスは前出ネレウスの娘たちの母。エウロパはゼウスに愛されてミノスらを生んだエウロパとは別人。メティス（知恵）はゼウスの最初の妻。アシアはプロメテウスまたはイアペトスの妻となり、アジアの名祖となった（一説）。カリュプソはオデュッセウスを愛人とした。但し、ホメロス『オデュッセイア』ではオケアノスではなくアトラスの娘とされる。ステュクス（冥界の川）が神々の誓いの証人となることは七七五行以下参照。なお、このカタログにはディルケ、アレトゥサ、カスタリア等の有名な泉が抜け落ちて

等しく訪れてまわる、輝かしい姫神たちだ。
　この他に、滔々と流れる河川も同じ数だけあり、
大洋《オケアノス》の息子にして、厳かなテテュスが生んだものだ。
その全ての名を語るのは、死すべき人間には至難の業、
ただ、おのおの近くに住む人々が、それを知る。 三七〇

テイアとヒュペリオンの子

テイアはヒュペリオンに屈服して愛の契りをなし、
偉大な太陽《ヘリオス》に、皓々たる月《セレネ》、そして、
地上に生を享ける全ての人間と、広大な天空に住む
不死なる神々のために光をもたらす、曙《エオス》を生んだ。

クレイオスとエウリュビアの子

いとも尊い女神エウリュビアは、クレイオスと 三七五
愛の交わりをして、偉大なアストライオスにパッラス、
そして、知者ぶり衆に抽《ぬき》んでるペルセスを生んだ。
曙《エオス》はアストライオスと、男神女神の褥を共にして、

いる。

(1) 普通は女神ヘラに掛かる枕詞。その場合も、牛態のヘラ崇拝は忘れられ、単に「円らな目の」位の意味になっているかもしれない。

剛気な心の風たちを生んだ。白く輝く西風《ゼピュロス》に、
疾走する北風《ボレアス》、そして南風《ノトス》がそれだ。
それらに続いては、朝まだきに生まれる神（曙《エオス》）が、
暁の明星《ヘオスポロス》と、天空の冠となる燦めく星々を生んだ。

ステュクスの子

大洋《オケアノス》の娘ステュクスは、パッラスに抱かれて、
屋敷内にて、妬み心《ゼロス》と、踝《くるぶし》麗しい勝利《ニケ》、
それに、権力《クラトス》と暴力《ビア》を生んだ。赫々たる子供たちだ。
ゼウスを離れては、彼らの家もなく、居場所もなく、
神が率《い》て行く所でなければ、出かけることもなく、
雷鳴殷々《いんいん》たるゼウスの傍らに、常に侍っている。
そのように、大洋《オケアノス》の娘、不滅のステュクスが決めたからだ。
稲妻を放つオリュンポスの主が、高峻のオリュンポスに、
全ての神々を呼び集めて、こう言った日のことだ。
自分に味方してティタン神族と戦う神からは、
決して特権を奪わぬし、かつて神々の間で

得ていた名誉を、おのおの保持するであろう。
クロノスのために名誉と特権を奪われた者には、
当然のことながら、名誉と特権に復帰させよう、と。
この時、真っ先にオリュンポスに駆けつけたのが不滅のステュクスで、
我が父親の忠告に従い、我が子らを引き連れてやって来た。
ゼウスは彼女を敬い、過分の褒美を与えた。
すなわち、彼女を神々の誓約の大いなる証人となし、
その子らには、いつまでも側近く住むことを許したのだ。
同様に、ゼウスは終始、全ての者に約束どおりのことを
果たしたが、大権を揮い、支配するのはご自身だ。

ポイベとコイオスの子

ポイベはコイオスのいとも愛らしい褥に入った。
やがて、男神女神の愛の契りで身籠ると、
か黒い衣のレトを生んだが、これは常に優しく、
人間にも不死なる神々にも穏和で、
初めから優しく、オリュンポスで最も温厚な神だ。

ポイベはまた、吉祥の名のアステリアを生んだが、それを
ペルセスが広壮な館に連れ帰り、愛しい妻と呼んだ。

ヘカテ讃歌

アステリアは身籠ってヘカテ(1)を生んだが、クロノスの子ゼウスは、
誰にも増してこれを尊重し、輝かしい賞典を与えて、
大地でも不毛の海でも、職分を持たせた。
彼女はまた、星の林の天空にも権能を授けられて、
不死なる神々から、この上なく敬われている。
それは、今でも地上に生を享ける人間が、
型どおり、見事な生贄を捧げて神意を宥める時には、
ヘカテに呼びかけることでも分かる。女神が快く、
その祈りを聞き届けると、多大のご利益が易々とついて来るし、
福分を授けても下さる、その力をお持ちなのだ。
それは、大地《ガイア》と天空《ウラノス》から生まれ、権能を割り当てられた
全ての神々の、幾分かを分かち持っているからだ。
クロノスの子も彼女に力を揮いはせず、彼女が先代の

(1) 小アジアのカリア地方から来た神格とされる。働きがないのに熱烈に賛美されることから、この部分の真性を疑う説もあるが、Westは、ヘシオドスの父親(小アジアのキュメの人)がヘカテ崇拝の信者であった可能性を考える。ヘシオドスの兄弟がペルセスと名付けられていることなどが傍証とされる。陸海空、人間生活のあらゆる領域で恩恵を下さる神であるが、後代には、地下・魔術・月・血などと結びつき、アルテミスと同一視された。断片二〇a参照。

ティタン神族の間で受け持っていたものを、奪わなかったから、
当初からの割り当てを、元のまま保持している。
女神は一人っ子だからといって、地と空と海における、
名誉と特権の持ち分が減るどころか、
一層増えているのは、ゼウスが女神を敬うからだ。
女神は、気が向いた者には大いに寄り添い、力添えするし、
裁きの場では、畏れ多い王たちの傍らに座を占め、(2)
人々の集まりでは、女神の気が向いた者が際立つことになる。
男たちが武士《もののふ》を滅ぼす戦争へと武具を纏う時には、
進んで勝利を授け、誉れを上げさせようと
気が向いた方に、女神は味方する。
女神は、気が向いた騎兵たちの味方をして頼もしく、
また、男たちが競技の場で賞を競う時にも頼もしい。
そこでも女神は、彼らに寄り添い、力添えする。
力と強さで勝利した男は、見事な賞品を、
嬉しくも難なく獲得して、両親に誉れをもたらす。
さらに、灰色の荒れ海で業に勤しみつつ、

(2) 底本に従い、四三四行を四三〇行の前に、四三九行を四三五行の前に移す。

ヘカテと、地響き立て大地を揺する神（ポセイドン）に祈る者には、
栄えある女神は、易々と大きな漁獲を授ける一方、
その気になれば、現われた獲物を難なく奪い去りもする。
牧舎にて、ヘルメスと共に家畜を増やすことにも頼もしい。
牛の群れ、また広く散開する山羊の群れ、
房々と毛深い羊の群れを、女神は気が向くままに、
僅かのものから繁殖させ、多くのものを減らしもする。
このように、女神は母親の一人っ子とはいえ、
神々の間で、あらゆる特権を帯びて敬われている。
クロノスの子は女神を、若者の養育者となした。
遠く見渡す曙《エオス》の光を、女神より後に見ることになった若者のためだ。
このように、初めから養育者であり、これが権能の数々だ。

クロノスとレイアの子ゼウスの誕生、王権の交替第二幕

レイアはクロノスに屈服して、輝かしい子供たちを生んだ。
ヘスティアに、デメテル、黄金の沓履くヘラ、
地の下の館に住み、冷酷な心を持つ

強大なハデスに、地響き立て大地を揺する神（ポセイドン）、
そして、神々と人間の父、その雷鳴の下で
広い大地もうち震える、明知のゼウスだ。
ところが、大クロノスは、子供らが母親の聖なる胎《はら》から、
膝へと落ちる度に(1)、嚥《の》み込もうとした。
栄光の天空《ウラノス》一族の誰も、自分以外は、
不死なる神々の間で、王の名誉を得てはならぬ、と考えたのだ。
それというのも、大地《ガイア》と星の林の天空《ウラノス》から聞いていたからだ(2)。
いかに己れが強くとも、偉大なゼウスの計らいによって、
子供に打ち負かされる定めにあることを。
そこで、クロノスは目を節穴にせず、目を光らせては、
己れの子を嚥み込み続けた。尽きせぬ悲嘆がレイアを摑む。
だがいよいよ、神々と人間の父ゼウスを生もうとする時、
自らの愛しい両親、大地《ガイア》と星の林の天空《ウラノス》に、
どうすれば人知れず我が子を生めようか、
どうすれば我が父親の復讐と、奸知に長けた大クロノスに
嚥み込まれた子供たちの復讐を、受けさせられようか、

（1）ホメロス風讃歌『アポロン讃歌』一一七以下に、レトがアポロンとアルテミスを生む時、棗椰子の木に抱きつき、地に両膝を着けたとあるように、ここでもその出産姿勢であろう。

（2）ガイアとウラノスは八九一行以下でも予言的忠告をする。ガイアはアポロンの前にデルポイの神託所を主宰するなど、予言の力を有した。

知恵を編み出して欲しい、と懇請した。
愛しい娘のことなれば、両親は聞くなり従って、
強《こわ》い心の息子、王なるクロノスについて、
起こる定めのことを残らず告げた。
そして、彼女が末の子、大いなるゼウスを生もうとする時に、
クレタの肥沃の郷、リュクトス(1)へと、彼女を送り出した。
巨大なガイアはその子を彼女から受け取り、
広大なクレタの地で、養い育てることにした。
レイア(2)は彼を運んで、疾速の黒い夜を衝いてクレタへ、
まずはリュクトスに到ると、彼を手に取って、
神さびた大地の隠れ穴の下、深くえぐれた洞穴に隠した。
鬱蒼たる森に覆われた、アイガイオンの山中だ。
そして、大きな石を襁褓《むつき》にくるむと、天空《ウラノス》の子、
先の代の神々の王なる暴君（クロノス）に手渡した。
彼はそれを手で摑み、己れの腹中に嚥み下したが、
無慚や、石ならぬ我が子が、負かされもせず構われもせず
後に残り、やがて腕ずく力ずくで彼を屈服させ、

（1）クノッソスの東の地。農耕神崇拝の跡を留める洞窟が近くに幾つかある。

（2）ここでは主語が変わらないので、諸家の解釈では、ゼウスをクレタに運ぶのも、大石を襁褓にくるむのもガイアとされる。しかし、話の流れからはレイアを主語にしたい。襁褓に包んだ石をクロノスに渡して、「これが赤ちゃんです」と言うのはレイアにこそふさわしいから。四八一行から三行ないし四行を削除する説があり、不明瞭な箇所ではある。主語がいずれにしても、四八二行の「彼を手に取って」はおかしい。

名誉の位から追い落として、自ら不死なる神々の
王となることを、心中悟らなかったとは。
　その後たちまち、この王の威力と輝くばかりの
四肢は成長し、一年が巡ると、
大地《ガイア》の思慮深い教唆に欺かれ、
己が子の術策と力に敗れて、
奸知に長けたクロノスは、子らを戻した。
最初に吐き出したのは、最後に嚥みこんだ石だ。
ゼウスはそれを、神さびたピュト（デルポイ）にて、
パルナッソスの山峡の、道の広がる地に埋め込み、
後の世の人たちへの、驚くべき記念となした。
　ゼウスは父の兄弟たちを、呪わしい縛めから解き放った。
父親が愚かにも縛りつけた、天空《ウラノス》の子らだ(3)。
彼らはゼウスの恩遇への感謝を忘れず、
雷とくすぶる雷火、それに稲妻を
提供したが、それまでは巨大な大地《ガイア》が隠していたもので、
ゼウスはこれを頼んで、人界神界に君臨する。

（3）「父の兄弟たち」の父はクロノス、次の父親はウラノス。その子らとはキュクロプスたち。

イアペトスとクリュメネの子

イアペトスは大洋《オケアノス》の娘、踝《くるぶし》麗しい
クリュメネを娶って、一つ臥牀《ねどこ》に上がった。
彼女は夫に、猛き心の息子アトラスを生み、
続けて生んだのが、傲然たるメノイティオスに、才気煥発、
七色の知恵のプロメテウスに、うつけ者のエピメテウス[1]だ。
彼が初めから、パンを食らう人間たちの禍いとなったのは、
乙女の塑像をゼウスから、妻として最初に受け取ったことによる。
乱暴者のメノイティオスは、不埒な振舞いと、
驕慢な男ぶり故に、遠く見はるかすゼウスが、
煙吹く雷火で撃って、晦冥《エレボス》へと突き落とした。
アトラスは必然の強き力の下、世界の果てで、
玉の声の夕べの娘《ヘスペリデス》たちの前に立ち尽くして、
頭と疲れを知らぬ両腕で、広大な天を支えている。
明知のゼウスが、それを彼の職分に割り当てたのだ。
策謀に長けたプロメテウスは、ゼウスが不壊の足枷もて、

（1）「後知恵男」の意味になる。プロメテウス（先知恵男）に対して、致命的な失敗を犯す男として作り出されたのであろう。

厳しい鎖もて、縛りつけ、（枷、鎖を）柱の真ん中に打ち込んだ。
そして、翼の長い鷲をけしかけると、鷲は不死身の肝臓を
啄《ついば》んだが、翼の長い鳥が、一日かけて啖《くら》ったのと、
そっくり同じだけ、夜の間に再生した。
この鷲を、踝《くるぶし》麗しいアルクメネの剛毅な息子、
ヘラクレスが殺して、イアペトスの子の辛い
苦患《くげん》を除き、憂悶を解き放ってやったが、(2) これは、
高空を知ろすオリュンポスのゼウスの意にも適っていた。
テーバイ生まれのヘラクレスの誉れが、ものみなを養う地上で、
以前にも増して揚がることを、ゼウスは念じていたからだ。
こうした配慮から、ゼウスは赫々たる息子を敬ったし、
権勢並びなきクロノスの子に謀《はかりごと》で張り合ったからとて、
（プロメテウスに）抱いていた怒りをも、憤りつつも収めたのだ。

プロメテウスとゼウスの対決(3)

それは、神々と死すべき人間とがメコネ(4)にて、取り決めを
しようとした時のこと。プロメテウスは熱意をこめて、大きな牡牛を

（2）アイスキュロス『縛られたプロメテウス』に見るように、プロメテウスが縛めを解かれるのは後代の伝承で、ここではヘラクレスは鷲を射殺するのみである。

（3）この部分は三つの説明神話（aetiology）を含む。生贄の方式、火の起源、女性の誕生。

（4）ペロポンネソス半島東北部、シキュオンの古名という。

切り分かち、ゼウスの心を騙してやろうと、前に並べた。
すなわち一方に、脂肪に富んだ肉と内臓を、
牛の胃袋でくるんで皮の上に置き、
他方に、(1)牡牛の白い骨を、騙しの術で
盛りつけて、艶《つや》やかな脂肪でくるんで置いた。
すると、人間と神々の父は、彼にこう言った。
「全ての王侯の中でも、とりわけ抽んでたイアペトスの子よ、
なあ、お前、何と片側贔屓の分け前の分け方をしたことか」
　尽きぬ機略を知るゼウスは、こう咎めて言った。
それに対して、奸知に長けたプロメテウスは、
薄笑いを浮かべて、騙しの術も忘れずに、こう言った。
「常永久《とことわ》に在《いま》す神々の中でも、とりわけ誉れ高く偉大なゼウスよ、
いずれなりとも、胸の心が命ずる方をお選びください」
　騙すつもりでこう言ったが、尽きぬ機略を知るゼウスは、
企みを悟り、気付かぬわけはない。(2)心眼をもって、
死すべき人間の禍いを見据え、それは実現することになっていた。
彼は両の手で白い脂肪を取り上げたが、

(1) West底本は、「一方彼（ゼウス）に、他方彼ら（人間）に」と改め、対象を明示するが、従わない。そうすれば、後の「好きな方を選べ」というのと抵触する。

(2) 元となる話ではゼウスは本当に騙されたが、ヘシオドスが全知のゼウスのためにこのように補足したと考えられている。

騙しの術による牡牛の白い骨を見るや、
腸《はらわた》が煮えくり返り、怒り心頭に発した。
これ以来、地上にある人類は神々のために、
香煙けぶる祭壇で、白い骨を焼いている。
雲を集めるゼウスは、憤懣やるかたなく、彼に向かって言った。
「万人に超え優れて機略を知る、イアペトスの子よ、
なあ、お前、では未《いま》だ、騙しの術を忘れていなかったな」
　尽きぬ機略を知るゼウスは、憤然としてこう言った。
これ以来、ゼウスはいつまでも怒りを忘れず、
地上に住む死すべき人間のために、
疲れを知らぬ火の力を、梣《トネリコ》の木に与えようとはしなかった。(3)
だが、イアペトスの優れた息子は、彼を出し抜いた。
疲れを知らぬ火の、遠目にも著《しる》き輝きを、空ろな大茴香《おおういきょう》に入れて、(4)
盗み出したのだ。火の、遠目にも著《しる》き輝きが、
人間界にあるのを認めると、高空に鳴り響くゼウスは、
心中深く噛まれ、肝魂《きもだましい》も怒りに染まった。

(3) 太古、人間は雷火に撃たれた木から、また擦り合わせた木から火を得たところから、木の中に火があると信じた。しかし、なぜトネリコなのかは不明。
(4) Ferula communis, Giant fennel. 二・五メートルにも達する草本で、茎の内部の髄が乾燥すれば、そこに火種を保つことができる。

女性の誕生

ゼウスは直ちに、火の見返りに、人類への禍いを拵えた。
すなわち、いとも名高いアンピギュエエイス[1]が、クロノスの子の
意を受けて、淑やかな乙女に似た姿を土から捏ねると、
梟の目の女神アテネは、帯を締め、銀白の衣で
飾り立てる。頭には、手のこんだ被《かず》き物を、
手ずから掛けてやったが、見るも驚きの業だ。
［頭の周りには、草原の花の瑞々しい冠の、
心ときめくばかりなのを、パッラス・アテネが被《かぶ》らせた］
頭の周りには、いとも名高いアンピギュエエイス自らが、
父なるゼウスの意を迎え、巧みの手技で
細工した、黄金のティアラを被らせた。
そこには、陸と海が育む限りの恐ろしい獣が、
多彩な意匠として作り込まれ、見るも驚きの業だ。
そんな多くの驚きを、神は声ある生き物にも似せて、
彫《え》りつけて、全てに美が匂い立っていた。
さてゼウスは、善きもの《アガトン》（火）の見返りに、美しき禍い《カロン・カコン》を造ると、

（1）火の神、鍛冶・陶芸・工作の守り神、ヘパイストス。世界中の鍛冶の神が（片）足萎えであるように、「両足の曲がった」の意味かとされるが、不詳。「両手利きの」との解釈もある。

猛き父の娘、梟の目の女神に飾られて有頂天の女を、
他の神々と人間の集まる場へ連れ出した。
人間どもには手に負えぬ、険しい罠を見ると、
不死なる神々も死すべき人間も、驚嘆の念にうたれた。
宜《むべ》なり、この女から女性なるものの族《やから》が生じたからで、
［宜なり、破滅の族、女の一族はこの女に由来するからで］
それは人類の大いなる災厄、男たちと共に暮らしても、
忌わしい貧乏《ペニア》とは連れ添わず、飽満《コロス》と連れ添うばかり。
たとえば、蜜蜂は庇に守られた巣の中で、
連れ立って悪事をなす雄蜂どもを養う。
蜜蜂は、陽が沈むまで日がな一日、
連日精出し、白い巣房《すぼう》を築くのに、
雄蜂ときたら、庇に覆われた蜂巣《はちす》の中に留まって、
他人の苦労を自分の腹に収めている。
正にそのように、連れ立って厄介事をなす女たちを、
高空に鳴り響くゼウスは、死すべき男らにとっての
禍いとなした。

善きもの《アガトン》の見返りには、第二の禍い《カコン》も与えた。
結婚と女たちの濫行《らんぎょう》を避けて妻帯を望まぬ男は、
年寄りを看取る息子を持たぬまま、忌わしい
老年に到る。その者は、生きている間は生計《たつき》には
事欠かぬものの、死ねば、遠い親戚が資産を
分けてしまう。一方、結婚を定めと心得て、
考えのしっかりした、まめやかな妻を持った場合は、
禍いと善きものが絶えずせめぎあう一生と
なるが、(1)害毒のような女と巡り会った男は、
胸の裡に、その心に、肝に、果てしない悲しみを
抱いて生きる。癒しようのない禍いなのだ。
　このように、ゼウスの心は誑《たぶら》かすこともすり抜けることもできない。
イアペトスの子、狡猾なプロメテウスでさえ、
彼の重い怒りを逃れることができず、知恵に長けた者ながら、
必然の力の下、強大な縛めに拘束されている。

（1）ゼウスから善と禍を混ぜて与えられた者は幸にも不幸にも遭うが、禍ばかりを貰った者は目も当てられぬ（ホメロス『イリアス』二四-五二七以下）、とする考えに通じる。

（2）ティタン神族とその子たちオリュンポス神族の戦いの意。ガイアとウラノスの子であるティタン神族は一三三行以下で語られるように、六男六女とキュクロプスたち、それにヘカトンケイレス（百手巨人たち）であるが、キュクロプスたちとヘカトンケイレスはオリュンポス神族の味方をする。六男六女のうちどの神々が戦ったのか、明示されない。

ティタノマキア[2]

さて、その初め、父親（ウラノス）がブリアレオスとコットス、
それにギュゲスを心から憎んだ時、強力な鎖で縛りつけたのは、
驕慢な男ぶりと容貌、加うるに巨体を
不快に思ったからで、彼らを道の広がる地の下に押し込めておいた。
彼らはそこ地の下に、苦悶を抱えつつ住み、
広大な大地の果てのどん底で、久しきにわたり、
苦しみ、悲嘆に心苛まれながら、動けなかった。
だが、髪麗しいレイアがクロノスに抱かれて生んだ、
クロノスの子、その他の不死なる神々が、
大地《ガイア》の計略に従い、彼らを再び陽の光の下に連れ出した。
この連中を味方につければ、勝利と輝かしい誉れを挙げられようと、
大地《ガイア》は彼らに、逐一残らず告げたのだ。
何しろ、ティタン神族と、クロノスから生まれた神々は、
激しい戦闘で対立しあい、悲惨な苦労を
嘗めつつ、長年にわたり戦っていたのだ。
高貴なティタン神族は、聳え立つオトリュス山[3]に拠り、

（3）戦場となったテッサリア平原を挟んで、北にオリュンポス山、南にオトリュス山（最高峰一七二六メートル）がある。

髪麗しいレイアがクロノスと共寝して生んだ、
福分を授ける神々は、オリュンポスに拠った。
両軍、悲惨な［……］を嘗めつつ、今や
丸十年にもわたって、絶える間もなく戦っていたが、
何方《いずかた》にも、苛酷な争いの解決も終結もなく、
戦いの輸贏《しゅえい》は、等しく釣り合っていた。
だが、ゼウスが彼らにうってつけの食物を、神々自身の食する
ネクタルとアンブロシア(1)を、存分に給すると、
三者いずれの胸にも、雄々しい士気が漲《みなぎ》った。
［ネクタルと魅惑のアンブロシアを味わうと］
正にその時、人間と神々の父は彼らに向かってこう言った。
「聞いてくれ、大地《ガイア》と天空《ウラノス》の輝かしい息子たち、
胸の内の心が私に言えと命ずるところを言うぞ。
ティタンどもと、クロノスから生まれた我ら神々は、
既に久しきにわたり、来る日も来る日も、
勝利と覇権を賭けて、相対《あいたい》して戦ってきた。
お前たちは、痛ましい戦いの中で、ティタンどもに対して、

（1）ネクタルは神々の飲料、アンブロシアは食物。但し、液体と個体の別が逆の場合もある。

強大な力と無敵の腕を示すのだ。
我らの計らいによって、暗々たる闇の世界から、
残酷な縛めを逃れ、陽の光の下に戻って来るまで、
いかばかりの目に逢ったか、我らの優しい好意を思い出すがよい」
　こう言うと、勇士コットスが直ちに答えて言った。
「これは聞こえぬこと。仰せのことは先刻承知だ。我らとても
知っているが、あなたは思慮にても知力にても卓越し、
不死なる神々には、身も凍る破滅の防ぎ手であったし、
我らが冷酷な縛めを逃れ、暗々たる闇の世界から、
再び帰るを得たのも、あなたの賢慮のお陰、
クロノスの子なる王よ、思いもよらぬ幸せに遭ったものだ。
それ故、今度は、赤心と熱意をもって、
激しい戦闘をティタンどもと戦うことで、
恐ろしい殺し合いの中でも、あなたの覇権を守って進ぜよう」
　こう言うと、福分を授ける神々は、その言葉を聞いて
褒め称えた。心は以前にも増して、
戦争を渇望する。その日のうちに、羨《とも》しからぬ

戦いを目覚めさせたのは、女神男神の全員で、
ティタン神族と、クロノスから生まれた限りの神々と、
ゼウスが地の下、晦冥《エレボス》から陽の光の下へと送り出した、
恐ろしく強力で、驕慢な力を持った連中だ。
彼らの肩からは、みな等しく、百の腕が
突き出し、頭は各々に五十、
逞しい四肢に乗っかって、肩から生えていた。
この時彼らが、逞しい腕に険しい岩を摑んで、
痛ましい戦いの中にティタン神族と対峙すれば、
こなたティタンたちも、懸命に隊列を強化する。
両軍、腕の業、力の業を発揮すれば、
果てしなき海は、四囲に恐ろしく吠えたて、
大地の鳴動すさまじく、広大な天はうち震えて呻いた。
高峻のオリュンポスは、不死なる神々の疾駆につれて、
根元から揺れ動く。足踏みつける重い振動、
名状しがたい追撃と強力な飛び道具の鋭い音、
それらが闇黒のタルタロスにまで達した。

このように、彼らは悲嘆を蔵する飛び道具を投げ合った。
両軍の叱咤する声は、星の林の天にまで届き、
彼らは大喚声と共に激突した。
　ゼウスはもはや手加減はせず、たちまち
肺腑に気力が張るや、力の限りを発揮する。
間断なく稲妻を放ちつつ、天からとオリュンポスからと、
同時に踏み出せば、雷火が、
雷鳴と稲妻と相たずさえて、奇《くす》しき炎を巻きながら、
逞しい腕から、矢継ぎ早に飛び出して行く。
周りの、命をもたらす大地が、焼かれて鳴動し、
周りの、広漠たる森が、激しく鳴り騒いだ。
一面の大地も、大洋《オケアノス》の流れも、不毛の海も、
煮えたぎる。地の下へ行くべきティタンたちを、
熱風が包み、名状しがたい炎は顥気《アイテル》にも達して、
雷火と稲妻の光芒一閃すれば、
さしも屈強な者らも視力を奪われた。
驚くべき焦熱がカオスを摑んだ。まともに目で見、

耳で音を聞くとすれば、あたかも大地と、
上なる広大な天空が、接近した時のように思われた。
天空が高みから落ちかかり、大地が落下を受ける時には、
それほど巨大な轟音が起こりもしただろう。
それほどの轟音が、相い撃つ神々の争いから起こった。
加えて風たちが、振動と砂塵を巻き起こし、
偉大なるゼウスの矢なる、雷鳴に稲妻、そして
くすぶる雷火を掻き立て、怒号と叫喚を
両軍のただ中に運ぶ。恐ろしい争いから
とてつもない音が沸き起こり、覇権を巡る業が露になった。
　激しい戦闘の中、互いに攻め合い、休みなく
戦っていたが、遂に、戦いは傾いた(1)。
コットスとブリアレオス、それに合戦に飽きぬギュゲスが、
前線に躍り出て、苛烈な戦いを目覚めさせたのだ。
彼らは逞しい腕から、三百の岩を
雨霰と浴びせかけ、ティタンたちを
矢弾の影で覆った。そして、さしも驕慢な敵ながら、

（1）対決する両者の運命が秤に載せられ、敗者の皿が傾くイメージ。アキッレウスとヘクトルの運命を天秤にかけるゼウスの場面（ホメロス『イリアス』二二・二〇九以下）が有名。

腕ずくで打ち負かして、道の広がる地の下へと
追い落とし、鎖もてきりきりと縛りつけた。
それは、天と地の隔たりと同じだけ、大地から降った所。

タルタロスの描写(2)

　大地から闇黒のタルタロスまでも、同じだけ隔たっている。
それが証拠に、青銅の金敷を天から落とせば、
九日九夜落下して、十日目に大地に着くが、
[大地から闇黒のタルタロスまでも同じだ]
同じく、青銅の金敷を大地から落とせば、
九日九夜落下して、十日目にタルタロスに着くだろう。
その周りには、青銅の牆《かき》が巡らされ、頸部(3)の辺りに、
夜が三層を成して沈んでいる。だが、上の方には、
大地と不毛の海が、根を下ろしている。
　そこに、ティタン神族は隠されている。
暗々たる闇の底、巨大な大地の末端の、
黴臭い場所だが、雲を集めるゼウスの計らいによることだ。

(2) ヘシオドスでは宇宙は天空・大地・タルタロスの三層で、大地とタルタロスの間にカオスがある。ホメロスでは、天空・大地・冥界《ハデス》・タルタロスの四層で、天・地の距離とハデス・タルタロスの距離が同じという（『イリアス』八-一三以下）。なお、この部分には、他の箇所との矛盾、あるいは重出ゆえに削除される詩行がかなりある。

(3) 青銅の牆が上部で窄まり、タルタロスは甕のような形になっているようである。

彼らは出ることが叶わず、ポセイドンが青銅の
扉を塞ぎ、両側に牆壁《しょうへき》が巡らされている。
［そこにギュゲスとコットスと雄々しいブリアレオスが、
アイギスを持つゼウスの忠実な護衛として住んでいる。
　そこにはまた、漆黒の大地の、闇黒のタルタロスの、
不毛の海の、星の林の天空の、
すなわち、全てのものの根源にして末端が、順に並んでいるが、
神々さえも忌み嫌う、黴臭い難所だ。
大いなる空隙《カスマ》で、ひと度その門を潜った者は、
丸一年かけても、その床に達することができず、
相次ぐ難風に、あちらこちらへと弄ばれる。
不死なる神々にさえも、恐ろしい所だ］
［この奇怪なもの。また、暗黒の夜《ニュクス》の恐ろしい住処が、
か黒い雲に覆われて立っている］
　その前では、(1)イアペトスの子が、(2)身じろぎもせず
突っ立って、頭と疲れを知らぬ両腕で、広大な天を
支えている。この場所で、夜《ニュクス》と昼《ヘメラ》が近づいて、

（1）七三四―七四五行を削除すると、「その前」とは七三三行の扉（複数）を受けることになる。

（2）アトラス。五一七行以下では、地下ではなく、ヘスペリデスの住む世界の西の果てで天を支えている。

青銅の大きな敷居を跨ぎながら、挨拶を交わす。
一方は中へ降りて行き、一方は外に出るのだが、
館は決して、二人同時に中へは入れず、
一方が館の外で大地を巡っている間、
他方は必ず館の中に留まって、
自分の出発の時が来るのを待つ。
一方は、地上の生類のために、遠く見渡す光を携え、
他方は、死《タナトス》の兄弟なる眠り《ヒュプノス》を手にしている。
暗鬱な雲に覆われた、忌まわしい夜《ニュクス》だ。
　暗黒の夜《ニュクス》の子供たちも、ここに家を構えている。
眠り《ヒュプノス》と死《タナトス》という恐ろしい神々で、輝き渡る太陽《ヘリオス》は、
天に昇る時も、天から降りゆく時も、
その光線の眼差しを、彼らに向けようとはしない。
片方は、大地と海の広い背を、静かに
行き来して、人間に優しいが、
もう一方は、胸の裡なる心は鉄、肝は
情け容赦ない青銅で、ひと度捕まえた人間は、

自分のものにする。不死なる神々にさえ憎まれる奴だ。
　更に行くと、地下を治める神（ハデス）の木霊《こだま》する館が
［強大なハデスと、畏怖すべきペルセポネの］
建っており、その前では、恐ろしい犬（ケルベロス）が見張っている。
情無用、悪辣な企みをする奴で、入って来る者には、
尾と両の耳で愛想をふりまくが、
二度と出ることは許さず、目を光らせて、
門から出るところを捕まえ、食ってしまう。
［強大なハデスと、畏怖すべきペルセポネの］
　そこにはまた、還流する大洋《オケアノス》の総領娘、
不死なる神々に忌み嫌われる女神(1)、恐ろしいステュクスが、
住んでいる。神々から遠く離れ、巨巌の覆いかぶさる
名高い館を構えるが、それは周り一面、
銀の柱で天に繋ぎ止められている。
タウマスの娘、足の速い虹《イリス》も、海の広い背を越えて、
使者としてやって来ることはめったにない。
ただ、不死なる神々の間で、争いや諍いが生じた時や、

（1）*στυγερή*（ステュゲレー、忌み嫌われる）とステュクスの語呂合わせがある。

オリュンポスの館に住む神で、嘘をつく者があると、
ゼウスは虹《イリス》を遣わして、神々の誓約の大いなる証人、
名にし負う水を、黄金の水差にて、遠くから持ち帰らせる。
清冷の水は、高く険しい巌より滴り落ちる。
道の広がる地の遥か下で、黒い夜の間に、
聖なる河から流れ出るこの水は、
大洋《オケアノス》の支流として、十分の一を割り当てられている。
十分の九は、銀の渦巻く流れで、大地と
海の広い背を巡りつつ、潮《うしお》になだれ込むが、
十分の一は巌から流れ出て、神々の大厄となるのだ。(2)
雪を戴くオリュンポスの峰に住む神々にして、
この水を灌《そそ》いでおきながら、偽りの誓いをなすと、
一年の満ちるまで、呼吸を止めて横たわり、
アンブロシアとネクタルの飲食《おんじき》に近づくこともできず、
広げた臥処《ふしど》に、息もせず声もなく臥して、
たちの悪い昏睡に包まれる。
長い一年の病を終えても、

(2) ステュクスを証人に立てて偽誓した場合の罰の恐ろしさをいう。

また別の、一層苛烈な試練が待ち受ける。
九年間、永遠に在《いま》す神々から離されて、
丸九年というもの、会議にも宴席にも
連らなれず、オリュンポスの館に住む不死なる神々の
集いに再び参入するのは、ようやく十年目だ。
ステュクスの不滅の水、太古の水を、神々はこれほどの
誓いの証人となした。ごつごつした岩場から放つ水だ。
　そこにはまた、漆黒の大地の、闇黒のタルタロスの、
不毛の海の、星の林の天空の、
すなわち、全てのものの根源にして末端が、順に並んでいるが、
神々さえも忌み嫌う、黴臭い難所だ。
そこには、燦めく門と青銅の敷居があり、
自ずから生え出た連綿たる根で、揺るぎなく
支えられている。更に行くと、全ての神々から外れて、
闇深いカオスの弥果《いやはて》に、ティタンたちが住んでいる。
一方、雷鳴殷々たるゼウスの名高い援軍のうち、
コットスとギュゲスは、大洋《オケアノス》の根元の辺りに

館を構えて住むが、ブリアレオスは勇士たる故に、
地響き立て大地を揺する神（ポセイドン）が、我が娘
キュモポレイアを添わせて、婿にした。

テュポエウスとの戦い

さて、ゼウスがティタンたちを天から追い落とした後で、
巨大な大地《ガイア》は、黄金のアプロディテの力で、タルタロスと
愛の交わりをして、末の子テュポエウスを生んだ。
その腕は［……………………］
そして、強暴な神の足は疲れを知らぬ。両肩からは、
恐ろしい竜蛇の頭が百も生え出て、
漆黒の舌をちらつかせている。神怪なる頭では、
眉の下の目が、火を閃かす。
［彼が目を開けば、全ての頭から火が燃え立つ］
恐ろしい頭は、残らず声を持ち、
ありとあらゆる不思議の声を発する。ある時は、
神々の理解するような声を出すかと思うと、ある時は、

唸り声高く、勢い猛き傲然たる牛の声、
またある時は、情容赦のない心もつライオンの声、
またある時は、仔犬の群にも似て、聞くも驚きの声、
ヒューヒューと叫ぶ時には、高い山々が下で木霊した。
もし、人間と神々の父が逸早く気づかなかったなら、
その日に、手に負えぬ事態が出来し、
彼が人間界と神界の支配者となっていただろう。
ゼウスが激しい雷鳴を炸裂させると、
周りの大地も、上方なる広大な天も、海も、
大洋《オケアノス》の流れも、地の底タルタロスも、すさまじく反響した。
王が突き進むと、不死なる足の下で、大オリュンポスが
うち震え、大地が呻き声を上げた。
雷鳴と稲妻、怪物を焦がす火、双方からの
焦熱が、煽る熱風と燃え立つ雷火の
焦熱が、菫色の海を摑んだ。
一面の大地も、天も海も煮えたぎる。
不死なる神々の疾駆につれて、高波が岬の周り一面に

荒れ狂い、消しようもない振動が立ち昇った。
消しようもない喧騒と、恐ろしい戦闘に、
地の下の亡者を支配するハデスも、クロノスを囲んで
地下のタルタロスにあるティタンたちも、震えた。
　さて、ゼウスは力を奮い起こすと、雷鳴に稲妻、
それに、くすぶる雷火の武器を執り、
オリュンポスから跳び出すや、一撃を加えて、
恐るべき怪物の神怪の頭を、辺り一面、残らず焼いた。
そしていよいよ、雷撃を加えて撃ち倒すと、
相手は、手足も萎えてどうと倒れ、巨大な大地は呻いた。
テュポエウスが撃たれ、雷火に焼かれると、
暗く、突兀とした山の谷間に(1)、
火柱が上がり、恐るべき熱気に、巨大な大地は
広範に焼かれ、錫のように熔《と》けた。
錫は、逞しい男の技で、穴の開いた坩堝《るつぼ》で熔かされ、
あるいは、最強の鉄でさえ、山の谷間で、
燃え上がる火に屈して、ヘパイストスの 掌《てのひら》によって、

（1）ἀϊδνῆς または ἀϊδνῆς（アイドネース、暗い）の解釈が難しい行。ここを Αἴτνης（エトナ山）とする中世写本もあるが、テュポエウスがエトナ火山の下に埋められたとする説（ピンダロス『ピュティア祝勝歌』一-二〇参照）は、ヘシオドスにはない。

聖なる地中で熔かされる。
そのように、燃えさかる火焔によって、大地は熔けた。
ゼウスは憤恚《しんい》の心で、広いタルタロスへ彼を投げ込んだ。

テュポエウスの子

テュポエウスからは、湿った悪風どもが生まれたが、
南風《ノトス》と北風《ボレアス》、それに白く輝く西風《ゼピュロス》は別だ。
これらは神から生を享け、人間に大いに役立つが、
その他の風は、海上をでたらめに吹く。
まことに、霧立ち籠める海に落ち来たり、
悪しき疾風《はやて》と吹き荒れる、人類の大いなる災厄だ。
時を定めず吹き変わり、船をばらばらし、
船人の命を奪う。海でこんな風に
出会おうものなら、災難を防ぐ術とてない。
のみならず、花盛りの果てしなき大地にても、
塵芥《ちりあくた》や厄介な吹き溜まりもので満たして、
大地生まれの人間の、愛すべき農事を破壊する。

ゼウスの登位

至福なる神々は苦難の戦いを終え、
ティタン神族との、権能の問題を決着させると、
大地《ガイア》の計略に従って、遠く見はるかすオリュンポスのゼウスに、
不死なる神々の王として君臨するよう促した。
彼は神々に、権能を巧みに分け与えた。

ゼウスの結婚(1)

神々の王となったゼウスは、メティスを最初の妻とした。
神界と人間界とを問わず、最も知識の深い方だ。
だが、彼女が梟の目の女神アテネを
生もうとする時、ゼウスは彼女の心を企みで欺き、
甘言をもって言いくるめて、己れの腹中に嚥みこんだ。
大地《ガイア》と星の林の天空《ウラノス》の計略に従ったのだが、
二神が彼に、永遠に在す神々のうち、ゼウス以外の者が、
王の名誉を得ぬようにと、教えてくれたからだ。

(1) ここではゼウスと七柱の女神との結婚が語られるが、Westはヘシオドスの真筆は九〇〇行まで、それ以後は別人（恐らく『名婦列伝』の作者）の手に成ると考える。この他、本来の『神統記』は九二九、九三九、九六二、九六四行までであった、とする説がある。

メティスからいとも賢い子らが生まれる定めになっている、
最初には娘、威力と賢慮では父親にも劣らぬ、
梟の目のトリトゲネイア(1)を、
次には息子、神々と人間の王となる、
驕慢な心の男を、彼女が生むことになる、というのだ。
だがゼウスは、善きにつけ悪しきにつけ助言をさせようと、
先手を打って、女神を己れの腹中に嚥みこんだ。
　次にゼウスが艶《つや》やかな掟《テミス》を娶ると、彼女は
季節《ホライ》を生んだ。死すべき人間の農事の世話をする、
秩序《エウノミア》に正義《ディケ》に、繁栄の平和《エイレネ》の三人だ。
また、ゼウスから最大の権能を授けられている
運命《モイライ》を生んだ。禍福の運勢を人間に与える、
クロトとラケシスとアトロポスの三人だ(2)。
　大洋《オケアノス》の娘、いとも愛らしい姿のエウリュノメは、
ゼウスに、頬麗しい三人の優美の女神《カリテス》を生んだ。
アグライアにエウプロシュネ、愛らしいタリアだ(3)。
彼女らが一瞥すれば、眼《まなこ》から、四肢を萎えさせる

(1) アテネの呼称であるが、語源不詳。アテネがゼウスの頭から誕生した後、トリトン川（ボイオティア、またはテッサリア地方）、あるいはトリトニス湖（リビュア）に託されたから、というのが古代人の説。別解は「三度生まれた、ゼウスの真の娘」。

(2) それぞれ、(運命の糸を)紡ぐ、割り当てる、逆戻りできぬ、という意味をもつ。

(3) それぞれ、輝かしい、愉快、宴楽、という意味を持つ。

エロスがこぼれ出、眉の下なる眼差しの美しさ。
　ゼウスがまた、ものみなを養うデメテルの臥牀《ねどこ》に入ると、
彼女は白き腕《ただむき》のペルセポネを生んだが、明知のゼウスの許しの下、
それをアイドネウス（ハデス）が、母親の許から攫った。(4)
　更に、ゼウスが髪麗しい記憶《ムネモシュネ》を愛すると、
彼女から九人の、黄金のリボンの詩神《ムーサ》らが生まれた。
宴楽と、歌を楽しむことが、彼女らの歓び。
　レトは、アイギスを持つゼウスと愛の交わりをして、
アポロンと、幸矢《さちや》射るアルテミスを生んだ。
天空《ウラノス》の子孫の全てに勝って、魅惑的な子たちだ。
　ゼウスは最後に、ヘラを若草の妻にしたが、
彼女は神々と人間の王と愛の交わりをして、
青春《ヘベ》とアレス、そしてエイレイテュイア(5)を生んだ。
　ゼウスは更に自分で、梟の目のアテネを頭から生んだ。
乱闘を起こし、軍を駆り集め、疲れを知らぬ、
恐ろしい姫君で、喊声と戦争と戦いが彼女の歓び。
　一方のヘラは、夫に激怒し啀《いが》み合っていたところから、

(4) ハデスはペルセポネを攫って地下で妃にする。デメテルは苦労の末に娘の居場所を突き止めるが、娘は冥界の柘榴を食べてしまったため、一年の三分の一を冥界で暮らさねばならない。ホメロス風『デメテル讃歌』が詳しい。

(5) お産を司る女神であるが、母のヘラも結婚や出産の守り神である。

愛の交わりなしに、名高いヘパイストスを生んだ。
天空《ウラノス》の子孫の全てに勝る、技の匠だ。

ポセイドンの子、アレスの子(1)

アンピトリテと、地響き立て大地を揺する神からは、
広大な力を揮う大いなるトリトンが生まれた。
海の根方を占め、愛しい母や父王の傍らに、黄金の
館を構える、恐ろしい神だ。皮楯を破るアレスには、
キュテレイア（アプロディテ）が、潰走《ポボス》と怖れ《ディモス》を生んだ。
身も凍る戦いの中で、城市を毀《こぼ》つアレスと一緒になって、
勇士らの十重二十重の戦列を蹴散らす、恐ろしい奴らだ。
また、ハルモニアをも生んだが、高邁なカドモスがこれを妻にした。

ゼウスのその他の結婚

さて、アトラスの娘マイアは、聖なる臥牀《ねどこ》に上がって、
誉れも高いヘルメスをゼウスに生んだ。不死なる神々の使者だ。
カドモスの娘セメレは、ゼウスと愛の交わりをして、

（1）フランソワの壺（前五七〇年頃の作、フィレンツェ考古美術館）に、ペレウスとテティスの結婚が描かれ、ゼウスとヘラが同じ車で祝いに駆けつけ、ポセイドンとアンピトリテ、アレスとアプロディテが続く。ここの記述と同じ順序であるのが注目される。

（2）ディオニュソス誕生の経緯については、断片三九への註参照。

輝かしい息子、陽気なディオニュソスを生んだ。(2)
人間が神を生んだわけだが、今では二人とも神だ。
　アルクメネは、雲を集めるゼウスと
愛の交わりをして、怪力ヘラクレスを生んだ。
　いとも名高い両脚曲がりの神ヘパイストスは、
優美の女神《カリテス》のうち最も若い、アグライアを若草の妻とした。
　黄金の髪のディオニュソスは、ミノスの娘、
赤毛(3)のアリアドネを、若草の妻とした。(4)
クロノスの子（ゼウス）が彼女を、夫のために不老不死にしてやった。
　踝《くるぶし》麗しいアルクメネの剛毅な息子、力強いヘラクレスは、
嘆きに満ちた難業(5)を果たした後、
偉大なるゼウスと黄金の沓履くヘラの娘なる
青春《ヘベ》を、雲を戴くオリュンポスにて、厳かな妻にした。
幸いなり、神々の世界で大業を成し遂げ、
来る日も来る日も恙なく、老いを知らず暮らす者は。
　名も高き大洋の娘《オケアニネ》、ペルセイスは、疲れを知らぬ
太陽《ヘリオス》に、キルケとアイエテスを生んだ。

（3）原語 ξανθή（クサンテー）は金髪と訳されることが多い。赤みを帯びた黄色、あるいは黒以外の髪の色ともされる。
（4）クレタ島の王女アリアドネはミノタウロス（牛頭人身の怪物）退治に来たテセウスを糸玉の計で助け、結婚の約束をして故郷を出奔するが、ナクソス島で置き去りにされた。それをディオニュソスが愛した、とする話形が有名。断片二三五aも参照。
（5）「難業」は所謂十二の難業。本作ではゲリュオネウス（二八七行）、レルネの水蛇（三一四行）、ネメアのライオン（三二九行）退治が見える。「神々の世界での大業」とは、ゼウスらとギガンテス（巨人族）との戦いの折、ヘラクレスが助けたことを指すか。アポロドロス↖

人の世を照らす太陽《ヘリオス》の子アイエテスは、
神々の計らいにより、大地を取り巻く大河なる
大洋《オケアノス》の娘、頬麗しいイデュイアを娶った。
彼女は、黄金のアプロディテの力で愛に屈服して、
夫のために、踝《くるぶし》美しいメデイアを生んだ。(1)

第二の序歌

いざ、さらば、オリュンポスの館に住む神々よ、
島々に陸地よ、その内にある塩辛い海よ。
さあ今度は、女神らの族《やから》を歌って下さい。アイギスを持つ
ゼウスの姫君、オリュンポスに住む言の葉甘き詩神《ムーサ》たちよ。
不死の身にして、死すべき男たちに添い臥しして、
神々にも似た子供らを生んだ、全ての女神を。
いとも尊いデメテルは、クレタの肥沃の郷の、
三たび鋤き返した畠で、英雄イアシオスと
濃やかな愛の交わりをして、富《プルトス》を生んだ。
有りがたい神で、地上くまなく、海の広い背の上までも行き、

↙『文庫（ギリシア神話）』一‐六‐一参照。断片六九（八九）にも言及がある。執念深くヘラクレスを迫害していたヘラとの和解については、断片一四〇参照。

（1）キルケはホメロス『オデュッセイア』一〇歌で、漂着したオデュッセウスを一年引き留めた魔女。メデイアは世界の東の果てコルキスの王女。金羊毛皮を求めて来たイアソンとの恋はロドスのアポロニオス『アルゴナウティカ』三歌で、イアソンに捨てられ子殺しに走る話はエウリピデス『メデイア』で、よく知られる。

鉢合わせした者、手の中に迎えてくれた者を、
富貴にし、大いなる幸せを授ける。
　黄金のアプロディテの娘ハルモニアは、カドモスに、
イノとセメレ、頬美しいアガウエと、
長髪豊かなアリスタイオスに嫁したアウトノエ、
そしてポリュドロスを、城壁堅固に繞《めぐ》るテーベにて生んだ。
　大洋《オケアノス》の娘カッリロエは、剛気な心のクリュサオルと、
黄金《こがね》溢るるアプロディテの愛の交わりをして、
死すべき者の中では最強の子、ゲリュオネウスを
生んだが、怪力ヘラクレスがこれを殺した。
波に囲まれるエリュテイア島で、とろとろと歩む牛が因《もと》だった。(2)
　曙《エオス》はティトノス(3)には、アイティオペス人(4)の王、
青銅の武具鎧うメムノンと、エマティオン王を生んだが、
一方、ケパロスには、輝かしい息子、
神々にも似た男、力強いパエトン(5)を生んだ。
それを、奢りの春の花羞しい若ざかり、
あどけない心の未だ抜けぬのを、微笑みを愛ずるアプロディテが、

(2) 二八九行への註参照。

(3) エオスはトロイアの王子ティトノスを愛人にして、不死にすることをゼウスに祈って叶えられたが、不老を願うのを忘れた。ホメロス風『アプロディテ讃歌』二一八以下参照。

(4) 世界の西と東の果てに分かれて住み、神々を饗宴に招いた民。エジプトの南のエチオピア人と同一視されるのは後代のこと。メムノンはトロイア戦争に参戦してアキッレウスに討たれた。

(5) 太陽神ヘリオスの息子で、太陽の車駕を操縦できず、ゼウスの雷で撃ち落とされたパエトン（オウィディウス『変身物語』一-七五〇以下、他）とは別人のようである。

ひっ攫って去り、神さびた神域の、
至聖所の宮守りとなし、英霊とした。
　アイソンの子（イアソン）は、永遠に在す神々の計らいにより、
ゼウスの育む王たるアイエテスの娘（メデイア）を、
アイエテスの許から連れ去った。傲慢無礼、
凶悪無慚のペリアス王が課した、数々の
嘆きに満ちた難業を果たした後のことだ。
アイソンの子はこれを果たすと、燦めく眼の娘を
快速の船に乗せ、艱難辛苦の末に、イオルコスに
辿り着くと、彼女を若草の妻にした(1)。
彼女は、民の牧者イアソンに屈服して、
一子メデイオスを生んだが、ピリュラの子ケイロンが
これを山で育てて、大いなるゼウスの意向は果たされた(2)。
　海の老人ネレウスの娘たちについて言えば、
いとも尊いプサマテは、黄金のアプロディテの力で、
アイアコスに愛されて、ポコスを生んだが(3)、
銀《しろがね》の足のテティスは、ペレウスに屈服して、

(1) ペリアスはアイソンからイオルコス町の王座を奪い、アイソンの子イアソンが王位の返還を求めてやって来ると、黒海の彼方、コルキス国にある金羊毛皮を得て帰るよう命じる。コルキス王アイエテスはイアソンに、火を吐く牡牛で地を耕し、竜の牙を播く、などの難題を課す。王女メデイアがイアソンに恋し、魔術で援助する。アルゴ船にてコルキスに到るまでの冒険と、そこでの難題が「数々の難業」。

(2) クロノスが馬の姿でピリュラと交わったため、半人半馬のケイロンが生まれた。彼は賢者で、アキッレウス、アスクレピオス、イアソン、ヘラクレスらの英雄を教育した。メデイオスは別形メドスともいい、メディア人の名祖。

(3) アイアコスは最も敬虔な英

軍《いくさ》を破る、獅子の胆もつアキッレウス(4)を生んだ。
　冠よきキュテレイア（アプロディテ）は、山襞百重《やまひだももえ》なす、
風速《かざはや》のイダの峰で、英雄アンキセスと
濃やかな愛の交わりをして、アイネイアスを生んだ(5)。
　ヒュペリオンの子太陽《ヘリオス》の娘キルケは、
堅忍不抜のオデュッセウスに愛されて、
アグリオスとラティノス、力強く優れた子を生んだ(6)。
[黄金のアプロディテの力で、テレゴノスを生んだ(7)]
彼らは遥か遠く、聖なる島々の奥で、
世に隠れないテュルセノイ人の全てを治めていた(8)。
　いとも尊いカリュプソ(9)は、オデュッセウスと濃やかな
愛の交わりをして、ナウシトオスとナウシノオスを生んだ。
　これが、不死の身にして、死すべき男たちと添い臥しして、
神々にも似た子供らを生んだ女神たちだ。
[さあ今度は、女《おみな》らの族《やから》を歌って下さい。アイギスを持つ
ゼウスの姫君、オリュンポスに住む言の葉甘き詩神《ムーサ》たちよ(10)]

雄であったので、死後、冥界で死者の裁き手となった。プサマテ（砂浜の砂の意）はアイアコスとの結婚を嫌い、ポーケー（アザラシ）に変身したところから、生まれた子をポコスと名付けた。アイアコスについては、断片一四五参照。

(4) トロイア戦争最大の英雄。ホメロス『イリアス』の主人公である。

(5) アイネイアスはトロイア戦争を生き残って西進、ローマ建国の礎を築いた。エオスに愛されたティトノス、アプロディテに愛されたアンキセス（この話はホメロス風『アプロディテ讃歌』に詳しい）、ゼウスに愛されたガニュメデス、みなトロイア王子である。

(6) アグリオス（原野の、の意）はギリシア神話ではほと↖

↙んど働きがない。ローマの古い農牧神ファウヌス（父はゼウス、ポセイドン、ピクス等区々。息子のラティヌスと共に、地域の初期の王）と同一視する説がある。ラティノスはラティニ族、ラテン語の名祖だが、系譜は曖昧である。

（7）失われた叙事詩『テレゴニア』では、オデュッセウスとキルケの子テレゴノスが父を捜してイタカ島に来て、過って父を殺す。その物語からの混入であろう。

（8）聖なる島々は、オデュッセウスの故郷イタカ島（ギリシア西北部）辺りと思われるが、そこにテュルセノイ人（エトルリア人）を住ませるなど、作者の地理的知識は乏しい。

（9）ホメロス『オデュッセイア』で、帰国途中のオデュッセウスを七年引き留めた女神。そこでは、二人の間に子はない。

（10）『名婦列伝』の冒頭である。ヘシオドスの『神統記』を、後人が系譜文学の大きな枠組みの中に取り込もうとしたのであろう。

仕事と日

序歌

ピエリアの地に生まれ、歌もて誉れを広める詩神《ムーサ》たちよ、
いざここに来て、あなた方の父なるゼウスを、祝《ほ》ぎ歌い語りたまえ。
死すべき人の身の、世にもて囃されるもて囃されぬも彼次第、
語りぐさとなるもならぬも、大いなるゼウスの胸先ひとつ。
易々と力を授け、また易々と力ある者を挫く、
易々と貴顕の士を貶《おと》し、また微賤の者を押し上げる、
易々と曲れる者を正し、驕れる者を萎《しお》れさす、
それが至高の館に住み、高空に鳴り響くゼウスなのです。
見そなわし聞こしめし、聞き届けたまえ、あなたは正義によって、
掟を正したまえ。私はペルセス(1)めに、真《まこと》のことを話してやりましょう。

二種の争い《エリス》

そもそも争い《エリス》というのは一種類ではなかった。この地上には、

(1) ヘシオドスの兄弟。王たち（土豪程度のもの）の裁きを賄賂で曲げさせ、父の遺産を不当に得た。本編はこの兄弟や王たちに対して正義を説くという構想である。

二種類あるのだ。(2) 一方は、その働きに気付くと賞揚したくなるが、
もう一方は咎めなければならぬ。心ばえがまったく異なるのだ。
一方は、忌わしい戦争や諍いを煽り立てる
酷《むご》い神。これを好きになる人間は一人もないが、神々の
計らいなれば止むことを得ず、厄介な争い《エリス》と崇めている。
もう一方は、漆黒の 夜《ニュクス》が総領娘として生んだもの、
天の顥気《アイテル》に住まい、高御座《たかみくら》占めるクロノスの子（ゼウス）が
大地の根元に据えた(3)、人類にははるかに有益な神だ。
こちらは手に技もたぬ男をも仕事に向かわせる。
仕事をせぬ者も、他所《よそ》の金持ちが営々として
耕し、植え、家を見事に整えるのを見ては、
富貴を求めて励む隣人には隣人が悋気する理屈で、
これは、人類にとって善き争い《エリス》だ。
大工は大工に、焼物師は焼物師に焼き餅を焼き、
歌人は歌人を、乞食は乞食を小突き回すわけだ。
ペルセスよ、このことを肝に銘じておけ。
争いごとを覗いて回り、広場《アゴラ》のゴシップを漁るなどして、

(2)『神統記』二二五以下では、争い《エリス》は 夜《ニュクス》の最後の子で、労苦《ポノス》、戦い《マケ》、迷妄《アテ》などの親とされていた。その後ヘシオドスの思想が深化し、二種の争い《エリス》の提示となった。

(3) 大地を無限の下方に根を伸ばす樹のようなものと観念しており、アナクシマンドロス、クセノパネスらに類似の思想がある。

不幸を喜ぶ争い《エリス》が、お前の心を仕事から逸らさぬようにな。
争いごとや広場の議論にかまける余裕はないはずだ、
大地がもたらす命の糧、デメテルの穀物が、
時を違えず、家の内にたっぷりと貯えられてない者はな。
それが余るほどあるというのなら、他人の財産のことで
争いごとや諍いを煽るのもよかろうが、お前には、もう二度と、
そんなことはできまい。それより今すぐに、ゼウスに由来する
最善のもの、真直ぐな裁きによって、我らの争いを解決しようではないか。
それというのも、以前我らは遺産を分けたが、お前は強奪して、
余分に持って行ったな。そのような裁きばかりする、
賄賂喰らいの王様たちを、大いに持ち上げてな。
愚か者め、半分が全部よりどれほど多いか（1）、銭葵やアスポデロス（2）が、
どれほど大きな役に立つか、分かっておらぬとは。

パンドラの物語（3）

それというのも、神々が人類の命の糧を隠してしまっているからだ。
さもなければ、お前も一日働くだけで、後は何もせず、

（1）不正に得た富より正しい貧の方がよい、という主旨であろう。

（2）共に貧しい人たちの食用とされた。*μαλάχη*（マラケー）。アオイ科のゼニアオイ、フユアオイ等。古代中国でも重要な蔬菜とされた。*ἀσφόδελος*（アスポデロス）。ユリ科、ツルボラン。薬用・食用とされた。

（3）不正な利得を狙うより真面目に働け、という説教から、人間が働かねばならなくなった謂れを説く説明神話に移る。『神統記』五三五以下でもこの話は語られたが、ここではより詳しくなり、ゼウスが隠すものが命の糧と火の二つになり、パンドラの名前や諸悪の詰まった甕のモチーフが加わっている。

一年の糧を得ることも容易であっただろう。
たちまちお前は、舵《かじ》を煙の上に仕舞いこむだろうし、[4]
牛や辛抱強い騾馬どもの仕事もお仕舞い、となるだろうに。
ところがゼウスが、奸知に長けたプロメテウスに騙されたことで、[5]
腸《はらわた》が煮えくり返り、命の糧を隠してしまった。
それがために、人類に忌わしい苦労を企んで、
火も隠した。すると今度は、イアペトスの優れた息子（プロメテウス）は、
人類のために、明知のゼウスの許から、それを盗み出した、
雷《いかずち》を喜ぶゼウスの目を盗んで、空ろな大茴香《おおういきょう》に入れてな。[6]
雲を集めるゼウスは憤然として、彼に向ってこう言った。
「抜群の機略を知るイアペトスの子よ、
火を盗み、私の心を出し抜いて喜んでいるな。
お前にとっても後の世の人類にとっても、大きな禍いなのに。
人間どもには、火の見返りに疫病神を呉れてやろう。
皆で己れの疫病神を抱きしめて、心に楽しむことであろう」
　こう言うと、人間と神々の父なるゼウスは高笑いした。
そして、いとも名高いヘパイストスに命じて、大急ぎで

（4）船を用いぬ冬期、舵も爐の上に吊るして乾燥させる。労働が必要でない世では、船で農産物を売るため航海する必要もない。

（5）『神統記』五三五以下で詳しく語られた、犠牲獣の分け方で騙されたことを指す。

（6）大茴香については『神統記』五六七への註参照。

土と水を捏ね、人間の声と力を
吹き込ませ、顔《かんばせ》は不死なる女神に似せて、
乙女の愛らしい艶姿《あですがた》を造らせた。一方、アテネには、
手のこんだ織物を織る技を教えさせる。
さらに、黄金のアプロディテには、乙女の頭《こうべ》に魅力と、
胸苦しい憧れ、四肢を蝕む煩悶を注ぎかけさせ、(1)
神々の使者、アルゴス殺し(2)のヘルメスには、乙女の中に、
犬の心と、盗人《ぬすびと》の性《さが》とを植えつけよと言いつけた。
　こう命じると、神々はクロノスの子、王なるゼウスに従った。
直ちに名高いアンピギュエエイス(3)がクロノスの子の意を受けて、
淑やかな乙女に似た姿を土から捏ねると、
梟の目の女神アテネは、帯を締めて飾り立てる。
優美の女神《カリテス》と厳かな説得《ペイト》が、乙女の肌に
黄金の首飾りをかけると、髪麗しい季節《ホライ》は、
春の花の冠を彼女に被らせる。
パッラス・アテネは、全ての飾りを肌身になじませた。
神々の使者、アルゴス殺しの神が乙女の胸に、

(1) 乙女がこの魅力・憧れ・煩悶を放出して、男を恋に苦しむようにさせるのである。
(2) 百眼をもつ巨人アルゴスを殺したことからの称号（断片六五への註参照）、または「犬殺しの」の意味との解釈もあるが、語源は不詳。
(3) ヘパイストスのこと。『神統記』五七一への註参照。

嘘と甘言、それに盗人の性《さが》を造りこんだのは、
雷鳴殷々たるゼウスの意を受けたもの。神々の伝令はさらに、
乙女に声を植えつけたが、この女をパンドラと
名づけたのは、オリュンポスの館に住むすべて《パンテス》の神々が、
パンを食らう人間たちの禍いとなすべく、彼女を贈物《ドロン》としたからだ。[4]
　さて、父なる神は、手に負えぬ険しい罠を完成すると、
名も高きアルゴス殺しの神、神々の足速き使者に
この贈物を持たせて、エピメテウス[5]の許に遣わした。
エピメテウスは、オリュンポスのゼウスからの贈物は
決して受け取らず突き返せ、死すべき人間の禍いとならぬようにな、
とプロメテウスから戒められていたのに、顧みなかった。
彼は受け取って、禍いを手にして初めて悟ったのだ。
　それはこういうことだ。以前には、この地上の人類は、
禍いも苛酷な労働もなく、人間に死をもたらす
難儀な病気も知らずに暮らしていた。
「人間は苦労の中にあっては、たちまち老けこんでしまうものだから[6]」
ところがこの女が、甕の大きな蓋を手で開けて、

(4)「全ての神々が女にそれぞれの贈物をしたから」とする解釈もあるが、「全ての神々から人類への贈物だから」とする方がよい。いずれにしても、ギリシア人が好んだ語呂合わせにすぎない。「全てを与える大地」の神格としてのパンドラも知られていたが、最初の女性の名前としてのパンドラはその神とは別とすべきであろう。

(5)『神統記』五一一にあるように、プロメテウス（先知恵男）の兄弟で、後知恵男の意味となる。

(6) ホメロス『オデュッセイア』一九-三六〇が紛れこんだもので、削除する。

中身を撒き散らした。人類に忌わしい苦労を招いたものだ。
ひとり希望《エルピス》のみが、その場に、不壊の館の中に、
甕の縁《ふち》の下に残って、外へは飛び出さなかった。(1)
その前に女が、雲を集めアイギスを持つゼウスの計らいで、
甕の蓋を閉めたからだ。
その他の数知れぬ災厄は、人の世にはびこることになった。
それが証拠に、陸は禍いに満ち、海もまたそうではないか。
病いは昼となく夜となく、死すべき人間に
禍いを運んで、向うから勝手にやって来る。
音も立てずに来るのは、明知のゼウスが声を奪ったからだ。
このように、ゼウスの心はいかにしても逃れられないのだ。

五時代の説話(2)

望みとあらば、もう一つ別の話をしてやろう。
要点をうまく纏めて話すから、胸に叩きこむがよい。
神々と死すべき人間が、同じところから起こったという話だ。(3)
オリュンポスの館に住む不死なる神々は、まず初めに、

(1) パンドラの甕の話については解説四七九頁参照。

(2) この話については解説四八二頁参照。

(3) 大地《ガイア》を祖とする神々と土から作られた人間が同じ起源をもつということではなく、原初には神々と人間とが隔てなく暮らしていたということであろう。

言葉持つ人間の黄金の種族を作った。
これはクロノスが天空を支配していた時代の人々で、(4)
心に労《いたず》きとてなく、苦労も悲哀も知らず、
神々の如く暮らしていた。惨めな老いに
見舞われることもなく、手足はいつまでも元のままで、
あらゆる災厄を離れて、宴を楽しみ、
眠りにうち負けるようにして死んでいった。彼らには
あらゆる福分が備わり、豊穣の大地はひとりでに、
豊かに惜しみなく稔りをもたらし、人々は福分に囲まれて、
争いもなく、思うまま生《な》り物を享受した。
[羊に富み、至福なる神々に愛されていた]
だが、大地がこの種族を覆い隠した後は、
偉大なゼウスの計らいによって、彼らは善き神霊《ダイモン》となり、
地上にあって、死すべき人間を見守り、
[靄に身を隠して、地上を隈なく渡り歩きつつ、
裁きと無慚な所業を見張り(5)]
富を授けてくれている。王にも等しいこんな特権を帯びているのだ。

（4）「五時代の説話」とは別に、ギリシア人はゼウスの父クロノスの時代を黄金時代と見なしていた。古典期にもギリシア各地で、クロノスの治世を再現するクロニア祭（クロノスの祭。ローマではサトゥルヌスのサトゥルニア祭が対応する）が営まれた。アテナイではヘカトンバイオンの月（今の七／八月。一年の始まり）の一二日に、収穫期の終わりを画する祭として行なわれ、公務は休日となり、奴隷と主人が食事を共にした。

（5）二五四、二五五行がここに混入した。

　オリュンポスの館に住む神々は、この後二番目に、
遥かに劣った、銀の種族を作った。
黄金の種族には、体格も心ばえも似もつかぬ。
子供は百年の間、家の中で頑是なく遊び戯れ、
まめやかな母の側で育てられるが、
成長して青春の極みに達すると、
無分別から様々な苦しみを抱えこみ、ほんの僅かしか
生きなかった。お互いに不埒な暴慢《ヒュブリス》を
抑えることができず、不死なる神々を祀ろうともせず、
土地土地の人間の掟であるのに、至福の神々の祭壇に、
生贄を捧げようともしなかったからだ。そこで、
クロノスの子ゼウスは、オリュンポスに住む至福の神々に
敬意を払わぬというので、怒ってこの連中を隠してしまった。
だが、大地がこの種族をも覆い隠した後は、
彼らは地下に住み、至福なる人間と呼ばれている。
先代に劣るとはいえ、彼らにも栄誉が付き添っている。
　父なるゼウスは三番目にまた別の、言葉持つ人間の

青銅の種族を作った。銀の種族にはいささかも似ず、
梣《トネリコ》から生まれた、(1) 恐ろしくも剛強な種族で、心にあるのは
嘆きにみちたアレスの業（戦い）と暴慢の行ないばかり。穀物は
食らわず、不壊金剛の猛き心を持つ、
近づきもならぬ連中だ。逞しい四肢に乗っかって、
肩からは、強大な膂力と無敵の腕が生えていた。
彼らの武具は青銅、家も青銅で、
青銅で仕事を行なったが、黒い鉄はなかったのだ。(2)
この連中もまた、互いの手にかかって討ち果たされ、
名を残すこともなく、身も凍る冥王《ハデス》の黴臭い館へと
降って行った。まことに怖るべき連中ではあったが、
黒い死に捕えられ、輝かしい陽の光を後にしたのだ。
　だが、大地がこの種族をも覆い隠した後に、
クロノスの子ゼウスはまたまた別の、第四の種族を、
ものみなを養う大地の上に作った。先代よりも正しく優秀な、
神の如き英雄たちの種族で、半神と呼ばれ、
果てしない大地の上で、我々に先立つ世代だ。

(1)『神統記』一八七に見える梣の精《メリアイ》から生まれたとする解釈もあるが、ほぼ同じようなこととなる。

(2) 鉄は前十一世紀前半に、小アジアからキュプロス島を経てギリシアに入って来ていたが、叙事詩の中ではまだ青銅の武器や農具が使われる。

だがこの者たちも、嫌な戦争と恐ろしい叫喚によって
滅ぼされた。ある者はカドモスの地、七つの門のテーベで、
オイディプスの家畜をめぐって戦ううちに、
またある者は、髪麗しいヘレネゆえに、船を連ね、
大海原の深みを越えて、トロイアへと運ばれて。(1)
ある者はまさにその地で、死の極みに包まれたが、
しかしある者には、クロノスの子、父なるゼウスが、
命の糧と住処を与えて、人界を離れた大地の涯に住まわせた。
彼らは深く渦巻く大洋《オケアノス》のほとり、至福者の島《マカロン・ネソイ》(2)に、
心に労《いたず》きとてなく住んでいる。
幸せな英雄たちだ。彼らのためには豊穣の大地が、
年に三度も稔る、蜜の甘さの穀物をもたらすのだ。
　これに続く五番目の人々の間に、私はもはや
おるべきではなかった。その前に死ぬか、後から生まれるべきだった。
何しろ今は鉄の種族の世なのだから。人々は
打ちひしがれて、昼も夜も辛苦と悲哀の
止む時はなく、神々は難儀な気苦労を与えるだろう。

(1) カドモスはフェニキアの王子。ギリシアに渡りテーバイ(テーベ)を建設した。そこの王オイディプスの死後、息子のエテオクレスとポリュネイケスが王位を巡って争い、後者はアルゴス軍を味方にしてテーバイを攻めたが、両軍の将はほとんどが討死した。一〇年後、子供たちが再びテーバイを攻めて滅ぼした(テーバイ伝説圏)。これより一世代後にトロイア戦争が起こる。トロイア王子パリスがスパルタ王妃ヘレネと財宝を奪って去ったため、夫メネラオスの兄アガメムノンを総大将とするギリシア軍がトロイアを攻める。「五時代の説話」とは別にギリシア人は、大洪水や戦争で人類を滅ぼすのがゼウスの意図であった、と考えていた。

(2) 世界の西の涯にあり、英雄

とはいえこの人々にも、災厄に混じって善きこともあるはずだ。
だが、生まれ来る子が顳顬《こめかみ》に白髪を生やして出てくるようになれば、
言葉持つ人間のこの種族をも、ゼウスは滅ぼすだろう。
父は子らと、子らは父と心を同じくせず、
客人と主人、友と友もまたしかり。
兄弟も、昔のような親愛は失われよう。
親が年をとってくれば、たちまち疎かにするし、
きつい言葉を浴びせて、罵りもしよう。
神々の懲罰というものも知らぬ極道もの、この者らは、
老いたる両親に、反哺《はんぽ》の孝を示すこともあるまい。
腕力をもって正義となす輩、他人の国とみれば荒らすだろう。
誓いを守る者、正義の士、善人は
感謝されず、むしろ悪事をなし、暴慢に振る舞う男が
一目置かれる。正義は腕力の中にあり、恥の心《アイドス》は
なくなるだろう。(3) 悪人は曲がった言辞を弄して
まともな人を傷つけ、誓言でその上塗りをするだろう。
悲惨な人間は一人残らず、口汚くて、不幸を喜び、

のうち選ばれた者が死後、ここで暮らした。エリュシオンというのもほぼ同じ。

(3) West は写本の読み *οὐκ ἔσται*（なくなるだろう）を *ἐσσεῖσθαι*（あるだろう）に変えるが、従わない。

憎げな顔をした妬み心《ゼロス》に取りつかれるだろう。
そうなった暁には、恥の心《アイドス》と悲憤《ネメシス》は、人類を見捨てて、
純白のマントで美しい肌を隠しつつ、道の広がる地上から
オリュンポスへ、神々の一族の許へと、
去って行くだろう。死すべき人間たちには、
塗炭の苦しみが残るが、災厄を防ぐ術とてあるまい。

鷹とナイチンゲール(1)

　今度は王たちに譬え話をしてみよう、自分でも弁えておろうがな。
鷹が喉頸《のどくび》の斑《まだら》なナイチンゲールにこう言った、
爪でしっかと摑まえて、雲居の空高く運ぶ時のこと。
小鳥は鉤爪に身を貫かれて、哀れな声で泣いていた。
それに対して、鷹が威丈高に言うには、
「おかしな奴だ。何を泣き喚くか。お前は遥かに強い者に捕まったのだ。
お前は歌歌いではあるが、どこなりと俺が連れて行く所へ行かねばならぬ。
お前を食うのも放すのも、俺の心ひとつだ。
己れより強い者と張り合おうとするのは愚か者、

(1) この寓話については解説四八六頁参照。

勝てるわけがなく、恥をかく上に痛い目を見るのだ」
　翼の長い鳥、矢のように翔《かけ》る鷹はこう言った。

正義について

ペルセスよ、お前は正義《ディケ》に耳を傾け、暴慢を煽ってはならぬ。
暴慢は弱者に迷惑であるばかりか、身分ある人でも、
容易には耐えられぬ。破滅に遭遇すれば、
暴慢に押しひしがれる。別に正しさへと通じる
もっと善い道があるのだ。正義は、最後に至っては
暴慢に勝る。愚か者は痛い目に遭ってようやく悟るものだが。
曲がった裁きには、誓い《ホルコス》が遅れずについて回るものだし、
賄賂喰らいの男たちが、正義《ディケ》を勝手な所に連れ出し、
曲がった裁きで判決を下す時、女神が引きずり回されて大騒ぎとなる。
女神は人々の町や集落へと泣きながらついて行くが、
靄に身を隠して、自分を追い出し、自分を真直ぐに
扱わぬ人間たちに、禍いを運んでいるのだ。
　異国の者にも国の者にも、真直ぐな裁きを

与えて、正しい道を踏み外さない者たちは、
その国が栄え、人民も花咲き賑わう。
若者を育む平和《エイレネ》(1)が地に満ち、遠く見はるかすゼウスも、
彼らには辛い戦争を定めはしない。
真直ぐな裁きを行なう人々は、飢え《リモス》にも破滅《アテ》にも
無縁で、手塩にかけた作物を、宴で楽しむばかり。
彼らには大地が豊かな糧を恵み、山ではオークの樹が、
天辺ではドングリを、中程では蜜蜂を宿す(2)。
毛のふさふさとした羊は、毛が重く垂れ、
女たちは父親に似た子を生む。
人々は有り余る幸《さち》で常住栄え、豊穣の大地が
稔りをもたらして、船で出かける必要もない。

　迷惑な暴慢と無慚な所業に心を向ける者たちには、
クロノスの子、遠く見はるかすゼウスが罰を定める。
罪を犯したり、不埒な企みをめぐらしたりする一人の
悪人のために、国全体が連座した例しは多い(3)。
その者らには、クロノスの子が天上から大きな災厄、

(1)平和に掛かる枕詞「若者を育む」はエウリピデス『バッカイ』四二〇などにも見えるが、「平和な時には子が父を葬り、戦争になれば父が子を葬る」(ヘロドトス『歴史』一-八七)がその主旨を述べている。

(2)「木の表層ではドングリを、中の洞で蜜蜂を宿す」とする解釈もある。δρῦς(ドリュース、オーク)は樹木一般をも指すし、βάλανος(バラノス、団栗)も栗など他の堅果をも指す。

(3)王の不徳のために国全体が苦しむとの観念は原始社会に広く見られるが、本書では断片二七にその例がある。

飢《リモス》えと同時に疫病《ロイモス》を下し、民は死に絶える。
女たちは子を生まず、家産は細りゆくが、これも
オリュンポスなるゼウスの計略だ。クロノスの子は、
また別の時には、その者らの大軍勢や城壁を滅ぼしもすれば、
海の上で、船団に罰を下すこともある。
　王たちよ、あなた方のしている裁きを、自分でも
よくよく考えてみるがよい。神々は人間たちの間近に寄り添って、
考えているからな。神々の懲罰もどこ吹く風と、
曲がった裁きで互いに苛《さいな》み合う連中のことをな。
ものみなを養う大地の上には、ゼウスが遣わす、
実に数えきれぬ神々が、死すべき人間の見張り役として、
靄に身を隠して、地上を隈なく渡り歩きつつ、
裁きと無慚な所業を見張っているからだ。
それに、ゼウスから生まれた乙女神、正義《ディケ》がいる。
オリュンポスに住む神々にとっても畏れ多い尊い女神だ。
曲がった裁きで女神を侮り、傷つける者があろうものなら、
すぐさまクロノスの子、父親ゼウスの側に座りこみ、

人間どもの邪《よこしま》な心を訴える。忌わしい了見で、
曲がった裁きを口に出し、正道から逸れる
王たちの不埒な罪を、民に償わせるためだ。
賄賂喰らいの王たちよ、以上のことに気をつけて、
真直ぐな判決を下し、曲がった裁きはすっかり忘れるのだ。
他人に悪事を働く者は、自分自身に悪事を働く、
不正な企みは、企んだ者に最悪となる。
ゼウスの眼は全てを見、全てに気付いて、
今もその気になれば、ここの有様をご覧になるし、
この国で行なわれている裁きがどのようなものか、お気づきになる。
今は私としては、私も我が息子も、この世間で、
正しい人間でなどありたくない。不正な奴の方が裁判で
得をするのなら、善い人間であるのは悪いことだからだ。
しかし、明知のゼウスは決してそんなことは実現させるまい、と思う。
　ペルセスよ、これらのことを胸に叩きこんで、
今こそ正義《ディケ》に耳を傾け、暴力はきっぱりと忘れるのだ。
クロノスの子は人間たちに、こんな掟を割り当てたではないか。

魚や獣、それに空飛ぶ鳥どもには、
正義など与り知らぬ輩とて、食い合うままにさせる一方、
人類には、飛び抜けて最善のものである正義を
与えたのだ。正しいことは何かを知り分けて、
常々公言する者には、遠く見はるかすゼウスが福を授けて下さる。
証言の際に故意に偽りの誓言をなし、嘘をつく者は、
その時には正義を傷つけ、癒しがたい罪を犯すことになるわけで、
その者の子孫は、将来にわたり零落したままだが、
誓いを守る男の子孫は、末に栄えるのだ。

労働の勧め

世にも愚かなペルセスよ、お前には役に立つ思案を話してやろう。
貧賤《カコテス》は、容易に山ほど手に入る。
道のりは平坦で、(1) それはすぐ近くに住んでいる。
一方、栄華《アレテ》の前には、不死なる神々が汗を置いた。
そこに到る道のりは遠く険しく、
初めはごつごつしているが、頂上に到れば、

(1) 写本では「道のりは ὀλίγη (オリゲー。短い)」であるが、プラトン『国家』三六四C、『法律』七一八E、その他多くの古代作家による引用では「道のりは λείη (レイエー。平坦な)」となっているので、そう改める校訂者が多い。また、この κακότης (カコテース)・ἀρετή (アレテー) は物質的な窮乏・繁栄の意味であろうが、プラトンらはこれをより本来的な「悪徳・徳」の意味で使っている。

難儀であった道も、今や楽なものとなる。
　将来的、最終的には何がより善いかを考量して、
万事自分で考える人は、もちろん最高だが、
他人の善き言葉に従う人も、また優れている。
しかし、自分で考えもせず、人の言を聞いて
肝に銘じることもせぬような人は、用なしだ。
だからお前は、私の教えを拳拳服膺して、
働くのだ、名門の出の(1)ペルセスよ。飢え《リモス》には嫌われ、
貴《あて》なる女神、冠よきデメテルには愛されて、
お前の納屋を命の糧で満たしてもらうようにな。
飢え《リモス》は怠け者の格好の連れ合いだからな。
怠けて生きる奴には、神も人も憤りを覚える。
働きもせず、蜜蜂の苦労の結晶を食いつぶすばかりの、
針を持たぬ雄蜂のような性根《しょうね》をしておるからな。(2)
お前はしかし、季節季節の命の糧で、納屋が一杯になるように、
程よく整える労働に精を出さねばならぬ。
人間が羊持ちになるのも、分限者になるのも、労働からだし、

（1）ペルセスとヘシオドスの父は貧しかったが、英雄の子孫であるなどと僭称していたのか、英雄叙事詩のもじりでδῖον（ディーオン。神の如き）を使ったのか、不明。

（2）蜜蜂の比喩は『神統記』五九四以下でもう少し詳しく展開される。

（3）多くの写本、パピュロスに見えず、削除する校訂者が多い。

（4）ペリクレスの葬送演説にあ

働く者は、神々に一層愛されもするのだ。
「そしてまた、人間にも。（神も人も）怠け者をたいそう憎むから」(3)
労働は不面目ではない、働かないのが不面目なのだ(4)。
もしお前が働けば、お前が豊かになるのを見て、怠け者はたちまち
羨むだろう。富には栄華と誉れが付き添うものだ。
お前はかくの如き運勢ゆえ、働くのが何よりだ。
浅ましい心を、他人の財産から労働に向け変えて、
私の命ずるように、生計の道を心がけるなら、何よりだ。
恥の心は、貧窮した男を世話するには役立たぬ(5)。
恥の心、それは人間に大きな害にもなれば益にもなる(6)。
恥の心は貧乏に、豪気は裕福に寄り添う。

様々な教え

財産は奪い取るものではない、神から授かるものが遥かに善い。
もし誰か、腕力に物を言わせて巨富を手に入れたり、
舌先三寸で掠め取るような者があっても、
——これは、儲けが人間の心を誑《たぶら》かしたり、

る言葉、「貧困を認めることは恥ではないが、むしろ努力して脱却しないことこそ恥辱なのである」（トゥキュディデス『歴史』二-四〇、藤縄謙三訳）が思い出される。

（5）「労働は不面目ではない」と三一一でヘシオドスが言うのは、ペルセスがそう考えているからである。貧しいくせに労働を不面目、恥ずかしと考えるようでは救いがない。ここの三行はいずれも諺的な章句で、本編の主旨に合わせるにはやや苦しいところもある。

（6）エウリピデス『ヒッポリュトス』三八五以下はじめ、恥の心《アイドス》に善きものと悪しきものの二種ありとする言辞は少なくない。悪事を控えるアイドスは善いが、善行をも躊躇い控えるアイドスは悪い。

無恥《アナイデイア》が恥の心《アイドス》を追いやる時にはよくあることだ——
神々は易々とそいつを零落させるし、その男の
家産を細らせもする。富が手許にあるのは束の間にすぎぬのだ。
　保護を求めて来た人や来訪者に悪事を働く者、(1)
己れの兄弟の寝床に上がり、その妻と
秘かに情を交わして、道に外れた振舞いをなす者、
誰かの孤児に対して心なき仕打ちをなす者、
いぶせき老いの敷居(2)に立つ老親に対して、
きつい言葉を投げつけ罵る者、いずれも同罪であり、
そんな男には、ゼウス自ら震怒を発し、最後には、
悪業の見返りに苛烈な報復を下される。
　だからお前は、浅ましい心をそんな所業からすっかり遠ざけ、
恭しく清浄な仕方で、力に応じて、神聖な生贄を
神々に捧げ、輝かしい太腿の骨を焼くがよい。
別にまた、就寝の時と、朝の浄光の戻ってくる時には、
神酒を灌ぎ御香を焚いて、神意を宥めよ。そうすれば、
神々はお前に慈悲の心を懐いて、他人に地所を

(1) ゼウスに Ζεὺς ἱκέσιος（ゼウス・ヒケシオス。嘆願者を守るゼウス）、Ζεὺς ξένιος（ゼウス・クセニオス。客人を守るゼウス）という呼称があるように、嘆願者・客人を守るのはギリシア人の重要な宗教的義務であった。
(2) 老いに入る敷居（初老）、老いから出る敷居（垂死）の解釈もあるが、老いという敷居（老いそのもの）であろう。

買い取られるのでなく、他人の地所を買い取る身分にして下さろう。
　親しくしてくれる人は食事に招き、敵は放っておけ。
とりわけ、お前の近くに住む者を招くがよい。
もしも家周りで、困ったことが起きた時、
隣人は帯も締めずに駆けつけるが、親戚は帯をしてから来るからだ。
善き隣人が大いに役に立つほどに、悪しき隣人は大きな厄だ。
役に立つ隣人に恵まれた者は、買い得をしたようなもの。
隣人が愚図でなければ、牛を失うこともあるまい。
隣人から借りる時は正確に量らせ、同じ枡目だけ
正確に返せ。できれば多めに返すことだ。
後々困った時にも、頼りになってもらえるぞ。
不正な利益を求めてはならぬ、不正な利益は破滅に等しい。
親しくしてくれる者には親しく、近づいて来る者には寄り添ってやれ。
くれる者には与え、くれない者には与えるな。
与える者には与え、与えぬ者には与えぬ、としたものだ。
与え《ドース》は善いが、奪い《ハルパクス》は悪く、死をもたらすものだ。(3)
快く与える者は、たとえ与えるものが大きくても、

(3) Δώς（ドース）と Ἅρπαξ（ハルパクス）を人格化して大文字で印字する West は少数派であるが、従った。「死をもたらす」については、奪われた者が恨みから相手を殺す、奪われた者が絶望して死ぬ、奪った者が良心の呵責から死を望む、などの解釈がある。第三案がよいか。

与えること自体が愉快で、その心に歓びを覚えるが、
無恥を恃《たの》んで、我から奪い取る者は、
たとえ奪ったものが小さくても、その心を凍らせる。(1)
たとえ小さなものでも、小さなものの上に積み重ね、
繰り返してそれを行なえば、やがて大きなものになろう。
現にあるものに加える者は、火の如き飢えを防ぐ。(2)
家に蓄えがあると、心配することがない。
外にあるものは損害を受けやすいので、家の中に置くのがよい。
手持ちのものから取り出すのはよいが、ないものを
欲しがるのは心が惨めだ。このところを考えるようにな。
　甕は使い始めと中身の尽きる時には、たらふく戴き、
中程では節約せよ。底に来て節約するのはみっともない。(3)
「親しい人に約束した賃金は、きちんと払え。
たとえ兄弟とでも、笑顔の中にも、証人を立てるように。
信用も不信も、共に人を滅ぼす」
　また、尻を飾り立てる女が、お前の納屋を物色しつつ、
甘言を弄してお前の心を誑しこむ、そんなことがあってはならぬ。

(1) 奪うことは奪う者の心の平安を乱し凍らせる、奪われた者の心が凍る、の解釈の中、前者を採る。
(2) デメテルの神罰で底なしの飢えに苛まれることになったエリュシクトンも「アイトン（燃え盛る）」と綽名された。断片六九参照。
(3) 甕の中身は葡萄酒、初めは空気に触れてまずい、終わりがたには澱となってまずい。最もうまい中程では節約せよ、というのが古来の解釈。しかし、甕の中身を穀物とする考えもある。
(4) 長生きして孫の世代を残して、とする解釈もある。
(5) プレイアデス（昴《すばる》）とその語源については、証言七五、断片一一八、二二三参照。「昇

女を信用する男は、泥棒でも信用する。
親譲りの家産を維持するには、一人息子が
望ましい。そうすれば、屋敷の富も増えるから。
二人目の子供を残すのなら、長生きしてから死ぬのがよい[4]。
もっと多くても、ゼウスは無限の福を容易にお授けになれる。
大勢になるほど、世話する人も増え、余剰も大きくなるのだ。

季節の中の農業

お前の胸の裡なる心が、もし富を望むなら、
このようにせよ。仕事に継ぐ仕事で働きまくれ。
アトラスの娘たち、プレイアデスの昇る頃[5]、
刈入れを始め、沈む頃に、耕しに取りかかれ[6]。
この星たちは四〇夜と四〇日、姿を隠すが[7]、
年が巡り、鉄（鎌）を研ぐ頃になると、
早速、またその姿を現わす。
これが正に畠の掟であり、海近くに
住む者にも、波騒ぐ海を遠く離れて、

る」とはプレイアデスが日の出直前に東の地平線上に昇ることで（haliacal rising）、明るくなる前の数分間のみ見える。前七〇〇年の詩人の地域では五月一一日。この後、日毎に太陽との見かけの距離が広がって行く（つまり、夜間に見えている時間が長くなる）。

（6）「沈む」とはプレイアデスが日の出直前に西の地平線に沈むことで（cosmical setting）、一〇月二七日。耕すのは秋播きの麦を播く準備。

（7）プレイアデスは冬の間次第に早く沈み、日没と同時に沈む（heliacal setting. 三月二六日）のを最後に見えなくなる。見えない期間は三月二七日から五月一〇日までの四五日。四〇日とするのは許容範囲の概数だという（West による）。

山峡《やまかい》の谷の沃地に住まう者にも、
あてはまる。裸で種を播け、裸で牛を使え、
裸で刈入れせよ、デメテルの稔りを、全て時を違えず
取り入れたいと思うなら。それぞれの作物が
旬に合わせて成長するように[1]。後になって窮乏し、
今私の所へ来たように、他人の家に物乞いに行っても、
何も貰えない、なんてことにならぬようにな。私はこれ以上与えぬし、
量り貸しもしてやらぬぞ。働くのだ、愚かなペルセスよ、
神々が人類のために季節毎に割り当てた仕事をな。
妻子を連れ、情けない思いで近所まわりをして、
食い物を求めるが、相手にされない、そんな日が来ぬようにな。
二度か三度はうまくもいこうが、なおも迷惑をかけると、
なすところなく、いくら繰り言を連ねても空しかろうし、
言葉をばらまいても役に立つまい。だからお前には、
借金を返し、飢えを逃れる手だてを考えろと言うのだ。
　まずは家と、女と、鋤を曳く牛を（手に入れること）、
但し、嫁ではなくて、牛を扱える奴隷女だ。

（1）ここに目的文が来ることに註釈者たちは困惑している。しかし、一行上の「裸で……せよ」（なりふり構わず働け）にかかると考えられないであろうか。

必要なものは全て、家の中に用意しておけ。
人に借りに行っても断られ、困っている間に、
時が過ぎ、収穫が細ることのないようにな。
明日まで、明後日《あさって》までと延ばしてはならぬ。
中途半端な仕事をする男や引き延ばし男が、
納屋を一杯にすることはない。精勤こそ仕事を捗らせ、
後回し男はいつも破滅《アテ》と格闘することになる。

　刺すような太陽の力も、汗を噴き出す
熱暑を納めると、神威至大のゼウスが秋時雨《あきしぐれ》を
降らせ始める折りから(2)、人間の肌はすっかり甦って、
見違えるようになる。それは、この時期のセイリオス星が、
死に向って生きる人間の頭上を、昼は
短時間しか進まず、大方は夜の動きとなるからだ(3)。
その頃になると、鉄（斧）で伐り出される材木は虫の害最も少なく、
地上に葉を落とし、新芽を出すことを止める。
よいか、その頃に忘れぬよう木を切るのだ。時に適う仕事だ。
臼は三プースに、杵は三ペーキュス(4)に、

（2）九月である。

（3）恒星中最も明るいセイリオス（シリウス）は熱暑の源と考えられた。その日の出直前の昇り（heliacal rising）は七月一九日で、この星が太陽と共に終日天にある期間は、熱暑最も甚だしいとされた。九月第三週には昇りが四時間早くなり、日の出時には南中しており、従って天にある時間は半分となる。

（4）プース（足の意。フィートに相当）、約三〇センチメートル。ペーキュス（腕尺、肘から手首まで）、約四五センチメートル。

車軸は七プースに切れ、そうすればぴったりだ。
もし八プースになってしまったら、切って木槌にすればよい。
一〇ドーロンの荷車には、三スピタメーの車輪を切れ。(1)
曲がった材も多いぞ。山や畠で探してみて、
よい犂身《すきみ》を見つけたら、家に持ち帰るがよい。
常磐樫《トキワガシ》だ。アテネの僕《しもべ》（大工）が目釘を打って、
犂身を犂底《いさり》に嵌めこみ、持ち上げて轅《ながえ》に括りつけた後、
牛に耕させるのに、この木が一番強いからだ。(2)
犂は二つ作って、家に用意しておけ。
犂の形をした自然木と、嵌めこみ式のにしておけば、遥かに好都合。
どちらかを壊しても、もう一方を牛につければよいからな。
一番虫に食われにくい轅は、月桂樹か楡の材、
犂底《いさり》にはオーク、犂身には常磐樫。番《つが》いの牛は九歳の
牡を手に入れておくように。疲れを知らぬ力持ち、
働き盛りで、耕作には最高だ。
この牛なら、畝で喧嘩を始め、犂を壊して、
仕事を中途半端のままにすることはあるまい。

（1）ドーロン（英語の palm に相当）は掌の幅で、四分の一プース。スピタメー（英語の span に相当）は親指と小指を張った長さで、四分の三プース。この荷車の形態については古来諸説錯綜して明解は得がたい。West に従って、一〇ドーロン（約七六センチメートル）は荷車の前後の長さ、三スピタメー（約六九センチメートル）は車輪（輪縁と輻から成るものではなく一枚の円板と考える）の直径と解する。四二四行に車軸は七プースとあったから、荷車は前後の長さより横幅がかなり広い箱となる。二輪と解する。

（2）A. S. F. Gow および West に基づく図を掲げる。部分名称の訳は日本の犂を参考にしながらの試案である。

牛たちには、逞しい四十男をつけるべし。
八つ切りのパンを四つまで食わせてやってな。
この男なら仕事に精を出し、真直ぐに畝立てをしようし、
もう仲間の方をきょろきょろ見る年でもなし、ひたすら仕事に
心を向ける。横に若いのがいるが、種を播くのも、
むだ播きを避けるのも、一向にうまくない。
若い男は傍輩の方に気を取られてばかりいるからだ。
　毎年のように、高い雲間から鳴き騒ぐ
鶴の声を聞く時には、気をつけよ。
鶴は耕しの合図を運び、時雨降る
冬の季節を告げる。(3) 牛を持たぬ男は臍を噛む。
この時期には、角の曲がった牛たちを牛舎に入れ、肥え太らせよ。
「一番《つが》いの牛と荷車を貸しておくれ」と言うのは容易《たやす》いが、
「家《うち》の牛には仕事があるのでな」と断るのも容易いのだぞ。
思いつきの豊かな男は、荷車を組み立てるなどと言うが、
愚か者め、荷車が百の材から成ることを知らぬとは。
それを予め家の中に貯えておく配慮が必要なのだ。

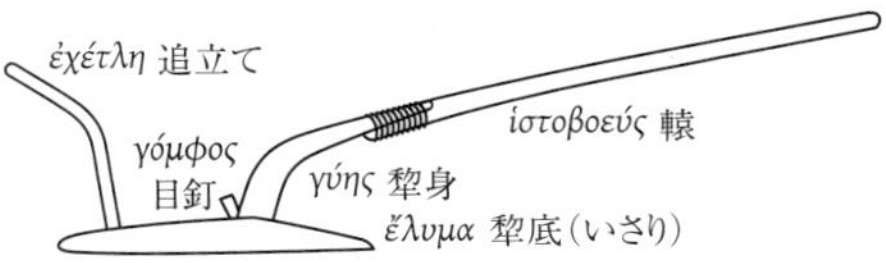

(3) 三八四行で「プレイアデスの沈む頃」と述べたのと同じ一〇月末。鶴は寒気と雨を避けて南のアフリカへ越冬しに行く。

耕し時が死すべき人間どもに示されたなら、
奴隷たちもお前も一緒になって、すぐに仕事に取りかかれ。
耕しの季節には、(土が)乾いていようが湿っていようが耕し、
畠が稔りで溢れるよう、朝一番から励むのだ。
春に鋤き返せ。夏に改めて鋤き返した畠は、お前を欺かぬぞ。
休閑地に播く時は、土がまだ軽いうちにせよ。
休閑地は呪いを防ぎ、子供を宥めるものだ(1)。
　耕作を始めるにあたっては、大地の神ゼウスと、
浄らかなデメテルに祈ること。デメテルの聖なる穀物が、
熟れてたわわに垂れるようにとな。追立て(把手)の端を
片手でつかみ、軛《くびき》の木釘を皮紐で引っ張る牛たちの、
背中を細枝《しもと》で打つ時のことだ。少し後ろで、
鍬を持った奴隷が、種を(土で)隠して行き、
鳥どもに苦労をさせてやるがよい(2)。死すべき人間にとっては、
段取りのよいのが何より、段取りの悪いのは最悪だ。
　こうして、オリュンポスなるゼウス自らが、後日、上乗の結末を
授けて下さるなら、麦の穂は肥えて頭《こうべ》を地に垂れ、

(1) 意味が通りにくい。連作は地味を弱らせ凶作を招くが、休ませよく耕した畠は、子供にも十分な食物を与える、というのが古来の解釈。休閑地に子供を寝かせるような民俗慣行を推測する説もある。West は後半を「ハデスを宥める力がある」との読みを提案する。ペルセポネを地下に留め置きたい(つまり、穀物を稔らせたくない)ハデスを宥める、と解するのである。
(2) 播いた種を鳥にほじくり出されないようにするのである。

甕の蜘蛛の巣を払うことになる。(3) お前もきっと、
家の中にある命の糧が使えて、さぞ嬉しかろう。
お前は左うちわで輝く春を迎え、物欲しげに他人を
見つめることもなく、むしろ、他人がお前を必要とするはずだ。
　だが、冬至にもなって聖なる大地を耕すようだと、
坐って刈入れをすることになろう。(4) 一握り分の麦の穂は乏しく、
互い違いに括らねばならぬ。(5) 埃にまみれ、怏々として楽しまず、
籠で運ぶことになる。(6) 感心して眺める人もほとんどあるまい。
もっとも、アイギスを持つゼウスの心は時々に変わり、
死すべき人間には察知しがたい。
もしも耕すのが遅くなっても、こんな挽回策があるかもしれぬ。
オークの葉蔭で郭公が、カッコーと初鳴きをして、
果てしない大地の上の人間たちを喜ばせる時、
ゼウスがその三日目に雨を降らせ、牛の蹄を越えず、
さりとてそれ以下でもない程に、降り続けてほしいもの。
そうなれば、遅播き男も、早播き男に張り合えるかもしれぬ。
全てを心にしっかと守って、輝く春の到来を、

(3) 使わぬ甕には蜘蛛が巣を張るが、豊作で遊ばせておく甕がない。
(4) 麦の丈が伸びず、体を低くして刈入れをする。
(5) 茎が短すぎて、全てを同じ方向にして束に括ると、滑り落ちる。
(6) 荷車を使う程の収穫がないのである。

また、季節の雨を、見過ごさぬようにするがよい。
　極寒が男たちを仕事から遠ざける冬期には、
鍛冶屋の腰掛けや、日当たりのよいたまり場は通り過ぎよ。
まめな男なら、この時期にこそ家産を殖やせるのだ。
辛い冬の不如意《アメカニア》が、貧乏《ペニア》と一緒になってお前に
摑みかかり、痩せた手で浮腫《むく》んだ足をこすらなくてもよいようにな。(1)
怠け者は空しい希望《エルピス》にしがみつきながら、
食うにも事欠いて、山ほどの不幸をわが心に託《かこ》つ。
希望は、貧窮した男を世話するには役立たぬ、(2)
食うものも碌にないくせに、たまり場に坐っているような男にはな。
奴隷たちには、まだ夏も盛りのうちから指図するがよい、
「いつまでも夏ではないぞ。出小屋を作っておけ」と。
　レナイオンの月(3)といえば、牛の皮をひっぺがすほどの
辛い日々ばかり、これに用心せよ。また、北風《ボレアス》が吹けば、
大地一面に死の床のように広がる氷結にもな。
この風は、馬を養うトラキアを吹き抜け、広大な海に
吹きつけ湧き立たせれば、大地も森も唸りをあげる。

(1) 栄養失調で足が浮腫んでいる。
(2) 主語を変えると三一七行と同じである。
(3) 今の一月半ばから二月半ばにあたる。

山峡に高く葉を茂らすオークや、幹太い樅の木の群れに
襲いかかり、ものみなを養う大地に押し倒せば、
果てしなく広がる森が、一斉に吠え哮《たけ》る。
皮が綿毛で覆われた獣たちでさえ、
身震いして、股ぐらに尾を入れる。それでも、
冷たい風は、さしも毛深い胸の獣たちをも吹き通す。
北風は牛の皮をも通し、皮もそれを防げない。
また、毛の長い山羊をも吹き通すが、羊は別だ。
分厚く覆う毛の故に、北風《ボレアス》の力も
吹き通さぬ。また、老人を転がるように急がせる。(4)
そして、若い娘の柔肌はといえば、北風も吹き通さぬ。
娘は、黄金溢るるアプロディテの業を未だ知らず、
家の内に、愛しい母の傍らに留まっている。
沐浴《ゆあみ》して柔らかな肌を入念に清めると、艶々《つやつや》と
オリーブ油を塗って、家の内、奥深くに寝に就く。
それは冬の日のこと、火の気もなく、惨めな住処で、
「骨なし」(5)(蛸)が己れの足を齧る頃だ。

(4) 歩みの遅い老人も寒さを怖れて家路を急ぐ、体を温めるために走る、車輪のように背をかがめる、等の解釈がある。

(5) 一語で表わせるものを二つの要素で表現する謎言葉(ケニング)。他に「森に臥す者」(五二九行)、「三本足」(五三三行)、「優しき時」(五六〇行)、「家運び」(五七一行)、「昼眠り」(六〇五行)、「五本枝」(七四二行)、「毛なし」(断片一五五(一二九))等。

何しろ、どこへ急げば餌場があるか、太陽は彼に教えてやらず、
青黒い人々（アフリカ人）の国や町の上を訪れて、
パンヘッレネス（ギリシア人）を照らすのは、遅くなるからだ。(1)
この時期には、「森に臥す者ら」（獣）は、角ある者も角なき者も、
死ぬ思いで歯を噛み鳴らしつつ、山峡の茂みを
逃げまどう。全ての獣の心にかかるのは、ただ逃げることばかり。
彼らは避難所を求めて、空ろな岩穴のところに
堅固な隠れ場を確保する。(2) この時には獣らは、
背は前曲がりに折れ、頭は伏して地面を見る、
「三本足」の人（老人）にも似て、白い雪を避けつつ、うろつくのだ。(3)
　またこの時期には、私の言うとおり、肌を守るものを着るように。
柔らかい上着と、足まで届く肌着だ。
少なめの縦糸に、横糸をたっぷり織りこむとよい。
それで体をくるめば、体中の毛は小揺るぎもせず、
身の毛立ち、逆立つこともない。
両足には、屠殺した牛の(4)皮で作り、
内側をフェルトで厚く覆ったサンダルを、きつく締めて穿け。

(1)（パン）ヘッレネスはホメロスでは一部地域の住民であるが、ヘシオドスでは既にギリシア人全体を指す。断片七八参照。大地は平面で、太陽はその上を東から西へと弧を描いて進む。冬期はその弧が南国の上にあり、ギリシアの上空に来るのは夏となる、と考えられた。

(2) 別解「どこに避難所を求めて、隠れ場を確保すればよいか、それればかりが彼らの気がかり」。

(3) テクストを変えるか脱落を想定して、主語を獣ではなく人間とする解釈もある。

(4) 病死や老衰死でなく屠殺された動物の皮は、強くて堅いという（プルタルコス『食卓歓談集』六四二E）。

季節の寒気がやって来たら、初子《はつご》の仔山羊の皮を、
牛の腱で縫い合わせ、雨よけとして、
背中に羽織るとよい。頭の上には、
耳を濡らさぬよう、フェルト製の帽子を被れ。
北風《ボレアス》が吹きおろすと、夜明けが冷えるからな。
夜明けの霧が、星の林の天空から地上に降りて、
恵まれた人々の、小麦を生む畠一面に広がる。
霧は、流れて止まぬ諸川から水を貰うと、
疾風《はやて》に乗って地上高くに巻き上げられて、
ある時は暮れ方の雨となり、またある時は、トラキア生まれの
北風《ボレアス》が、厚い雲を蹴散らすにつれて、風となる。
そうなる前に仕事を終えて、家に帰るのだ。
暗澹たる雲が空から降りてお前を包み、
肌を湿らせ、着物が濡れそぼつことのなきようにな。
そうならぬよう用心するのだ。冬のこの月は
最も厳しい月。家畜に厳しく、人にも厳しいのだ。
　この時期の食糧の配当は、牛には半分、人には

半分より多くだ。「優しき時」の長いのが助けになる。(1)
このことに気をつけて、一年の間を通じて、
夜と昼との兼ね合いを図れ。やがて再び、
万物の母なる大地《ゲー》が、くさぐさの稔りをもたらしてくれるまで。
　冬至が過ぎて、ゼウスが冬の六〇日を
終わらせると、(2)アルクトゥロス星(3)が、
オケアノス(4)の聖なる流れを後にして、
燦然と輝きつつ、黄昏の空に初めて昇る。(5)
それに続いて、春立ち初《そ》める頃、パンディオンの娘、
朝まだきに嘆きを発する燕(6)が、人々の前に姿を現わす。
それに先立って、葡萄の剪定をせよ。その方がよいのだぞ。
　だが、「家運び」(蝸牛)がプレイアデスを避けて、(7)
地面から樹に這い登る頃には、もはや葡萄畠を掘り返すことはない、
鎌を研ぎ、奴隷たちを起こすがよい。
太陽が肌を萎れさす刈入れの時節には、
日蔭の腰掛けも、夜が明けるまで眠るのも御法度だ。
この時こそ夜明け前に起き出して、命の糧に事欠かぬよう、

(1) 牛は冬の夜は眠るだけだから、餌は半分でよい。人間には夜なべがあるので少し多くする。「優しき時」は夜を表わす謎言葉《ケニング》。

(2) 冬至が厳密には決められず、六〇日も概数かもしれないので、この日も正確には知りえない。West によると二月一六日頃。

(3) 大熊座の周りを回っているように見えるところから、「熊《アルクトス》を見張る者」という意味で名づけられた。牛飼座の主星。

(4) オケアノスは大地を取り巻く大洋。星辰はこの流れに浸かり、輝きを回復して昇ると考えられた。

(5) 直訳すると「夜の始まりの時に昇る」となり、日没直後に星が東の地平線に昇る acronychal rising のことである。

(6) パンディオンの娘ピロメラが燕に変身する物語については、

精を出し、稔りを家に運び入れるのだ。
明け方は、一日の仕事の三分の一をこなす。
明け方は、道行きを捗らせ、仕事を捗らせる。
明け方、それは姿を現わすや、多くの人を
旅路に上《のぼ》せ、多くの牛に軛をかける。
　黄薊(8)の花咲き、喧《かまびす》しい蟬が
木に止まり、羽根の下から鋭い歌声を
休みなく降らせる、疲労困憊の夏、
この時、山羊は最も肥え、酒は一番うまく、
女は最も淫らに、男は最も精力が衰える。
セイリオスが頭と膝を焦がし(9)、
灼熱の下、肌が干からびるからだ(10)。だがこの頃ともなれば、
欲しくなるのが、岩場の日蔭にビブロスの酒(11)、
ミルクを混ぜた麦菓子に、乳が上がりかけた山羊のミルク(12)、
そして、森で草食む、未だ仔を生まぬ牛や、
初子の仔山羊の肉だ。加えて、日蔭に腰を下ろして、
火の色の葡萄酒を飲みたいもの。食い物に心を満たした後で、

断片二六三への註参照。

（7）三八三行でプレイアデスの日の出時の昇りを夏の初めとしたのを受けて、夏の暑さを避けるという程の意味。なお、五月一日の日の出は四時四九分。

（8）Scolymus hispanicus, キバナアザミ。

（9）頭も膝も生殖に重要な部位と考えられた。γόνυ（ゴニュ、膝）と γίγνομαι（ギグノマイ、生まれる）は語根を同じくする。

（10）五八二―五八八行はアルカイオスの抒情詩（「断片」三四七）の模倣するところとなっている。

（11）ビブロスはトラキア地方の銘酒の産地かというが、他にも諸説あって不明。

（12）山羊は春に仔を生んで数ヵ月間授乳する。初乳は別として後期の乳が上質だという。な↙

さやさやと吹く西風《ゼピュロス》に顔を向けてな。
流れて止まぬ走り井の、濁りを知らぬ水をまず三、
そこへ葡萄酒を一、注ぎ入れるがよい(1)。
　逞しいオリオンが初めて現われたなら(2)、
奴隷たちを急き立てて、デメテルの聖なる穀物を脱穀させるのだ。
風通しのよい、よく均した麦打ち場でな。
それをきちんと量りながら、甕に貯えよ。食糧を全て、
家の中に厳重に納め終わったなら、
所帯を持たぬ召使を雇うことを考え(3)、子を持たぬ雇い女を
探すがよい。こぶ付きの雇い女は厄介だぞ。
そして、「昼眠り」（泥棒）に財産を奪われぬよう、
歯の鋭い犬を飼うことだ。餌は惜しむなよ。
牛や騾馬にたっぷりとあてがえるように、飼葉や、
落穂、雑草の類いを運びこんでおけ。そうした後で、
奴隷たちには大事な膝に一息つかせ、牛の軛を外してやるがよい。
　オリオンとセイリオスとが中天に達し(4)、
指薔薇色の曙《エオス》がアルクトゥロスを見出す時(5)、

↙お、ミルクといえばもっぱら山羊か羊のものである。

（1）酒の割り方についてはプルタルコス『食卓歓談集』六五七B他、古代人による言及が多いが、水を先に入れるのと、葡萄酒より水の割合が多いのが基本である。

（2）オリオン座（その主星ベテルギウス）が日の出直前に昇るのは六月二〇日頃。

（3）農繁期が終わったのだから雇い人を解雇する、とする解釈もあるが、それだと「所帯を持たぬ」が意味をなさない。来期のために安上がりの雇い人を探し始めるのである。

（4）日の出時にこの星が中天にある九月半ば。

（5）星の昇りが日の出を期して観察されていることが分かる表

ペルセスよ、葡萄の房を残らず摘み取って、家に運べ。
一〇日と一〇夜、陽に当てて、
五日間、蔭に入れ、六日目に陽気なディオニュソスの
賜物を、甕に汲み入れよ[6]。だが、
プレイアデスとヒュアデスと、逞しいオリオンとが[7]
沈む時となれば[8]、時を違えぬ耕しを思い出せ。
地中の種がしっかりと根づいていてほしいものだ。

航海について

さて、お前が荒海の航海に乗り出したくなった場合の注意だ。
プレイアデスがオリオンの乱暴な力を逃れて、
霧立ち籠める海に落ちてゆく頃には、
ありとあらゆる悪風が吹き荒れる。
この時には、もう船を葡萄酒色の海に浮かべておいてはならず、
よく覚えておけ、私の言うとおり、陸《おか》の仕事をするのだ。
船は陸《りく》に引き上げ、周りにびっしり石を置いて、
湿った風の勢いを防ぐとともに、

現。ヘシオドスの時代では九月八日（West による）。

（6）足で踏みつぶし葡萄の汁を絞り出す工程は自明のこととして省かれている。

（7）この行は主格を対格に変えるとホメロス『イリアス』一八-四八六に同じ。

（8）プレイアデスの沈みは三八四行に既出。ヒュアデスの沈みはやや遅れて一一月四日。その神話と名前については断片二二七aへの註参照。

船底の栓を抜いて、ゼウスの雨で腐らされぬようにしろ。
海を行く「船の翼」[1]をきちんと畳んで、
船具《ふなぐ》は全て、家の中に厳重にしまいこむのだ。
よくできた舵は、煙の上に吊るしておけ。
お前自身は、船を出す季節が来るまで待つことだ。
そしてその時になれば、速き船を海に降ろし、儲けをあげて
家に帰れるよう、ちょうどよいだけの荷を積みこむとよい。
我が父は、そしていとも愚かなペルセスよ、お前の父は、
よき暮らしを求めて、正にこのように、船で行き来を重ねていたのだ。
父はその昔、アイオリスなるキュメを後に、
黒き船で大海を渡り、この地にやって来たが、
富貴とか富とか幸せとかを逃れて来たわけではない。
ゼウスが人間どもに与える、辛い貧困を逃れてのことなのだ。
そして、ヘリコンのほとり、みすぼらしい村に住みついたが、それが
冬は辛く、夏は堪えがたく、善き時とてないアスクラだった。
　ペルセスよ、いかなる仕事においても、お前は
時を違えぬことを心せねばならぬが、とりわけ航海はそうだ。

（1）櫂もしくは帆を表わす謎言葉《ケニング》。ここでは後者。

船は、小ぶりのは敬遠して、大きいのに荷を積め。
荷が大きいほど、儲けの上の儲けも大きいはず。
但し、風が悪い吹き方をしなければ、の話だ。
　お前がその浅ましい心を貿易に向け、
借金と、楽しからぬ飢えを逃れたいと思う時には、
鳴り騒ぐ海の定めを教えてもやろう。
私とて、航海にも船のことにも通じているわけではないけれど。
何しろ私は、広い海を船で渡ったことといえば、
アウリス(2)からエウボイア島への一度きりだ。その昔、アカイア軍が、
聖なるヘッラス（ギリシア）から美女の国トロイアを目指し、
冬をやり過ごしながら、大軍勢を集めた所だ。
私はそこから、勇ましいアンピダマス王(3)の葬送競技の行なわれる
カルキスへと渡った。気宇壮大な王の息子たちが、
莫大な賞品を予告して並べたが、何を隠そう、この私が、
そこで歌競べに勝ち、把手の付いた鼎を獲得したのだ。
その鼎は、ヘリコン山に住む詩神《ムーサ》たちが、初めて私を
玲瓏の歌の道に進めて下さった、その場所で女神たちに奉納した。(4)

（2）ボイオティア地方東海岸の港町。ここから海峡を挟んでエウボイア島まで、最も狭い所は六五メートル。トロイア出征前、アウリスに集結したアカイア（ギリシア）軍は、アルテミスの怒りに触れて順風を得られず、神意を宥めるためアガメムノンの長女イピメデ（イピゲネイア）を生贄に捧げた。断片一九参照。

（3）一説にエウボイア島の大都カルキスの王。南方の町エレトリアと争い、海戦で死んだという。

（4）パウサニアスがこの鼎を見たことは証言四〇参照。なお、虚構の伝記『ホメロスとヘシオドスの歌競べ』によると、ヘシオドスが勝った相手はホメロス。

釘多き船の経験はこれしかないが、
それでも、アイギスを持つゼウスの心を語ろう。
詩神《ムーサ》たちが私に、不思議の歌を歌う術を教えてくれたのだから。
　夏至の後の五〇日間は、
夏も終盤にかかる、疲労困憊の時期だが、
人間にとっては航海の適期だ。
大地を揺するポセイドンか、神々の王ゼウスが、
わざと滅ぼそうとせぬ限り、お前が船を壊すことも、
海が人々の命を奪うこともあるまい。
最後は禍と出るか福と出るかは、この神々にかかっているのだ。
この時期のそよ風は読みやすく、海も牙を剝かぬ。
風を信じ、安んじて速き船を
海に降ろし、荷を全て積むがよい。
但し、出来るだけ早く家に帰るよう努め、
新酒(1)や秋の雨、冬の襲来、それに
南風《ノトス》の吹き荒れるのを待ってはならぬ。
南風《ノトス》は、ゼウスの降らせる秋の沛雨《はいう》と連れ立って、

(1) 六〇九行以下の記述から、新酒の季節は九月末。

海を湧き立たせ、海原を危険なものにする。
　もう一つ、人間には春の航海がある。
（無花果の）枝先の嫩葉《わかば》が初めて、頭巾烏《ズキンガラス》が
地面につける足跡ほどの大きさに見えてきた時、(2)
その時には海も、航海可能になる。
これが春の航海というものだ。ただ私としては、
これは勧めない。どうも気に入らぬからだ。
航海の奪い取りだ(3)、禍いは避けがたかろう。それなのになお、
人間は無知の心から、その航海を行なう。
それは、哀れな人間にとっては、金が命だからだ。
波間に命を落とすのは恐ろしい(4)。だからお前には、
はっきり言うが、これら一切を胸の中でよく考えろと言うのだ。
　空ろな船に命の糧をある限り積んではならぬ。
過半は家に残し、少ない方を船荷にするのだ。
海の波間で災厄に遭うのは恐ろしく、
荷車に重い荷を積みすぎて、
車軸を折り、商品が損なわれるのも恐ろしい。

（2）「（いちじくの）枝が既に柔らかくなり、葉が生じると、夏が近いとあなたたちは知っている」（『マタイによる福音書』二四-三二、佐藤研訳）参照。
（3）時が来るのを待たず、強引にその時を先取りする、という意味であろう。
（4）埋葬の礼を受けられない。

程々《メトラ》を守れ。何事につけ、適度《カイロス》が最善だ。

人生訓

時を違えず妻を家に迎え入れるがよい。
三〇歳にさほど足らぬでもなく、
余り越えすぎてもいない、それが結婚の適期だ。
女は成熟して四年経ち、五年目に嫁ぐべし(1)。
まめまめしい作法を教えこめるよう、生娘を娶れ。
近くに住む娘を娶るのが何よりだが、
周辺の事情をよく見極めて、近所の物笑いとなる結婚はするなよ。
何しろ男にとって、よくできた妻を手に入れるほど
善いことはなく、悪妻ほど寒いものはない(2)。
これは隙あらば食い物を狙う女で、屈強な夫といえども、
薪も使わずに焼き焦がし、早すぎる老いに追いやる。
　至福なる神々の懲罰には十分に用心せよ(3)。
　友を兄弟と同等に扱ってはならぬ。
もしそうするなら、こちらから先に友を害してはならぬし、

(1) ソロンは男の適期を三五歳とする(「断片」二七)。プラトンによると、女は一六―二〇歳で、男は三〇―三五歳でするのがよい(『法律』七八五B)。アリストテレスは専ら子づくりと財産相続の観点から、女一八歳頃、男三七歳か少し前を勧奨(『政治学』一三三五a二九)。

(2)「女の見本帳」(「断片七」)の詩で名高いセモニデスがこの二行を模倣している(「断片六」)。

(3) この行は文脈から浮いているので、場所の移し替えが提案されるが、決定しがたい。なお、六九五以下については、竄入を疑われている詩行がかなりある。

口先の世辞で嘘をついてもいけない。もし向うが先に、
気に食わぬことをお前に言ったりしたりしたなら、
覚えておき、二倍にして返してやれ。だがもう一度、
向うから仲直りを言い出し、償いをしたいようだと、
受けるがよい。しょっちゅう友を変えるのは、
つまらぬ男だ。お前の心が見かけ倒しだと言われぬようにしろ。
　客好きとか客嫌いとかの評判を立てられてはならぬ。
悪党の仲間とか、善人を目の敵にする奴と呼ばれるのもな。
心くずおれる忌わしい貧困ゆえに人を罵るようなことは、
仮にもあってはならぬ。それも永遠に在《いま》す至福の神々の賜物なのだ。
慎み深い舌はこの世の最高の宝、
舌が節度をもって動く時、その魅力は最大となる。
悪口をきけば、たちまち自分がもっと悪く言われよう。
客の多い宴席で、ふくれっ面はいけない。
持ち寄りの宴会は、歓楽は最大、出費は最少だ。

様々な禁忌

明け方、火の色の葡萄酒をゼウスに捧げるのに、(1)
七二五 手を洗わぬのはもっての外。他の神々に対してもだが、
それでは、神々が祈りを聞き届けず、吐き出してしまうからだ。
太陽に向って、立って尿《しと》してはならぬ。(2)
また、陽が沈んでから昇るまで、よく覚えておけよ、
道の上でも道を外れても、歩きながら小便してはならぬ、
七三〇 露出もならぬ。(3) 夜は至福なる神々のものなのだぞ。
分別のある信心深い男なら、しゃがんでするか、
囲いも堅固な中庭の側まで行ってする。
家の中で、精液で汚れた陰部を、
炉の側で露《あらわ》してはならぬ。(4) 避けるべきことだ。
七三五 縁起の悪い埋葬から帰った後で、
子胤《こだね》を播いてはならぬ。神々との直会《なおらい》の後ならよい。
七五七 海に流れこむ川の水に、また、湧き出る泉に、
七五八 小便をしてはならぬ、厳に避けるべきだ。
七五九 屎《くそ》まるのもならぬ。感心せぬことだからな。(5)

(1) 七二四—七五九行を削除すべしとする Wilamowitz の説はかなり支持を受けている。内容が余りに迷信的、七二三行から七六〇行への繋がりがよくなること、等がその理由。

(2) ピュタゴラスの戒律にもこれがある（ディオゲネス・ラエルティオス『ギリシア哲学者列伝』八-一七）。インドの『マヌの法典』四-四五以下にも、様々な場所・情況での放尿の禁止が見える。

(3) 陰部をなのか体をなのか不明。

(4) 不浄なものを太陽や火に曝すのは不敬。

(5) West は内容からしてこの三行をこの位置に移す。

流れて止まぬ川の清らかな水を徒渉《かちわた》る時には、
その前に必ず、美しい流れを見つめて祈り、
透き通る愛らしい水で、手を浄めなければならぬ。
心の穢れと手とを洗い浄めずして川を渡る者には、
神々が憤りを覚え、後々苦しみを降される。
神々を祀る晴れの宴席では、瑞々しい「五本枝」（手）から
乾いたもの（爪）を、燦めく鉄（鋏）で切ってはならぬ。[6]
皆で飲んでいる間、混酒甕の上に酒注ぎ瓶を
置いてはならぬ[7]、運が凶に傾くぞ。
家を建てる時、削らぬままにしてはならぬ、
やかましい嘴細烏《ハシボソガラス》が止まって鳴くといけないから。[8]
神に捧げてもない脚付き鍋から汲み出して、
食べたり湯浴みしてはならぬ、それにも罰が下るから。[9]
生後十二日の赤児を、「動かしてはならぬ物」[10]の上に置くな、
それはよくないことで、男を男でなくする。
十二ヵ月の子にもしてはならず、同じ結果となる。
女の使った水で、男が肌を清めてはならぬ、

（6）青銅器時代から続く旧い儀式では、新来の鉄はタブーとされた。
（7）理由は不明。
（8）屋根の上で烏が鳴くとその家に死人が出る。現代ギリシアはじめヨーロッパの迷信はこのように言うが、「(家を) 削らぬ」との関連は不明。
（9）詩句の解釈も、迷信の意味も不明。
（10）墓、あるいは祭壇とされる。

そのことでも、暫しの間、厳しい罰が下る(1)。
生贄を焼いているところに出くわして、
無闇にけちを付けてはならぬ。神はそれにも憤りを覚える。

人生訓、続き

このようにせよ。人々の卑しい噂を避けよ(2)。
噂は悪しきもの。軽くて持ち上げるのはいとも容易いが、
運んで行くのは辛く、肩から下ろすのは難しい。
噂は、多くの人が口の端に上せたら、
一向に消え去らぬ。これもまた、神のようなものなのだ。

日の吉凶

ゼウスに由来する日々を正しく心に留めて、
奴隷たちにも教えよ。人々が真実を判断して、
日々を送る時には、仕事を監督し、月極の
食糧を分配するのに、三〇日が月の最良の日だ(3)。
明知のゼウスに属するのは次の日々だ。

(1) 月経の不浄を忌む。あるいは、男児と女児が同じ水で洗礼を受けると、男児は女子のようになり、女児には髭が生える、というような近代の迷信と通じるか。

(2) 怪物じみた噂の描写はウェルギリウス『アエネイス』四‐一七四―一八八が迫真的。

(3) 太陰暦で三〇日の月と二九日の月があったが、いずれの場合も最後の日は三〇日と呼ばれたらしい。

まず、朔日《ついたち》、四日、(4)七日は聖なる日。
レトが黄金の太刀を佩《は》くアポロンを生んだのが七日ゆえ。
八日と九日も聖。対して、人間が仕事で苦労するのに
とりわけ善いのは、月が満ちてゆく間の
一一日と一二日だ。(5)両日とも、羊の毛を刈るのにも、
嬉しい稔りを刈入れるのにも善い日だが、
一二日の方が一一日より遥かに善い。
この日には、日盛りに、空中高く糸を飛ばす蜘蛛が
巣を織り、「知恵あり」(蟻)が、餌の山を積むからだ。(6)
女はこの日に機《はた》を立て、仕事にかかるがよい。
　月が立って一三日には、種播きを始めるのは
避けよ。しかし、植物を植え付けるには最良だ。
中旬の六日は、植物には全く為にならぬが、
男子の誕生には吉日。しかし、女子には為にならず、
そもそも生まれて来るにも、結婚を迎えるにも善くない。
上旬の六日も女子が生まれるには
ふさわしくないが、仔山羊や羊を去勢するには善く、

(4) ヘルメスとヘラクレスが生まれた日とされる。

(5) 聖なる日は労働を控える故。

(6) なぜ蜘蛛や蟻が日盛りに働くのか、なぜそれが吉なのか不明。

家畜の柵を巡らせるにも優しい日だ。
男子の誕生には吉日だが、人を嘲り、
嘘と甘言、ささめ語《ごと》をことする男になるかもしれぬ。
月の八日には猪ともうもうと鳴く牛を、
一二日には、辛抱強い騾馬を去勢するがよい。
大いなる二〇日(1)の日盛りには、物知りの父親となる。
生まれる子は大層心賢しい人間になるだろう。
男子の誕生に善いのは一〇日だが、女児には中旬の
四日だ。この日には、羊や、とろとろと歩む角の曲がった牛、
それに、歯の鋭い犬や辛抱強い騾馬を手で撫でて、
飼い馴らせ。しかし、下旬の四日(2)と上旬の四日には、
重々心して、悩み事で己が心を蝕むことを
避けるのだ。これは特別に完結した日なのだ(3)。
月の四日には、家に妻を迎え入れよ。
婚儀に最も縁起のよい鳥占いを判断した上でな。
五の付く日(4)は厳しく恐ろしいので、避けねばならぬ。
偽りの誓いをなす者らの災厄となれよと、争い《エリス》が誓い《ホルコス》を生んだ時(5)、

(1) 二〇日以後は三〇日から遡って数えたので、二〇日は一種の要ゆえ「大いなる」と呼ばれたか。

(2) 三〇日から逆算して四日、すなわち二七日。

(3) τετελεσμένον ἦμαρ（テテレスメノン・エーマル）の意味が不明。τετράς（テトラス、四日）との語呂合わせもあるか。

(4) 上旬、中旬、下旬の五日か、各月のか、不明。

(5) 誓い《ホルコス》の誕生については『神統記』二三一参照。

復讐女神《エリニュス》たちが立ち会ったのが、五日と言われているからだ。
　中旬の七日には、デメテルの聖なる穀物を、
丁寧に検分しながら、よく均らした麦打ち場に
投げ広げよ。木樵《きこり》は家を建てる材木と、
船にふさわしい用材を、たくさん伐り出すがよい。
（中旬の）四日には、細身の船の組み立てを始めよ。
　中旬の九日は、夕方にかけてより善くなる。
上旬の九日は、人間は全ての禍いから免れている。
木を植えるのにも善く、男であれ女であれ、
人が生まれるのにも善く、決して大厄の日ではないからだ。
ところが、甕の口開けをするにも、牛や騾馬や、
それに駿足の馬の頸に軛をかけるにも、
また、漕座の多い快速の船を葡萄酒色の海に曳き下ろすにも、
月の二七日が最善であることを知る者は少ない。
真実の呼び方をする者は少ないのだ。[6]
四日には甕を開け。何よりも聖なる
中旬の四日だ。月の二〇日の次の日が、明け方頃には

（6）七九八行にあるように、二七日は一般には「下旬の四日」と呼ばれたが、τρισεινάς（トリセイナス、聖数九の三倍）と呼ぶのが正しい、ということか。

最善であるのを知る人も少ない。但し、夕方にかけて悪くなる。

　以上が、地上にある人間に大いに役立つ日々だ。

その他の日は吉凶定まらず[1]、運命に結びつかず、何ももたらさない。
人それぞれに違った日を吉とし、全てを知る人は少ない。
ある時は継母となり、ある時は実の母となる日があるのだ。
これらをことごとく弁えて、神々に対して落ち度なく、
鳥の前兆を判断し、人の道を踏み越えることなく
仕事に励む者は、神と共にある幸せ者だ[2]。

八二五

（1）あることには吉でも別のことには凶という日がある。

（2）古註によると、この後に『鳥占い』を繋ぐ人もいたが、ロドスのアポロニオスが削除したという。ヘシオドスに鳥占いに関する作品があったらしいことは、断片二六三と二九五より窺える。

ヘラクレスの楯

『ヘラクレスの楯』古伝梗概（ヒュポテシス）

『楯』の開巻五六行までは『名婦伝列《カタロゴス》』の第四巻で伝承されている。それ故、アリストパネス(1)はそれがヘシオドスのものではなく、ホメロスの「楯」（『イリアス』一八歌、「アキッレウスの楯」）を模倣した何者かの作ではないかと疑った。

アテナイのメガクレイデス(2)はこの詩を真作と考えるものの、ヘパイストスが母神（ヘラ）の敵たち（ヘラクレスたち）のために武具を造るのはおかしいとして、ヘシオドスを批判する。ロドスのアポロニオス(3)は第三巻で、文体およびヘラクレスの手綱執りをするイオラオスが『名婦列伝』でも見られる事実から、『楯』をヘシオドスの作だと述べている。ステシコロスもこの詩がヘシオドスの作と言う。

タポス人がエレクトリュオンの牛を奪おうと攻め寄せ、家畜を守って戦うアルクメネの兄弟たち（エレクトリュオンの息子たち）を殺した。アンピトリュオンは彼女と結婚することを望んだが、彼女は、兄弟を殺した連中に仇討ちするまではしない、と言う。彼は出征して、連中を殺した。同じ夜に、ゼウスとアンピトリュオンの両者が彼女と同衾する。後者は遠征から帰ってのこと、ゼウスは人類を助ける者が生まれることを望んでのことだった。彼女はアンピトリュオンからイピクレスを、ゼウスからはヘラクレスを生む。ヘラクレスはイオラオス（甥）を手綱執りに従え、軍神《アレス》の子キュクノスをも攻める。これはピュト（デルポイ）に十分の一税(4)を運ぶ人たちから常々強奪していた男だ。ヘラクレスはヘパイストスが造った楯に守られ、トラキスのケユクスに会いに行く。キュクノスに遭遇し、彼を殺し、息子を守ろうとするアレスの太腿を傷つけた。このようにしてケユクスの許に着く。キュクノスはケユクスの娘テミストノエを娶っていたから、彼の婿であった。

(1) 前二五七頃―一八〇年頃、ビュザンティオン出身、アレクサンドレイア図書館の第四代館長。文献学者。
(2) 前四世紀後半、ホメロス学者。
(3) 前三〇〇頃―二一五年頃、アレクサンドレイア図書館の第二代館長。叙事詩『アルゴナウティカ』の作者。「第三巻」の書名は不明。
(4) 戦いに勝ったポリスは、奴隷や戦利品の十分の一をデルポイのアポロン神殿に献げる習慣であった。

あるいはまたこのような女もいた。館と父祖の地を捨て、
驍勇《ぎょうゆう》アンピトリュオンに従ってテーバイにやって来た
アルクメネ、兵を鼓舞するエレクトリュオンの娘だ。
姿と上背は世の女たちに立ちまさり、
心ばえでも、死すべき女が死すべき男と共寝して
生んだ女で、彼女に敵う者は一人としてなかった。
その頭《こうべ》と青黒い(1)眼《まなこ》から発するのは、
黄金《こがね》溢るるアプロディテさながらの魅力。
さりながら、その夫を心に敬うことは、
世にある限りの女の、たれ一人及ばぬほどであった。
いかにもその夫は、牛どものことで腹をたて、彼女の秀れた父親を、
力で捩《ね》じ伏せ殺《あや》めたのであったが(2)。そこで、祖国を後にして、
大楯担うカドモス(3)の民のテーバイへと、嘆願者としてやって来た。
その地に家居して、淑やかな妻女と共に暮らしたが、

（1）原語「キュアノス色の」は燕、翡翠、海豚、深い海などを形容するから「青黒い」が近いと思われるが、眉、髪、雲、死霊などにかかる時は「か黒い、暗い」となろうか。物質としてのキュアノス（一四三行。シアンの語源）は「岩群青」と訳した。

（2）（『楯』系図参照）。アポロドロス『ギリシア神話』二-四-五以下の伝によると、プテレラオスの息子たちとタポス人が領土を要求してミュケナイに来攻、双方に死者多数出て、エレクトリュオンの牛が奪われた。アンピトリュオンがその牛を買い戻したが、牛を引き渡す時、牝牛

心ときめく愛の契りは欠けていた。
妻の雄々しい兄弟たちが殺された仇を討ち、
勇ましいタポス人とテレボアイ人(4)の村々を、激しい炎で
焼き尽くすまでは、踝《くるぶし》麗しいエレクトリュオンの娘の
臥牀《ねどこ》に上がることが許されなかったのだ。
そのような取り決めであり、神々がその証人であった。
　彼は神々の怒りを恐れ畏《かしこ》み、ゼウスより課された
大いなる仕事を、一刻も早く果たそうと逸った。
戦いと叫喚に焦がれつつ彼に付き従うのは、
楯越しの息づかいも荒い、馬を駆るボイオティア人に、
白兵戦のロクリス人、それに雄々しいポキス人。
軍勢の指揮を執るのは、アルカイオスの勝れた息子（アンピトリュオン）で、
意気も高かった。しかし、人間と神々の父（ゼウス）は、
神々と、パンを食らう人間のために、破滅の防ぎ手を
生み出そうとして、心に別の計画を織りなしていた。
心の奥に企みを懐き、帯よく締めた女との
愛の契りに胸を焦がしつつ、夜にまぎれて

が飛び出したのでアンピトリュオンが棒を投げつけると、棒は角に当たって跳ね、エレクトリュオンの頭を撃って殺した。アンピトリュオンは国を逐われ、テーバイでクレオンにより殺人の穢れを浄められる。アルクメネはアンピトリュオンに対し、殺された兄弟たちの仇を討ってくれたら結婚すると言う。

(3) フェニキアのテュロスの王子。ゼウスに攫われた姉妹エウロペを捜してギリシアに渡り、テーバイ（別名カドメイア）を建てた。

(4)（『楯』系図参照）。ヒッポトエとポセイドン神の子タピオスはミュケナイから西方へ移住し、イオニア海に浮かぶタピアイ諸島とタポス人（海賊として有名）の名祖となった。テレボアイ人は、一説にその別名。

オリュンポスを飛び立つと、たちまちテュパオニオンに到り、
そこからさらに明知のゼウスは、ピキオン(1)の頂へと進んだ。
そこに座を占めて、心に謀《はか》るのは驚くべき所業。
その夜の中に、踝《くるぶし》細きエレクトリュオンの娘の
褥《しとね》で愛の契りを交わし、思いを遂げたのだ。
　同じ夜に、輝かしい英雄、兵を鼓舞するアンピトリュオンは、
大いなる仕事を果たして己が館に帰り着くと、
家僕たち、また野に住む牧夫どもに会うよりも早く、
吾が妻の褥に上るのを急いだのは、
それほどの渇望が民の牧者の心をとらえていたからだ。
［あたかも、難儀な病とか堅固な縛めとか、
災いから辛くも逃れた男が喜ぶように、
そのように、この時のアンピトリュオンも、難業を成し遂げて、
嬉しくも懐しく、わが家に帰り着いたのであった(2)］
夜もすがら、黄金《こがね》溢るるアプロディテの贈物を喜びつつ、
淑やかな妻女と添い臥しした。
彼女は神に抱かれ、七つの門のテーベで

(1) テーバイの住民を謎で苦しめたスピンクス（ピクスともいう）が棲んでいた丘。

(2) この四行、削除案が出されている。以下、［　］で囲った部分は同様である。

抽《ぬき》んでた勇士にも抱かれて、双児を生んだが、
心ばえは一つではなかった。双児の兄弟でありながら、
一方は劣り、一方はずば抜けて勝れた男、
恐ろしくも猛々しい、怪力ヘラクレスだ。
こちらは黒雲を纏うクロノスの子に屈服し、イピクレスの方は、
槍を振るうアンピトリュオンに屈服して生んだもの。
胤《たね》違いで、一方は死すべき人間と、他方は、
クロノスの子ゼウス、神々の王者と交わって生んだものだ(3)。

ヘラクレスはまた、軍神《アレス》の雄々しい息子キュクノスをも殺した。
すなわち、遠矢射るアポロンの神域で見つけたのは、
キュクノスとその父、戦いに飽くことを知らぬアレスで、
燃える上がる火焔さながら、物の具を燦めかせて、
戦車に乗っていた。駿足の馬が蹄で足掻きして
地を鳴り響かせれば、編み細工の戦車と、
馬どもの足に撃たれて、砂塵が舞い上がる。
馬どもが逸り立てば、堅牢な戦車と欄干《おばしま》が、

(3) 一—五六行が『名婦列伝』四巻の一部としても伝承されたことについては、証言五二参照。

カラカラと音たてる。勇士キュクノスが喜んだのは、
勇猛なるゼウスの子を御者もろとも、青銅の刃先で切り裂き、
名高い物の具を剝ぎとれようと思ったのだ。
だが、ポイボス・アポロンは彼の祈りを聞き届けなかった。
宜《むべ》なり、剛力ヘラクレスを彼にけしかける側であったのだ。
パガサイに鎮座するアポロンの杜《もり》全体と祭壇が、
恐ろしき神（アレス）の物の具と神そのもののために輝き、
火の如き輝きが眼から発していた。ヘラクレスと、
誉れも高いイオラオスを除いては、死すべき人の身にして、
敢えてこの神に真っ向から立ち向かえる者があっただろうか。
［彼らの膂力は強大で、逞しい四肢に乗っかって、
両肩から無敵の腕が生え出ていたからである。］
　この時、彼は手綱執り、豪勇イオラオスに向かって言った。
「英雄イオラオス、万人に抽んでて親しい者よ、
アンピトリュオンはオリュンポスの館に住む至福の神々に対して、
何とも大きな罪を犯したものだな。眉間の広い牛が因《もと》で、
エレクトリュオンを殺《あや》め、ティリュントスの見事な町を後に、

城壁堅固に繞《めぐ》るテーベへとやって来た時のことだ。
クレイオン(1)と裳裾曳くヘニオケの許に到ると、
二人は彼を歓迎して、嘆願者に対する義務として、
必要なもの一切を提供し、常以上に心をこめて厚遇した。
彼は 踝《くるぶし》麗しいエレクトリュオンの娘を妻として、
意気盛んに暮らしていたが、たちまち年は巡り、
体格も心ばえも似つかない我らが生まれた。
お前の父(2)と私のことだ。ところが、ゼウスがあいつの正念を奪い、
あいつ（イピクレス）は自分の家も両親もうち捨てて、
罰あたりなエウリュステウスに仕えようと、行ってしまった。
どうしようもない奴だ。後になって、己れの過ちが身に応《こた》えて、
しきりに後悔したようだが、過ちは取り返しがつかぬ。
一方、私には、神は困難な試練を命じたのだ。
いざ、友よ、駿足の馬の緋色の手綱を、
さっさと執るのだ。心に豪胆の気をふくらませ、
速き戦車と駿足の馬の力を直走《ひた》らせよ。
殺戮のアレスの怒号など恐れることはない。

九〇

(1) クレオンの形がより普通。テーベ（テーバイ）の王で、アンピトリュオンの殺人の罪を浄めてやった。ヘニオケはその妻。

(2) イオラオスの父イピクレス。『楯』系図参照。

この神は今、ポイボス・アポロン、遠矢射る神の
聖なる杜で、叫びながら狂い回っている。
まことに強い神ではあるが、戦いに飽かせてやる」
　これに対して、非の打ちどころなきイオラオスは言った。
「伯父上、人間と神々の父（ゼウス）は殊の外、
あなたを嘉しています。それに、テーベの冠《かんむり》なす城壁を保ち、
この町を守る牡牛の神、大地を揺する神も。(1)
あなたが赫々の誉れを上げるようにと、この神々は、
私ほどの偉丈夫を、あなたの手下につけたのですから。
さあ、勇ましい物の具を身につけ、一刻も早く、
アレスの戦車と我らの車を相近づけて、
戦おうではないか。彼とてよもや、恐れを知らぬ
ゼウスの子もイピクレスの子をも、怯《ひる》ませはすまい。それどころか、
向うが勇者アルケイデスの(2)二人の息子から逃げるはず。
宴よりも遥かに嬉しい戦いの雄叫びを挙げんものと、
我らがいよいよ間近に迫ったからには」
　こう言うと、怪力ヘラクレスは心に喜びを覚えて

(1) 海神ポセイドン。ボイオティア地方のオンケストスでは、この神への生贄に牡牛が捧げられた。

(2) アルカイオスの子、または子孫の意味で、普通はヘラクレスを指すが、ここではその父アンピトリュオンをいう。それの息子二人は、正確には従兄弟どうし。

微笑んだが、それはいかにも当を得た発言であったからだ。
そこで、翼ある言葉で答えて言うには、
「ゼウスに育まれたる英雄イオラオスよ、荒々しい戦闘が、
もはや遠くない。かつて武勇を示した如く、
今も、か黒い鬣《たてがみ》の大いなる馬アリオンを
八方に操り、力の限りに加勢せよ」
　こう言って、ヘパイストスの名高い贈物なる
燦めく山金《やまがね》（3）の脛当を、脛のまわりに当てがった。
次いで胸のまわりには、美しい黄金《こがね》造りの、
巧みを凝らした胴鎧を着こんだが、これこそ、
彼が初めて、嘆きに満ちた難業へと出で立とうとする時に、
ゼウスの娘、パッラス・アテネの賜うたもの。
恐るべき男はまた、両肩に破滅を防ぐ鉄の防具を着けると、
胸のあたりから背中へと、空ろな箙《えびら》を
投げ回した。中には戦慄の走る矢が、
言葉を奪う死の運び屋が、夥しく入っていた。
矢の先は、死を蔵し涙を滴《したた》らせ、

（3）原語オレイカルコスは山の銅の意で、真鍮かともされるが不明。

中程は磨きぬかれた長い矢柄、そして矢筈は、
火の色の鷲の羽根で包まれている。
彼は燦く青銅の穂先を着けた、頑丈な槍を執った。
逞しい頭に、不壊金剛で造られた匠《たくみ》の業、
見事な兜を載せると、顳顬《こめかみ》にぴたりと合う。
これが神の如きヘラクレスの頭《こうべ》を守るのだ。

彼は光彩陸離たる大楯を手に執ったが、たれ一人、
打ち破ることも砕くこともできぬ、見るも驚きの業だ。
全体が輪をなして、白亜と白い象牙、
それに、琥珀金(1)と燦めく黄金で底光りしていた。
[岩群青が何層も嵌めこまれて輝きつつ]
中央には不壊金剛の、言う方なき潰走《ポボス》がいて、
輝く火の眼《まなこ》で見返している。
その口は、恐ろしくも近づきがたい、白皓々《はくこうこう》たる
歯で埋まり、不気味な眉間の上には、
恐ろしい争い《エリス》が、武士たちの混乱を謀りつつ飛行する。

一四〇

(1) 原語エーレクトロン、金と銀の合金。

酷《むご》い神だ、ゼウスの息子に真っ向から戦いを
挑む男はみな、正気も思慮も奪い去る。
［すると彼らの魂は、地に潜《もぐ》り、冥王《ハデス》の館に
赴くが、腐った皮にとりつく骨は、焼け焦がす
セイリオス（シリウス）の下、黒い大地に朽ち果てる］
　楯の表にはまた、追撃《プロイオクシス》と反撃《パリオクシス》が造りこまれ、
どよめき《ホマドス》と殺戮《ポノス》と殺人《アンドロクタシア》が燃え盛っていた。
［楯の表には争い《エリス》がおり、乱闘《キュドイモス》が突進し、忌まわしい
死神《ケール》が、撃たれたばかりでまだ息のある者、あるいは無傷の者、
あるいは既に果てた者を、両足を摑んで激戦の中を曳きずっていた。
その肩に纏う衣は、人の血で赤く染まり、(2)
恐ろしい目つきで、金切り声を発している］
　楯の表にはまた、言う方なき恐しい蛇の頭が十二あり、
［ゼウスの息子に真っ向から戦いを挑むような］
地上にある男たちの族《やから》を威嚇していた。
アンピトリュオンの子が戦う時には、蛇どもの
歯がきしる。驚くべき神業が燃えあがる。

（2）一五六―一五九行はホメロス『イリアス』一八―五三五―五三八にほぼ同じ。

眼力鋭い者には、蛇の斑《まだら》模様のようなものが見える。
背中は青黒く、顎《あぎと》にかけて黒みを増す。
　楯の表にはまた、口から泡吹く猪とライオンの群がいて、
怒りを胸に勇みたち、睨み合っていた。
双方、列をなし固まって進むが、どちらも
怖じ気づくどころか、首筋の毛を逆立てている。
それもそのはず、既にして巨大なライオンと、その両側に
猪が二頭、命を奪われて倒れている。黒い血が、
大地に吸いこまれてゆく。毛深いライオンのために命を落とし、
首筋を投げ出して、倒れているのだ。
口から泡吹く猪と獰猛なライオンと、双方
憤怒もあらわに、戦わんものとますますいきり立つ。
　楯の表にはまた、槍武者ラピタイ族(1)の戦闘があった。
率いるのは王者カイネウス(2)にドリュアスにペイリトオス(3)、
ホプレウスにエクサディオスにパレロスにプロロコス、
アンピュクスの子、ティタロンの孫(4)でアレスの分身なるモプソス(5)、
それに、アイゲウスの子、神々にも似たテセウス(6)だ。

(1) テッサリアの山岳地帯に住む伝説的な種族。その王ペイリトオスの結婚の宴に招かれたケンタウロスたち（半人半馬の種族）が酒乱に及び、花嫁を奪おうとしたことから戦いが起こる。この「ケンタウロスの戦い」はアテナイ、パルテノン神殿の浮彫彫刻で名高い。

(2) 初めカイニスという女性であったが、ポセイドンに愛され、男性に変ずることを願い、叶えられてカイネウスとなった。不死身であったので、地中に埋めこまれて終った。

(3) テセウスの愛人で、ペルセポネ（冥界の女王）を得ようと二人で地下に降ったが、戻れなくなった。

(4)「テイタレシオス川から来た」との解釈もある。

(5) 予言者として名高い。

彼らは銀で造られ、肌には黄金の物の具を纏う。
こちらには、ケンタウロスたちが勢ぞろいして対峙する。
率いるのは巨漢ペトライオスに鳥占師アスボロス、
アルクトスにウレイオスに黒髪のミマス、
ペウケウスの二人の息子、ペリメデスにドリュアロスだ。
彼らは銀で造られ、手には黄金の樅の棍棒を持つ。
両軍あたかも生けるが如く、肉迫すると、
槍と棍棒を突き出し、白兵戦で切り結ぶ。
　楯の表にはまた、不気味なアレスの駿足の馬が立っていた。
黄金造りだ。武具を剝ぎ取る忌まわしいアレス自身も、
両手に槍を執り、雑兵に号令しつつ、
生身の人間を殺しているかのよう、血の色に染まって、
戦車の上に立つ。傍らには怖れ《ディモス》と潰走《ポボス》が立って、
武士たちの戦いに参入せんものと逸りたつ。
　楯の表ではまた、ゼウスの娘、軍《いくさ》を導くトリトゲネイア[7]が、
戦いの手筈を整えているように見えた。
手には槍と黄金の兜、肩には

（6）アテナイの国民的英雄。

（7）アテネの呼称であるが、語源不詳。『神統記』八九五への註参照。

アイギス(1)を打ち掛け、修羅場《しゅらじょう》に赴くところ。
　楯の表ではまた、神々の聖なる歌舞が行なわれていた。
中心にあって、ゼウスとレトの息子（アポロン）が、黄金の竪琴を
うっとりと奏でる。［神々の坐《いま》すは荘厳なオリュンポス。
そこに神集《かみつど》いして、競い合う中にも、無窮の幸《さち》が、
周りを取り囲む。］ピエリア(2)の女神ムーサイが、
歌の口火を切り、玲瓏たる歌声を響かせているようだ。
　楯の表にはまた、抗いがたい海の、良き繋《かか》り場を持つ港が、
精錬された錫で円型に造られ、
波に洗われるように見えた。［港の真中で海豚の群が、
あちらこちらと泳ぎつつ、魚を追って、
突進するように見える。］二頭の銀の海豚が、
息を継ぎながら、物言わぬ魚を［一語不確定］。
青銅の魚はそれから逃げまどう。一方、突堤には、
磯魚《いさな》獲る男が坐って眺めている。手にした投網《とあみ》を、
魚に向けて打とうとしているところに見える。
　楯の表にはまた、髪麗しいダナエの子、騎士ペルセウスがいたが、

（1）ゼウスやアテネが肩に打ち掛ける布状の防具・武具。山羊皮や疾風と関連づけられるが、語源不詳。

（2）マケドニア南部、オリュンポス山の北に位置する山地。ムーサイの聖地。

その足は楯に触れるでもなく、浮き離れるでもない。
どこにも支えを持たぬ、まことに言うも驚きの業だ。
宜《むべ》なり、これこそ名も高きアンピギュエエイス(3)が、黄金もて
造ったもの。両足には翼あるサンダルを履き、
肩には、黒革を巻いた剣が、青銅の剣帯で
吊り下げられ、彼は思考の如く飛翔する。
背中一面に被《かぶ》さるのは、怖るべき怪物、
ゴルゴ(4)の頭で、収める銀の革袋《キビシス》が翔《かけ》る様は、見るも驚きの業。
黄金の房飾りがキラキラと垂れ下がり、
怖るべき冥王《ハデス》の隠れ兜(5)が、不気味な夜の闇を蔵して、
勇士の顳顬《こめかみ》に乗っている。
ダナエの子ペルセウスその人は、戦《おのの》き
慌てふためく者の如く、全速で走る。近づきがたく、
名状しがたいゴルゴたちが、彼を摑まえんものと
追いすがる。蒼白い不壊金剛の表面で
彼女らが動くと、楯は鋭く高く、轟々の
響きを上げる。その帯には二匹の蛇が、

(3) 鍛冶神ヘパイストス。「両脚の曲がった」の意味かとされるが、不詳。

(4) ゴルゴンともいう。蛇の髪、猪の牙、黄金の翼を持ち、邪視の力で人を石に化す女怪。三人姉妹で、その中のメドゥサをペルセウスは殺し、残る二人に追いかけられる。

(5) これを被る者の姿を消す魔法の兜。

鎌首をもたげて垂れ下っている。
蛇どもはチロチロと舌を動かし、凄まじい形相で、
力まかせに牙を研ぐ。ゴルゴたちの怖るべき頭の上で、
大恐慌が湧き上がる。

これらのものの上方では、
勇ましい物の具を纏って、二組の男たちが戦っていた。
一方は、自分の町と両親のために
破滅を防ごうとする、他方は攻め落とそうと必死だ。
多くの者が倒れ、さらに多くの者がなおも
戦い続けている。女たちが、青銅の堅固な塔の上で、
金切り声を上げ、頬を掻きむしる様は、
生ける者の如く、名高いヘパイストスの作だ。
年長《た》け、老年に摑まれた男たちは、
城門の外に一団となって、至福なる神々に向かって
両手を差し上げている。わが子の身を
案じてのことだが、その子らは戦っているのだ。背後には、
形相凄まじく、不気味な、血まみれの、近づきがたい

二四〇

か黒い死神《ケール》たちが、白い歯を鳴らしつつ、
倒れた者の周りで争っている。我勝ちに
黒い血を飲もうとするのだ。死者であれ、
傷つき倒れたばかりの者であれ、死神《ケール》の手に落ちるや、
その者には巨大な爪が立てられ、魂は身も凍る
タルタロスへと降《くだ》りゆく。彼女らは心ゆくまで
人の血を貪ると、その者は後に捨て置き、
またいそいそと、どよめきと乱戦の中へと駆け戻る。
［クロトとラケシスが彼らをめぐって立つ。小柄な
アトロポス(1)は、大きな神でこそなけれ、
他の二人より尊く、最も年高い。
一人の男をめぐって、三人で激しく啀《いが》みあう。
眼に怒りをたぎらせ、恐ろしく睨みあい、
繰り出す爪も大胆な手も、甲乙つけがたい。］
傍らには、陰惨で怖ろしい靄《アクリュス》が立つ。
蒼白く、干からび、饑《ひだる》さに身を竦《すく》め、
膝は腫れ、手には長い爪が潜む。

(1) 運命の三女神（モイライ）。クロトは「命の糸を紡ぐ女」、ラケシスは「割り当てる女」、アトロポスは「変えられない女」の意。

彼女の鼻からは鼻汁が流れ、頬からは、
血が大地に滴り落ちる。ぞっとするような笑いで
そこに立ち、肩には、涙でべっとりした砂塵が
厚く積もる。

　その横には、堅固な塔の町があり、
楣《まぐさ》石の嵌めこまれた黄金の七つの門が、
町を守っていた。男たちはお祭騒ぎと歌舞の中に
楽しんでいる。美しい四つ車輪の車で、
花嫁を男の許へと導く人々がいて、嫁入りの歌が高らかに湧き上がる。
遠くで、婢女《はしため》たちの手で燃える松明の焔が
揺らめく。彼女らは花咲き誇る風情で
前を進み、歌舞の群が演じつつ従う。
男たちが鋭い葦笛に合わせて、柔い口から
声を発すれば、木霊《こだま》が四囲に響きわたる。
女たちは竪琴に合わせて、麗しい歌舞の群を導く。
［あちこちで若者たちがアウロス笛に合わせて練り歩いている。］
彼らは踊りと歌に合わせて演奏しながら、

［彼らは銘々、笛吹きに合わせて笑いながら］
前を進む。町中を祝宴と歌舞とお祭騒ぎが
包んでいる。

　　また、町の前には、馬の背に跨《また》がり、
疾駆する人たちがいた。農夫らは、
聖なる大地を砕く。衣はたくし上げて
身につけている。さて、耕地は深い。ある者は、
穂先がたわわに垂れた穂、デメテルの麦かと
見えるものを、鋭い刃物で刈り入れる。
ある者は紐で束に結わえ、それは麦打ち場に落ちてゆく。
ある者は鎌を手に、葡萄を摘む。
［またある者は、葉と銀の巻き鬚で重くなった
大きな葡萄棚の、白い房、黒い房を、
摘み子から受け取ると、籠まで運ぶ。］
またある者は、籠まで運ぶ。傍らの葡萄棚は
黄金で、思慮深いヘパイストスの名高い作だ。
［彼らは銘々、笛吹きに合わせて演奏しながら］

二九〇

［葉と銀の文柱が揺れている］
葡萄の房がたわわに垂れて、黒く熟れゆく。
葡萄を踏みつける者、汲み出す者。
　　　　　　　　　　　　ボクシングや
レスリングをする者もいた。狩りの男らは、
素速い野兎を追う。歯の鋭い犬二頭が前に立ち、
探し出そうと躍起になれば、こちらは逃げようと必死だ。
　その横では、騎馬武者が苦労していた。賞品をめぐって、
難儀な戦いをしているのだ。堅固に編んだ
車台に乗って、御者が手綱を緩め、駿足の馬を
駆りたてれば、接《は》ぎ合わせた戦車は、カラカラと音たて
飛んでゆく。轂《こしき》が高々と悲鳴を上げる。
彼らの苦労は果てしなく、未だ
輪贏《しゅえい》を決せず、賞の帰趨も定まらぬ。
競技の庭、彼らの前には、思慮深いヘパイストスの名高い作、
黄金の大鼎まで据えられてあるというのに。
外縁《そとべり》を巡っては、満潮かと見える大洋《オケアノス》が流れ、

技巧を凝らした楯全体を囲っていた。そこでは、
天翔る白鳥が声高に呼び交わし、水の上にも、
多くの白鳥が泳ぐ。周りの魚が逃げまどう。
雷鳴殷々《いんいん》たるゼウスにさえ見るも驚きの業。その神慮を受けて、
ヘパイストスは巧みの手に合わせて、大きく頑丈な
楯を造ったのだ。

　この楯を、ゼウスの剛毅な息子は、
力強く一振りすると、馬の曳く戦車に跳び乗ったが、
アイギスを持つ父ゼウスの稲光にも似て、
軽々と乗ったものだ。彼の手綱執り、豪勇イオラオスは、
車台に立って、反《そ》りの良き戦車を導いた。
　梟の眼の(1)女神アテネが彼らの間近にやって来て、
翼ある言葉で激励して言った。
「やよ、遠く聞こえたリュンケウス(2)の裔《すえ》よ、
至福なる神々の王ゼウスは、今やお前たちに、キュクノスを
殺して、名高い物の具を剝ぎ取る力を授けて下さるぞ。

(1) 女神アテネにかかる枕詞で、梟はアテネの聖鳥。そうではなく「青灰色の眼の」「輝く眼の」とする説もあるが、決めがたい。

(2)（『楯』系図参照）。ダナオスと五〇人の娘はアクリシオスの迫害を逃れて、リビュアからギリシアのアルゴスに到る。アクリシオスと五〇人の息子がこれを追って来て、集団結婚を迫る。ダナオスは娘たちに、新婚の床で花婿を殺すよう命じるが、一人ヒュペルムネストラはリュンケウスの命を助け、この二人がヘラクレスとイオラオスの遠祖となる。

さりながら、言っておかねばならぬことがある、衆に抽んでた男よ。
キュクノスから甘美な命を奪ったなら、
その男と物の具はその場に放っておくがよい。
人を滅ぼすアレスの攻撃に警戒して、
手のこんだ楯から肌の露出した所を
目ざとく見つけて、そこを鋭い槍で突いてやれ。
だが、それで引き下がるのだ。お前にはその男の
馬も、名高い物の具も、奪い取る定めにはないのだ」
　こう言うと、いとも畏《かしこ》い女神は、不死なる手に
勝利と誉れを保ちつつ、勢い激しく戦車に
乗りこんだ。この時まさに、ゼウスの血を引くイオラオスが、
大音声に馬を励ませば、叱咤を受けて馬たちも、
平原に砂塵を巻き上げつつ、速き戦車を軽々と運んでゆく。
梟の眼の女神アテネが、アイギスをうち振るいつつ、
彼らに力を吹きこんだからで、一面の大地が呻吟した。
馬を馴らすキュクノスと、雄叫《おたけ》びに飽かぬアレスが、
遅れじと進み出る様は、火かつむじ風のよう。

やがて双方の馬が相対峙して、
鋭く嘶《いなな》けば、木霊が四囲に響きわたる。
まずは怪力ヘラクレスが口火を切る。
「好漢キュクノスよ、どうして駿足の馬を我らに向けるのか、
戦いの苦労や辛さは熟知している我らだ。
磨き上げた戦車を脇へ退《ど》け、道を
譲ってもらおう。ケユクス王(1)を訪ねて、
トラキスへ行くところだ。彼は権力においても人望においても、
トラキスの第一人者だが、それはお前自身がよく知っている。
彼の娘、青黒い眼のテミストノエを妻にしているではないか。
なあ、お前、我らが干戈を交えても、アレスは
お前の死の際《きわ》を防いではくれまい。
言っておくが、彼は過ぐる日既に、私の槍先を
試している(2)。砂浜のピュロスをめぐって、
一途に戦わんものと、私に立ち向った時だ。
彼は三度、私の槍に撃たれ、楯も破れて、
地に伏した。四度目には、力まかせに

(1) トラキスの町の王。ヘラクレスの友（親戚）で、殺人を犯したヘラクレスやペレウス（アキッレウスの父）を受け入れ、ヘラクレスの死後、彼の遺児たちを庇護した。キュクノスの岳父でもある。もう一人のケユクスと同一視されることもあり、それについては断片一二参照。

(2) ヘラクレスはメッセニア地方のピュロスを攻め、ネレウスとその十二子の中十一人まで殺したことがあった（ホメロス『イリアス』五-三九二以下、一一-六九〇以下）。この時、女神ヘラや冥王ハデスが介入して、ヘラクレスに傷つけられたとの伝がある。本作では、アレスについてそのことが語られる。

太腿を突いて、肉をしたたか切り裂いてやると、
槍の一撃に堪《たま》らず、塵泥《ちりひじ》の大地に俯《うつぶ》せに倒れた。
この時、彼は我が手にかかり、血まみれの武具を残したまま、
神々の間で笑いものになっていたであろう(1)」
　こう言ったが、梣《トネリコ》の槍も見事なキュクノスは、
納得して戦車を曳く馬を抑《おさ》える気などさらにない。
大神ゼウスの子と軍神エリュアリオス(2)の子は、
堅固に編んだ車台から、さっと地面に跳び下りる。
手綱執りたちが、鬣《たてがみ》美しい馬どもを近々と走らせれば、
疾駆する者らの足下で、広い大地が鳴り響いた。
あたかも、大きな山の高い峰から、
岩がぶつかり合いつつ跳びはねてくると、
高く葉を茂らすオークや、松や、
広く根を張る黒ポプラが、飛ぶように転がる
岩にあまた砕かれて、平野にまで達する。
そのように、両者大音声に叫ぶと、互いに襲いかかった。
ミュルミドン人(3)の町全体が、名高いイオルコスが、

(1)「ゼウスが目ざとく見つけて救っていなかったなら」等の行の脱落が想定される。

(2) アレスの別名。

(3) アイギナ島の住民が疫病で死に絶えた時、アイアコス王の祈りに応じて、ゼウスが蟻(ミュルメクス)から作り出した民がミュルミドン人と呼ばれる。その一部が北方アカイア・プティオティス地方に移り、プティアの町に拠った。

アルネにヘリケに若草のアンテイアの町が、
両雄の声に合わせて悲鳴を上げた。鬼神の如き喚声と共に、
二人がぶつかると、明知のゼウスは雷鳴を轟かせて、
「天から血の 滴《しずく》を降らせて」
豪胆なわが子のために、戦勝の予兆とした。
ちょうど、山峡《やまかい》に棲み、先んじて見つけるのが難しい
牙の秀でた猪が、狩りの男らと
戦うことを心に決め、半身になって、
白い牙を研ぐ。歯ぎしりする口の周りには
泡がしたたり、眼《まなこ》は火の如く爛々と輝き、
首筋の剛毛をいよいよ逆立てる。
それにも似て、ゼウスの息子は馬の曳く戦車から跳び下りた。
時あたかも、青黒い羽根の伶人なる蟬が、
緑の枝に止まって、人々のために歌い始める夏。
その飲み物と食べ物は、新鮮な露ばかり。
セイリオスが肌を焼く、熱暑最も激しい頃に、
夜明けからひねもす、声を降らせる。

三九〇

正にその時にあたり、［夏に蒔く黍《きび》の芒《のぎ》が
すくすくと伸びる頃、ディオニュソスが人々の喜びにと、
また厄介の種にと与えた葡萄が、急に色づく
その季節に］二人は戦い、轟々の響きが湧き起こった。
あたかも、二頭のライオンが殺された雌鹿をめぐって、
怒気を含んで互いに襲いかかれば、
恐ろしい叫び声と歯ぎしりの音が重なる。(1)
［あたかも、鉤爪の、嘴《くちばし》曲がる禿鷲が、
山に棲む山羊か、野に棲む鹿の
よく肥えたのをめぐって、高い岩の上で
叫びつつ戦う。それは逞しい男が、弓弦から放った矢で、
打ち当て仕留めたもの。男はしかし場所が分からず、
あらぬ方へと迷いゆく。禿鷲どもはたちまち気づき、
一途に奪い合いの激しい争いを始める。
そのように、両者叫び声を上げると、互いに躍りかかった。］
　この時、キュクノスは権勢並びなきゼウスの息子を
殺そうと逸りたち、楯目がけて青銅の槍を投げつけたが、

（1）この後に「そのように二人は……」のような行の脱落が想定される。

槍は突き破ること叶わず、神の贈物が守った。
アンピトリュオンの子、怪力ヘラクレスは、
兜と楯の隙間、顎の下の、
喉頸《のどくび》が露《あらわ》れたところを、素早く力まかせに
一撃すれば、人を殺める梣《トネリコ》の槍が、
二つの腱を切り裂いた。渾身の力が籠められていたからだ。
彼は倒れた。あたかも、オークか亭々と聳える松の木が、
ゼウスの煙吹く雷《いかずち》に撃たれて倒れるように、
そのように倒れて、青銅のきらびやかな物の具がカラカラと鳴った。
　堅忍不抜のゼウスの息子は、彼をその場にうち捨てて、
人を滅ぼすアレスの攻撃に警戒する。
目つきの恐ろしいことは、死体に出会ったライオンさながら。
それは、強力な爪で皮を無慚にも引き裂くと、
あっという間に甘美な命を奪い去る。
その黒い心臓は、憤怒に満ち溢れる。
恐ろしく睨みつつ、尾で脇腹や肩を鞭打ち、
足で地を掻けば、敢えてこれと目を合わせ、

近づき、戦える者などたれもいない。
そのように、雄叫びに飽かぬアンピトリュオンの子が、
心に豪胆の気をふくらませつつ、いそいそとアレスに
立ち向かえば、こちらは暗鬱の心で近づいてゆく。
[両者叫びつつ、互いに躍りかかる。]
ちょうど、大きな山の崎から岩が飛び出し、
大きく跳びはねつつ転がると、音響と共に、
ひたすら進み行こうとするのに、根を張った巨岩が
立ちはだかり、ぶつかって、岩を止めてしまう。
そのように、戦車で迫る忌まわしいアレスが、叫び罵りつつ
躍りかかれば、こちらも遅れじと待ち受ける。
　しかし、アイギスを持つゼウスの娘、アテネが、
黒々としたアイギスを手に、アレスの真向かいに現われると、
眉の下からきっと睨みつけ、翼ある言葉を投げかけた。
「アレスよ、その屈強の力と無敵の腕を抑えるのだ。
お前には、ゼウスの豪胆な息子、ヘラクレスを殺して、
名高い物の具を剝ぎ取ることは許されていない。

四四〇

さあ、戈を収め、私に立ち向かうことを止めよ」
　こう言ったが、アレスの気宇壮大な心を説きつけえず、
彼は大声で叫びつつ、焔の如き物の具を振りかざし、
討ち果たさんと躍起になって、怪力ヘラクレスに、
矢のように襲いかかる。殺された我が子のことで
激しく恨み、巨大な楯目がけて
青銅の槍を放ったが、梟の眼のアテネが、
戦車から腕を伸ばして、槍の勢いを逸らしてやった。
悲痛な思いがアレスを捉えた。彼は鋭利の剣を引き抜くと、
剛毅なヘラクレスに跳びかかったが、
恐ろしい雄叫びに飽かぬアンピトリュオンの子は、
敵の太腿の、精巧な楯から露わになったところを、
力まかせに撃つ。槍を操《あやつ》って、肉をしたたか
切り裂くと、間の地面に打ち倒した。
潰走《ポボス》と怖れ《ディモス》がよく走る車と馬を駆って、
たちまち彼の側まで来ると、道の広がる大地から、
巧みを凝らした車台に載せる。次いで馬に

鞭をくれると、たちまち聳え立つオリュンポスに着いた。
　アルクメネの息子と誉れも高いイオラオスは、
キュクノスの肩から見事な物の具を剝ぐと、
道を急ぎ、駿足の馬を利して、たちまち
トラキスの都に到着した。一方、梟の眼のアテネは、
広大なオリュンポスと父神の館に帰着した。
　キュクノスの方は、ケユクスと数知らぬ人々によって葬られた。
それは、世に聞こえた王の都の近隣に住み、
[アンテイアにミュルミドン人の町に名高いイオルコス、
アルネにヘリケ（に住む人々）。夥しい人々が集まった。]
至福の神々に愛されるケユクスを敬う人々である。
彼の墓と墓標は、冬の雨に溢《あふ》れた
アナウロス川が湮滅《いんめつ》したが、レトの子アポロンが、
それを命じたのだ。ピュト[1]へと運ばれる名高いヘカトンベ[2]を、
キュクノスが待ち受け、強奪するのを常にしていたからである。

（1）アポロンの神託所のあるデルポイの別名。
（2）一〇〇頭の雄牛の意。実際に一〇〇頭でなくてもよいが、大がかりな生贄をいう。

断片

『名婦列伝』

第一巻

序歌

一

さあ今度は、女《おみな》らの族《やから》を歌って下さい。アイギスを持つ
ゼウスの姫君、オリュンポスに住む言の葉甘き詩神《ムーサ》たちよ。
その上《かみ》［この地上で］比類なく優れ［て美しく、
［黄金のアプロディテゆえに］帯を解き、
神々と枕を交わした女たちを［
その頃は、不死なる神々と死すべき人間は、
宴を共にし、寄合の席を同じくしたが、

固より同じ寿命を享けることなく［
男たちも女たちも［
胸の裡に老いを見据えて［

……………………

その女《おみな》らの血筋と輝かしい子供たちを、私に］語って下さい。
人間と神々の父（ゼウス）が］添い臥しして、［まず始めに、
誉れも高い王たちの族《やから》を］生ませた女たち、その全てを。

……………………

出典　パピュロス（Oxyrhynchus papyrus 2354）。

註　全二二行の断片であるが、後半は破損が甚だしい。一―二行は『神統記』一〇二一―一〇二二に同じで、独立した作品の序歌というより、「神々と枕を交わした女たち」という新しいテーマへの移行を示す表現である。一七行以下ではポセイドン、アレス、ヘパイストス、ヘルメス、ヘラクレスと共寝した女たちを語れ、と続くことが辛うじて読み取れる。一行「アイギス」はゼウスとアテネが振りかざす、あるいは肩にかける山羊皮の楯。これ自体不壊で、敵には恐怖を惹き起こす。

デウカリオンの子孫たち、異伝

二

（アイネイアスと共にイタリアに到来した者たちの中、土地の言葉を話す者たちをラティノイ人、ギリシア語を話す者たちをグライコイ人と呼んだのは）先程述べたラティノスとグライコスの兄弟に由来するのであり、ヘシオドスが『列伝』で、

アグリオスとラティノスを

高貴なデウカリオンの屋敷内にて、乙女パンドラが、
父なるゼウス、全ての神々の支配者と愛の交わりをして、
戦いに一歩も退かぬグライコスを生んだ。

と語るとおりである。

出典　ヨハンネス・リュドス『暦月について』一－一三（六世紀）。

註　一行目は『神統記』一〇一三の半行である。リュドスはギリシア人Graeciの名祖グライコスとラテン人Latiniの名祖ラティノスを兄弟にして、両民族を親族として示すために、『列伝』からの引用に『神統記』の半行をくっつけたのであろう。「デウカリオンの屋敷内で」というのは、デウカリオンが名目上の父、実の父はゼウスという二重の父親を思わせる。

三

ヘシオドスが『列伝』第一巻で言うところによると、デウカリオンはプロメテウスとパンドラの息子で、ヘッレネス（ギリシア人）およびヘッラス（ギリシア）の祖となったヘッレンは、プロメテウス、またはデウカリオンとピュッラの息子であった。

出典　アポロニオス（ロドスの）『アルゴナウティカ』三-一〇八六（「イアペトスの子プロメテウスが、優れたデウカリオンを生んだ」）への古註。

四

しかし、pagani（異教徒）というのは、場所を表わすpagus（村）から来るか、ギリシアの詩人ヘシオドスが言うように、パガノス王に由来するかどちらかである。（中略）異教徒自身はその歴史で、ギリシアの詩人ヘシオドスが言うように、Paganos王からpaganiと呼ばれるようになったと伝えている。彼らはその後も、デウカリオンとピュッラの子パガノスに由来するこの偽りの呼び名を、今に至るまで大事に保っている。同様に、ヘッレン、すなわちギリシア人も、デウカリオンの子であった王の言葉と名前から、こう呼ばれる。（中略）そしてギリシア人ヘシオドスが言うように、ギリシア人（Graeci）はデウカリオンの子でグライコスという名の王から、こう呼ばれている。

出典　フィラストリウス『様々な異教の書』一一一。（ラテン語）

註　Filastrius は北イタリアのブリクシア（現ブレシア）の主教、三九七年以前の死。ラテン語 paganus には「村の人」の他に「兵士でない一般市民」の意味があり、キリスト教徒を「キリストの兵士 miles」と呼ぶのに対して、「兵士でない一般市民 paganus」が異教徒の意味になった。

デウカリオンの子孫たち、断片系図(1)

五

デウカリオンの時代に大洪水が起こったが、彼はプロメテウスの息子で、母は多数説によるとクリュメネ、ヘシオドスによるとプリュノエであった。（中略）彼はエピメテウスとパンドラの娘ピュッラを娶ったが、パンドラは火の代償にエピメテウスに妻として与えられた女であった。デウカリオンには二人の娘、プロトゲネイアとメランテイア、それに息子のアンピクテュオンとヘッレンが生まれた。ヘッレンは実はゼウスの子で、名目上デウカリオンの子とされる、という説もある。このヘッレンからアイオロスが生まれ、クレテウス、アタマス、シシュポスの父となった。

出典　ホメロス『オデュッセイア』一〇-二（「ヒッポタスの子アイオロスが住んでいた」）への古註。

註　断片五―一八の内容に関しては、断片系図(1)参照。

六

ヘカタイオス（前六／五世紀、地誌学者、歴史家）とヘシオドスが言うところによると、デウカリオンの子孫がテッサリアを支配していた。

出典　アポロニオス（ロドスの）『アルゴナウティカ』四‐二六五（「ペラスゴスの地もまだデウカリオンの誉れも高い子孫によって治められていなかった」）への古註。

七

マケドニアの地は、デウカリオンの娘テュイアとゼウスとの間に生まれたマケドンから名付けられた。詩人ヘシオドスが語るところである。

彼女（テュイア）は雷《いかずち》を喜ぶゼウスによって身重になり、
二人の息子、マグネスと、戦車を駆って戦うマケドンを生んだ。
ピエリアとオリュンポスの辺りに館を構えた者らである。

出典　コンスタンティノス・ポルピュロゲンネトス『帝国諸地域について（*Peri thematon*）』二（十世紀）。

八

一方、マグネスはディクテュスと、神にも紛うポリュデクテスを（儲けた）。

出典　作者不詳『言葉の誤用と文法的破格について』（Nauck, Lexicon Vindobonense, p. 310. 5)。

ヘッレンの息子たち

九

戦《いくさ》を好む王ヘッレンから、
ドロス、クストス、それに戦車を駆って戦うアイオロスが生まれた。

出典　プルタルコス『食卓歓談集』七四七F。

註　ドロスはギリシア民族の一部族であるドリス族の、アイオロスはアイオリス族の名祖となった。

ヘッレンの子孫たち、アイオロスの娘たちの配偶者

一〇

…………………………

[槍に名を得た王、怪力アイギミオスが　六
その屋敷内にて儲けたのは、デュマスに］パンピュロス。
（アイギミオスの妻を）]

…………………………

神々と人間の女王（ヘラ）は、同世代の誰よりも寵愛したものだ。　九

…………………………

彼女たち（ポロネウスの孫娘たち）から、山住みの女神なるニュンフたち、　一七

役立たずで仕事に向かぬサテュロスの族《やから》、
歌舞音曲を愛ずる神なるクレテスたちが生まれた。
　また、クストスは、神の如きエレクテウスの
頬麗しい娘、愛らしい姿のクレイウサを、
神々の意向を承けて、己《おの》が妻とした。
彼女は夫と愛の交わりをして、アカイオスと、
馬に名高いイアオン（イオン）、そして見目よきディオメデを生んだ。
　また、アイオロスの子ら、法を行なう王たちが生まれた。
クレテウスにアタマス、七色の知恵のシシュポス、
　邪《よこしま》なサルモネウスに意気昂いペリエレス、
魁偉なデイオンに、武士《もののふ》の中で隠れもない［マグネスだ］
彼らは父親の棟高い館で人となり、
　　　　　　　　　　　　　］赫々たる子らを生んだ。
　さらに、アイナレテがアイオロスと共寝して、
いとも愛らしく、髪麗しい娘たちを生んだ。
優美の女神《カリテス》にも紛うペイシディケにアルキュオネ、
カリュケにカナケ、そして見目よきペリメデを。

流れも清きアケロオス河伯が彼女と愛の交わりをして、
　　　　　　　　　　　　］棟高い館にて、

……………………

また、ヒッ［ポダマスは、いとも］愛らしい
［　　］を、木霊《こだま》する［館へと］連れ帰った。
彼女は身籠ると、民の牧者なる気宇壮大な息子、
至福なる神々の寵児アンティマコスと、
優美の女神《カリテス》にも紛う、燦めく眼《まなこ》のエウレイテを生んだ。
彼女を、プレウロンの子（アゲノル）の息子ポルタオンが娶ると、
彼女は夫のために、屋敷内にて秀れた子供らを生んだ。
すなわち、オイネウスにアルカトオスに戦車を駆るアグリオスに、
恐ろしい雄叫びに飽かぬ、馬を馴らすメラス、
そして末の子として、堅固な屋敷でピュロスが生まれた。
この者らを］オイネウスの子、名だたる騎士テュデウスが、
［　　］刃先の長い青銅で討ち果たしたのは、
彼らが尊いオイネウスの［力と権力を］奪ったからであった。
また、神にも紛う［豪勇アエトリオスは］

［見目よきカリュケを］若草の妻に迎えた。
彼女は至福なる神々の寵児［エンデュミオンを生んだが］
［その人をゼウスが尊び］過分の賜物を与えた。
自分の死と老いを、思いのままにできるようにしてやったのだ。
［その息子はアイトロス］、さらにそれからカリュドンと、
神々にも紛う［槍武者プレウロンが］生まれた。
［　（プレウロンは）］一子アゲノルを儲けた。
［　］髪麗しいポリュカステ、
［　彼女を］エレクトルが妻にした。

……………

六八―七六行は破損が甚だしい。その後の約六行は失われており、八三行で再開するテクストも破損が甚だしい。八三―九八行では、断片一二にあるようなアルキュオネとケユクスの悲運が語られていたと考えられる。

ゼウスは燦然と輝くオリュンポスから［これを見ると］震怒を発し、
人間と神々の父は、女を翡翠《カワセミ》に

変えた［

しかし、ゼウスの［意向は隠されており、如何なる人間にも
窺うことは［できない。

……………………………………

一方、［神にも紛う豪勇］ミュルミドンは、
ペイシディケを娶り［
彼女は息子のアンティポス［とアクトルを生んだ　　　　］
そして彼女（カナケは）は、ポセイドン［の腕に抱かれて、
アイオロスの髪麗しい娘は［

……………………………………

出典　パピュロス（一―七五行は Turner papyrus, fr. 1-3 col. I-II. 八三―一〇七行は Turner papyrus, fr. 3-4 col. III）。

註　本断片の概要を記すと、六行以下でドロスに関わる系譜、二〇行以下はクストスの子ら、二五行以下でアイオロスの息子たち、三一行以下でアイオロスの五人の娘が語られる。その五人については、三五行以下でペリメデ、五八行以下でカリュケ、八三行以下（欠損）でアルキュオネ、九九行以下でペイシディケ、一〇二行以下でカナケの系譜が語られる。一方、アイオロスの息子たちについては、クレテウスは断片二七と三七で、アタマスは断片三八以下で、シシュポスは断片六九で、サルモネウスは断片二六以下で、ペリエレスは断片五二以下で、デイオンは断片六一で語られる。

なお、カナケの子アロエウスについては断片一六参照。二七行「邪なサルモネウス」については断片二七参照。

二一

ヘシオドスによると、ポロネウスの娘とドロスから五人の娘が生まれ、その

彼女たちから、山住みの女神なるニュンフたち、

役立たずで仕事に向かぬサテュロスの族《やから》、

歌舞音曲を愛ずる神なるクレテスたちが生まれた。

出典　ストラボン『地誌』一〇-三-一九。

註　この記事から、断片一〇-一七の「彼女たち」がポロネウスの孫娘たちであることが判明する。但し、五人の娘の父親は写本のままでは理解できず、それをドロスとするのは校訂案に過ぎない。

二二

ポスポロス（暁の明星）の子ケユクスはアイオロスの娘アルキュオネを娶った。両名は増上慢に取り憑かれ、愛し合うあまり、女は［　　］をゼウスと呼び、男は彼女をヘラと呼んだ。ゼウスは［そのことに憤り］両者を鳥に変えた。ヘシオドスが『名婦列伝』で語っている。

出典　パピュロス（Michigan papyrus inv. 1447 ii 14–19）。

註　断片一〇‐八三以下の内容に相当する。ケユクス Κήϋξ は鯵刺《アジサシ》あるいは鴎、アルキュオネ Ἀλκυόνη は翡翠《カワセミ》の意味。オウィディウス『変身物語』一一‐四一〇以下の話形では、妻の不安をよそに旅に出たケユクスは難船して浜辺に打ち寄せられ、遺体に駆け寄ろうとするアルキュオネが翡翠に変じ、ケユクスも同じ鳥に変身する。

一三

］ある時、その男と愛敬《あいぎょう》づきたる
］ニュンフが褥《しとね》で愛の交わりをした。
］歳月は巡り、
］いとも愛らしい姿の［モリネを］
］父親は運び行き、羊や山羊の
白い乳や］肉を彼らは与えた［
死すべき人間の身の［誰一人彼女を］見ることができず、
　モリネと］呼び慣わしていた。
そして彼女を］アクトルが若草の妻にしたが、
大地を支え、大地を揺する神（ポセイドン）の［
彼女は屋敷内で、双児の息子を生んだ。

アクトルと」地響き立て大地を揺する神により［身籠って。
恐るべき二人、クテア」トスとエウリュトスだ。二人の脚は
四本」、頭《こうべ》は二つ、腕はといえば［
　」肩から［

出典　パピュロス（Michigan papyrus inv. 6234 fr.1）。
註　モリネ（またはモリオネ）は人間のアクトル（ペイシディケの子、アイオロスの孫）および神ポセイドンにより身籠り、クテアトスとエウリュトスを生む。彼らはホメロス（『イリアス』一一-六二一等）では普通の双児の如くであるが、ここではシャム双生児とされる。

一四

ヘシオドスはホメロスのこの箇所から、彼ら（クテアトスとエウリュトス）をアクトルとモリオネの子と呼んでいるが、実はポセイドンの胤である。

出典　ホメロス『イリアス』一一-七五〇への古註A。
註　ホメロス『イリアス』一一-七五〇では「*Ἀκτορίωνε Μολίονε*（アクトリオーネ・モリオネ）」とあり、「アクトルの双児、モリオネの双児」とも解しうるが、ホメロスは父称（父何某の子という呼び方）は用いるものの母称は使わないので、「モリオネ（母）の双児」ではなく「モロス（祖父）の孫なる双児」の意かとされる。

一五a

アリスタルコス（前三／二世紀、文献学者）はこの「双児」というのを、たとえばディオスコロイ（ゼウスの双児、カストルとポリュデウケス）のような、我々が普通考えるようなものとは理解せず、ヘシオドスを証拠に挙げつつ、体二つが生まれながらに癒着している合体人間だと理解する。

出典　ホメロス『イリアス』二三-六三八―六四二（「アクトルの二人の息子は（中略）双児の兄弟で（後略）」）に対する古註A。

一五b

ヘシオドスによると、二人で体が一つの怪物のようなものであった。

出典　ホメロス『イリアス』一一-七一〇への古註T。

一六

ヘシオドスによると、（アロアダイというのは）名目上はアロエウスとイピメデイアの子だが、実際にはポセイドンとイピメデイアの子である。なお、アイトリアの町アロスは、彼らの父（アロエウス）によって建てられた。

出典　アポロニオス（ロドスの）『アルゴナウティカ』一-四八二への古註。

註　断片一〇-一〇二以下は破損しているが、カナケがポセイドンに愛されてアロエウスを生むことが語られたと考えられる。アロアダイとはアロエウスの息子たちの意味で、巨躯を持つ美丈夫オトスとエピアルテスの兄弟のこと。ホメロス『オデュッセイア』一一―三〇八以下に、二人がオリュンポスの神々に挑みかかった話が見える。

一七

Ἐπιάλτης（エピアルテス）、ホメロス（『イリアス』五―三八五、『オデュッセイア』一一―三〇八）とヘシオドスでの語形。アッティカ方言では、*Ἐπι-* で神の、*Ἐφι-* で人間のエピアルテスを表わす。

出典　『スーダ辞典』ε 二二二一。

一八

］神にも等しいアゲノルの［
デモディケ］、地上に生を享ける人間で、彼女の手を求めた者は
数知れず、勢い盛んな王たちは、この世ならぬ美形を目当てに、
素晴らしい贈物を山のように数え上げたが、
彼女の胸の裡なる心を説き伏せはしなかった。

出典　パピュロス（Pubblicazioni della Società Italiana. 1384 fr. 1）。

註　アゲノルはアイオロスの娘カリュケの末裔。その娘デモディケは、アポロドロス『文庫（ギリシア神話）』一-七-七ではデモニケとなっており、アレスに愛されてエウエノス、モロス、ピュロス、テスティオスを生んだ。

テスティオスの娘たち、断片系図(2)

一九

あるいはまた［このような娘たち
三人の［女神にも似た、いとも美しい手技の心得ある娘たち。
レダ［にアルタイア、牝牛の眼をしたヒュペルメストラ、
アイト［リア生まれの女
一人は［テュンダレオスの逞しい臥牀《ねどこ》に］上がった女、
月の［光にさも似たる髪麗しい］レダで、彼女は
［ティマンドラと］牝牛の眼をした［クリュタイメストラ、
そして、［不死なる女神と佳麗を競った］ピュロノエを生んだ。
彼女を幸矢《さちや》射る神（アルテミスが）［
永遠《とわ》に［不死不老の身にしてやった。
また、［人々の王なる］アガメムノンは、［その美ゆえに

テュンダレオスの娘」青黒い眼の「クリュタイメストラを娶った。
彼女は屋敷内にて「踝麗しいイピメデと、
不死なる女神と佳麗を競ったエレクトラを生んだ。
脛当見事なアカイア軍は、「黄金の幸矢《さちや》もち」狩りの声高らかな
「アルテミスの」祭壇でイピメデを生贄に屠った。
踝麗しい」アルゴス女（ヘレネ）の仇「を討たんものと、
イリオン目指して「船を連ねて漕ぎ出でようとした」日のことだ。
だが、屠られたのは彼女の似姿《エイドロン》、「直身《ただみ》は鹿狩りの」幸矢射る神が、
いとも容易く救い出し、「霊妙のアンブロシアを
頭《こうべ》に滴《したた》らせて、「その肌《はだえ》は朽ちず、
永遠に」不死「不老」の身にしてやった。
今では彼女を、地上に生を享ける人間どもは、
道の辺のアルテミス、「尊い幸矢射る神の祭司」と呼んでいる。
最後に、「青黒い眼のクリュタイメストラは」屋敷内にて、
「アガメムノンに」組み伏せられて、神々しいオレステスを生んだ。
彼は人と成るや、父親の仇を討ち取った。
「夫を殺めた」わが母を、無情の「刃で」殺害したのである。

ティマンドラを［若草の］妻にしたのはエケモス、
彼はテゲアの全土と羊多《さわ》なる［アルカディアを
治める分限者にして、［至福なる神々の寵児であった。
彼女は黄金のアプロディテの力で組み伏せられて、
夫のために、［気宇壮大な民の牧者］ラオドコスを生んだ。

三六行以下は破損が甚だしいが、ポリュデウケスの名が読めるから、レダとゼウスから生まれた双児カストルとポリュデウケスの話であったろう。続いてアルタイアの息子メレアグロスの話題に移行したと考えられる。

出典　パピュロス（一―三三行は Michigan papyrus inv. 6234 fr. 2. 七―四一行は Oxyrhynchus papyrus 2481 fr. 5 (a) col. I）他。

註　テスティオスは断片一八に見えるデモディケとアレスの息子。断片一九―二三の内容に関しては断片系図(2)参照。

本断片の背景は以下のとおり。トロイアの王子パリスがスパルタの王妃ヘレネを奪ったため、ギリシア軍（アカイア軍）は奪還のためトロイア（イリオン）遠征を企てる。総大将アガメムノンはアウリスの港に船団を集結させるが、順風を得るために長女イピメデを生贄に捧げなければならなくなる。アルテミスがそれを憐れみ、祭壇にはイピメデの似姿を置き、本人を救って自分を祀る祭司にする。トロイア攻略後、凱旋したアガメムノンを妻クリュタイメストラが殺害する。息子オレステスは父の仇討ちで母を殺める。

一一行「幸矢射る神」、女性の突然の死はアルテミスに射殺されたものと考えられた。ピュロノエがアルテミスに不死（あるいは突然の死）を賜った事情は不明。

一五行「イピメデ」、ホメロスでイピアナッサ、悲劇等ではイピゲネイアの語形が一般的。

二二行「アンブロシア」、不老不死の神々の食物。飲料はネクタル。

二六行「道の辺のアルテミス」、断片二〇ａへの註参照。

二〇ａ
（イピゲネイアはメガラで死んだとする説に対して）だが私は、ヘシオドスが『名婦列伝』で、イピゲネイアは死んだのではなく、アルテミスの神慮によりヘカテとなっている、としているのを承知している。
出典　パウサニアス『ギリシア案内記』一-四三-一。
註　ヘカテは辻々に祀られ庶民の幸福を守り、あるいは地下界と関係づけられる女神。アルテミスが断片一九で「道の辺の神」と呼ばれたのは、しばしばヘカテと同一視されたことによる。

二〇ｂ
ステシコロス（前七／六世紀、合唱抒情詩の大家）は『オレステス物語』の中で、ヘシオドスに従って、アガメムノンの娘イピゲネイアは今はヘカテと呼ばれている、と歌っている。
出典　ピロデモス『敬虔について』B8364-70 Obbink.

二二

ヘシオドスは（カストルとポリュデウケスの）両名ともゼウスの子だとする。他方ピンダロスは別の史家たちに従って、ポリュデウケスはゼウスの子だが、カストルはテュンダレオスの子だとする。ヘラクレスはアルクメネとゼウスの子、イピクレスはアルクメネとアンピトリュオンの子、というのと事情は同じ。すなわち、ポリュデウケスとヘレネはゼウスとレダの子であるのに対して、カストルはテュンダレオスとレダの子である。ところでヘシオドスは、ヘレネはレダの娘でもネメシス（震怒）の娘でもなく、オケアノスの娘とゼウスの間に生まれた、とする。

出典　ピンダロス『ネメア祝勝歌』一〇-八〇（「お前はわが息子だ」）への古註。

二三

……………………

一―八行は破損が甚だしいが、アルタイアとアレスから生まれたメレアグロスの豪勇ぶりが語られていたと考えられる。

涙に満ちた、[武士《もののふ》を滅ぼす]戦いにおいて、
彼が真っ向勝負を[挑めば]、いかなる英雄豪傑といえども、
[豪勇]メレアグロスを面と見据えて[踏み止まりも敢えぬのだった。

さりながら、広やかなプレウロンの辺りでクレテス人と戦うさなかに、
彼はアポロンの手［にかかり、己が］命を落とした。
　青黒い眼のアルタイアは、他にもオイネウスの子を生んだ。
馬を馴らすペレウスに、梣《トネリコ》の槍も［見事なアゲ］ラオス、
トクセウスに、アレスにも劣らぬクリュメノス［の君、
髪麗しいゴルゲに、［思慮深い］デイアネイラ、
彼女は怪力ヘラクレスに屈服して、
ヒュッロスにグレノス、クテシッポスにオネイテスを生んだ。
これらを生んだが、恐ろしいことをしでかした。心に大きな［過ちを犯したためで、
肌着に秘薬を［塗り込め
伝令のリケスに［持ち行かせた。彼は］主人なる
アンピトリュオンの子、［城を毀《こぼ》つヘラクレスに手渡した。
それを受け取るや［たちまち、死の際が］立ち現われた。
そして］命果てると、冥王《ハデス》の［嘆きに満ちた］館へと［赴いた。
今では彼は神となり、あらゆる苦しみから逃れ出た。
オリュンポスの館に住む他の神々と共に暮らし、
不死不老にして、偉大なるゼウスと黄金の沓履く

ヘラの娘なる、踝麗しいヘベを妻にしている。
かつてはこの男を、白き腕《ただむき》の女神ヘラは、
至福なる神々の、また死すべき人間の、誰よりも憎んでいたが、
今は愛し子として、神威至大のクロノスの子（ゼウス）を除いては、
他のどの神にも勝って、彼を尊重している。

　神々しいヒュペルメストラはオイクレスの逞しい臥牀《ねどこ》に上がって、
民の長《おさ》なるアンピアラオスを生んだ。
馬を飼うアルゴスの、多《さわ》なる民の統率者だ。
彼は集会においても戦うことにかけても優れ、
思慮に長け、不死なる神々の寵児であった。
彼女はまた、愛らしい姿のイピアネイラと、
人々の長、魁偉の好漢エンデオスを生んだ。

出典　パピュロス（一—二四行は Berlin papyrus 9777 recto. 八—三九行は Oxyrhynchus papyrus 2481 fr. 5 (b) col. II. 一一—四〇行は Oxyrhynchus papyrus 2075 fr. 1）。

註　一二行「プレウロン」、アイトリア地方の町カリュドン（メレアグロスの本拠地）の西にある町で、クレテス人が住む。よく知られた話では、アルテミス女神が放った大猪がカリュドンの地を荒らしたため、メレアグ

ロスが勇士たちを集めて退治する。猪の首と毛皮を賞として誰に与えるかで争いが起こり、メレアグロスは母アルタイアの兄弟を殺したため、母の呪いを受ける。さらに、アイトリア人とクレテス人（アルタイアの故郷）の間で戦闘に発展する（ホメロス『イリアス』九-五二九以下。オウィディウス『変身物語』八-二七三以下）。

二六―三三行には Oxyrhynchus papyrus 2075 で削除記号が付けられている。

ポルタオンの娘たち

二三

……………………

あるいはまた、このような娘たちがポルタオンから生まれた。
三人の、女神にも似た、いとも美しい［手技の心得ある娘たちだ。
それは、ヒュペレシアを治める優れたラオトエが、かつて
ポルタオンの逞しい臥牀《ねどこ》に上って生んだ、
エウリュテミステとストラトニケとステロペだ。
彼女らは、髪麗しいニュンフたちや、ムーサたちの
伴として、［　　］谷深い山で、
　］パルナッソスの高嶺を。

黄金の冠めぐらすアプロディテ［の営みを拒みつつ

……………………

］高い山に住まいして、
父の］家とまめやかな［母を後に残して。
この時彼女たちは、容姿を［誇り、浅はかにも、
銀色の渦巻く［エウエノス川の泉の周りで、
朝早く踏みしめた［　　　］露を、
［頭《こうべ》のかぐわしい］飾りにしようと、花を求めて。
彼女らの中の［　　　］ポイボス・アポロンは、
帯よく締めた］ストラトニケを、結納もなしに、連れ出して、
我が子に与え、若草の妻と呼ばせた。それは、
オイタ山の厳かなニュンフ、プロノエが
［山の中で　　　］神の如きメラネウスだ。
彼によって、帯美しいストラトニケは身籠り、
［屋敷内にて最愛の息子］エウリュトスを生んだ。
その息子として［生まれたのが、デイオンにクリュティオス、
神の如きトクセウスに、アレスの分身イピトスだ。

これらの後で、（エウリュトスは）末娘として、金髪のイオレイアを儲けた。
この女ゆえに、オイカリアの町を［
アンピトリュオンの息子（ヘラクレス）が［
彼女（エウリュテミステ）を［父の傍から
馬を馴らすテスティオスが［
馬と［堅固な造りの戦車で］連れ帰った。
夥しい結納の品を贈って［

出典　パピュロス（一―三七行はOxyrhynchus papyrus 2481 fr. 5 (b) col. III. 七―二一行はBerlin papyrus 9777 verso）。

註　二八行「エウリュトス」、弓の名手で、ホメロス『オデュッセイア』八‐二二四以下によると、アポロンに弓競技を挑んで射殺された。

三二行「オイカリアの町」、ヘラクレスはイオレイア（イオレの形が普通）を妻にと望んだが、その父エウリュトスが拒んだため、町を滅ぼしエウリュトスを殺した（ヒュギヌス『神話集』三一）。オイカリアの位置については、古代作家の間で説が分かれる。ヘラクレスがイオレイアを連れ帰ったことから起こる悲劇は、断片二二‐二〇以下に言及され、ソポクレス『トラキスの女たち』で劇化されている。

二四

ヘシオドスはセイレンたちの島を、

クロノスの子（ゼウス）が彼女（セイレン）たちに与えたアンテモエッサ島へと呼んでおり、（ロドスのアポロニオスは）それに従っている。

出典　ロドスのアポロニオス『アルゴナウティカ』四-八九二への古註。

註　セイレンたちは魅惑の声で船人たちを引き寄せ破滅させる海の魔女で（ホメロス『オデュッセイア』一二-三九以下）、ステロペとアケロオス河伯の娘とされる（アポロドロス『文庫（ギリシア神話）』一-七-一〇）。

二五

ヘシオドスはこのことを根拠にして、セイレンたちは諸々の風をも魅惑する、と言っている。

出典　ホメロス『オデュッセイア』一二-一六八（「たちまち風が止み、凪となった」）への古註。

サルモネウス、その娘テュロ、断片系図(3)

二六

サルモネウスも人間でありながらゼウスであろうとして神々に罰せられたことを、あなたは知らないのか。自分たちをヘラとかゼウスといった神々の名前で呼んだ人々について、ヘシオドスの詩が語っているが、あなたがそれを聞いたことがないというなら、許してあげよう。

出典　ユリアノス『キュニコス派のヘラクレイオスを駁す』（第七弁論、四世紀）二〇四三D。

註　自分を神と呼ぶことについては断片一二参照。サルモネウスとテュロの子孫については断片系図(3)参照。

二七

……………………

一―一一行は左半分が失われているが、サルモネウスが自らゼウスと称し、青銅の鍋を打ち鳴らし雷鳴を模するなどしたため、ゼウスの怒りを受けることを歌う。

」人間と神々の父（ゼウス）は怒って、
星の林の天空から、［激しく］雷《いかずち》を投げつけ、
」一面の大地を揺るがせた。
憤然としてオリュンポスより［降ると、たちまち
罰当たりなサルモネウスの［民のところに到った］。彼らはただちに、
思い上がった王のせいで、恐ろしい目に［遭うことになる。
ゼウスは雷とくすぶる雷火で［彼らを撃ち、
こうして、王の罪の故に［人々を罰したのだ。
子供たちも女たちも召使いたちも［鏖殺《おうさつ》した。
町も］家々も［水浸しで］壊滅させた。

そして王を捕えると］闇黒のタルタロスに投げ込み、
なんぴとも］王ゼウスと争うことのなきよう図った。
さりながら、彼の］娘が残った。至福なる神々に愛され、
黄金のアプロディテにも紛う、髪［麗しいテュロだ。
彼女は常々サルモネウスを諫争し、
人の身で神々と張り合ってはならぬと諫めてきたが、
それに免じて］人間と神々の父（ゼウス）は、彼女を救ったのだ。
　　］勇士クレテウスの家へと連れて行くと、
彼は快く娘を］受け取り、撫育した。
だが彼女が］いとも愛らしい青春の極みに達すると、
　　　彼女に］大地を揺するポセイドンが恋をした。
　　　］神ながら人間が愛しいと。彼女の姿は、
あらゆる女性《にょしょう》に越え勝っていたからであった。
　彼女はエニペウス河の美しい流れを足しげく訪れ、

……………………

出典　パピュロス（一―四二行は Oxyrhynchus papyrus 2485 fr. 1 col. I. 三―三三行は Oxyrhynchus papyrus 2481 fr. 1

(a) + (b) col. I–II) 他。

註　サルモネウスの娘テュロはクレテウス（伯父にあたる）の妻であったが、地上で最も美しいエニペウス河に恋をし、流れの畔に足しげく通っていたが、ポセイドンが河伯に化けて彼女を抱いた（ホメロス『オデュッセイア』一一-二三五以下）。

二八

それ故、ヘシオドスの行は次のように読むべきである。

彼自身、天水の養う川の盛り上がる中に、

ἐν πλήσμησιν（エン・プレースメーシン、盛り上がる中に）であって、幾つかの写本にある *ἐν πλήμνησιν*（エン・プレームネーシン、車輪の轂の中に）ではないのである。

出典　アポロニオス（ロドスの）『アルゴナウティカ』一-七五二-七五八への古註。

註　ポセイドンが川波のアーチを現出させる場面であろうか。

二九

「すると川の水は、山のように反り上がって彼のまわりに静止し」（小川正廣訳）、この行は（ウェルギリウスが）ヘシオドス『名婦列伝』から翻訳したものである。

出典　ウェルギリウス『農耕詩』四-三六一への古註（ベルン写本）。（ラテン語）
註「彼（アリスタエウス）のまわりに」はヘシオドスでは「彼女（テュロ）のまわりに」であったろう。水の壁、水のアーチに隠されて、ポセイドンとテュロが褥を共にする場面であろう。

テュロとポセイドンの子の系統

三〇

］ポセイドンは［
［お前は輝かしい子らを生むであろう。神々との添い寝は］
空しく終わることがないからだ。その子らを慈しみ育てるのだよ。
……………………
こう言うと神は再び］轟く海へと
］彼女は家へと戻って行った。

出典　パピュロス（Tebtynis papyrus 271）。
註　ポセイドンがテュロと褥を共にした後で正体を現わす場面であろう。一―三行はホメロス『オデュッセイア』一一-二四九―二五〇に同じ。

三一

多くの民草の［王となるべきネレウスと］ペリアスを。
人間と神々の］父（ゼウス）は彼らの住処を隔てた。
離ればなれに］彼らは町を構え［
ネレウスの方は］ピュロスを領し、［美しい］地を開き、
イアソスの子アンピオンの娘、帯よく締めた
クロリスを］若草の妻とした。
彼女はその夫に］屋敷内で輝かしい子らを生んだ。
エウアゴラに］アンティメネに神の如きアラストル、
タウロスにアス］テリオスに雄々しいピュラオン、
デイマコスに］エウリュビオスに名高いエピラオス、
ネストルにク］ロミオスに高邁なペリクリュメノス。
　これは大地を揺するポセイドンから、万能の贈物を賜った
幸せ者だ。鳥たちの中に鷲として現われるかと思うと、
見るも驚きの業だが、蟻になる時もあり、
また、蜜蜂の輝かしい群になるかと思うと、
情無用の恐ろしい蛇になる時もある。名状しがたい

万能の贈物を受けたものだが、後にはこれが、
アテネの計らいによって、彼を欺くことになる。
己が父、その名隠れもないネレウスの城壁を守って戦う折り、
大勢の命を奪い、大勢を倒して黒い死の運命へと送ったが、
パッラス・アテネが彼に憤りを発して、
その鬼神の働きを止めたのだ。堪えがたい悲しみが
怪力ヘラクレスの心を捉え、兵たちは死んで行った。
彼は 軛《くびき》 の突起に止まって、怪力ヘラクレスに
面と向かい、大功を挙げんものと逸ったが、
馬を馴らすヘラクレスの力をも抑えてみせると豪語したのは、
愚かなり、堅忍不抜のゼウスの子（ヘラクレス）をも、
ポイボス・アポロンの賜いし名高い弓をも恐れなかった。
だが、彼が怪力ヘラクレスの真向かいに来た時、
　　　　」梟の眼をしたアテネが、
アンピトリュオンの子（ヘラクレス）の 掌《てのひら》 に、しっかと
弓を握らせ、神の如きペリクリュメノスを指し示した。
　　　　」強き力「

］己が手で弓を張ると、
速き］矢を、縒り合わせた［弦に番《つが》え、

出典　パピュロス（一―三〇行はOxyrhynchus papyrus 2485 fr. 1 col. II. 四―三六行はOxyrhynchus papyrus 2486）。

註　一行「ネレウスとペリアス」、テュロはポセイドンの愛を受けて秘かに双児の兄弟を生むが、捨て子にする。馬飼が拾い、馬の蹄に触れて痣（ペリオン）ができた子をペリアスと名付ける（アポロドロス『文庫（ギリシア神話）』一-九-八）。ゼウスが二人の住処を隔てたというのは、双児の兄弟によく見られる兄弟争いを示唆する。ネレウスはホメロス『イリアス』で老将として活躍するネストルの父。ペリアスはイオルコスの王位を簒奪し、正統の王子イアソンを迫害することで名高い。

二〇行「ネレウスの城壁を守って戦う」、ヘラクレスがピュロスを攻撃した理由は多説あって定まらない。ペリクリュメノスは様々に変身してヘラクレスと戦ったが、蜜蜂になって軛に止まっているのをアテネが教えたため、ヘラクレスに殺された。この戦いの折り、末子ネストルは他国で育てられていたため、生き延びた。

三三

彼（ペリクリュメノス）が蜜蜂になってヘラクレスの戦車に止まった時に、アテネがそれをヘラクレスに示して殺させた。（中略）ヘシオドスが『列伝』で伝えている。

出典　ホメロス『イリアス』二-三三六（「ゲレニア育ちの騎士ネストルが言うには」）への古註D。

三三

怪力ヘラクレスが］。
神の如きペリクリュメノスが［存命の間は、
彼らがいかに逸ろうとも、ピュロスを陥れることは［できなかった。
だが、死の］定めがペリクリュメノスを捉えた時に、
ゼウスの剛毅な息子（ヘラクレス）は、［ピュロスの町を毀ち、
ネレウスの堅忍不抜にして勝れた息子を十一人まで
殺したが、十二人目のゲレニア育ちの騎士ネストルは、
たまたま馬を馴らすゲレニア人の許に客となっていたため、
殺害と］黒い死の定めを［逃れたのだった。
　ネストルの子は、アンティロコスに］槍武者トラシュメデス、
ペルセウスにストラティオスに、アレトスに］エケプロン、
それに、女神たちと佳麗を競ったペイシディケ］。
薔薇の］腕《かいな》の［アナクシビアは、ネストルと愛を交わして、
これらに続く末娘として、金髪の］ポリュカステを生んだ。

出典　パピュロス（Oxyrhynchus papyrus 2481 fr. 3）。

註　七行「ゲレニア」、仮にこう訳した地名は、語形も場所も不明。断片三四参照。

三四

ヘシオドスは断片三三-七―八で Gelenios, Gelenoi（仮に「ゲレニア育ちの、ゲレニア人」と訳した）という形を使っているが、また「花咲くゲレノス Gelenos」の形も使っている。

出典　ビュザンティオンのステパノス『地理学辞典』（六世紀）、*Γερηνία* の項。

三五

］その名声［
手に負えない牝牛たちを］。ひとり、優れた占い師（メランプス）が引き受けた。
そして、それを果たした［
縄目の恥を受けつつ［
実の兄弟、［英雄ビアスのために］求婚した。
憧れの結婚を実現させた［
角の曲がった牛たちと［美しい乙女を、褒賞として受け取った。
髪麗しいペロは、タラオスを［

ビアスの子を生んだ［

彼ら（メランプスとビアス）はアルゴスの、神の如きプロイトスの許に赴いた。

……………………

一一―二八行は破損が甚だしいが、メランプスとビアスの兄弟がアルゴスに赴き、ヘラの怒りによって狂気に取り憑かれていたプロイトスの娘たちを、メランプスの占いの術によって治療して、領土を与えられる。

話変わって、ネレウスの兄弟ペリアスはイアオルコス（イオルコス）に留まり、アルケスティス、メドゥサ、ペイシディケを儲ける、という概要である。

出典　パピュロス（Pubblicazioni della Società Italiana. 1301）。

註　八行「ペロ」、断片三一-九以下のリストに名が見えないが、ペロもネレウスとクロリスの娘である。ホメロス『オデュッセイア』一一-二八七以下によると、多くの者がペロに求婚したが、父ネレウスは、イピクロスの牛を奪って来た者にしか娘を与えぬ、という。メランプスが難題に挑み、捕まって一年間鎖につながれるが、後に成功する。アポロドロス『文庫（ギリシア神話）』一-九-一二では、メランプスが兄弟ビアスのために難題を果たす。

テュロとクレテウスの子の系統

三六

イアソンがケイロンの許で育てられたことは、ヘシオドスが言っている。

アイソン、彼は民の牧者なる息子イアソンを儲けた。

それをケイロンが、森深いペリオン山で育てた。

出典　ピンダロス『ネメア祝勝歌』三-五三（ケイロンがイアソンとアスクレピオスを育てたこと）への古註。

三七

サルモネウスの娘テュロは、ポセイドンにより二子ネレウスとペリアスを生んだが、後にクレテウスに嫁し、彼によりアイソン、ペレス、アミュタオンの三子を得た。アイソンからイアソンが生まれるが、母はヘシオドスによるとポリュメラ、ペレキュデス（前六世紀、神話作家）によるとアルキメデである。

出典　ホメロス『オデュッセイア』一二-六九への古註。

アイオロスの子アタマスの妻ネペレとイノ

三八

牡羊座。プリクソスとヘッレを運んだ羊である。不死で、母ネペレが子供たちに与えた。金の皮であったと、ヘシオドスとペレキュデスが語っている。
出典　伝エラトステネス『星座譜』一九。
註　アタマスの先妻ネペレはプリクソスとヘッレを生む。後妻のイノはレアルコスとメリケルテスを生み、先妻の子を殺そうとする。ネペレが与えた金毛の羊が二人を乗せて空を行くが、ヘッレは海に落下する（そこからヘッレスポントスの名がつく）。プリクソスは世界の果て、黒海東岸のコルキスに着く。

三九
この時ゼウスは、アタマスの胸から正気を奪い去った。
出典　ガレノス『ヒッポクラテスとプラトンの学説』三-二-一九。
註　セメレはゼウスによりディオニュソスを生むが、ヘラの意地悪によりゼウスの雷火で焼け死ぬ。セメレの姉妹イノとその夫アタマスがディオニュソスを育てるが、ヘラがそれに怒って二人を発狂させた。アタマスは息子レアルコスを鹿と思いこんで殺し、イノはメリケルテスを煮えたぎる釜に投じる。イノは子の遺骸を抱いて海に跳びこむ（アポロドロス『文庫（ギリシア神話）』三-四-三）。別伝では、アタマスは先妻との間の子プリクソスの死はイノのせいだと考え、イノとその子らを殺そうとした。イノは生き残ったメリケルテスと共に海に跳びこむ（パウサニアス『ギリシア案内記』一-四四-七）。本断片でゼウスがアタマスの正気を奪うのは、後者の伝承に関わるものか。

四〇

陸地［から
紺碧の］海へと［
今は彼女（イノ）を［呼んでいる
人々は［

出典　パピュロス（Oxyrhynchus papyrus 2495 fr. 6）。

註　海に跳びこんだイノはレウコテアと呼ばれる女神となり（ホメロス『オデュッセイア』五-三三三）、メリケルテスも海神パライモンとなった。

アイオロスの子アタマスの妻テミスト

四一

一―八行は破損が甚だしいが、イノが海に跳びこんだ後、アタマスの子レウコンの娘たちが、幼児ディオニュソスの養育を引き継いだらしい。レウコンの娘たちはケピソス川を渡ってアテネの神殿に赴く。

アタマスの子、［レウコン王の娘なる　九
ペイシディケに］エウヒッペに神々しいヒュペル［　一〇
この時彼女たちは］、軍《いくさ》を導くアテネの［神殿へと

一二―二七行は破損が甚だしいが、季節は春、レウコンの娘たちは美しく着飾ってアテネ神殿に向かう。ケピソス川の描写。それはリライアの町に発し、パノペウスの町を過ぎ、エルコメノス（オルコメノスの方言形）を貫流する。

］レウコンの娘たちは［　　　］渡った。
］を［　　　］愛しい息子コプレウス、
気宇壮大な［オルコ］メノスの孫が、
］馬と磨き上げた戦車で［連れ帰った。
彼女は夫へと］屋敷内で、神にも紛う息子たちを生んだ。
英雄［アルギュンノス］に雄々しいヒッポクロスだ。
］を、アンドレウスの子エテオクロスが妻にした。
ミニュアスの子［オルコメ］ノスの子

三六―四三行は破損状態はさほどでもないが、人間関係が把握できない。

出典　パピュロス（一―一七行は Pubblicazioni della Società Italiana. 一五―四三行は Yale papyrus 1273）。

註　レウコンの母の名前は断片中に現われないが、アタマスの三度目の妻テミストとされる（アポロドロス『文庫（ギリシア神話）』一-九-二）。アンドレウスはペネイオス河伯の子で、後にオルコメノスと呼ばれるようになる土地に初めて住み着いたという（パウサニアス『ギリシア案内記』九-三四-六）。

四二
ケピソスはオルコメノスを流れる川で、そこでは優美の女神《カリテス》も崇拝されている。（中略）ケピソス河伯の子エテオクロスが初めてこの女神たちに犠牲を捧げた、とヘシオドスは言う。ケピソスはオルコメノスを貫流する。

出典　ピンダロス『オリュンピア祝勝歌』への古註。

四三
アンドレウスはレウコンの娘エウヒッペをアタマスから貰って妻にし、彼にエテオクレス（エテオクロスともいう）が生まれたが、市民たちの噂では、父親はケピソス河伯ということで、叙事詩の中でエテオクレスを「ケピソスの子」と呼んだ詩人たちもいる。

出典　パウサニアス『ギリシア案内記』九-三四-九。

註　エウヒッペの父レウコンは早く亡くなったので、アンドレウスは彼女の祖父アタマスから彼女を貰ったのである。エテオクレスの父はアンドレウス、しかし実の父はケピソス河伯という二重の父親の話は例が多い。断片一六、二二、六九、八八参照。有名なのはアンピトリュオンの子ヘラクレス、実の父はゼウス。アイゲウスの子テセウス、実の父はポセイドン。

四四

アスプレドン、ポキス地方の町である。オルコメノスの息子たち。

アスプレドンにクリュメノス、そして神の如きアンピドコス

出典　ビュザンティオンのステパノス『地理学辞典』Ἀσπληδών の項。

四五

エララの子ティテュオスを

出典　『真正語源辞典』α 四三六。

註　ゼウスはオルコメノスの娘エララと交わったが、ヘラを恐れて娘を地下に隠し、娘の胎内にあった巨大なティテュオスを光の世界に取り出した。ティテュオスはレトに情欲を覚えて挑みかかったので、アポロンとアルテミスに射殺された（アポロドロス『文庫（ギリシア神話）』一-四-一）。ホメロスではティテュオスはガイア（大地）の子とされ、レトに狼藉を働いた廉で、冥界で禿鷹に臓腑を食われている（ホメロス『オデュッセイア』一一-五七六以下）。なお、「エララの子 Εἰλαρίδης エイラリデース」のように、父称でなく母称を用いるのは珍しい。

西洋古典叢書

月 報 100

2013 ＊第 1 回配本

テオプラストスの「庭園」の境界石【前四世紀後半】

目　次

テオプラストスの「庭園」の境界石……………1
ヘシオドスの道　廣川　洋一……2
連載・西洋古典名言集⒃……………………6
2013刊行書目

2013年5月
京都大学学術出版会

ヘシオドスの道

廣川洋一

ヘシオドスから離れて月日は四〇年近くも経ったが、まったく縁が切れたわけではない。プラトン、アリストテレスそしてヘレニズム、グレコ・ローマの哲学に向かう折にも時折出会い、思いを馳せることはあった。ここでは、最も印象深い出会いを二つほど記しておきたい。その一つはプラトン最晩年の作品『法律』を読んでいた時である。この著作は法哲学というよりも社会生活の各項にわたる法律条項から成り立つ形になっている。ほとんど六法全書である。しかしそれだけではない。プラトン自身の思いを代弁する主要登場人物「アテナイからの客人」は次のように言う。

私たちによって法律制定の世話を委ねられた者は、法律の冒頭に何かを表明することはいっさいせず、［その法律に］一言の忠告も説得もつけ加えることをしないまま、いきなり、ただ為すべきこと為すべきでないことを宣言し、罰則を嚇しとして与えては次の法律に向かおうとするのでしょうか。（四―七一九E―七二〇A）

法律は強制・威嚇をもっぱらとする本文のみでは十分でなく、本文制定の根拠を理解し、その実践に向かって意を固めることができるよう、忠告や説得の言葉が前文として加えられていなければならないというのが彼の主旨である。こうして各項毎の法律に前文が付されるだけでなく、法律本文全体についてもその前文が与えられることになる。

この法律本文と前文のかかわりを、アテナイからの客人はさらに「医者の比喩」を用いて説明している。医者に自由人の医者と奴隷身分の医者助手があって、後者は奴隷に対して何の説明もなく横柄な態度でいきなり処置するのに対して、前者は自由人の病人に病気をその根源から徹底して検査をし、病人自身とも身内の人たちとも良く話し合い、納得してもらう。そしてさらにこうつづける。「この医者は何とか説得につながるまではけっして指示命令は下さない。だが説得することで病人の心が落ち着いたものになるようたえず教化育成しながら、健康回復の仕事を成しとげるよう努める」（七二〇D―E）。

ここで自由人の医者の説得に注目しておきたい点がある。それは、病気の原因を説得し、医学的処置の根拠を理解してもらうだけでなく、健康の善さと、それへの欲求の思いを固め、そうすることで病人の気持ちを落ち着いたものにすること、すなわち説得に二要素、理性的説得と、欲求的部分に働きかける形の説得のあることが読みとれることである。

アテナイからの客人は、法律の冒頭に一種の序文を置く必要にふれて、立法者のすすめる徳――法の根源としての――の話に「穏やかに心を開いた態度で聞き手が耳を傾けてくれるために」前文は必要であり、「聞き手の心を聞き、すすんで従う気持ちにさせるなら」（七一八D）それは十分意義があると語っている。事態を理の道筋においては認めていてもなお心は頑なで、それに従い実践に踏みこめないでいる状況が存在し、それに対処する必要のあることが問題とされていたのである。

自由人の医者の説得のうちに二つの要素が認められるように、法律全体のための前文にも二つの要素が備わっている。一つは人びとの理性に訴えかけ、法制定の意義を理解してもらうこと、他の一つはその前提である徳そのものの善さを心に固く受けとめ、徳を慕い求める心がまえをつくり出すことである。この要素こそ「最初の出発点」として据え置かれなければならない。人びとに徳への関心をもってもらうために、立法者は魂の欲求的・感情的部分への訴えかけによる説得をめざす忠告の方法に注目することになる。

徳そのものの善さを尊重し、希求の思いを固めることは、徳形成の「始め」に置かれた出発点である。アテナイからの客人が、この比喩の直前箇所（七一八E―七一九A）で、詩人へシオドスの次の詩句を引用しているのは、まさにこの点にふれるものであろう。

徳の前には、不死なる神々は汗を置きたもうた。

徳への道は長く険しく、しかも
初めはあらい道。だがひとたび君が頂に達すれば、
そのあとは容易にたえてゆける、困難ではあるにしても。
(『仕事と日』二八九―二九二行)(ヘシオドス原本とは語彙に若干の相違がある)

徳に向かっても、健康にとっても、それへの道の「始め」を終えることこそが肝心である。ただしそれは決して容易なものではないぞ、弟ペルセスに向けたヘシオドスの声は高く響くようである。

もう一つはアリストテレスが『ニコマコス倫理学』(一〇九五b一〇―一三)で引用している詩句である。

自らすべてを悟る人、彼こそは最善の人。
また善いことを言ってくれる人に聴き従う人、彼もまた
　立派な人。
だが自ら悟ることもなく、他人の言うことを聴いて、
それを心に留めることもない人、これはしかたのない者
　である。(『仕事と日』二九三―二九七行[二九四行は欠])

学問分野によってその方法論は異なる、とするアリストテレスにおいて、数学が公理など「無条件(普遍的)に知られているもの」を第一原理(始め)とし、それを起点に下へと向かうのに対して、倫理・政治学は「われわれに(経験的・個別的に)知られているもの」を文字通り「第一歩」とし、その「始め」から上へと向かって出発する、とされている。善いもの、正しいものにかかわる事がら、倫理・政治学へと向かおうとする者は、すでに習慣によって立派に育てられていなければならないというのである。つまり彼は個々の行為について、この善い行ない、あの美しい行為ということ、「事実(hoti)」を自ら感じとり、それを実行することが身についていなければならないのである。このような善き習慣づけこそ倫理学における「始め」であり、「出発点」を築くことに他ならない。

そして、そのように立派に育てられた人というのは、さまざまな「出発点」をすでにもち合わせている人であるか、あるいはそれらを手に入れることのできる人であろう。だが、そのどちらでもない人には聞いてもらいたい、アリストテレスはそう語って、右にあげたヘシオドスの詩句を引用していたのである。最善の人の「悟り」は、知識を駆使しての理解ではなく、むしろこの「始め」を、正しく育成される中で感じとる、感得することを意味する、とみている。倫理学において、「始め」は真実の善への「第一歩」とされているが、しかし個別の事がらについて善さを十分に感得することのできた人はすでにそこにおいて究極目的

——真実の善、善き行ない——に触れ、把握しえた人でもあることになるだろう。第一歩としての「始め」は、善いこと、正しい事がらの、究極的な「原理」でもありうるのである。

ここでも私たちの目を惹くのは、徳への道の「始め」とその習得、感得の重要性であり、またもう一つは、心（魂）の理性的部分へのではなく、むしろ感情的・欲求的部分への、「忠告」による訴えかけであり、それによる心がまえ・意欲の育成であり、そのもつ意味の重さである。

すでに読者の皆さんはお気付きのことと思われるが、二人の哲学者が引用した詩句はまったく異なる箇所から採られたものではない。プラトンの引いた詩句（二八九―二九二行）とアリストテレスのそれ（二九三―二九七［二九四欠］行）は、労働の善さについて説く部分（二八六―三八二行）の内にあって、しかもとりわけ関連の深い箇所（二八六―三〇七行）の中で連なりあっている。「始め」も「忠告」も互いに固く手を結び合っていたのである。

ここに一つ加えておきたいことがある。それはアリストテレスの引用詩句についてである。その同じ箇所の最初の二行を、ストア派の元祖ゼノンは、

彼の者こそは最善の人、すなわち善いことを言ってくれる人に聴き従う人。
また自らすべてを悟る人、彼もまた立派な人。（ディオゲネス・ラエルティオス『ギリシア哲学者列伝』七-二五）

と、逆転させている。このように書き改めた理由は、言われたことをよく聴き、実行することのできる人は、すべてを考えてみる人より、優れている。一方は理解するだけだが、よく聴き従う人には実行も加わるからだ、と言われている。ゼノンの見方について今は措くとして、この改変はアリストテレスにとって驚くほどのものではないと思われる。彼自身は先に見たように、両者の間に特別な区別はしていない。両者ともに、程度の差はあっても同じように「始め」を感得しうる人、善き忠告に従う実行力をそなえた人である。彼にとって「始め」をもつ人と、もうともしない人の区別こそ最も大きな関心事だからである。

年老いた今、哲学への「忠告・すすめ」について関心を寄せている私にとって、ギリシア文学における忠告・教訓文学の祖でもあるヘシオドスをその昔いくらかでも学んだことを省みるなら、ヘシオドスの道から遠ざかるというより、再びその道に還りつこうとしているという思いがいっそう強い。

（西洋古代哲学・筑波大学名誉教授）

連載

西洋古典名言集 ⒃

言葉が行動にまさることはない

イギリスのスコットランド出身の思想家トーマス・カーライルには、人口に膾炙した言葉がいくつかある。『衣裳哲学』(*Sartor Resartus*, chap. 6) の「人間の目的は行動であって、思想ではない。たとえ、どんなに高尚な思想でも」もそのひとつで、カーライルでも特に知られた言葉である。その直前の文章から出典はギリシアの古典であるようだが、P. C. Parr による注を読むと、アリストテレスの読書からこの言葉を学んだと彼の日記に書かれていたとある。該当する箇所は『ニコマコス倫理学』の冒頭に近い章だと思われるが、そこには確かに「目的は知識ではなく、行動である」(第一巻第三章一〇九五 a 五) と記されている。しかし、Parr が注記しているように、ここでアリストテレスが言っているのは政治学・倫理学が目的とするものであって、人間の目的ではない。このように古代の格言は、近代においてはしばしばその意味が変容させられ、まったく異なる意味あいで用いられることがある。

それはともかくとして、カーライルの言葉は 'Deeds, not words' とか、「不言実行」などの格言とほとんど同義であるから、これに近い意味の表現を西洋古典で探してみると、冒頭に挙げたような例がある。これはエウリピデス『アルクメネ』断片九七からの引用であるが、ほかにも同作家の『アンティオペ』断片二〇六の「言葉より行動のほうが強い」や、クセノポン『キュロスの教育』第六巻四-五の「言葉よりも行動のほうが、あなたには信じられる証拠となるでしょう」、七賢人のミュソンの「言葉から事実をではなく、事実から言葉を推察せよ」(ディオゲネス・ラエルティオス『哲学者列伝』第一巻一〇八) という言葉など、類例はいくらでもある。実際の行為、行動に比べて、言葉には空しいものというイメージがつきまとう。もともと言葉(ロゴス) には、「優しく甘い言葉(ロゴス) で心を惑わす」(ホメロス『オデュッセイア』第一歌五六) などの用例が示しているように、否定的な意味が含まれている。ヘシオドス『神統記』の「ロゴスども」(二二九) は争い(エリス) の子供たちで、空言とか虚言の意味に近い。

言葉は偉大な支配者である

これに対して、行為、行動よりも言論のもつ力を強調したのは、弁論家やソフィストたちである。ゴルギアスは『ヘレネ頌』において、トロイア戦争を引き起こした張本人とされるヘレネを弁護しながら、「彼女の心を説得し迷わせたものが言葉であるとしても、この点でも弁明をおこない非難から解放することはむずかしいことではない。言葉は偉大な支配者であり、最も微細で目に見えぬ姿で最も神的なことをなしとげる。恐怖をなくし、苦痛をとり去り、喜びを生みだし、憐憫の情を高めるからだ」(『ヘレネ頌』八)と主張する。シケリア島レオンティノイの出身であったゴルギアスは、前四二七年に使節団長としてアテナイに来訪したが、その雄弁によって人びとの喝采を博し、その名声はギリシア全土に轟いた。そして、この弁論術がもつ力を最も警戒したのがプラトンであった。対話篇『ゴルギアス』において、登場人物のソクラテスはその本質を見ぬいて、弁論術は「説得をつくり出すもの」(四五三A)であり、法廷などで正・不正の真実を教えるのではなく、ただ信じ込ませるだけのものだと結論している。この問題をプラトンはよほど気にかけていたらしく、『パイドロス』でも再び取り上げ、弁論家を「真実に似たものが真実よりもいっそう尊重されるべきものであることを悟った人びと」(二六七A)と呼んでいる。もっとも、『パイドロス』ではこのような弁論を弄する人が、ゴルギアス以外にも何人もいたとされている。このような弁論術の創始者と目されるのは、シケリアのコラクスとその弟子のティシアスである。彼らについては、後四世紀の弁論家ソパテルが『ヘルモゲネスの弁論術注解』(五-六)において、次のような面白い話を伝えている。ティシアスは裁判において勝利したときに一〇〇〇ドラクマを支払うという約束で、コラクスから弁論の技術を学んだ。しかし、その後もいっこうに支払おうとしないので、師は弟子を告訴して、「もしこの裁判にティシアスが負ければ一〇〇〇ドラクマを払わねばならないし、またティシアスが勝っても、勝ったのだから約束どおりお金を支払わねばならない」と主張したところ、ティシアスは少しも臆することなく、「もしわたしが勝てば支払う義務はないし、また負ければ最初の約束に従って支払う義務はないのだ」と言い返した。弁論家たちのこのような応酬を聞いた陪審員たちは困り果て、「悪しきカラス(コラクス)が悪しき卵を産んだ」と叫んだという。同様の話をセクストス・エンペイリコスも『学者たちの論駁』第二巻九七—九九において伝えており、ディオゲネス・ラエルティオス『哲学者列伝』第九巻五六では、プロタゴラスと弟子エウアトロスについての話として語られている。

(文/國方栄二)

西洋古典叢書

［2013］全８冊

★印既刊　☆印次回配本

●ギリシア古典篇

エウリピデス　悲劇全集　2　丹下和彦 訳

エウリピデス　悲劇全集　3　丹下和彦 訳

ピロストラトス　テュアナのアポロニオス伝　2　秦　剛平 訳

プルタルコス　モラリア　10☆　伊藤照夫 訳

プルタルコス他　古代ホメロス論集　内田次信 訳

ヘシオドス　全作品★　中務哲郎 訳

リバニオス　書簡集　1　田中　創 訳

●ラテン古典篇

リウィウス　ローマ建国以来の歴史　4　毛利　晶 訳

●月報表紙写真——今日のアテネの中心シンタグマ広場の片隅に建てられたこの石碑はテオプラストスの「庭園［ケーポス］」（ムウサ（ミューズ）たちの庭園）の境界石である。一九五〇年代末に行なわれた発掘調査のときに、この場所で発見された。ΟΡΟΣ ΜΟΥΣΩΝ ΚΗΠΟΥ（境界／ムウサたちの／庭園の）と刻まれた文字が読み取られる。このあたり一帯の土地と建造物を、彼はパレロンのデメトリオスからもらい受けたと伝えられている。アリストテレスが学園を開いたリュケイオンはここより一キロメートルほど東に位置し、その遺跡も最近発掘確認されている。師の没後、ペリパトス派の学園は「庭園」に拠点を移したものと考えられる。（一九九五年六月撮影　高野義郎氏提供）

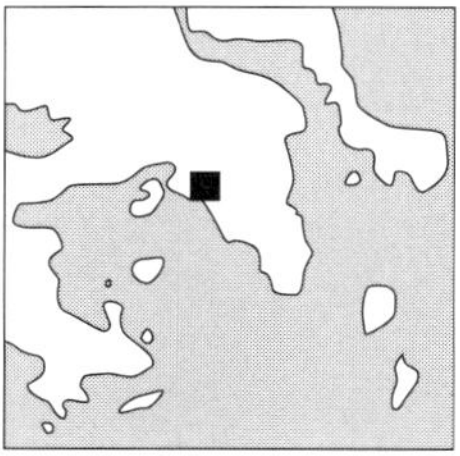

四六

一一行の断片は左端が僅かに残るばかりである。ケユクス（ヘラクレスの友で、その遺児たちを庇護した）、ヒッポダマス、ヒュッロス（ヘラクレスの長男）の娘たち、が読み取れるが、内容は窺い知ることができない。

出典　パピュロス（Oxyrhynchus papyrus 2999）。

第　二　巻

アイオロスの子アタマスの子孫

四七

あるいはまたこのような女。その［名隠れもないスコイネウス王の
娘、女神にも紛う］俊足神の如きアタランテ、
　　優美の女神《カリテス》の］燦めきを帯びている。
あらゆる人間の］族に立ち交じることを拒み、
パンを食う男どもとの結婚を［避けたいと、
……………………

出典　パピュロス（London papyrus 486c, Oxyrhynchus papyrus 2488B）。

註　一行「スコイネウス」はアタマスと三度目の妻テミストの間に生まれた子。断片系図(3)。

二行「アタランテ」、求婚者を先に走らせ、追いついたら殺し、逃げおおせたら結婚を承諾する、との条件で競走を挑んだ。追いつかれそうになる度に林檎を落として拾わせる、という「呪的逃走」のモチーフは次の断片に現われる。

四八

……………………

］踝細き乙女（アタランテ）は突進した
［求婚者の群れが
周りを囲んでいた。驚きが、見る者全てを捉える。
］ゼピュロス（西風）の息吹が衣を、
］柔らかい胸のまわりに、
］大群衆が堵《と》を成した。
］スコイネウスが大音声に呼ばわるには、
「老いも若きも［みな、聞いてくれ。
わが胸の裡で、［心が命ずるところを言おうほどに。

燦めく眼のわが娘に［ヒッポメネスが求婚している。
ことを］言っておく。
わが言葉はこのとおり、ゼウスが］我々の証人だ。
］もしその男が、
勝利を収め、ゼウスと、オリュンポスの館に住む
他の神々により、誉れを持ち帰ることを許されたなら、
］懐かしい祖国へと。

…………

しかしながら、人間と神々の父（ゼウス）がそれを許さぬ場合には、

…………

col. I がここで切れて、何行かが失われている。次の col. II の冒頭も毀れているが、便宜上、連続した行数を示す。

…………

彼女は少しく後に下がった。［両者にとって］競技の重みが
同じでなかったからだ。［俊足神の如きアタランテは、
黄金のアプロディテの賜物（結婚）を拒むために走るのに対して、

男にとっては［捕まるか］逃げおおせるか、命を賭けた
競走であった］。そこで、企みを胸に秘めて言いかけるには、
［［情無用の心をもった］スコイネウスの娘よ、
黄金のアプロディテからの、この贈物を受けるがよい。 二五

……………………

彼女は［天翔ける足を持つ］ハルピュイア（疾風の精）の如く、素速く 四三
摑み取った。しかし彼が、二つ目を［地に投げると、

……………………

俊足神の如きアタランテは、今や二つの林檎を手にして、 四五
ゴールも近かった。彼は三つ目を地に投げた。
それと共に、彼は殺害と黒い死の定めを逃れ、
止まって一息つき［

出典　パピュロス（Pubblicazioni della Società Italiana. 130 col. I, II）。

四九

ヘシオドスその他の作家は、アタランテはイアソスの娘ではなく、スコイネウスの娘だと言った。

出典　アポロドロス『文庫（ギリシア神話）』三-九-二。

五〇

ヒッポメネスを裸でアタランテと競走させていることからして、ヘシオドスは（ホメロス）より後代の人である。

出典　ホメロス『イリアス』二三-六八三（「まず彼に褌《まわし》を締めてやった」）への古註T。

註　競技者は元来褌を締めていたが、まず徒競走、さらにそれ以外の競技でも、次第に裸が採用されるようになった。ヒッポメネスが裸であったことは、現存の断片からは分からない。

五一

スコイネウスの娘アタランテは、神聖な掟に背いて、見てはならぬものを見たために、ゼウスの懲罰によってライオンにされてしまった、とヘシオドスは言っている。

出典　ピロデモス『敬虔について』B6559–66 Obbink.

註　アポロドロス『文庫（ギリシア神話）』三-九-二によると、アタランテはゼウスの神域で夫（そこではメラニオンとなっている）と交わったため、不敬を罰せられてライオンに変えられた。

アイオロスの子ペリエレスの子孫、断片系図（4）

五二
「ハリッロティオスの子サモス（セモスのドリス方言形）」と書く人々もいて、ヘシオドスがそれに言及している。
だが、彼の方は、優れた息子セモスとアラジュゴスを（儲けた）。

セモスはハリッロティオスの子、その親はペリエレスとアルキュオネであった。

出典　ピンダロス『オリュンピア祝勝歌』一〇-七〇（ハリロティオスの子サモス）への古註。

五三a
アスクレピオスは、一説によるとアルシノエの子であるが、別の説ではコロニスの子だという。アスクレピアデス（前四世紀、神話編集者）の言うには、アルシノエはペリエレスの子レウキッポスの娘で、彼女とアポロンから、アスクレピオスと娘エリオピスが生まれた。

彼女（アルシノエ）はポイボス（アポロン）に屈服して、屋敷内にて、
人々の長なるアスクレピオスと、髪麗しいエリオピスを生んだ。

アルシノエについては、同様にこうも言われる。

アルシノエはゼウスとレトの御子（アポロン）と交わって、
力強く優れた息子アスクレピオスを生んだ。

出典　ピンダロス『ピュティア祝勝歌』三-八（プレギュアスの娘コロニス）への古註。

五三b

第三の説は、アスクレピオスはレウキッポスの娘アルシノエの子だとするが、私にはこれは最も真実から遠いように思われる。というのも、アルカディア人のアポロパネスがデルポイへ行って、アスクレピオスはアルシノエの子でメッセニアの市民であるかどうかを尋ねたところ、ピュティア（アポロンの巫女）がこう答えたからである。

全人類の大いなる喜びとして生まれ出でたるアスクレピオスよ、
汝を生みしはプレギュアスの娘、あでやかなる
コロニス、岩がちのエピダウロスにて、我と情を結びしもの。

何よりもこの神託が、アスクレピオスがアルシノエの子ではないことを示し、ヘシオドスもしくはいずれかの改竄者が、メッセニア人を喜ばせるために、ヘシオドスの詩にこれを加えたことを示している。

出典　パウサニアス『ギリシア案内記』二-二六-七。

註　こちらの方がよく知られた話になっている。コロニスはアポロンに愛されながら、人間のイスキュスと通じたが、烏がそのことをアポロンに告げた。アポロンはそれまで白かった告げ口烏を黒くし、コロニスを殺す。

しかし、火葬に付される女の胎からアスクレピオスを取り出し、ケイロンに養育させた（アポロドロス『文庫（ギリシア神話）』三-一〇-三）。断片二三九参照。

五四

マカオン。アスクレピオスとアルシノエ、もしくはコロニスとの子。一説に、メロプスの娘エピオネの子。ヘシオドスによると、クサンテの子。

出典　ホメロス『イリアス』四-一九三への古註D。

五五

アスクレピオスについてのヘシオドスの言、

人間と神々の父（ゼウス）は

震怒を発し、オリュンポスから煙吹く雷を投げつけて、

レトの孫（アスクレピオス）を殺し、ポイボス（アポロン）の心をも掻き立てた。

出典　アテナゴラス『キリスト教徒弁護』二九。

註　名医となったアスクレピオスが死者をも蘇らせるようになったため、ゼウスは彼を雷霆で撃ち殺したのである。

五六

アスクレピオスがゼウスによって殺されたことを書いているのはヘシオドスや、

出典　ピロデモス『敬虔について』B4901-4 Obbink.

五七

マッロスのクラテスは、「彼ら（キュクロプスたち）は他の点では神々に似ていた」という行の代わりに、「彼らは神々から生まれたが、死すべき人間の声を発する者として育てられた」という行を入れる。神々にも似た者たちが、同時にまたレウキッポスの娘たちの『列伝』でアポロンに殺されるのはおかしい、というわけである。

出典　ヘシオドス『神統記』一四二への古註。

註　我が子アスクレピオスをゼウスの雷霆で殺されたアポロンは、ゼウスに逆らう訳にはいかないので、雷霆を製造したキュクロプスたちを殺した。

五八

一二行から成る断片は破損が甚だしいが、ブロンテス（キュクロプスの一人）、ゼウスの憤り、オリュンポスからタルタロスへと投げ込もうとすること、などが読み取れる。キュクロプスたちを殺したアポロンを、ゼウスが怒ってタルタロスに投げ込もうとする場面か。推測されるのは、ここでレトがゼウスに嘆願して、アポロンをタルタロスに投げ込む代わりに、人間のアドメトスの所で奴隷奉公することで許してもらう。

出典　パピュロス（Oxyrhynchus papyrus 2495 fr. 1a, fr. 16 col. I）。

五九ａ

アポロンがアドメトスの所で奴隷奉公した、というのは人口に膾炙した有名な話で、エウリピデスも本作で使っている。ヘシオドスやアスクレピアデスの『悲劇の中の神話』も同じである。

出典　エウリピデス『アルケスティス』一への古註。

註　アドメトスはテッサリアのペライの王。テュロとクレテウスの子ペレスの息子（断片系図(3)参照）。アポロンはキュクロプスたちを殺した（断片五七への註参照）罪を償うため、一年間、人間界に降りてアドメトスに仕えなければならなくなる。

五九ｂ

アンドロン（前四世紀、系譜作家）は『系譜』の中で、アポロンはゼウスの命令によってアドメトスに奴隷奉公した、と言っている。ヘシオドスとアクシラオス（前六世紀、神話作家）によると、アポロンはゼウスによってタルタロスに投げ込まれそうになったが、母レトが嘆願したため、人間に仕えることになった。

出典　ピロデモス『敬虔について』B5747–58 Obbink.

アイオロスの子デイオンの子孫、断片系図(4)

六〇

…………………

あるいはまたこのような女。馬と［堅固な造りの戦車にて、
梣《トネリコ》の槍も見事なポコスは、［雄々しいデイオンの娘、
アステロデイアを］、ピュラケから［館に連れ帰った。
彼女はクリソス［と驕慢なパノペウスを生んだ。
一夜のうちに［
二人は輝かしい［陽の光を仰ぎ見るより前から、
まだ母親の［胎内にある間から］争っていた。

…………………

出典　パピュロス（Oxyrhynchus papyrus 2495 fr. 16 col. II)。

六一

ポセイドンの子ミニュアスを父、ヒュペルパスの娘エウリュアナッサを母として生まれたクリュメネは、デイオンの子ピュラコスに嫁して俊足のイピクロスを生んだ。彼は神速を利して風たちと競走し、その軽捷さ故に、麦の穂の上を駆け抜けて芒《のぎ》を折ることがなかったという。一説によると、クリュメネはこれより先にヘリオス（太陽）と結婚して、パエトンを生んだという。ヘシオドスの伝である。

出典　ホメロス『オデュッセイア』一一-三二六への古註。

註　トロイア王エリクトニオスの牝馬がボレアス（北風）と交わって生んだ仔馬たちも、麦畠を駆けて穂を折ることがなかった（ホメロス『イリアス』二〇-二二一以下）。

六二

ヘシオドスはイピクロスの卓絶した神速ぶりを示すために、躊躇うことなくこんな誇張表現をしている。

アスポデロスの実の成る天辺を走って折ることなく、
小麦の穂を踏んで駆けても、
その実を傷つけもしなかった。

出典　ホメロス『イリアス』二-六九五へのエウスタティオスの註解。

註　ἀνθέρικος（アンテリコス、または ἀνθέριξ アンテリクス）はアスポデロス（ツルボラン）、あるいはその茎かとされるが古来不詳。一行目はホメロス『イリアス』二〇‐二二七とほぼ同じで、そこではἀνθέριξは普通「麦の穂」と解されているが、ここでは次行にも「小麦の穂」が現われるので、敢えてアスポデロスと訳した。

六三

小麦の穂を踏んで行き来した人

出典　ホメロス『イリアス』二〇‐二二七への古註bT。

註　断片六二‐二の異読で、どちらかを削除すべしとする意見もあるが、不明。

六四

ホメロスもヘシオドスもペレキュデスも、イピクロスがアルゴナウタイ（アルゴ船の乗組員）の航海に加わったとは言っていない。

出典　アポロニオス（ロドスの）『アルゴナウティカ』一‐四五への古註。

六五

……………………

］尊いピロニス、　一四

彼女はアウトリュコスと、美声で名高いピランモンを生んだ。
一方は、遠く矢を射るアポロンに屈服して、
他方は、キュッレネ生まれのアルゴス殺し、
ヘルメスと濃《こま》やかな愛の交わりをして生んだアウトリュコスだ。

……………………

出典　パピュロス（Oxyrhynchus papyrus 2500）。
註　ピロニスはデイオンとディオメデの娘。アポロンとの間になしたピランモンは予言者、歌人。ヘルメスとの間の子アウトリュコスは泥棒名人。キュッレネはアルカディアの山で、ヘルメスの生誕地。ヘラの命を受け、ゼウスの浮気相手イオを監視するアルゴス（百眼をもつ巨人）を殺したことから、ヘルメスはアルゴス殺しと呼ばれる。

六六
オロスは『諸民族誌』でこんな付記をしている。ホメロスはタミュリスの物語をドリオンで起こったとするのに対して、ヘシオドスは、「ドティオンの野で」彼が盲目にされたと言っている、と。
出典　ビュザンティオンのステパノス『地理学辞典』（六世紀）Δώτιον の項。
註　タミュリスはピランモンの子。歌と竪琴の名手。ホメロス『イリアス』二-五九四以下によると、遍歴の途

中ムーサたちに出会い歌競べを挑み、歌も竪琴の技も奪われてしまった。

六七

破損が甚だしい八行の断片であるが、アウトリュコスがしばしば起きていること（泥棒は夜眠らない）、その父親のヘルメス（泥棒の守り神）にとっては、月のない闇夜や雨の夜が嬉しいこと、などが窺える。

出典　パピュロス（Oxyrhynchus papyrus 2494B fr. a, b）。

六八

ἀείδελον（アエイデロン）　ヘシオドスはアウトリュコスに関して、この語を「見えない」の意味で使っている。

彼は手に取ったものを全て見えなくした。

彼は泥棒であり、馬を盗むとその色を変えて、別物に見えるようにしていたのである。

出典　『大語源辞典』α 三二七（Lasserre-Livadaras）。

アイオロスの娘カナケの子孫、シシュポス、断片系図（4）

六九

］冠も見事なポリュメラ。
あるいはまたこのような女。神にも紛うエリュシクトンの娘］
］トリオパスの子の娘、
優美の女神《カリテス》の］燦めきを帯びた［髪麗しいメストラ。
死すべき人間たちが［彼（エリュシクトン）のことをアイトンと呼んだのは、
火のように燃え盛る《アイトン》激しい］飢えのせいであった。

……………………

七—五一行は破損が甚だしい上に大きな脱落がある。エリュシクトンは底なしの飢えを満たすため、動物に姿を変えた娘を売るが、彼女は変身の術で父の許に逃げ帰る。シシュポスが息子グラウコスの嫁に彼女を求め、結納として牛・羊・山羊の群を差し出す。エリュシクトン父娘は狡猾なシシュポスをも欺いた。

しっかりと縄をかけて］見張るよう
］彼は命じた。［彼女（メストラ）がその姿を脱ぎ捨てて、
別のものに］なろうとは、思いもよらなかったのだ。

彼女は縛めを脱すると、わが「父親の館へと、
脱兎の如く「逃げ帰り、父の」屋敷内にて、
たちまち女の姿に「戻った」。（シシュポスが）探しに来ると、
」母親の傍らで「大きな機を前に働いていた。
両者が」乙女を連れて行こうとしたが「
踝細き「乙女をめぐって」シシュポスとアイトンの間に、
たちまち争いと「争論が起こったが、
誰ひとり裁くこと叶わず、「アテネに
争論の調停を委ねて、双方は同意した。女神は彼らのために、
係争を適切に裁いた「
「もし代価を払って品物を手に入れようとする場合、
緊要なのは、代価について「
ひとたび手に入れた以上は」取り替えられないからである」
女神はこう言った。このような裁定によって、
……………………
（シシュポスは）思慮と知恵では人並みはずれていたが、
アイギスを持つゼウスの心はついぞ知らなかった。

ウラノスの孫神たち（ゼウスたち）は、グラウコスがメストラによって
子を儲け、その一族が人々の間に残ることを許さない、ということを。
　知恵に長けた女ではあったが、彼女（メストラ）を、
大地を揺するポセイドンが屈服させた。父親から遠く離れ、
葡萄酒色の海を渡って、波寄せ洗うコス島へと運んだ。
そこで彼女は、多くの民を治めるエウリュピュロスを生んだ。
桁外れの力を持った息子を生んだものだ。
彼からは、カルコンとアンタゴラスなる息子たちが生まれた。
彼の美しい町を、ゼウスの剛毅な息子（ヘラクレス）が
些細なことから滅ぼし、村々を荒し回った。
ラオメドンの馬が因で［
速き船で］トロイアを［船出して間もなくのことだ。
プレグラでは］（ヘラクレスは）傲慢なギガンテスを殲滅した。
　さて、メストラはコス島を後にして、［速き船にて、
祖国に渡り、アテナイの聖なる丘に到ったが、
ポセイドンの君に子を生むと、
］因果な定めの父のために提供していた。

あるいはまたこのような女。パンディオンの子［ニソスの娘
エウリュノメに］パッラス・アテネが諸芸を教えた。
　］女神たちにも等しい心ばえであったからだ。
彼女の肌と白銀に輝く衣からは、
　］雅びな美しさが匂い立った。
アイオロスの子［シシュポスが］牛を追って行き、
彼女の気働きを試したが、アイギスを持つゼウスの心を
悟らなかった。彼はアテネの目論みのもと、［結納を携え］
嫁を求めてやって来たが、雲を集めるゼウスは、
不死なる頭を［揺すり上げて］、シシュポスの［血筋よき子孫の一族が、
後の世に存在することを拒んだのだ。
彼女（エウリュノメ）は［屋敷内にて］ポセイドンの腕に抱かれて、
グラウコスにと、優れたベッレロポンテスを生んだ。
無窮の［大地にあって］武勇諸人に抽《ぬき》んでた者だ。
彼が人と成ると］、父神はペガソスを与えた。
何よりも速く［
あらゆる所に［

この馬を駆って［火を吐く］キマイラを［
気宇壮大なイオバテスの娘を］娶った。

…………………………

出典　パピュロス（一―一一行はPapyrus Cairensis Instituti Francogallici 322 fr. B. 三二―八一行はOxyrhynchus papyrus 2495 fr. 21等、多くのパピュロスから復元）。

註　一行「ポリュメラ」、アウトリュコスの娘。アウトリュコスの物語がここで終わり、次行からエリュシクトンと娘メストラの物語に移る。その物語は断片七〇に詳しい他、オウィディウス『変身物語』八-七三八以下の記述が有名。

三行「トリオパス」、カナケとポセイドンの子。

八六行「些細なことから」、ヘラクレスはトロイア攻略の後、嵐でコス島に吹き寄せられ、出会った牧人に羊を所望するが、レスリングを挑まれる。格闘していると土地の住民が加勢に駆けつけ、ヘラクレスの部下たちとの間で戦いになり、結局、島を劫略することになった（プルタルコス『ギリシアの諸問題』三〇四C）。

八八行「ラオメドンの馬」、トロイア王ラオメドンの王女ヘシオネが海の怪物への生贄になろうとするところ、ヘラクレスは名馬を貰う約束で王女を救う。ラオメドンが違約したため、ヘラクレスはトロイアを攻めた（アポロドロス『文庫（ギリシア神話）』二-五-九）。

八九行「プレグラでは」、ヘラクレスはコス島を荒らした後、アテネに導かれてプレグラに来て、神々に加勢してギガンテスを破った（アポロドロス『文庫（ギリシア神話）』二-七-一）。

九一行「アテナイ」、エリュシクトンはテッサリアの人ゆえ、メストラの祖国がなぜアテナイになるのか、諸説あるが不明。

九四行「パンディオンの子」、メガラ王ニソスのこと。ここから新しい話になる。シシュポスは息子グラウコスのためにメストラを嫁にするのは失敗したが、今度はエウリュノメを嫁に連れ帰る。しかし彼女は、グラウコスではなくポセイドンの子を生む。

一〇八行「ペガソス」、ホメロス『イリアス』六‐一七一以下には天馬ペガソスは言及されないが、キマイラ退治やアマゾンとの戦いが歌われている。

七〇

トリオパスの子エリュシクトンは、デメテルの杜の木を伐った。女神は怒って、決して饑《ひだる》さが止まないような巨大な飢えを彼の中に生ぜしめた。彼にはメストラという魔法をよくする娘があったが、彼女はどんな生き物にでも姿を変えることができたので、父親はこの娘を飢えへの対策とした。つまり、毎日彼女を売っては食い物を得ていたのだ。彼女の方は、姿を元に変えて、父親の許へ逃げ帰っていた。ヘシオドスによるとこのエリュシクトンは、飢え（を燃え盛る飢え《アイトン》というところ）から、アイトンと呼ばれていた。

出典　リュコプロン『アレクサンドラ』一三九三への古註。

七一

総じて言えば、ポセイドンもこのような能力を何人かの人間に授けてやったと言われている。例えばペリクリュメノスとかメストラに対してだ。この中後者は、アイトンを養うために何度も売られた、とヘシオドスその他の人々が伝えている。

出典　ピロデモス『敬虔について』B6915–26 Obbink.

註　ペリクリュメノスが変身しつつヘラクレスと戦い殺されたことは断片三一で、メストラが変身して父親を助けたことは断片六九で語られる。

ペイレンまたはイナコスの子孫、断片系図(5)

七二

ヘシオドスとアクシラオスは、彼女（イオ）はペイレンの娘だという。ゼウスはヘラの祭司を務める彼女を犯したが、ヘラに見つけられると、少女をひと撫でして牝牛に変え、彼女とは関係していないと誓った。このことから、恋ゆえの誓いは神々の怒りを引き寄せない、とヘシオドスは言っている。ヘラはゼウスからその牝牛を乞い受けると、全てを見通すアルゴスを見張りにつけた。

出典　アポロドロス『文庫（ギリシア神話）』二-一-三。

註　悲劇等のよく知られた伝では、イオはイナコス（河伯）の娘である。

七三

これ以来、人間たちの、キュプリス（アプロディテ）の秘め事に関わる誓いは、罰せられないことにした。

出典　プラトン『饗宴』一八三Ｂへの古註。

註　『饗宴』一八三Ｂでは、誓約を破っても神々から許されるのは恋する者だけである、色恋に関わる誓約は存在しない、とある。

七四

彼（ホメロス）はこの神（ヘルメス）を「アルゴス殺し」と呼ぶが、もちろんそれは、神がイオの牛飼（アルゴス）を殺したとするヘシオドスの神話を知ってのことではない。

出典　ヘラクレイトス『ホメロスの寓意的解釈』七二-一〇（Buffière, p. 78）。

註　牝牛に変えられたイオを見張るアルゴス（多眼の巨人）を殺したことから、ヘルメスはArgeiphontes（アルゴス殺し）と呼ばれる、というのは古来の通説で、これを「犬殺し」と解釈する説もあるが、決めがたい。

ベロスの子孫たち、断片系図(5)

七五
優勢な多数説では、アイギュプトスはアルゴスにやって来なかった。特にヘカタイオス(前六/五世紀、地誌学者、歴史家)はこう書いている。「アイギュプトス自身はアルゴスにやって来ず、子供たちだけが来た。ヘシオドスによると五〇人だが、私に言わせると二〇人にも満たない」と。

出典　エウリピデス『オレステス』八七二(ダナオスがアイギュプトスの裁きを受けるために人民を集めた丘)への古註。

註　通説では、牝牛に変えられたイオはヘラの送った虻に追われて世界を遍歴し、エジプトでエパポスを生む。その曾孫ダナオスに五〇人の娘、アイギュプトスに五〇人の息子があった。アイギュプトスが息子たちと従姉妹たちとの結婚を強要するので、ダナオスは娘たちを連れてアルゴスに逃れる。男たちがアルゴスまで追って行く。ダナオスは集団結婚を受け入れたふりをして、娘たちには新婚の夜に相手を殺すよう命ずる。ヒュペルメストラ独りは相手のリュンケウスの命を助け、この二人からアバスが生まれる(アポロドロス『文庫(ギリシア神話)』二-一-三以下)。

七六a
水無きアルゴスを、ダナオスの娘たちが水豊かなるアルゴスにした。

出典　ストラボン『地誌』八-六-七と八。

七六b

水無きアルゴスを、ダナオスが水豊かなるアルゴスにした。

出典　ホメロス『イリアス』四―一七一（「水涸れるアルゴス」）へのエウスタティオスの註釈。

註　アルゴスに逃れ来たダナオスは、そこの王ゲラノルから王位を譲られるが、イナコス（河伯）がこの地はヘラのものだと証言したため、ポセイドンが怒って水を涸れさせた。後にポセイドンはダナオスの娘の一人アミュモネを愛して、泉を教えた。

七七

……………………

（リュンケウスは）］途方もない残虐行為の［復讐を果たした。
］その後、優れたアバスを生んだ。
］棟高い館にて。
（アグライアは）］オリュンポスの女神たちとも佳麗を競った。
］人間と神々の父（ゼウス）は、
］一つ臥牀《ねどこ》に上がることを、

彼女はプロイトスと」アクリシオスを生んだが、
人間と神々の父（ゼウス）は、「二人の住処を隔てた。
アクリシオスは」堅固に築いたアルゴスの王であったが、

……………………

　　ラケダイモンの娘「エウリュ」ディケを、
」頬麗しく、思慮分別のしっかりした女を、
彼女（エウリュディケ）は屋敷内にて、踝麗しい「ダナエを生んだ。
彼女は、潰走を巧み出す「力強いペルセウスを生んだ。
　一方プロイトスは」、要害堅固なティリュンスの町に
住んで、アルカスの気宇壮大な息子、
アペイダスの娘」、髪麗しいステネボイアを娶った。

……………………

　　」牝牛の眼をしたステネボイアは、
屋敷内にて」、一つ臥牀《ねどこ》に上って、生んだ、
アルカスの気宇壮大な息子、「アペイダスの娘は、
いとも美しい諸芸の心得ある、「女神にも似た三人の娘、
リュシッペにイピノエにイピアナッサを。

…………………………

出典　パピュロス（Oxyrhynchus papyrus 2487 fr. 1）。

註「ゼウスが二人の住処を隔てた」というのは、兄弟争いを示す定型句である。断片三一参照。

七八

アポロドロス（前二世紀、文献学者）によると、

ミュルミドネスともヘッレネスとも呼ばれた人たち（ホメロス『イリアス』二-六八四）。

この表現は、テッサリアの住民だけがヘッレネスと呼ばれたことを示すが、他方、ヘシオドスとアルキロコスは既に、（ギリシア人）全体がヘッレネスとかパンヘッレネスとか呼ばれたことを知っていた、という。ヘシオドスは、パンヘッレネスがプロイトスの娘たちに求婚した、と言っているからだ、と。

出典　ストラボン『地誌』八-六-六。

註　ヘッラスはホメロスにおいてはテッサリアの一地域を指したが、後にギリシア全体の呼称となったのは、我が大和の意味の拡大に似る。その住民がヘッレネス。ミュルミドネス（ミュルミドン人、蟻人間）は、テッサリアの町プティアからアキッレウスがトロイアに率いて行った人々で、その名の由来については断片一四五参照。

七九

アクリシオスにはラケダイモンの娘エウリュディケからダナエが生まれ、プロイトスにはステネボイアからリュシッペ、イピノエ、イピアナッサが生まれた。プロイトスの娘たちは成長すると狂気に取り憑かれたが、それはディオニュソスの祭儀を受け入れなかったためだ、とヘシオドスは言う。

出典　アポロドロス『文庫（ギリシア神話）』二-二-二。

八〇

アルゴス人の王プロイトスの娘たち。ヘシオドスによると、彼女らはプロイトスとアンピダマスの娘ステネボイアから生まれた。彼女らはヘラの霊威を軽蔑したため激しい狂気に取り憑かれ、自分たちが牝牛になったと信じこみ、故国アルゴスを捨てたが、後にアミュタオンの子メランプスに癒された。

出典　ウェルギリウス『牧歌』六-四八（「プロイトスの娘たちは偽りの牛の鳴き声で野を満たした」）へのプロブスの註釈（一世紀）。（ラテン語）

八一

μαχλοσύνη（マクロシュネー、好色）　性癖、女狂い。ヘシオドスの語彙。プロイトスの娘についてこう言っている。

忌まわしい色情狂ゆえに、彼女（ヘラ）は柔らかな花を滅ぼした。
出典　『スーダ辞典』μ三〇七。
註　ヘラがプロイトスの娘たちに狂気、次いで男狂いを植え付け、若さの美を滅ぼした。

八二
（ヘラが）彼女たちの頭に、ものすごい痒みを振りかけたのだ。
白色癩が肌全体を覆い、今や頭からは
髪が抜け落ちて、美しいおつむが丸裸になった。
出典　ホメロス『オデュッセイア』一三-四〇一へのエウスタティオスの註解。

八三
プロイトスの娘たちに対し、ヘラはまず色情狂の、次に白色癩の罰を与えた。
出典　ピロデモス『敬虔について』B6529-33 Obbink.

八四
アルタイアが死ぬと、オイネウスはヒッポノオスの娘ペリボイアを娶った。『テーバイ物語』の作者によると、オレノスが攻め落とされた時、オイネウスが彼女を戦利品に得た。一方ヘシオドスによると、彼女がアマリュンケウスの子ヒッポストラトスによって陵辱されたので、父ヒッポノオスは彼女を、アカイア地方のオレノスから、ギリシアから遠く離れて住むオイネウスの許に送り、殺すよう命じた。（中略）彼女とオイネウスからテュデウスが生まれた。

出典　アポロドロス『文庫（ギリシア神話）』一-八-四。

註　アルタイアは息子メレアグロスの生命を象徴する薪を燃やして彼を死に至らしめたことから、自殺したとされる。『テーバイ物語』は古代にはホメロスの作とされることもあったが、作者不詳。前八世紀。別にコロポンのアンティマコス（前四〇〇年頃）にも、『テーバイ物語』二四巻があった。テュデウスはトロイア戦争の英雄ディオメデスの父。

八五

ヘシオドスは言う、

（ヒッポノオスは）流れ広きペイロス川の堤のほとり、
オレノスの岩に住んでいた。

ペイロスをピエロスと書き換える説もあるが、よくない。

出典　ストラボン『地誌』八-三-一一。

八六

彼女（ペリボイア）を、アマリュンケウスの裔のヒッポストラトス、アレスの分身、ピュクテウスの輝かしい息子、エペイオイ人の首領が（陵辱した）。

出典　ピンダロス『オリュンピア祝勝歌』一〇-三四（「自分の町」）への古註。

八七

φανή（パネー、松明）という語がヘシオドスの第二巻で使われている。

先頭の者らが松明を内に隠していた。

出典　ヘロディアノス『不規則語について』一八（Lentz, Herodiani Technici reliquiae, II. p. 924. 20）。

第三巻

アゲノルの子孫たち、断片系図(6)

八八

ヘシオドスは『列伝』で言う、

心優しきヘルメスと、ベロス王の娘なる
トロニアが生んだアラボスの娘（カッシエペイア）を、

出典　ストラボン『地誌』一-二-三四。

八九

ゼウスは、ポイニクスの娘エウロパが乙女たちと共に草原で花を摘んでいるのを見て恋心に捉えられ、天降りすると、牡牛に変身し、サフランの吐息を吐いた。こうしてエウロパを騙して背中に乗せ、クレタ島に渡って交わった。その後で、彼女をクレタの王アステリオンに嫁がせた。彼女は身籠って、ミノス、サルペドン、ラダマンテュスの三子を生んだ。ヘシオドスとバッキュリデスの伝である。

出典　ホメロス『イリアス』一二-三九七への古註D。

九〇

（エウロパは）］塩辛い水を渡って行った。
祖国を離れクレタへと］ゼウスの企みに屈服して。
父神は［彼女と愛の交わりをすると、黄金の首飾りを
贈物にした。これこそ名高い技の匠へパイストスが、
自ら丹誠こめて［作り上げた見事な飾り。
これを持ち行き］献じると、ゼウスは贈物を受け取ったが、
それを今、輝かしいポイニクスの［娘に与えたのである。
］踝細いエウロパに、
］人間と神々の父は、
］髪麗しい乙女の傍から。
彼女は権勢並びなきクロノスの子に［息子たちを生んだ。
］多くの民草の統率者、
支配者ミノス］に正義の人ラダマンテュス、
そして、美丈夫なる［神の如きサルペドンだ。
知謀のゼウスは、彼らにそれぞれの権能を分かち与えた。

(サルペドン) は広大なリュキアを] 力強く治めた。

……………………

一七—三二行はかなり破損しているが、ゼウスがサルペドンに人間三世代の長寿を与えたこと、トロイア戦争に参戦するにあたり、不吉な前兆が現われたこと、などが窺える。

出典　パピュロス (Oxyrhynchus papyrus 1358 fr. 1 col. I)。

註　ホメロス『イリアス』ではサルペドンはゼウスとラオダメイア (ベッレロポンテスの娘) の子で、パトロクロスに討たれる直前、ゼウスは我が子の死を予知して血の雨を降らせる (一六-四五九)。別伝では、ミノスとサルペドンは美少年ミレトスを巡って鞘当てを演じ、敗れたサルペドンは小アジアに渡ってリュキアの王となる (アポロドロス『文庫 (ギリシア神話)』三-一-二)。その後、リュキア勢を率いてトロイア戦争に参戦することになるが、しかし、これでは年代的に無理があるので、彼が人間三世代の長寿を恵まれた、とする説明が生じたのであろう。

九一

ἀγάλματα (アガルマタ、飾り)、ヘシオドスも首飾りのことを「飾り」と呼んでいる。

出典　『スーダ辞典』α 一三三。

註　断片九〇の三行と五行に関して。

九二

ヘシオドスもミノスについて同じようなことを言っている。

彼は死すべき族《やから》の王の中の王、
ゼウスの王笏を持って、近隣最大の民を
治めたばかりでなく、多くの王たちをも支配した。

出典　伝プラトン『ミノス』三二〇D。

九三

……………………

一―一四行は破損が甚だしいが、パシパエがクレタ島のイダ山に送られ、ニュンフたちに育てられたらしい。後にミノスと結婚してアンドロゲオスを生む。牡牛が彼女を見つめて恋に落ち、人と獣の間にミノタウロスが生まれる。

彼女（パシパエ）は身籠って、ミノスにと力強い息子を生んだ。
見るも驚きで、足に到るまで姿は人間に近いが、上の方には、牡牛の頭が生えていた。

出典　パピュロス（Tebtynis papyrus 2354）。

註　よく知られた話では、パシパエは太陽神ヘリオスとペルセイスの娘で、キルケの姉妹。クレタ島に来てミノスの妻となる。ミノスがポセイドンに美しい牡牛を捧げることを惜しんだため、神の怒りで、パシパエがこの牡牛に恋することになる。彼女は、名匠ダイダロスに作らせた牝牛の模型の中に入って牡牛と交わり、生まれたのが牛頭人身のミノタウロスである（アポロドロス『文庫（ギリシア神話）』三-一-四）。

九四

王なるエウリュギュオス

出典　ヘロディアノス『アクセント大全』

註　ミノスの子アンドロゲオスの別名としての「エウリュギュオス」はヘシオドスの第三巻に見える、として。

九五

「エウリュギュエスのための競技会」、メレサゴラスによると、ミノスの子アンドロゲオスはエウリュギュエスとも呼ばれた。アテナイのケラメイコスで彼のための葬送競技が行なわれた。ヘシオドスにも次の詩行、

未だ少年のエウリュギュエス、聖なるアテナイの、

出典　ヘシュキオス『辞典』ε 四四九九。
註　よく知られた話形では、アンドロゲオスがアテナイで非業の死を遂げたため、ミノスは艦隊をもってアテナイを攻め、毎年七人ずつの少年少女をクレタに送りミノタウロスの餌食にするよう強制した（アポロドロス『文庫（ギリシア神話）』三-五-七以下）。
　メレサゴラスとあるのはアメレサゴラス、前三〇〇年頃の神話作家か。

ボレアスの子らとハルピュイアイの世界巡り

九六
ヘッラニコスによると、（ピネウスは）アゲノルの子だが、ヘシオドスの言うには、アゲノルとカッシエペイアの子ポイニクスの子である。
出典　アポロニオス（ロドスの）『アルゴナウティカ』二-一七八（アゲノルの子ピネウス）への古註。

九七
（『名婦列伝』中の）「世界巡り」と呼ばれる箇所でヘシオドスは、ピネウスがハルピュイアたちによって、荷車を家にするガラクトパゴイ（馬乳常食者）の地まで、運ばれた、という。

出典　ストラボン『地誌』七-三-九が引くエポロス。

註　ピネウスは盲目の予言者（失明した理由については断片一〇五参照）。ハルピュイア（頭が女性の怪鳥、疾風の精）たちが彼の食物を奪い食卓を汚し続けたが、ゼテスとカライスの兄弟（北風《ボレアス》の子、アルゴ船の乗組員、有翼）に退治された。兄弟が怪鳥を追い払い追跡しながら世界巡りをする場面が断片九八で描かれる。

九八

……………………

エチオピア人」にリビュア人、それに馬乳を搾るスキュタイ人を。
ヘパイストスは」権勢並びなきクロノスの子（ゼウス）の息子として生まれ、
（ゼウスの）孫としては」黒人族《メラネス》に雄々しいエチオピア人、
それにカトゥダイオイ（竪穴族）に弱々しいピュグマイオイ（小人族）、
これらは全て」威力あるエリクテュポスの一統である。
これら全ての民を」巡って、彼らは矢のように飛び続けた。
　」駿馬に富むヒュペルボレオイ人の。
　」広範に広がる民を豊かに養う、
深き流れのエリダノスの」激湍に沿って、
　」琥珀の。

アトラスの］険しい山と突兀たる［アイトナ山を、
　　］オルテュギア島とライストリュゴネス族を。
強大なポセイ］ドンの息子として生まれた者。
そのまわりを］行きつ戻りつ、ぐるりぐるりと輪を描いた、
一方は摑もうと、他方は振り切って逃げようと［必死になって。
意気軒昂たる［ケパッレ］ニア人の部族の中へも飛びこんでいった。
これは臈《ろう》たけたニュンフ、カリュプソがヘルメス［にと生んだ民だ。
それから、アレトスの子なる首領［ニソスの地へも。
セイレンたちの玲瓏たる［歌声も聞いたが、彼女たちを、
　　］天翔ける足をもって

……………………

出典　パピュロス（Oxyrhynchus papyrus 1358 fr. 2 col. I）。

註　一六行、「ヘパイストス」はMostの案で、断片九九がその根拠にされている。

一八行、カトゥダイオイは「地面より下の人々」の意で、ヘロドトス『歴史』四－一八三のトログロデュタイ（穴居エチオピア人）と同じものであろう。ピュグマイオイはピュグメー（握りこぶし）程も小さい小人族。

一九行、エリクテュポスは「轟音響かせる」の意で、普通はポセイドンの枕詞。ここではヘパイストスを指す

と考えられる。

二一行、ヒュペルボレオイはボレアス（北風）の彼方に住む極北人。

二三行、エリダノスは世界の西北端にある川。ポー川、ローヌ川などに擬せられるが、ヘロドトス『歴史』三―一一五などはその存在を疑う。パエトンが父ヘリオス（太陽神）の戦車を御すことができずエリダノス川に墜落。姉妹たちがその死を嘆いて流した涙が琥珀になったという。

二五行、アトラスは元、巨神族。ペルセウスにゴルゴンの首を見せられて石になり、アトラス山脈になる。

二六行、オルテュギア島は「鶉島」、シラクサ東岸の小島かという。ライストリュゴネスは人食い巨人の一族で、シケリア島に住むかとされる。

二七行、この行は意味をなさず、後人による挿入であろうと考えられる。

三三行「セイレンたち」、追跡するゼトスとカライスも追われるハルピュイアたちも共に猛スピードで飛行するので、セイレンの歌声に誘惑される（ホメロス『オデュッセイア』一二―三九以下参照）遑《いとま》さえなかった。

九九
ヘシオドスによると、（ヘパイストスは）黒人族《メラネス》、エチオピア人、カトゥダイオイ（竪穴族）、ピュグマイオイ（小人族）の親でもあった。
出典　ピロデモス『敬虔について』B7504-09 Obbink.

一〇〇

ヘシオドスが初めて怪鳥グリュプスのことを語った。

出典　アイスキュロス『縛られたプロメテウス』八〇三への古註a。

註　グリュプスはライオンの体に鷲の頭と翼をもつ。

一〇一

ヘシオドスがヘミキュネス（半分犬）やマクロケパロイ（長頭族）やピュグマイオイ（小人族）のことを語るからといって、彼の無知を非難する者はあるまい。

出典　ストラボン『地誌』一-二-三五が引くアポロドロス（前二世紀、文献学者）『船のカタログについて』

註　ヘミキュネスはヘロドトス『歴史』四-一九一に見えるキュノケパロス（犬頭人）と同じかと考えられる。猿の一種、または仮面をかぶった民かと推考される。

一〇二

マクロケパロイ（長頭族）、このように呼ばれる民がいる。ヘシオドスも『名婦列伝』三巻でそれに言及している。

出典　ハルポクラティオン『アッティカ十大弁論家用語辞典』*Μακροκέφαλοι* の項。

一〇三

ハルピュイアたちが追跡される間に、その一人がペロポンネソス半島のティグレス川に墜落した。その川は彼女に因んで、今はハルピュス川と呼ばれている。このハルピュイアの名は一説にニコトエ、別の説ではアエッロプスである。もう一人のオキュペテ、ある説ではオキュトエ、ヘシオドスによるとオキュポデは、プロポンティス（マルマラ海）を下ってエキナデス諸島まで逃げ延びた。これは今、彼女に因んでストロパデス諸島と呼ばれている。それは、彼女がこの島まで来たところで方向を変え、浜辺で疲労困憊して、追跡者共々落下したからである。

出典　アポロドロス『文庫（ギリシア神話）』一-九-二一。

註　「方向を変えた」のギリシア語 *ἐστράφη*（エストラペー）に基づく地名由来譚。

一〇四a

プロタイ諸島（浮き島）はストロパデス諸島に名を変えた。ゼテスの一行がここで方向転換し、ゼウスに祈ったからである。ヘシオドスも語っている。

ここで二人は、高空を知ろすアイノスの神（ゼウス）に祈った。

アイノスというのはケパッレニア島の山で、ゼウスの神殿がある。（中略）アポロニオス（ロドスの）は、ゼテス一行を方向転換させたのはイリス（虹）だと言うが、ヘシオドスはヘルメスだと言う。プロタイ諸島はシケリア海にある。

出典　アポロニオス（ロドスの）『アルゴナウティカ』二—二九六—二九七への古註b。

一〇四b

別の説によると、ストロパデス諸島という名称は、彼らがここで方向転換して、ハルピュイアたちを摑まえさせたまえ、とゼウスに祈ったことによるという。ヘシオドスとアンティマコス（前四〇〇年頃、学匠詩人）とアポロニオス（ロドスの）によると、ハルピュイアたちは殺されてはいない。

出典　アポロニオス（ロドスの）『アルゴナウティカ』二—二九六—二九七への古註a。

一〇五

ピネウスが明を奪われた理由について、ヘシオドスは『大エーホイアイ』では、彼がプリクソスに道を教えたためと言い、『列伝』三巻では、視力より長寿を選んだからだという。マリアンデュノスとテュノスはピネウスの子だと言われている。

出典　アポロニオス（ロドスの）『アルゴナウティカ』二—一七八—一八二への古註。

註　アタマスの息子プリクソスと娘ヘッレは継母イノに迫害され、金毛の羊の背に乗り逃げる（断片三八参照）。ヘッレは海に墜落するが、残ったプリクソスにピネウスがコルキスへの道を教えたのであろう。

一〇六

ヘシオドスの言うところでは、アドニスはアゲノルの子ポイニクスとアルペシボイアの息子であった。

出典　ウェルギリウス『牧歌』一〇-一八へのプロブスの註釈。（ラテン語）

一〇七

アドニスはまだ少年であった時に、アルテミスの怒りを蒙り、狩りの最中に猪に殺された。ヘシオドスは彼をポイニクスとアルペシボイアの子としている。

出典アポロドロス『文庫（ギリシア神話）』三-一四-四。

一〇八

νοῦθος（ヌートス）、名詞である。地面の重い響きの意。ヘシオドスの第三巻に見える。

足元に、重い響きが沸きおこった。

出典　ヘロディアノス『不規則語について』四二（Lentz, Herodiani Technici reliquiae, II. p. 947. 26）。

註　この行には νοῦθος と δοῦπος（ドゥーポス、重い音）と名詞が二つあって、解釈が難しい。

一〇九
σφιν（スピン、彼らに）、これのみ後倚辞である。ヘシオドスの第三巻にあるように、文頭に置かれた場合、アクセントを持つのが正しい。

彼ら自身にとって（σφὶν δ᾽ αὐτοῖς）大いなる災い

出典　アポロニオス・デュスコロス『代名詞について』九八頁七（Schneider-Uhlig）。

第　四　巻

第三巻と第四巻の区切りが不明であるが、Most に従って仮にここから第四巻としておく。

ペラスゴスの子孫たち、断片系図(7)

一一〇a
ペラスゴスは大地から生まれた、とヘシオドスは言う。

出典　アポロドロス『文庫（ギリシア神話）』二‐一‐一。

一一〇b

ここでペラスゴスの話に戻ると、アクシラオス（前六世紀、神話作家）は彼をゼウスとニオベの子とするが、ヘシオドスは大地から生まれた人だという。

出典　アポロドロス『文庫（ギリシア神話）』三-八-一。

一一〇c

Pelasgi（ペラスゴイ人）というのは大地の子ペラスゴスから出た者たち。ヘシオドスも伝えるとおり、彼はアルカディアで生まれたと言われている。

出典　ウェルギリウス『アエネイス』二-八四へのセルウィウス註釈。

註　ペラスゴスなる人物は神話中に何人も現われ、その子孫とされるペラスゴイ人は、広くギリシアの先住民を指す名称となっている。

一一一

この部族（ペラスゴイ人）がアルカディア地方から出たという説は、エポロスに先駆けてヘシオドスが始めた。すなわち、こう言っている。

神にも紛うリュカオンから息子たちが生まれた。

その昔、ペラスゴスが儲けた男だ。

出典　ストラボン『地誌』五-二-四。

一二二

パッラティオンはアルカディアの町。リュカオンの息子の一人パッラスから出た呼称。ヘシオドスが言う。

出典　ビュザンティオンのステパノス『地理学辞典』*Παλλάτιον* の項。

一二三

誉れも高いメリボイアが梣《トネリコ》の槍も見事なペッロスを生んだ。

出典　ヘロディアノス『不規則語について』一一（Lentz, Herodiani Technici reliquiae, II. p. 918. 7）。

註　メリボイアは一説にニオベとアンピオンの娘。子福者のニオベが女神レトには二子しかないことを罵ったため、アポロンとアルテミがニオベの子らを射殺す。息子ではアミュクラス、娘ではメリボイアだけが生き残ったが、彼女は恐怖で蒼白（*χλωρός*, クローロス）となり、名がクロリス（Chloris）に変わったという（パウサニアス『ギリシア案内記』二-二一-九）。

一二四
リュカオンのゼウスに対する「罪」、とヘシオドスが言う事柄については、リュコプロンへの註釈家たちが説明している。

出典　ホメロス『イリアス』二-六〇八へのエウスタティオス註解。

註　リュカオンの五〇人の息子たちは不敬で、ゼウスが身を窶して来訪した折り、人肉を料理して供した。ゼウスは父子を雷霆で撃ったという（アポロドロス『文庫（ギリシア神話）』三-八-一）。リュカオンには*Λύκος*（リュコス、狼）との関連から、人狼伝説も纏わりついている（パウサニアス『ギリシア案内記』八-二-一―六）。

一二五
エウメロス（前八世紀末、叙事詩人）その他の人々は、リュカオンから娘カッリストも生まれたと言う。ヘシオドスは、彼女はニュンフの一人だと言う。

出典　アポロドロス『文庫（ギリシア神話）』三-八-二。

註　カッリストはアルテミスの狩りの伴をして処女性を守っていたが、ゼウスが彼女に恋し、ヘラの眼を盗むために彼女を熊（*ἄρκτος*, アルクトス）に変えた。この熊はヘラまたはアルテミスの怒りによって射ころされた。死女から取り出された子がアルカス（アポロドロス前掲箇所）。

一一六

Αἰπύτιον. 「アイピュトスの」の意味で、「アイピュトスの墓」（ホメロス『イリアス』二-六〇四）とある。これはアルカディアの英雄で、ヘシオドスがこう言っている。

一方、アイピュトスはトレセノルとペイリトオスを儲けた。

出典　ソフィストのアポロニオス『ホメロス語彙集』α 一二九。

一一七

……………………］不死なる神々は大いに喜んだ。
彼がこう言うと（テウトラスは）］震え上がり、冷たい汗が流れた。
目の前にまざまざと現われた［神々の］話を聞いたからだ。
彼は乙女（アウゲ）を受け取ると］、屋敷内で傅《かしず》き育て、
わが娘たちと変わらず尊んだ。
彼女は］怪力ヘラクレスと愛の［交わりをして、
アルカスの裔、ミュシア人の王となるテレポスを［生んだ。
アジアの地に育つ最高の名馬［

高貴なラオメドンの馬を求めて、進軍する時のことだ。
雄々しい［ダルダノスの裔（トロイア人）の］族を殺し、
］その全土から追い出した。
だが、テレポスは］、青銅を身に纏ったアカイア人を逃れ、

……………………

出典　パピュロス（Oxyrhynchus papyrus 1359 fr. 1）。
註　通説では、テゲアの王アレオスの娘アウゲはヘラクレスに犯され、秘かに生み落とした赤子を神域に捨てる。この冒瀆が因で疫病が生じ、見つけられた赤子は山に遺棄されるが鹿が乳を与え、羊飼いが拾ってテレポスと名付ける。アウゲはミュシア（小アジア西部）に売り飛ばされ、そこの王テウトラスの妻になる。本断片では、ラオメドンの馬を求めて（断片六九参照）トロイアに向かうヘラクレスが、テウトラスに傅育されているアウゲを愛する。話変わって、後年、トロイア遠征のアカイア軍（ギリシア軍）がミュシアをトロイアと思いこんで上陸した時、防戦に出たテレポスはアキッレウスに傷つけられる。

アトラスの娘たち、断片系図(8)

一一八

愛らしいタユゲテに青黒い眼のエレクトラ、
アルキュオネにアステロペに神の如きケライノ、

マイアにメロペ、輝かしいアトラスはこれらの女を儲けた。

出典　ピンダロス『ネメア祝勝歌』二-一一（「山住みのプレイアデス」）への古註。

註　七人の姉妹は母プレイオネの名からプレイアデスと呼ばれる。処女性を守っていたが、オリオンに迫られ、姿を変えることを神々に祈り、ゼウスにより星にされた。プレイアデス星団、昴《すばる》である（ホメロス『イリアス』一八-四八六への古註A）。

一一九

キュッレネの山にて、（マイアは）神々の伝令ヘルメスを生んだ。

出典　断片一一八に同じ。

一二〇

……………………

一—五行は破損が甚だしいが、タユゲテの孫アミュクラスがラピテスの娘ディオメデを娶ったことが窺える

彼女（ディオメデ）は美丈夫［ヒュアキントスを生んだ。　六

未だ髪切り詰めぬポイボス」自らが、
心ならずも無情の」円盤で［彼を殺めた。

出典　パピュロス（Oxyrhynchus papyrus 1359 fr. 4）。
註　「未だ髪切り詰めぬ」というのは未成年の印。アポロンの場合は永遠の青年である。よく知られた話では、アポロンは美少年ヒュアキントスを愛し、二人で円盤投げを楽しんでいたが、跳ね返った円盤で少年は死ぬ。神はそこに血の色の花を生え出でさせる（オウィディウス『変身物語』一〇-一六二以下）。

三二

……………………

（エレクトラが）黒雲を集めるクロノスの子（ゼウス）に屈服して生んだのは、
ダルダノス［
それにエエティオン［
彼はかつて、［豊かに養うデメテルの臥牀《ねどこ》に近づいた。
人間と神々の父（ゼウス）は、領主」エエティオンを、
白熱の雷火で撃ち殺した」
あろうことか、デメテルと褥で愛を交わした」からである。

一方、ダ［ルダノスは
彼からエリ［クトニオスと
イロスが［

出典　パピュロス（Oxyrhynchus papyrus 1359 fr. 2）。

一三二
ヘシオドスに *Τρωός*（トロオス）が見える。

テウクロスの子トロオス

出典　ホメロス『イリアス』七-七六への古註、二-二二五頁五五―五六（Erbse）。
註　*Τρωός* は *Τρώς*（トロース）の属格形であったものが主格に変わった、というのである。*μάρτυρος*（マルテュロス、証人）が元は *μάρτυς*（マルテュス）の属格形であったことの類例として引かれる。

一三三
テクストは破損が甚だしいが、次のような内容が考えられる。アルキュオネはポセイドンに愛されてアイトゥサを生む。彼女はアポロンに愛されてエレウテルを生む（ここまで、アポロドロス『文庫（ギリシア神話）』三-一〇-一）。エレウテルの子イアシオン、その娘アストレイス、彼女をアポロンが愛する。

出典　パピュロス（Oxyrhynchus papyrus 2497 fr. 1, 2496 etc.）。

一二四
あるいはまたこのような女。ボイオティアのヒュリア（町）が育てた乙女。
出典　ホメロス『イリアス』二-四九六への古註A。
註　アルキュオネとポセイドンの子ヒュリエウス、その子ニュクテウス、その娘アンティオペのこと。ゼトスとアンピオンの母である。エウリピデスの失われた悲劇『アンティオペ』では、双児の兄弟アンピオンの観照的生（vita contemplativa）と、ゼトスの活動的生（vita activa）が対比されていた。

一二五
ヘシオドスその他の人々は、ゼトスとアンピオンは竪琴を奏でてテーベの城壁を築いたと伝える。
出典　パライパトス『信じがたい物語』四一。
註　アンピオンの竪琴の調べに石が自ずから動いて城壁を成したという（アポロドロス『文庫（ギリシア神話）』三-五-五）。

一二六
ゼトスはテーベを娶ったが、テーバイの名は彼女に由来する。アンピオンはタンタロスの娘ニオベを娶り、彼女は七人の息子と同数の娘を生んだ。(名前は省略)。ヘシオドスはしかし、一〇男一〇女であると言う。

出典　アポロドロス『文庫(ギリシア神話)』三-五-六。

註　ニオベが子沢山を誇り、二人しか子を持たぬ女神レトを罵ったため、息子たち娘たちがアポロンとアルテミスに射殺されたことは、断片一一三への註参照。

一二七

ニオベの子供の数については古人の間でも一致しないようである。ホメロス(『イリアス』二四-六〇三)は六人の息子と同数の娘、ラソス(前六世紀、詩人)は一四人、ヘシオドスは一九人だと言っている。但し、ヘシオドスには偽作が多々含まれるが、この詩行が彼のものとしての話である。

出典　アイリアノス『ギリシア奇談集』一二-三六。

一二八

ヘシオドスその他の詩人の言うには、マカレウスはゼウスの子クリナコスの子であった。当時はイオニア、今はアカイアと呼ばれる地方のオレノスに住んでいた。

出典　シケリアのディオドロス『世界史』五-八一。

一二九
一説によると、マカレウスはポセイドンとアルキュオネから生まれたヒュリエウスの子クリナコスの子であった。
出典　ホメロス『イリアス』二四-五四四への古註T。

一三〇
ヒュペレスの娘アレトゥサは、ボイオティアのエウリポス（海峡）でポセイドンと交わり、カルキスでヘラによって泉に変身させられた。
出典　パピュロス（Michigan papyrus inv. 1447 ii 7–9）。
註　アレトゥサという名の泉は多いが、これはエウボイア島のカルキスにあるもの。最も名高いのはシュラクサ湾内の小島オルテュギアにあるもの。これは元はペロポンネソス半島エリス地方のニュンフで、アルペイオス河伯に追われた折り、アルテミスによって地に潜らされ、海底を潜ってオルテュギア島に湧き出た。

一三一
一七行からなる本断片は破損が甚だしいが、アバス（アレトゥサとポセイドンの子。エウボイア島の住民アバンテスの名祖）、エレペノル（その子）、アバンテス、大地を揺する神（ポセイドン）の名が見える。

出典　パピュロス（Milan papyrus 39）。

一三二

ホメロスは全体としてのペロポンネソスを知らなかったが、ヘシオドスは知っていた、と註記する人々がいる。

出典　ホメロス『イリアス』九-二四六への古註A。

註　ペロポンネソスは「ペロプスの島」の意味で、この名は『アポロン讃歌』や叙事詩『キュプリア』梗概に見える。

一三三

〔アトレウスとテュエステスは〕身内同士の流血を企んだ。
神の如き女（ヒッポダメイア）は［息子たちに続けて、屋敷内にて］娘たちを生んだ。
リュシディケにニキッ］ペにアステュダメイアだ。
ペルセウスの息子たちが［この女たちと縁組みをした。
アステュダメイアを若草の妻にしたのは、
アルカイオス、神々にも匹敵する知恵者だ。
……………
ニキッペを娶ったのは、怪力ステネロスの君、

一〇―一五行は破損が甚だしいが、ニキッペとステネロスの子エウリュステウスが、ヘラクレスに難業を課すことが語られているらしい。

出典　パピュロス（Oxyrhynchus papyrus 2502）。

註　ペロプスがオイノマオスの娘ヒッポダメイアの求婚に行く物語は現存する断片中に見えないが、オイノマオスが求婚者に難題を課し殺していったことは、断片一九七ａから窺える。そこへの註参照。

一三四

ステネロスの妻とは、ある者はペロプスの娘アンピビア、ある者はアンピダマスの娘アンティビアとするが、ヘシオドスはペロプスの娘ニキッペだという。

出典　ホメロス『イリアス』一九―一一六への古註T。

一三五

オイディプスがテーバイで死んだ時、アドラストスの娘アルゲイアその他の人々が彼の葬儀に出かけたことは、ヘシオドスも言っている。

出典　ホメロス『イリアス』二三―六七九への古註T。

一三六

一—九行は破損が甚だしいが、アルゴスの英雄アルクマイオンがオイディプスの葬送競技に参加して驚嘆されたことが窺える。以下話が変わる。

……………………

エレクトリュオンは馬と」堅固な造りの戦車にて、
ペロプスのいとも美しい娘「リュシディケを連れ帰った。
彼女は彼と一つ臥牀《ねどこ》に上がって「息子たちを生んだ。
英雄ゴルゴポノスに槍武者ペリ「
」ノミオスにケライネウスにアンピマコス、
デイマコス」にエウリュビオスに名高いエ「ピラオス、
しかし彼らを」、船で名高いタポス人が殺してしまった。
エキナイ「諸島から」、海の広い背を漕ぎ渡り、
とろとろと歩む牛を」奪いに来た時のことだ。
ただ一人残った「アルクメネ、リュシディケと、
高貴な」エレクトリュオンの娘こそ、両親の喜び、

……………………

出典　パピュロス（Pubblicazioni della Società Italiana. 131）他。

註　海賊の民とされるタポス人とテレボアイ人がエレクトリュオンの牛を奪いに来て、アルクメネの兄弟たちを殺した。アルクメネは夫アンピトリュオンに復讐を託すが、夫がタポスに遠征している間に、ゼウスが彼女に通ってヘラクレスを生ませる。『ヘラクレスの楯』一六以下参照。

アトレウスの子孫

一三七a

ホメロスによると、アガメムノンはペロプスの子アトレウスの子で、母はアエロペであるが、ヘシオドスによると、プレイステネスの子である。

出典　ホメロス『イリアス』一・七への古註D。

一三七b

ヘシオドスとアイスキュロス（『アガメムノン』一五六九、一六〇二）によると、アガメムノンもメネラオスも等しく、アトレウスの子プレイステネスの子とされている。しかしホメロスによると、皆アトレウスの子に他ならない。（中略）。ヘシオドスとアイスキュロスとその他の詩人の説では、プレイステネスはアトレウスとアエロペの子で、アガメムノンとメネラオスとアナクシビアは、プレイステネスとディアスの娘クレオッラの子なのである。プレイステネスが若くして死に、子供たちは祖父のアトレウスに育てられたために、一般に「アトレウスの子」と見なされたのである。

出典　ツェツェス『イリアス』一・一二二への註解。

一三七c

ホメロスによると、アガメムノンとメネラオスはペロプスの子アトレウスとアエロペの子である。アエロペはカトレウスの娘でクレタ島の出身。ヘシオドスによると、二人の父プレイステネスは両性具有もしくは不具者で、女の衣装を着用していた。

出典　ツェツェス『イリアス』一・一二二への註解への古註。

一三八

（プレイステネスは）クレタ島より］連れ帰った、［
カトレウスと髪麗しい水の精との娘］
］踝美しいアエロペを。
］館へと、愛しい妻と呼ぶためだ。
彼女が生んだのは、］ビオスにアレスの寵児メネラオス、
そして神の如き［アガメムノン、彼は広大なアルゴスを、

」父親に。王であり支配者であった。
あるいはまたこのような女もいた。館と父祖の地を捨て、
出典　パピュロス（Oxyrhynchus papyrus 2494A）他。
註　八行から「アルクメネの物語」に入り、『ヘラクレスの楯』一―五六行に同じ。その古伝梗概参照。

一三九
『楯』の開巻五六行までは『名婦伝列（カタロゴス）』の第四巻で伝承されている。
出典　『ヘラクレスの楯』の古伝梗概。（全文はそこを参照）

一四〇

………………

（ヘラクレスは）」雪深き［オリュンポスに、
来る日も来る日も］憂いなく、［恙なく暮らしている、
偉大なるゼウスと］黄金の［沓を履く］ヘラの娘、
愛くるしいへべを］妻にして、［不死不老の身で。
以前にはこの男を、白き腕《ただむき》のヘラは］、

一〇

至福なる神々と死すべき人間の、誰よりも憎んでいたが」、
今や愛すること深く」、神威至大の［クロノスの子は別として、
どの神よりも］彼を尊んでいる。
……………………

出典　パピュロス（Oxyrhynchus papyrus 2493）。

一四一
ロドスのアポロニオスは第三巻で、文体およびヘラクレスの手綱執りをするイオラオスが『名婦列伝』でも見られる事実から、『楯』をヘシオドスの作だと述べている。

出典　『ヘラクレスの楯』の古伝梗概。

アソポスの子孫、島々と町の祖、断片系図(9)

一四二
オンケストス、杜である。ホメロスに「ポセイドンの輝かしい杜、聖なるオンケストス」（ホメロス『イリアス』二-五〇六）とある。ハリアルトス人の領内にあり、ボイオトスの子オンケストスにより造られた。ヘシオドスが言う。

出典　ビュザンティオンのステパノス『地理学辞典』Ὀγχηστός の項。

註　アソポス（シキュオン辺を流れる川）はオケアノスとテテュスの子、ポセイドンとペロの子、ゼウスとエウリュノメの子などとされ、夥しい娘の中には地名の祖となるものが多い。ボイオティア地方の名祖となったボイオトスは、アイオロスの娘アルネとポセイドンの子。Most はアルネをアソポスの娘としている。

一四三

サラミスは昔は別の名前で呼ばれていた。ある英雄に因んでスキラスとかキュクレイアなどと。（中略）キュクレウスに由来する「キュクレウスの蛇」というものがあるが、ヘシオドスによると、この蛇はキュクレウスに育てられたが、島を害するので、エウリュロコスによって駆逐された。デメテルがそれをエレウシスに受け入れ、蛇は女神の従者になった。

出典　ストラボン『地誌』九-一-九。

註　サラミス島の名祖サラミスは、アソポス河伯の娘。ポセイドンに愛されてキュクレウスを生む。

一四四

ヘシオドスは、アレテはアルキノオスの姉妹だと考えている。

出典　ホメロス『オデュッセイア』七-五四への古註。

註　ホメロス『オデュッセイア』前掲箇所では、アルキノオス（パイアケス人の王、漂流中のオデュッセウスを歓待した）はナウシトオスの子で、姪にあたるアレテを妃にしている。別伝では、アソポスの娘コルキュラ（同名の島の名祖）とポセイドンの子がパイアクス（パイアケス人の名祖）、その子がアルキノオスである（シケリアのディオドロス『世界史』四-七二-三）。

一四五

ミュルミドン人について、ヘシオドスはこう言っている。

彼女（アイギナ）は身籠ると、戦車を駆って戦うアイアコスを生んだ。
（数行失われている模様）
だが彼がいとも愛らしい青春の盛りに達すると、
独りであることに鬱屈した。人間と神々の父（ゼウス）は、
美しい島にいる限りの蟻を、
男たち、そして帯を深く締めた女たちに変えた。
彼らは舳艫《じくろ》反り返る船を初めて接《は》ぎ合わせ、
海渡る船の翼なる帆を、初めて取り付けたのだ。

出典　ピンダロス『ネメア祝勝歌』三-一三への古註、他。

註　アイギナ島の名祖アイギナはアソポスの娘、ゼウスとの間にアイアコスを生む。ミュルミドン人の起源につ

いては様々に語られるが、後代に作られた説では、アイギナ島の住民が疫病で死に絶えた時、アイアコス王の祈りに応じて、ゼウスが蟻（ミュルメクス）から作り出した民がミュルミドン人と呼ばれた（オウィディウス『変身物語』七‐五二三以下）。

一四六
（マケドニア兵は）苦役を厭わぬことは並外れた人々で、ヘシオドスがアイアコスの子孫たちを指して、
戦争を、まるで宴のように楽しむ
というようなものである。
出典　ポリュビオス『歴史』五‐二。
註　アイアコスの子孫とは子のペレウスやテラモン、孫のアキッレウスやアイアスをいう。

一四七
パトロクロスはアキッレウスの親戚でもある、と古い歴史が伝えていることを知るべきである。その歴史が伝えるヘシオドスによると、パトロクロスの父メノイティオスはペレウスの兄弟だというから、（アキッレウスとパトロクロスは）従兄弟同士となるのである。
出典　ホメロス『イリアス』一‐三三七へのエウスタティオス註解。

一四八
アッキウスは言う、ホメロスは『イリアス』の冒頭で、アキッレウスはペレウスの子だと言いながら、ペレウスが何者であるかは付言していない。そのことは既にヘシオドスが語っているのをもし見ていなかったならば、ホメロスも必ずやそれを語ったであろう。

出典　アウルス・ゲッリウス『アッティカ夜話』三-一一（証言三参照）。

一四九
ホメロスは恥ずかしい事柄の場合には、「交わりを欲しない私に」のように簡潔に表現して、ペレウスとアカストスの妻の物語を長々と語るヘシオドスのようには言わない。

出典　ポルピュリオス『イリアスに関するホメロス問題』九三頁一七（Schrader）。

註　ベッレロポンテスがアルゴス王プロイトスの許に客となった時、王妃アンテイアが美貌の客人に言いよるが斥けられ、「交わりを欲しない私に彼が情交を迫った」と夫に讒言する（ホメロス『イリアス』六-一六〇以下）。ペレウスがイオルコス王アカストスの客となった時、王妃アステュダメイア（またはヒッポリュテ）が客人に恋慕し、斥けられて却って客人に迫られたと夫に讒言する（アポロドロス『文庫（ギリシア神話）』三-一三-三）。断片一五〇はこの物語の一部であろう。

一五〇

彼（アカストス）の胸には、このような企みが最善だと思われた。
その場は自制して、世にも名高い足萎えの神（ヘパイストス）が
ペレウスのために鍛えた美しい短剣を、思いもよらぬ場所に隠すことだ。
険しいペリオンの山で、彼が独りでそれを探すうちに、
山住みのケンタウロスたちに、たちまち殺されるがよい、と思ったのだ。

出典　ピンダロス『ネメア祝勝歌』四‐五九への古註。

註（断片一四九への註を承けて）アカストスは妻の讒言を信じたものの、客人を自らの手で殺すことは憚られて、ペレウスをペリオン山に狩りに連れ出し、彼が眠ると剣を牛の糞の中に隠し、彼を置き去りにする。

一五一

『キュプリア』の作者によると、テティスはヘラを喜ばせるためにゼウスとの結婚を避けたが、ゼウスは怒って、テティスを人間に妻《めあ》わせると誓った。ヘシオドスでも似た話である。

出典　ピロデモス『敬虔について』B7241–50 Obbink.

註『キュプリア』はキュプロスのスタシノス作（前七世紀）の叙事詩、一一巻。テティスとペレウスの結婚、パリスの審判、ヘレネ誘拐等からトロイア戦争初期までを描く。

一五二

…………………

一―八行はかなり破損しているが、ペレウスがアカストスに復讐するためイオルコスの町を攻め滅ぼしたこと、戦利品と新婦テティスを連れてプティアに帰還することが語られていたようである。

…………………

］羊たちの母なるプティアに帰り着いた。
夥しい］財宝を、広大なイオルコスから持ち帰って、
不死なる神々に愛された、アイアコスの子［ペレウスは。
これを見た［人々は］、誰も彼も心に驚嘆を覚えた。
要害堅固な［町をよくも］滅ぼしたもの、［ときめきの結婚を
よくも果たしたものよと。そして、人みなこう言った。
「三倍も祝福されたアイアコスの子よ、四倍も幸せなペレウスよ」と。

…………………

一五―二〇行は再び破損が大きいが、神々がペレウスに特別の恩寵を与えたことが語られる。

出典　パピュロス（Strasbourg papyrus 7, 10）他。

一五三
ヘシオドスその他の詩人はペレウスの娘をポリュドラと呼ぶが、ゼノドトス（エペソスの、前四／三世紀）はクレオドラだと言う。
出典　ホメロス『イリアス』一六－一七五への古註T。

第五巻

ヘレネの求婚者

一五四a
Berlin papyrus 9739 col. I の辛うじて読みとれる一一行からは、テュンダレオス王の娘、黄金のアプロディテの艶《あで》姿《すがた》を有し、優美の女神《カリテス》の燦めきを帯びたヘレネの手を求めて、勇士たちがスパルタにやって来たらしい。
註　ヘレネの求婚者のリストは、アポロドロス『文庫（ギリシア神話）』三－一〇－八（三一人）、ヒュギヌス『神話集』八一（三六人）にもあるが、『名婦列伝』とは余り一致しない。ヘレネの父テュンダレオスは、選に漏れた求婚者たちの恨みを惧れて、ヘレネの婿に将来変事が生じた場合、他の求婚者たちは協力して助けること、という誓いを立てさせたから、トロイア戦争に従軍した勇士は求婚者と重なる筈である。しかし、ホメロス『イリアス』二歌の「船のカタログ」と『列伝』のリストも一致が少ない。

一五四b

いずれも黄金の鍋を手に持った、
優れた手技の心得ある女をこんなにも沢山（結納とした）。
そこで、カストルと剛力ポリュデウケスは、
（ヘレネの兄弟としての）権限で、彼を婿に決めるところであったが、
アガメムノンが、弟メネラオスのために求婚したのだ。
オイクレスの子、アンピアラオス王の二人の息子も、
至近のアルゴスから求婚に来たが、彼らを
神々の［　　　と人間たちの］憤りが［駆り立てた。

出典　パピュロス（Berlin papyrus 9739 col. II）。
註　六行「アンピアラオス王の二人の息子」はアルクマイオンとアンピロコス。

一五四c

だが、テュンダレオスの息子たちに欺瞞の振舞いはなかった。
イタケからは、神さびた力のオデュッセウスが求婚に来た。

ラエルテスの子で、抜け目のない巧知に長けていた。
彼は踝細い乙女のために贈物をすることはついぞなく、
それというのも、家畜の富でアカイア人中随一を誇る
金髪のメネラオスが勝つことを知っていたからだ。
その代わり、ラケダイモンへ、馬を馴らすカストルと、
賞品稼ぎのポリュデウケスに、たえず使者を通じていた。
　アイトリアからは、アレティアデスの神の如き息子、
［アンドライモン］の子トアスが求婚に来て、［計り知れぬ結納を差し出した。
夥しい数の銀色に輝く羊、［とろとろと歩む角曲がりの］牛を。

……………………

出典　パピュロス（Berlin papyrus 9739 col. III）。

註　オデュッセウスはヘレネに求婚せず、彼女の父テュンダレオスに、自分とペネロペイアの結婚のために助力して貰う代わりに、求婚者たちの間で争いが生じないよう策を授けたのである。すなわち、婿に選ばれた男に難儀が降りかかった場合、他の求婚者たちが一丸となって助けるよう誓約させろ、と言った（アポロドロス『文庫（ギリシア神話）』三―一〇―九）。

一五四d

馬を馴らすカストルと賞品稼ぎのポリュデウケスに。
その人を知らず、見たこともなけれど、人の噂を聞いて、
髪美しいヘレネの夫になりたいと憧れたのだ。
　ピュラケからは抽《ぬき》んでた二人の勇士が求婚に来た。
ピュラコスの子イピクロスの子、ポダルケスと、
アクトルの勝れた息子、傲然たるプロテシラオスだ。
二人とも、ラケダイモンへ、オイバロスの
勇ましい息子、テュンダレオスの館に宛てて、使者を通じていた。
彼らが夥しい結納を贈ったのも、女の聞こえが高かったからだ。
……………………

出典　パピュロス（Berlin papyrus 9739 col. IV）。

一五四e

髪美しい］アルゴスのヘレネの夫たらんと、
　　　　］切に望んだ。

アテナイからは［ペテオスの子メネステウスが求婚に来た。
夥しい結納を贈ったが、［莫大な］財宝を
所有していたからで、黄金に大釜に［鼎、
ペテオスの王］家が秘蔵する逸品であった。
英雄多しといえども、家畜の数と［幣物《へいもつ》で、
上回る者が］あろうとも思えず、誰よりも多く差し出し、
財宝で嫁迎えをせんものと心逸った。

……………………

出典　パピュロス（Berlin papyrus 9739 col. V）。

一五五

……………………

約四〇行が失われている。

求婚者の中でも、金髪のメネラオスに次ぐ多くの贈物をして、
彼は求婚した。髪美しいアルゴスのヘレネの

夫たらんと、その心に切に望んだのだ。
　サラミスからは、非の打ちどころなき戦士アイアスが求婚に来た。
結納に差し出したのはまことに彼らしい、驚くべき働きだ。
トロイゼンと海近いエピダウロス、
アイギナ島とマセスなど、アカイアの若者の領地、
蔭深いメガラと突き出たコリントス、
海沿いに住むヘルミオネとアシネ、それらの地から
とろとろと歩む牛と丸々と肥えた羊を奪って来て
与えると言ったのだ。長い槍の並びなき使い手なればこそだ。
　エウボイアから求婚に来たのは、人々の長エレペノル、
カルコドンの子で、雄々しいアバンテス人の首領だ。
贈物を山と積み、髪美しいアルゴスのヘレネの
夫たらんと、その心に切に望んだのだ。
　クレタから求婚に来たのは、強大な力をもつイドメネウス、
デウカリオンの子で、世に名高いミノスの血筋だ。
言い入れの使者を別に［立てず、
自ら漕ぎ座の多い黒い船を仕立てて、

オギュリアの海を渡り、黒い波をかき分けて、
勇ましいテュンダレオスの館に来たのも、［アルゴスの］ヘレネに
見《まみ》えん］がため、今や地上にくまなく広まった
人の［噂を］聞くためだけではなかった。
…………………
（テュンダレオスは）全ての求婚者に固い誓言を求め、
献酒と共に誓い［　　　］祈るよう命じた。すなわち、
腕《かいな》美しい娘との結婚に関して、誰も自分の意に反して
動いてはならぬ、力ずくで彼女を奪い、
憤懣と屈辱を遣ろうとする者があれば、
その男を懲らしめるべく、一丸となって当たれ、と
言いつけたのだ。一同たちまち得心したのは、
皆々我こそが結婚できると思っていたのだ。しかしながら、
アトレウスの子、アレスの寵児メネラオスが、最大の贈物で
全員にうち勝った。因に、ケイロンは森深いペリオン山で、
ペレウスの俊足の息子、最大の勇士の
未だ幼いのを育てていた。もしも神速のアキッレウスが、

ペリオンより家郷に戻り、未だ乙女のままなる
ヘレネに出会っていたなら、アレスの寵児メネラオスでも、
地上に生を享けるいかなる人間でも、求婚に敗れていたであろう。
さりながら、アレスの寵児メネラオスが、先んじて彼女を手に入れたのだ。
　彼女（ヘレネ）は屋敷内にて、踝美しいヘルミオネを生んだが、
思いがけぬことだ。全ての神々の心が、争いから
二つに割れた。この時、高空に鳴り響くゼウスが、
［果てしない大地の上に大乱を巻き起こすなどと］
驚くべき業を企てたからだ。はや彼は、言葉持つ人間の
夥しい群れを消滅させようと努めた。半神たちの命を
滅ぼす口実としては［
神々の子らが人間たちと［
至福なる神々は昔どおりに［
人間とは離れて［命の糧と］住処を持つようにと。
そこで、不死なる神々と］死すべき人間の
苛酷な戦いを設けた。人間には］苦しみの上にも苦しみを
……………………

至福なる神々のも、死すべき人間のも。
英雄たちが戦いの中で倒れゆくにつれ、
青銅の剣は、多くの武士《もののふ》の頭《こうべ》を冥府《ハデス》へと送り続けた。
だが（アポロンは）、父神の激しい心の趣に未だ気づかず、
あたかも、死の運命を逃れた人たちが子供のことを思って
喜ぶように、人類の一大事を企てる威力至大の
父神の、逸速き心の動きに喜んだ。
ゼウスの定めにより、ボレアス（北風）が激しく吹きつけると、
亭々たる大樹がかしぎ、美しい葉が夥しく
地に撒かれ、木の実が地上に降りしきる。
海もまた膨れ上がり、それに連れてものみな振動した。
人間の力は涸渇し、果実は減り続けた。
春の季節には、山にいる「毛なし」が、
大地の隠れ穴にて、三年《みとせ》に一度、子を三つ生《な》す。
春には、人の踏み跡を憎みつつ避けつつ、
山を下り、また鬱蒼たる茂みや森を上がって行く。
山峡や山の鼻を⌈

冬が来ると［

……………………

一三三行以下、暫く蛇の記述が続くが、一四三―一八〇行は各行に一、二語しか残らぬほど破損が甚だしい。

出典　パピュロス（Berlin papyrus 10560）。

註　『名婦列伝』の大尾となる断片である。ギリシア各地からヘレネの求婚者がやって来るが、メネラオスが贈物競争に勝つ（九三行まで）。ヘレネがメネラオスにヘルミオネを生んだことが「思いがけぬこと」（九五行）とされているのはなぜか。ゼウスはヘレネを若く美しいままに止め、パリスに誘拐させ、ひいてはトロイア戦争を引き起こそうと考えていたから、ヘレネがさっさと子を生んだことがゼウスにとって「思いがけない」というのが一つの解釈。しかし我々読者にとっては、ヘレネの求婚者の物語が終わったところで、突如ゼウスによる英雄世代の隠滅に話が移ることの方が思いがけないことである。

ともあれ、九五行以下ではゼウスの企てが語られる。英雄の世代を滅ぼすこと、神々と人間の共生がなくなったこと、常春の世界に春と冬の季節が生じたこと、等。九七行「果てしない大地の……」のテクストは意味をなさず、諸家の意見を基に訳行を埋めてある。一二九行「毛なし」は蛇を表わすケニング（謎言葉）。

一五六

リュコメデスはクレタ島の人、ヘシオドスがヘレネの求婚者のカタログを語るところでそう言っている。

出典　ホメロス『イリアス』一九-二四〇への古註bT。

註　断片一五五、五六行のクレタ人イドメネウスに続いて語られていたのであろう。

『名婦列伝』中場所不明の断片

ポセイドンとアポロン

一五七

ヘシオドスによると、ポセイドンが交わったのはアミュモネ、イピメデイア、［　　］、ラペテイア、メトネ、それに加えてプレイアデスの中のアルキュオネとケライノ、そしてカリュケ、メキオニケ、ラオディケ。それにエニペウス川に恋したテュロ、彼女はそこから子を生んでいる（断片二七）。ポリュボイア、不死でないゴルゴ（すなわちメドゥサ）。（中略）ムーサイを導くアポロンは、マカレウスの娘エウボイアに恋してアルゲイオスを儲け、交わった彼女の名を島の名前にした。兄弟（ヘルメス）の恋人ピロニスからはピランモンを儲け、アルシノエからはアスクレピオスを儲けた。ヘルメスと関係のあったアカカッリスにも眼をつけたし、キュレネ、アイトゥサ、ニュンフのアストレイス、それにトロポニオスの母親エピカステにも恋した。

出典　ピロデモス『敬虔について』B7430-46 Obbink.

一五八

ピンダロスはヘシオドスの『エーホイアイ』から物語を得ているが、その冒頭は次のようなものである。

あるいはまたこのような女。プティアなるペネイオス川のほとりに、
優美の女神《カリテス》から美しさを貰ったキュレネが住んでいた。

出典　ピンダロス『ピュティア祝勝歌』九-五への古註。

註　ピンダロスでは、アポロンはライオンと素手で戦うキュレネを見て驚嘆し、彼女をテッサリアからリビュアへと攫い、結婚してアリスタイオスを儲ける。

一五九

詩人はアポロンとキュレネの子アリスタイオスに呼びかけている。その人をヘシオドスは牧人アポロンと呼んでいる。

出典　ウェルギリウス『農耕詩』一-一四（「森の住人よ」）へのセルウィウス註釈。（ラテン語）

一六〇

］髪豊かなる［アリ］スタイオスを、
］マイアの子ヘルメスと共に、

］牧人の見張り役
］美しい館
（女たちは）］死んだ男のために準備をすべく
］名高いアルゴス女、
（彼らは）］彼女一人に与えた
］オピスの輝かしい業を

出典　パピュロス（Oxyrhynchus papyrus 2489）。
註　アリスタイオスは「牧人アポロン」（断片一五九）と呼ばれるように、牧人たちの監督を職掌とした。「死んだ男」はアリスタイオスで、母キュレネやニュンフたちが弔いの準備をするのか、あるいは、アリスタイオスとアウトノエ（カドモスとハルモニアの娘）の子アクタイオンの死をアウトノエたちが嘆くのか。「アルゴスの女」はアウトノエか、その母ハルモニアなどが考えられる。「……オピス」はアテネの枕詞 γλαυκῶπις（グラウコーピス、梟の眼の）かもしれない。

一六一a
アリスタイオスとアウトノエの子アクタイオンは、セメレ（アウトノエの姉妹）との結婚を望み［　　　］母方の祖父（カドモス）から［　　　］彼はアルテミスの意図で鹿に変身させられ、自分の犬たちに引き裂かれた。ヘシオドスが『名婦列伝』で語っている。

出典　パピュロス（Michigan papyrus inv. 1447 ii 1-6）。
註　アクタイオンはゼウスの愛人セメレとの結婚を望んだために、アルテミスにより鹿に変えられたようである。有名な話では、アクタイオンは沐浴するアルテミスの裸身を見てしまったために鹿に変えられ、自分の飼い犬たちに食い殺される（オウィディウス『変身物語』三-一三八以下）。彼の犬の名前については断片三〇五参照。

一六一b

アクタイオンのために妻を、『名婦列伝』にあるように［　　　］

出典　ピロデモス『敬虔について』B6552-55 Obbink.
註　テクストの校訂も不確実である。

一六二

（アルテミスは）不毛の大空を矢のように駆け抜けて、
ケイロンの大きな洞窟に到着した。水のニュンフを
心に適った妻として、ケイロンはそこに住んでいたのだ。
そこで彼女は、ピリュラの息子（ケイロン）に翼ある言葉をかけて言った。
「ケイロンよ、至福の神々同様、お前も知っているように、
誉れも高いセメレとアイギスを持つゼウスの

輝かしい息子、陽気なディオニュソスが、
満山緑の山」で、この犬どもを手飼いに
楽しむことになろう。だが、人間と神々の父が
彼を永遠にいます神々の中へと導いた暁には、
この犬どもだけが」この場に戻って来ることになる。
それ以後は、未来永劫、犬たちはお前のものだ」
アイギスを持つ偉大なゼウスの姫（アルテミス）はこう言うと、
　　」犬たちから狂気を取り除いた。
彼女は道の広がる「大地からオリュンポスへと、
永遠にいます不死なる神々の中へと」帰って行った。
犬たちには」アクタ「イオン、死んだ」主人への悲しみが
湧き起こった「
……………………

アクタイオンを引き裂いた犬たちが、アルテミスの差し向けた狂気から醒めて、主人の死に吠え悲しむ場面である。

出典　パピュロス（Oxyrhynchus papyrus 2509）。

一六三

ヘシオドスは、ケイロンがナイス（水のニュンフ）と結婚したと言っている。

出典　ピンダロス『ピュティア祝勝歌』四‐一〇三への古註。

一六四

あるいはまたこのような女。葡萄多《さわ》なるアミュロスの前面、ドティオンの平原なる、ディデュマの聖なる丘に住み、ボイベの湖に足を洗った、未だ男を知らぬ乙女。

出典　ストラボン『地誌』九‐五‐二二と一四‐一‐四〇。

註　ヒロインはコロニス（アポロンに愛されながら人間のイスキュスと関係したため殺される。胎から取り出されたのが医神アスクレピオス。ピンダロス『ピュティア祝勝歌』三）かとされるが、反論もある。

一六五

この作家たち（ヘシオドス、ディカイアルコス、クレイタルコス、カッリマコス等）が伝えるところでは、ラピタイ族の国でエラトス王にカイニスと呼ばれる娘が生まれた。彼女と交わったポセイドンが、望むことは何なりと叶えてやると約束したところ、彼女は自分を男に変えて、傷つけられぬ体にしてほしいと頼んだ。ポセイドンが望みを叶え、彼女は名もカイネウスと変わった。

出典　プレゴン『驚異譚』断片三七（Jacoby）。

一六六
メネスティオスの父アレイトオスはアルネに住むボイオティア人であったから、このアルネはボイオティアの町である。ヘシオドスも言っている。

出典　ホメロス『イリアス』七-九への古註T。

一六七
キッラの町に接してアイガの野もある。ヘシオドスが言う。

出典　ビュザンティオンのステパノス『地理学辞典』Αἰγά の項。

一六八
ネレウスの子ネストルの末の娘、
帯よく締めたポリュカステが、黄金のアプロディテの力で、テレマコスと交わり、ペルセポリスを生んだ。

出典　ホメロス『オデュッセイア』一六-一一七―一二〇へのエウスタティオスの註解。

アテナイに関する系譜

一六九

ブテスはポセイドンの息子だと言われている。ヘシオドスが『列伝』で言っている。

出典　ホメロス『イリアス』一-一へのエウスタティオスの註解。

一七〇

ヘシオドスはシキュオンをエレクテウスの息子とした。

出典　パウサニアス『ギリシア案内記』二-六-五。

一七一

メリテ、ケクロピス部族の区《デーモス》。ピロコロスは第三巻で、それはメリテに由来するという。メリテはヘシオドスによれば、ミュルメクスの娘である。

出典　ハルポクラティオン『アッティカ十大弁論家用語辞典』*Μελίτη* の項。
註　ケクロピスはアテナイの神話的な王ケクロプスに因んだ名。メリテ区はアテナイの中心部、アゴラに近く、テミストクレス、エピクロス等有名人が多数住んだ。

一七二

エウモルポスにドリコス、それに雄々しいヒッポトオン、

出典　ヘロディアノス『不規則語について』一〇（Lentz, Herodiani Technici reliquiae, II. p. 915. 22）。
註　エウモルポスはエレウシスの神官職を務めるエウモルピダイの祖。ヒッポトオンはヒッポトオンティス部族の祖。

一七三

馬を駆るケリュクス

出典　ホメロス『イリアス』一四-一一九への古註A。
註　ケリュクスはエウモルポスの子、エレウシスの神事を担ったケリュケス（ケリュクス族）の祖。

ヘラクレスの子孫、その他

一七四

θέσσασθαι（テッサスタイ）は「要求する、嘆願する」の意味で、ヘシオドスにこうある。

誉れも高いクレオダイオスの子孫を要求しつつ、

出典　アポロニオス（ロドスの）『アルゴナウティカ』一-八二四（「町に残った限りの男子を要求しつつ」）への古註。

註　クレオダイオスはヘラクレスの子ヒュッロスの子。ペロポンネソスの地への帰還を目指して果たせなかった。

一七五

（トレポレモスの母を、ホメロス（『イリアス』二-六五八）はアステュダメイアではなくアステュオケとしているが）、ヘシオドスもアステュダメイアだという。（中略）ピュラスの娘である。彼女はアミュントルの娘だとピンダロスは同所で言うが、ヘシオドスとシモニデスは、オルメノスの娘だという。

出典　ピンダロス『オリュンピア祝勝歌』七-二三への古註。

註　アステュダメイアとヘラクレスの子がトレポレモスである。ロドス島の軍勢を率いてトロイア戦争に参戦した。

一七六

イレウス、彼をゼウスの子アポロンの君が慈しんだ。
そして、彼にこの名を与えたのは、とあるニュンフを
優し《ヒレオーン》と思い、濃《こま》やかな愛の交わりをしたからだ。
ポセイドンとアポロンが、堅固な町の
城壁を、高く築いた日のことだ。

出典　『大語源辞典』Ἰλεύς の項（Gaisford）。

註　恐らくゼウスに反抗を企てた罰として、ポセイドンとアポロンはトロイア王ラオメドンに一年間仕えて、城壁を造ることになる。この時、神の卑しい労働に憐れみを覚えた一人のニュンフを、アポロンが「優し ἵλεων（ヒレオーン）」と感じ愛して、生まれた子にイレウス（ホメロスではオイレウスの形）という名をつけた。イレウスはロクリスのアイアス（小アイアス）の父である。

一七七

彼女は息子のトアスを生んだ。

出典　コイロボスコス『テオドシウス「文法典範」註解』一・一二三頁二二（Hilgard）。

註　トアスという英雄は何人もいるが、アンドライモンとゴルゲの子でアイトリア軍の指揮者、ヘレネの求婚者

（ホメロス『イリアス』二—六三八）、ディオニュソスとアリアドネの子でレムノス島の王、ヒュプシピュレの父（アポロニオス（ロドスの）『アルゴナウティカ』四—四二四）などが考えられる。

一七八

キュクノスはポセイドンと［カリュケ］の子で、アキッレウスに殺された。生まれた時から肌が白かった、とヘッラニコスは言う。それでテオクリトスは彼のことを、「肌の色ゆえに女性的」と言った。一方ヘシオドスは、彼の頭が白かったと言う。それ故、この名を得た。

出典　テオクリトス『牧歌』一六—四九への古註。

註　キュクノスは普通名詞としては白鳥の意味である。『ヘラクレスの楯』に出るキュクノスはアレスの子で別人。

一七九

ディオニュソスは人間に、こんな喜ばしくも厄介な物を与えた。
浴びるほど飲んだ者には、酒は乱心を招き、
手も足も、舌も心までも、目に見えぬ鎖で
縛りつけ、力ない眠りがとりつく。

出典　アテナイオス『食卓の賢人たち』四二八C。

一八〇

ある人々はここに校訂記号をつけて、ホメロスはディオニュソスを酒の発見者とは伝えていない、マロンはディオニュソスではなくアポロンの祭司だと言っている、ということに注意を促している。（中略）これはヘシオドスを参照させるもので、彼はマロンをディオニュソスの子オイノピオン［の子エウアンテス］の子だと言っている。

出典　ホメロス『オデュッセイア』九-一九八への古註。

註　オデュッセウスが隻眼の人食い巨人ポリュペモスを酔い潰れさせたのは、アポロンの祭司マロンから贈られた美酒を用いてであった。

一八一

（セッロイ人の）地域のことをヘシオドスは『エーホイアイ』の中でこのように言っている。

ヘッロピアなる地がある。草原豊かな穀倉地帯、
羊と、とろとろと歩む牛に富む。
そこには羊の富豪、牛の長者が住み、
死すべき人間の族も数えきれない。

この地の果てる所に、ドドナの町があった。
ゼウスがこの町を愛し、人々の尊崇篤い
神託の座が［
　　（二羽の鳩が）］オークの木の根元に住んでいた。
世にある限りの者は、そこからあらゆる神託を持ち帰る。
この地に到り、不死なる神に伺いを立て、
善き鳥占と共に捧げものを携えて来る者は、

出典　ソポクレス『トラキスの女』一一六七への古註。

註　エペイロス地方のドドナにあるゼウスの神託所の記述である。エジプトのテーバイから飛来した二羽の黒い鳩が、ゼウスの神託所を開くよう住民に告げたという（ヘロドトス『歴史』二-五五）。オークの葉のそよぎで神意を占ったという。

…………………

一八二

一―七行は半ば破損しているが、小麦を産するアジアの郷、渦巻き流れるヘルモス川、タンタロスの子ブロテアス、髪麗しい乙女、などが読み取れる。結納の列挙が続く。

価値高い［黄金に栗毛の］馬、
とろとろと歩む］牛の群れに［羊の群れ、
］その容姿で［全ての女を］凌いでいたからだ。
彼女は一つ臥牀《ねどこ》に［上がって］、子供たちを［生んだ。
］棟高い館にてパンディオンに
燦めく眼の頬美しい、淑やかな乙女を。
］彼女は不死なる女神たちと佳麗を競った。
この女を、馬と堅固な造りの］戦車で、

……………………

出典　パピュロス（Oxyrhynchus papyrus 2503）。

註　五行目のα]ρδανος の復元案は二つある。一はトロイア王ダルダノスとするもの。二はイアルダノス、リュディアの女王オンパレ（ヘラクレスを奴隷として雇った）の父とするもの。リュディアのヘルモス川が見えることから、後者がよいか。

一八三

ホメロス（『イリアス』八–一九）の ἐξ οὐρανόθεν（エクス・ウーラノテン、天から）やヘシオドスの次の句には、校訂記号をつけるべきである。

私は田舎から（ἐξ ἀργόθεν）やって来た。

出典　（伝）ヘロディアノス『ピレタイロス辞典』二四二。

註　-θεν を付けると「〜から」の意味の副詞になるから、「田舎から」という時は ἐξ ἀργοῦ（エクス・アルグー）か ἀργόθεν（アルゴテン）のどちらかで十分で、ἐξ ἀργόθεν（エクス・アルゴテン）というのは「馬から落ちて落馬する」の類いの冗語だというのである。

一八四

彼は娘たちに命じた。

出典　コロポンのアンティマコスへの註釈、八三頁（Wyss）。

註　学匠詩人アンティマコスは ἐνδέχεσθαι（エンデケスタイ、受け入れる）の語を ἐπιτάσσειν（エピタッセイン、命じる）の意味で使っているとして、無名の註釈者はヘシオドスのこの句を類例に挙げている。

『大エーホイアイ』

一八五
彼女（ミュケネが）がイナコスの娘でアレストルの妻であることは、ギリシア人が『大エーホイアイ』と呼ぶ叙事詩が語っている。
出典　パウサニアス『ギリシア案内記』二‐一六‐四。
註　イナコス（アルゴリス地方の川）の娘としてはイオ（ゼウスの愛人となり、ヘラの目を逃れるために牝牛に変えられた）が有名で、ミュケネは古都ミュケナイの名祖となるばかりで神話はない。

一八六
叙事詩『大エーホイアイ』によれば、エピダウロスの父はゼウスの子アルゴスであった。
出典　パウサニアス『ギリシア案内記』二‐二六‐二。

一八七a
ヘシオドスは『大エーホイアイ』の中で、アルクメネにヘラクレスに向かってこう言わせている。

ああ我が子よ、父神ゼウスはそなたを、誰よりも惨めで、
かつ最大の勇士として儲けた。

出典　アリストテレス『ニコマコス倫理学』三-七へのギリシア語註釈。

註　ヘラクレス自身、死者の霊に会いに来たオデュッセウスに対して、「ゼウスの子として生まれながら、際限もない苦しみを蒙った。自分より遥かに劣った男に屈し、難業の数々を命じられた」(ホメロス『オデュッセイア』一一-六二〇以下)と訴えている。本断片は母アルクメネが息子を慰める場面であろう。

一八七b

運命《モイラ》たちがそなたを、誰よりも惨めでかつ最大の勇士として

出典　断片一八七aに同じ。

一八八

「(テラモンは)獅子の皮を纏って立つ彼(ヘラクレス)を促した」について。この話は『大エーホイアイ』から採られている。そこでは、テラモンの客となったヘラクレスが獅子の皮を纏って進み出て、このように祈ると、ゼウスの遣わした鷲が現われ、それに因んでアイアスが命名されるのである。

出典　ピンダロス『イストミア祝勝歌』六-三七への古註。

註　ヘラクレスはトロイアを攻める（その理由については断片六九への註参照）にあたり、仲間に誘い入れるためにテラモンを訪問する。宴で乾杯の音頭を任されたヘラクレスが、テラモンに勇士が生まれることを祈ると、ゼウスが兆しとして鷲（アイエトス）を遣わし、それに因んで生まれ来る子がアイアスと命名される。

一八九a

彼女（イオレ）はアリスタイク［メと薔薇の腕《かいな》のエウアイクメを生んだ。
彼女たちをブテスの息子たちが、［戦いを好む王
ケユクスの館へと［　　　導いて行った。
　さて、ポリュコオンは馬と［堅固な造りの戦車にて、
裳裾曳くアリスタイクメを］連れ帰った。
彼女は屋敷内にて、［神の如き子供を生んだ。
デイマコスにステパノス［に
一方、その容姿で［全ての女を凌いだエウアイクメを、
ポリュクレイオンが［若草の妻にした。
　そして、イアソスの子、カイレシ［ラオスが、
馬と［堅固な造りの戦車にて、

出典　パピュロス（Oxyrhynchus papyrus 2498）。

註　ヘラクレスはオイカリアを滅ぼし、そこの王女イオレを連れ帰るが、帰途、妻デイアネイラが知らずして送った毒衣に身を焼かれて世を去る。死に臨み、ヘラクレスは息子ヒュッロスにイオレと結婚するよう命じる。ブテスはアテナイ王パンディオンの子で、ポリュコオンとポリュクレイオンの父。ヘラクレスの死後、ヒュッロスはじめ子孫たちは、エウリュステウス（ミュケナイ王、ヘラクレスに十二の難業を課した）の迫害を逃れてケユクス（トラキスの王）の許に身を寄せたが、なおも迫害の手が伸びて来たので、アテナイに避難する。

一八九b

私はポリュカオンがメッセネによって儲けた子が誰々であるかを切に知りたいと思い、『名婦列伝』と呼ばれるものや叙事詩『ナウパクトス物語』、加えてキナイトンやアシオスの系譜の書を全て読んでみた。しかし、そこにはこの問題について何一つ語られてなかったものの、『大エーホイアイ』では、ブテスの子ポリュカオンがヘラクレスの子ヒュッロスの娘エウアイクメと結婚したことになっているのを、私は知っている。但し、メッセネの夫のことやメッセネ自身のことはそこでは無視されている。

出典　パウサニアス『ギリシア案内記』四-二-一。

註　『ナウパクトス物語』はナウパクトスのカルキノス作と伝えられる叙事詩。『名婦列伝』と似た内容、アルゴ船物語との関連もあったと考えられるが詳細不明。

一九〇

カイロネイアという現在の地名はカイロンに由来すると言われている。これはアポロンの子で、母はピュラスの娘テロだという。叙事詩『大エーホイアイ』の作者もこう証言する。

ピュラスは名高いイオラオスの娘、レイペピレを
娶った。オリュンポスの女神たちと佳麗を競った女だ。
彼女が屋敷内にて生んだのは、息子のヒッポテスに、
月の光にも比《たぐ》うべき見目よきテロだ。
テロはアポロンの腕に抱かれて、　　　　　　　　五
馬を馴らす剛力のカイロンを生んだ。

出典　パウサニアス『ギリシア案内記』九-四〇-五。
註　ピュラスの父はアンティオコス、その父はヘラクレス。妻のレイペピレの父はイオラオス、その父はイピクレス、これはヘラクレスの異母兄弟である。なお、カイロネイアはマケドニア王ピリッポス二世がテーバイ・アテナイ連合軍を破った（前三三八年）戦場として名高いが、古くはアルネと呼ばれていた。

一九一 a

アスクレピアデスは『大エーホイアイ』にあるこんな詩行を引用している。

あるいはまたこのような女。ヒュリアなる思慮抜かりなきメキオニケ、
彼女は大地を支え大地を揺する神（ポセイドン）と、黄金溢れるアプロディテの
交わりをして、エウペモスを生んだ。

出典　ピンダロス『ピュティア祝勝歌』四-二一への古註。
註　アスクレピアデスはトラギロスの人、イソクラテスの弟子で『悲劇の中の神話』の著者か。エウペモスはアルゴ船に乗り組んだ英雄。

一九一b
エウペモスはポセイドンとメキオニケの子で、アルクメネの娘ラオノメを娶った。
出典　ピンダロス『ピュティア祝勝歌』四-九への古註。

一九一c
エウペモスはヘラクレスの姉妹ラオノメを妻にした。アンピトリュオンとアルクメネの娘である。
出典　ピンダロス『ピュティア祝勝歌』四-四四への古註。

一九二

断片一〇五に同じ。

一九三

このアルゴスはプリクソスの子供の一人である。子供たちの母親は、ヘロドロスの説ではアイエテスの娘カルキオペであるが、アクシラオスおよびヘシオドス『大エーホイアイ』の説では、アイエテスの娘イオポッサである。さらに彼（アポロニオス『アルゴナウティカ』二‐一一五五）が言うには、子供の数は四人で、アルゴス、プロンティス、メラス、キュティソロスであった。しかしエピメニデスは五人目にプレスボンを加えている。

出典　アポロニオス（ロドスの）『アルゴナウティカ』二‐一一二二への古註。

一九四a

プリクソスの子アルゴスとアドメトスの娘ペリメレからマグネスが生まれた。彼はテッサリアの近くに住んでいたが、人々は彼に因んでこの地をマグネシアと呼んだ。

出典　アントニノス・リベラリス『変身物語』二三「バットス」。

一九四b

ニカンドロス『変身物語』第一巻、ヘシオドス『大エーホイアイ』、ディデュマルコス『変身物語』第三巻、アンティゴノス『変容譚』、ロドスのアポロニオス「エピグラム集」にこの話があると、パンピロスが第一巻で述べている。

出典　一九四ａに同じ。

一九五

ギリシア人が『大エーホイアイ』と呼ぶ叙事詩の作者もヒュエットスのことを語っている。

ヒュエットスは、アリスバスの愛し子モルロスを、
妻の臥処《ふしど》を汚した廉で、屋敷内で討ち果たした後、
家を捨て、馬を飼うアルゴスを逃れて、
ミニュアイ人のオルコメノスにやって来た。英雄は彼を
迎え入れ、相応の財産を分け与えた。

出典　パウサニアス『ギリシア案内記』九-三六-七。

註　「英雄」とはミニュアスの子オルコメノス（この町の名祖）。後にアテナイでドラコン（前七世紀後半）が、間男を誅殺しても罰せられないという法を定めた。

一九六

『大エーホイアイ』では、ペイレネはオイバロスの娘になっている。

出典　パウサニアス『ギリシア案内記』二-二-三。

註　ペイレネはコリントスの泉の名祖。オイバロスにはさしたる神話はないが、一説にテュンダレオスの父とされる。テュンダレオスの妻レダは白鳥に化けたゼウスにも愛され、ヘレネ、クリュタイメストラ、ポリュデウケス、カストルを生む女性である。

一九七a

叙事詩『大エーホイアイ』によると、オイノマオスのために命を落としたのはポルタオンの子アルカトオス。これがマルマクスに続く二番目の犠牲者であり、アルカトオスの次がエウリュアロスとエウリュマコスとクロタロス。私はこの人物たちの親と祖国を聞き出すことはできなかった。

出典　パウサニアス『ギリシア案内記』六-二一-一〇。

註　よく知られた話では、ピサの王オイノマオスは娘ヒッポダメイアの求婚者に難題を課した。求婚者が戦車に娘を乗せて先発し、オイノマオスが神授の馬で追いかけ、逃げ果せれば娘をやるが、追いついたら首を取る、とした。こうして十二人まで殺したが、次に来たペロプス（タンタロスの子。オリュンピア競技祭の創始者、ペロポンネソス半島の名祖）にヒッポダメイアが一目惚れして、父親の戦車の轂に細工を施す（アポロドロス『文庫（ギリシア神話）』摘要二-四）。この殺人が因となって、ペロプス、アトレウス、アガメムノン、オレステスの家系は血塗られた物語を展開する。

一九七b

「十三人を殺した」について。殺された連中は以下のとおり。メルムネス、ヒッポトオス、オプス出身のペロプス、アカルナン、エウリュマコス、エウリュロコス、アウトメドン、ラシオス、カルコン、トリコロノス、ポルタオンの子アルカトオス、アリストマコス、クロカロス。殺された求婚者のこの数については、ヘシオドスもエピメニデスも証言している。

出典　ピンダロス『オリュンピア祝勝歌』一-七九への古註。

一九八

『大エーホイアイ』で語られるところによると、エンデュミオンはゼウスによって天界に攫われたが、ヘラに恋して、雲で造ったその似姿に欺かれた。そしてこの恋ゆえに投げ落とされ、冥府《ハデス》に降った。

出典　アポロニオス（ロドスの）『アルゴナウティカ』四-五八への古註。

註　エンデュミオンはアエトリオス（ゼウスの子）とカリュケ（アイオロスの娘）の子で、よく知られた話では、セレネ（月）の恋人ということになっている（アポロニオス、前掲箇所。アポロドロス『文庫（ギリシア神話）』一-七-五）。神々の王妃ヘラに恋して雲の似姿を摑まされるのは、イクシオンも同じ。

一九九a

『大エーホイアイ』で語られるところによると、アポロンに寵愛されるメランプスは旅に出て、ポリュポンテスの所に滞在した。彼が牡牛を生贄に捧げていると、蛇が犠牲獣の傍に這い寄って来たので、王の召使いたちが蛇を殺した。王は怒ったが、メランプスは蛇を取り上げて葬ってやった。メランプスに育てられた蛇の子が彼の耳を舐めて、予言の力を吹き込んだ。

出典　アポロニオス（ロドスの）『アルゴナウティカ』一-一一八-一二一への古註。

註　メランプスは蛇に耳を舐められて鳥語を解するようになる。彼の物語は『メランプス物語』で展開されていたのであろう。

一九九b

メランプスはイピクロスの牛を盗もうとして、捕まってしまった。家の屋根が今にも崩れ落ちそうになった時、彼は予言の力でそれを知り、鎖に繋がれてはいたが、イピクロスの婢にそれを告げた。イピクロスは彼女から予言を知らされ、危険を免れたし、メランプスを敬って縛を解き、盗みに来た牛を与えた。

出典　アポロニオス同所への古註、別本。

二〇〇

『大エーホイアイ』では、スキュッラはポルバスとヘカテの娘になっている。

出典　アポロニオス（ロドスの）『アルゴナウティカ』四-八二八への古註。
註　スキュッラは足が一二本、頭が六つ、大岩の洞窟から首を出して海を行くものを捕えて食う怪物である。ホメロス『オデュッセイア』一二歌ではその母親はクラタイイスとなっている。

『ケユクスの結婚』

ケユクスについては『ヘラクレスの楯』三五四への註参照。

二〇二
ヘシオドスが『ケユクスの結婚』で言うには、ヘラクレスは水を求めてマグネシア地方のアペタイの辺りに上陸して、置き去りにされた。そこは彼が ἄφεσις（アペシス）された（放り出された）ところからアペタイと呼ばれた。
出典　アポロニオス（ロドスの）『アルゴナウティカ』一-一二八九への古註。
註　『アルゴナウティカ』一-五九一では、嵐を避けてここに船泊まりしたアルゴ船が、ここから二回目の ἄφεσις（出発）をしたことからアペタイと呼ばれることになったという。

二〇三

善き人は我から善き人の宴へと急ぐ。

ヘラクレスはトラキスの王ケユクスの館を訪れる度にこう言ったとして、ヘシオドスはこの諺を使っている。

出典　ゼノビオス『百諺集』二-一九。

二〇四a

一一行からなる本断片は破損が甚だしいが、「トラペザ、三本脚」、「母の母」「自分の子供たちのために乾かされ焼かれ」等の語句が見えるから、断片二〇四b—eと同じく、謎々的表現を扱っていたらしい。

出典　パピュロス (Oxyrhynchus papyrus 2495 fr. 37)。

二〇四b

ヘシオドスは『ケユクスの結婚』の中で——因に、文献学者たちがこの詩を彼の作から除外するにしても、私には古いもののように思われる——テーブルのことを三本脚と言っている。

出典　アテナイオス『食卓の賢人たち』四九B。

二〇四c

「最初の」テーブル、また「第二の」「第三の」テーブルというようなものがあった。また、「三本脚」で据えられるテーブルもあった。その言葉はヘシオドスとアリストパネス『テレメッソスの人々』に見える。

出典　ポッルクス『辞林』六-八三。

註　「第二のテーブル」とは二の膳、食後のデザートの意味であるが、「最初の、第三の」と並べる主旨が分からない。テーブル（*τράπεζα*, トラペザ）は脚が四本（*τετράπους*, テトラプス）あるところから *τετράπεζα*（テトラペザ）と呼ばれたものが、語頭の音節を落としてトラペザとなったと考えられている。三本脚のテーブルもトラペザと呼ばれたことから、アリストパネス『テレメッソスの人々』断片五四五のような冗談が行なわれた。

甲　テーブル（四本脚）を外へ出せ。
　脚が三本あるやつで、四本のではないぞ。

乙　三本脚の四本脚なんて、どこにあるんだろう。

二〇四d

謎（*αἴνιγμα*, アイニグマ）とは、意味を隠して分かりにくくする言い方で、ヘシオドスが酒杯のことをこのように言うのがそれである。

……………………混酒器の上にオイノコエを置いてはならぬ。（『仕事と日』七四四）

だが、彼らは隔てなき食事への欲を遣ってしまうと、

「母の母を［子供らの所へ］連れて行った。

［乾かされ焼かれ、己が子らのために死ぬべく］

「乾かされ焼かれ」というのは、まず乾燥させてから焼かれることを言うようである。「己が子ら」とは「自分の子供たち」のことで、「客人たちに」の意味。「死ぬべく」というのは、木から切り出されたことを言うようである。

出典　トリュポン『文彩について』二三。

註　オイノコエは大きな混酒器から葡萄酒を汲み出す把手付きの瓶であるが、『仕事と日』における七四四行の意味も不明とされているし、この行が「謎」として引かれている主旨も分からない。トリュポンのテクスト校訂も不十分である。

二〇四ｅ

『ケユクスの結婚』をヘシオドスの作品に紛れ込ませた人の表現を借りれば、木から燃え上がる火は、母であり父である木を食うことになる、ちょうどそのように（後略）。

出典　プルタルコス『食卓歓談集』七三一Ｅ。

二〇五

『ケユクスの結婚』に ἀπάτωροι（アパトーロイ、父なき者たち）の語が見える。

出典　ホメロス『イリアス』七‐七六への古註。

註　断片一二二の続きである。ἀπάτωρ（アパトール）の属格形 ἀπάτορος（アパトロス）が主格と意識され、ἀπάτωρος（アパトーロス、父のない）の語形ができた、とする。「父なき者」と呼ばれるものには、牧神パン（オデュッセウスの留守中、その妻ペネロペイアは全ての求婚者と交わりパンを生んだ、との俗説があり、多くの父の子、つまり父無し子、という）や鍛冶神ヘパイストス（女神ヘラが夫ゼウスとの交わりなしにヘパイトスを生んだ。『神統記』九二七参照）があるが、ここで「父なき者たち」と複数で言われるものは何か不明。

『メランプス物語』

メランプスはアミュタオンの子、クレテウスの孫、アイオロスの曾孫で、予言の術を獲得した次第が断片一九九ａに見えるように、昔話的要素の強い人物である。この作品には数々の名高い予言者たちが登場したようである。

二〇六

か黒き瀝青と杜松《ネズ》の情け容赦のない煙で

出典　ヘパイスティオン『韻律学ハンドブック』への古註A。

二〇七

ヘシオドスは『メランプス物語』第二巻で言う、

　　足速き使者マレスは邸内を通って来ると、
なみなみと満たした銀の盃をもたらし、主に手渡した。

出典　アテナイオス『食卓の賢人たち』四九八A。

註　盃は普通 σκύφος（スキュポス）と綴るが、ヘシオドスは σκύπφος の語形を使っている、としてこの二行が引用される。

二〇八

さらにこうも言う。

さてこの時、予言者は牛の端綱《はづな》を手に執り、

イピクロスはその背を撫でたが、その背後で、
片手に盃を持ち、片手に杖を掲げつつ、
ピュラコスが歩み、家僕たちの間で言った。

出典　アテナイオス『食卓の賢人たち』四九八B。

註　よく知られた話では、メランプス（鳥語を解する予言者）は兄弟ビアスのために、ネレウスの娘ペロの求婚に行く。ネレウスはピュラコスの牛を持って来た者に娘を与えると難題を課す。メランプスはピュラコスの牛を盗みに行って捕まるが、予言の力を知られ、ピュラコスの子イピクロスの性的不能を癒すことにより、牛を得た（アポロドロス『文庫（ギリシア神話）』一-九-一二）。但し断片一九九bやホメロス『オデュッセイア』一一-二八七以下では、メランプスが盗もうとした牛の所有者はピュラコスではなく、その子イピクロスとなっている。

二〇九

会食の席や贅を尽くした招宴で、
食事に堪能した後で物語を楽しむ
のは愉快だ、とヘシオドスは『メランプス物語』で言っている。

出典　アテナイオス『食卓の賢人たち』四〇F。

二一〇

ヘシオドスはメランプスについての詩でこう言っている。

不死なる神々が人間どもに割り当てた禍と福の、

明白な区別を知ることも愉快だ。

出典　アレクサンドレイアのクレメンス『雑録』六-二-二六。

二一一a

テーバイに予言者テイレシアスがいた。（中略）ヘシオドスによると、彼はキュッレネ山の辺りで蛇が交尾するのを見て、これを傷つけたところ、男から女になったが、同じ蛇が交尾するのを再び観察して、男に戻った。それ故、ヘラとゼウスが、男と女ではどちらが性交の際の快楽が大きいかについて口論した時、彼に下問したのである。彼は、性交の快楽が一九とすると、男は九、女は一〇だけ味わうと答えた。その結果、ヘラは彼の明を奪ったが、ゼウスが彼に予言の術を授けた。ゼウスとヘラに対するテイレシアスの答えはこうであった。

一〇の中、男が楽しむのは僅か一のみにして、

女は一〇を満たし、心を歓ばせる。

彼はまた非常な長寿であった。

出典　アポロドロス『文庫（ギリシア神話）』三-六-七。

註　説明文と引用される詩で数字が食い違うが、典拠が異なるのであろう。もちろん、詩の方が真に近い。

二一一b

『メランプス物語』の作者はこう言う。

一〇の九、十分の一を男は楽しむが、
女は一〇を満たし、心を歓ばせる。

出典　リュコプロン『アレクサンドラ』六八三への古註。

註　「一〇の九」は前行の文章の一部で、「一〇の九を失い」などとあるのであろう。

二一二

リュコプロンは今度はテイレシアスについて語る。彼が七世代を生きたと言われているからである。（中略）『メランプス物語』の詩人も同様で、テイレシアスにこう語らせる。

父なるゼウスよ、私にはもっともっと短い寿命を授けて下さるべきでした。そして、死すべき人間たちと同じ知恵を授けて下さるだけでよかったのです。なのに少しも私を大事にせず、長久の寿命を保つように定め、

言葉持つ人間の七つの世代を生きさせたのです。　五

出典　リュコプロン『アレクサンドラ』六八二へのツェツェス註釈。

二二三

ヘシオドスは『メランプス物語』第三巻で、エウボイア島のカルキスを「佳人の郷」と言っている。

出典　アテナイオス『食卓の賢人たち』六〇九E。

二二四

伝えによると、予言者カルカスはアンピアラオスの子アンピロコスと共にトロイアから帰国する途中、陸路この地（小アジア西岸のコロポン）までやって来て、クラロス（コロポンのやや南）の近くで自分より勝れた予言者に遭遇した。それはテイレシアスの娘マントの子モプソスであったが、カルカスは心痛のあまり死んだ。ヘシオドスはほぼ次のような物語を拵えている。カルカスがモプソスに、

我に不思議の思いあり、この無花果は小木なれど、

いかほどの実を内に持つ。汝、その数知りうるや。
こう言いかけると、こちらは答えた。
数で申せば千顆なり、枡で申せばメディムノス、
一つ余れど、押し込むことは叶うまい。
こう言うと、二人は枡目と数の正しきを知った。
この時、死の眠りがカルカスを覆った。

出典　ストラボン『地誌』一四-一-二七。
註　メディムノスは容量単位で約五二リットル。歌問答に負けて、あるいは謎に答えられず気落ちして死ぬのは『ホメロスとヘシオドスの歌競べ』に見えるホメロスの最期も同様である。

二一五
アンピロコスはソロイにおいてアポロンに殺された、とヘシオドスは言う。
出典　ストラボン『地誌』一四-五-一七。
註　断片二一四のアンピロコスは、アンピアラオス（アルゴスの英雄、予言者）とエリピュレの子で、アルクマイオンの弟。ここのアンピロコスは、アルクマイオンとマント（テイレシアスの娘）の子。

『ペイリトオスの黄泉《よみじ》降り』

アテナイ王テセウスとラピタイ族の王ペイリトオスは、互いに美貌に惹かれあい親友となる。二人してゼウスの娘を妻にすることを誓い、テセウスのためには幼いヘレネを誘拐したが、ペイリトオスのためには、ペルセポネを奪いに冥界に降った。断片は、先に死んで冥界にあるメレアグロスとテセウスが語り合う場面。

二一六

長き槍もて力ずくで私（メレアグロス）を滅ぼすことは［（誰にもできなかったが）
しかし、禍々しい運命《モイラ》］とレトの子（アポロン）が私を滅ぼした。
さあ今度は、そちらのことを］残らず話してくれ。
］そなたは［冥府《ハデス》へと］降って来た、
］頼もしい［友が］一緒だ。
］如何なる必要があってか［
（それに答えてテセウスが）］先んじて言葉を返した［
］民の牧者に向かって

」恐るべき女神エリニュス、
「勇ましいオイネウスの子、「ゼウスの育むメレアグロスよ、
それでは私から」真実誤りなきところを話そう。
（ペイリトオスは）」高貴なペルセポネを
」雷を喜ぶゼウス
神々の」掟により、妻にと娶るべく、
」人々の話では、彼らは「誉れ高い」姉妹たちに
求婚するとのこと」、愛しい「親たちから離れての」結婚
」彼は至福なる神々から出た結婚を、父を同じくする
実の」妹との結婚を望んでいる。偉大な冥王《ハデス》より、
自分の方が、髪麗しいデメテルの娘、
ペルセポ」ネとは、血縁近いから、と言うのだ。
自分は」父を同じくする兄弟であるが、
」冥王《ハデス》は彼女の伯父にすぎぬというわけだ。
それ故」、暗々たる闇の世界に降りると言ったのだ」
このように言うと」、オイネウスの子は聞くなり身震いして、
穏やかな言葉で「彼に」答えてこう言った、

「鎧武者なるアテナイ人の知恵袋、テセウスよ、
いとも賢い［　　　　］ダメイアが妻ではなかったか、
［　　　］気宇壮大なペイリトオスの。

出典　パピュロス（Ibscher papyrus col. i）。

註　二行目の復元には、アキッレウスの武具を着て出陣し、トロイア勢を押し戻したものの、深追いして討ち取られるパトロクロスの言葉、「しかし、禍々しい運命とレトの子が私を殺した」（ホメロス『イリアス』一六・八四九）が参考になる。

一八行「実の妹」、ペイリトオスはゼウスとディア（イクシオンの妻）の息子、ペルセポネはゼウスとデメテルの娘であるから、二人は腹違いの兄妹となる。

二七行、ペイリトオスの妻は普通はヒッポダメイアであるが、プルタルコス『対比列伝』「テセウス」三〇ではデイダメイアとなっている。

なお、バッキュリデス『祝勝歌』五番では冥界に降ったヘラクレスとメレアグロスが語り合うので、本断片からの影響があろう。

『イダ山のダクテュロイ』

イダはプリュギア地方の山ともクレタ島の山ともいう。ダクテュロス（指の意。複数はダクテュロイ）は地の精霊で冶金術をよくし、小人とも巨人ともされる。母親のニュンフ、アンキアレが彼らを生む時、指で土を摑んだから、あるいは、父親ダクテュロスに因んでこう呼ばれる。

二一七a
青銅を融かして調合する術を発明したのは、アリストテレスの考えではリュディア人スキュテス、テオプラストスによるとプリュギア人のデラスである。青銅工芸の発明者は一説にカリュベス人、一説にキュクロプスたち。ヘシオドスによると、鉄を発見したのはクレタ島のイダ山のダクテュロイと呼ばれる者たちである。
出典　プリニウス『博物誌』七-一九三。（ラテン語）

二一七b
イダ山のダクテュロイの中、ケルミスとダムナメネウスがキュプロス島で鉄を発見した。また別のダクテュロスであるデラスが青銅の合金術を発見したが、ヘシオドスはそれはスキュテスだと言う。
出典　アレクサンドレイアのクレメンス『雑録』一-一六-七五。

『ケイロンの教え』

ケイロンは野蛮なケンタウロス族（半人半馬）の一人だが賢者で、アスクレピオス、イアソン、ディオスクロイ（ゼウスの双児、ポリュデウケスとカストル）らを養育した。この作品はアキッレウスに対する教えである。

二八

人々は『ケイロンの教え』をヘシオドスの作としており、その冒頭はこのようである。

いざ、これから述べる一つ一つを、思慮深い胸でしっかりと
思量せよ。先ず第一に、家に帰り着いた時には、
常永久《とことわ》に在《いま》す神々に見事な生贄を捧げるべきこと。

出典　ピンダロス『ピュティア祝勝歌』六-二二への古註。

二一九
古人は ἠπητής（エーペーテース、修繕人）ではなく ἀκεστής（アケステース、繕う人）を使う。ἠπήσασθαι（エーペーサスタイ、修繕する）はアリストパネス『宴の人々』（断片二三九（Kassel-Austin））で一度出て来るだけで、彼はヘシオドスの『教え』をからかって「篩を修繕する」と言っているのである。外套を「繕う」と言うべきである。

出典　プリュニコス『アッティカ語法精選』六四。

二二〇
ある人たちは、七歳未満の子供には文字を教えるべきでないと考えた。その年齢になって初めて、学習への理解力もつき、苦労に耐えることもできるからである。ヘシオドスも同じ意見だと伝える人は多いが、それは文献学者アリストパネス以前の人たちである。というのは、その意見が記されている『教え』はヘシオドスの作品ではないと、アリストパネスが初めて断じたからである。

出典　クインティリアヌス『弁論家の教育』一-一-一五。（ラテン語）

『メガラ・エルガ』

『エルガ・カイ・ヘーメライ（仕事と日）』に「大《メガラ》」が付いたタイトルであるが、訳しにくいので原音のままとする。

二二二

悪い種を播けば、悪い儲けを刈り入れるだろう。したことの報いを身に受ければ、裁きは真っ直ぐになるだろう。

出典　アリストテレス『ニコマコス倫理学』五‐八（一一三二b二五）への無名氏註釈。

二二三

「銀の種族」について、ある人たちは「銀の」というのを大地に結びつけて、『メガラ・エルガ』では作者は銀を大地（ゲー）の子孫としている、と言う。

出典　ヘシオドス『仕事と日』一二八への古註。

『アストロノミアまたはアストロロギア』

二二三

ヘシオドスに帰せられる『天文学《アストロノミア》』の作者も、昴星《プレイアデス》のことを常にペレイアデスと言っている。

死すべき人間は彼女らをペレイアデスと呼ぶ。

出典　アテナイオス『食卓の賢人たち』四九一D。

註　アトラスとプレイオネの七人の娘は、母の名前からプレイアデスと呼ばれるとするのが通説であるが、語源は不詳。彼女らはまた、巨人オリオンに追い回され、ゼウスに祈って鳩（πελειάδες、ペレイアデス）に変えられたという伝承から、ペレイアデスとも呼ばれる。証言七五、断片一一八参照。

二二四

また、

冬にはペレイアデスは沈む。

出典　断片二二三に同じ。

註　プレイアデスの昇りと沈みについては『仕事と日』三八三への註参照。

二二五

また、

その間、ペレイアデスは隠れている。

出典　断片二二三に同じ。

二二六

証言七四参照。

二二七a

ヒュアデスについて、ヘシオドスはこう言っている。

優美の女神《カリテス》にも紛うニュンフたち、

パイシュレにコロニスに冠も見事なクレエイア、

艶《あで》やかなパイオに裳裾曳くエウドラ、

地上に生を享ける人間の族《やから》はこれをヒュアデスと呼ぶ。

出典　アラトス『星辰譜』一七二への古註。

註　ヒュアデスはプレイアデスと同じく、アトラスとプレイオネの娘たちとされることが多い。この星群が日出の直前に昇る頃（一一月初）、雨期に入ることから、ὕει（ヒュエイ、雨降る）と結びつけられてこの呼び名となる。

二二七b

アスクラ出身のヘシオドスはその星の本の中で、ヒュアデスと呼ばれる娘たちの名前を教えてくれる。（この後、二二七aと同じ詩が引用される）

出典　ヘシオドス『仕事と日』三八四へのツェツェス註釈。

二二八

ヘシオドスによると、（牛飼座《ボオテス》は）昇る時は斜めに、沈む時は真っ直ぐに。

出典　カッリマコス『起源物語』断片一一〇-六七への古註。

註　カッリマコスでは、牛飼座に先立って昇り沈みするベレニケの髪（髪の毛座）について、「秋にオケアノス（太洋、西）の方へと進み行く」とあるが、テクストも不確かである。

二二九
（竜座について）ヘシオドスは「流れる川にも似て」と言う。
出典　ウェルギリウス『農耕詩』一-二四四以下へのセルウィウス註釈。

『アイギミオス』

古代にはこの作者はヘシオドスともケルコプスともされた。証言七九参照。

二三〇
『アイギミオス』の作者は言う。
そして（ヘラは）彼女（イオ）の見張りとして、力強く巨大なアルゴス、
四つの眼で四方八方を睨む男を差し向けた。
女神は彼に疲れを知らぬ力を吹きこみ、眠りが
彼の眼に落ちることもなく、彼は常住不断、しっかりと監視した。

出典　エウリピデス『フェニキアの女たち』一一一六への古註。

二三二

ヘラはゼウスからその牝牛を乞い受けると、全てを見通すアルゴスを見張りにつけた。ペレキュデスは彼はアレストルの子と言い、アスクレピアデスはイナコスの子と言い、ケルコプスは、アソポス川の娘イスメネとアルゴスの子だと言う。

出典　アポロドロス『文庫（ギリシア神話）』二－一－三。

註　ゼウスがイオとの情事をヘラに見つけられ、イオを牝牛に変える話は断片七二参照。

二三三

アバンティス。エウボイアのこと。ヘシオドスが『アイギミオス』第二巻でイオのことを語る条、

神さびたアバンティスの島で。

かつてこの島を、永遠にいます神々はアバンティスと呼んだが、
ゼウスがそれを、牝牛《ブース》に因んでエウボイアと名付けたのだ。

出典　ビュザンティオンのステパノス『地理学辞典』Ἀβαντίς の項。

二三三

アイスキュロス『ポルキュスの娘たち』および『アイギミオス』の作者が言うには、彼女ら（グライアイたち）は全員でただ一つの眼、一本の歯を持っていた。ところでヘシオドスでは、ポルキュスの娘の一人メドゥサは、手に黄金の剣を持った［　　　　　］を生んだ。

出典　ピロデモス『敬虔について』B5215-26 Obbink.

註　ポルキュスの娘たちとは、三人のゴルゴネス（単数はゴルゴまたはゴルゴン）と三人のグライアイ（老婆たちの意）のこと。メドゥサはゴルゴネスの一人。ペルセウスが彼女の首を刎ねると、黄金の剣を持ったクリュサオルと天馬ペガソスが飛び出した。『神統記』二七〇以下参照。

二三四

アミュモネはポセイドンによりナウプリオスを生んだ。（中略）ナウプリオスの妻は、悲劇詩人たちによればカトレウスの娘クリュメネ、『帰国物語』の作者によればピリュラ、ケルコプスによればヘシオネであったが、彼はパラメデスとオイアクスとナウシメドンを儲けた。

出典　アポロドロス『文庫（ギリシア神話）』二-一-五。

註　アミュモネはダナオスの五〇人の娘の一人。ポセイドンに愛されたことについては、断片七六ｂへの註参照。『帰国物語』はトロイア戦争終結後、ギリシア軍の諸将の帰国を扱うもので、作者はトロイゼンのアギアス、テオスのアンティマコス、あるコロポン人などとされる。

二三五a

アリアドネについてはまだ多くの話が伝えられている。(中略)ある人たちは、彼女はテセウスに捨てられて縊死したと言い、別の説では、彼女は船乗りたちによってナクソス島へ運ばれ、ディオニュソスの神官オナロスと結婚したが、別の女に恋したテセウスからは捨てられた、という。それは、

パノペウスの娘アイグレへの狂おしい恋が彼(テセウス)を苛んだから、

であった。メガラ人ヘレアスが言うには、ペイシストラトスはアテナイ人の機嫌を取るため、ヘシオドスの作品からこの一行を削除した。

出典　プルタルコス『対比列伝』「テセウス」二〇。

註　ペイシストラトス(前五六一頃—五二七年在位)はアテナイの僭主。国威発揚のためパンアテナイア祭を整備、悲劇競演やホメロス詩の朗唱コンテスト等を創始したと伝えられるが、アテナイにとって都合のよい詩行をホメロス作品に挿入したとも言われる。

二三五b

テセウスはアイアスの母となったメリボイアとは正式の結婚をした。ヘシオドスによると、テセウスはヒッペ、アイグレとも結婚しており、ケルコプスによると、彼はアイグレに惚れてアリアドネとの誓いを破ったのである。

出典　アテナイオス『食卓の賢人たち』五五七A。
註　アイアスの母は普通はペリボイアとされる。テセウスの多くの結婚については断片二四三参照。

二三六
作者（アポロニオス）は、ヘルメスがゼウスの使者として（アイエテスの許に）派遣され、プリクソスを受け入れて自分の娘と結婚させるよう命じた、と語っている。一方、『アイギミオス』の作者によると、アイエテスは羊の毛皮目当てに自発的にプリクソスを歓迎した。プリクソスは羊を犠牲に捧げた後、毛皮を聖別し、それを持ってアイエテスの館に入って行った、というのである。
出典　アポロニオス（ロドスの）『アルゴナウティカ』三-五八七への古註。
註　プリクソスとヘッレの兄妹は、継母の迫害を逃れるため、金毛の羊の背に乗って空を行く（断片三八への註参照）。ヘッレは途中で海に墜落したが、プリクソスは黒海東岸のコルキス国に到り、アイエテス王に受け入れられ、娘カルキオペを与えられる。金の羊毛皮は国の安寧を守る呪宝である。

二三七
『アイギミオス』の作者がその第二巻で言うには、テティスはペレウスによって生んだ子供たちを次々と大釜の水に投げ入れ、彼らが不死であるかどうかを知ろうとした。（中略）多くの子供が死んでしまったことにペレウスは憤慨して、アキッレウスが大釜に投げ込まれるのを阻止した。

出典　アポロニオス（ロドスの）『アルゴナウティカ』四-八一六への古註。
註　別の説では、テティスはアキッレウスを不死にしようとして、夜は体の可死の部分を火で焼き、昼にはアンブロシアを塗っていたが、業半ばでペレウスに見とがめられた（アポロドロス『文庫（ギリシア神話）』三-一三-六）。不死にするためステュクス（冥界の川）の水につけたが、摑んでいた踵だけが水に触れず、不死身にならなかった、とする話は後世のもの。

二三八
『アイギミオス』の作者はヘシオドスかミレトスのケルコプスか、ともあれこんなことを言っている。
民の長よ、いつかそこが我が納涼の場となるであろう。
出典　アテナイオス『食卓の賢人たち』五〇三D。

ヘシオドス中場所不明の断片

コロニスのアポロンへの背信

二三九

伝えられるところでは、彼女（コロニス）とイスキュスの情事を烏がアポロンに暴露したため、神は通報に不興を覚え、白かった烏を黒くした。（中略）アルテモン（前二世紀、歴史家）が言うには、ヘシオドスも烏の話に言及して次のように語っている。

さてこの時、告げ口屋の烏が聖なる祝宴から
神さびたピュトへとやって来て、人に知られぬ秘事を、
未だ髪切り詰めぬポイボスに告げた。エラトスの子イスキュスが、
ゼウスの寵を得るプレギュアスの娘、コロニスを妻にした、というのだ。

出典　ピンダロス『ピュティア祝勝歌』三-二八への古註。

註　本断片のようにコロニスとアポロンから医神アスクレピオスが生まれた、とするのが通説であるが、断片五三aでは医神はアルシノエとアポロンの子となっている。それ故、本断片は『名婦列伝』とは別の伝承を記す作品に属すのであろう。二行のピュトはデルポイの古名。

二四〇

愚かなり、目の前にあるものを捨て、無いものを追い求める者は。

出典　ピンダロス『ピュティア祝勝歌』三-二二（「土地のものを貶めては遥かなものを捜し求め」内田次信訳）への古註。

註　『仕事と日』二〇二以下の「鷹とナイチンゲール」の寓話と本断片の主旨との関係については、解説四八六頁参照。

二四一

アクリシオスの娘ダナエ、その子ペルセウス

………………………

］アバス。彼は息子アクリシオスを儲けた。　二
ペ］ルセウスを。彼を［箱に入れて］海へと。

………………………

彼（ペルセウス）と］ケペウスの娘アンドロメダとの間に生まれたのは、　六
アルカイオスにス［テネロス、そして怪力［エレクトリュオンだ。

八―一一行は破損が甚だしいが、牛、テレボアイ人、アンピトリュオンの名前が見えるから、断片一三六と内容が重なると思われる。そこへの註参照。

出典　パピュロス（Cairo papyrus 45624）。

註　アクリシオス、ダナエ、ペルセウスの系譜は断片七七にも見える。断片系図⑸参照。よく知られた話では、アクリシオスは孫により命を奪われるとの神託を受けたため、娘ダナエに子ができぬよう、彼女を青銅の塔に監禁する。しかしゼウスが黄金の雨となって彼女に通じ、ペルセウスを生ませる。アクリシオスは母と子を箱に入れて海に投じる（アポロドロス『文庫（ギリシア神話）』二-四-一）。

メランプスの子孫

二四二

本断片は左半分が大きく欠損し、残った右半分には、メランプスの子孫で予言者として名高い人物の名前が多数見える。その系譜はホメロス『オデュッセイア』一五-二四一以下に語られるメランプスの系譜と大きく異なっている。本断片の人物関係を復元すると次のようになろう。メランプスの息子はコイラノスとアンティパテス、娘はマント（μάντις, マンティス、予言者を思わせる名前）とプロノエ（先見の明の意）。コイラノスの子はポリュイドス（クレタ王ミノスの子グラウコスの死体を発見し、蛇の用いる薬草で蘇らせた話が有名）、その子はテオクリュメノス（『オデュッセイア』一五-二五六で予言者として現われるが、系譜はここと異なる）。一方、アンティパテスの子はオイクレス。これは、本断片に名前は現われないが、テーバイ戦争時の高名な予言者アンピアラオスの父である。本断片にはアガメムノンとメネラオスの名が見えるから、ポリュイドスの子エウケノルが死の運命を予知しながらトロイア遠征軍に従い、トロイア王子パリスに討たれたことが語られていたかと考えられる（ホメロス『イリアス』一三-六六三以下参照）。

出典　パピュロス（Oxyrhynchus papyrus 2501）。

テセウスの妻たち

二四三

イストロスは『アッティカの歴史』第一四巻で、テセウスの妻になった女性を列挙して、その中ある者は愛し合って、ある者は掠奪されて、その他の者は正式の結婚によって、妻になったと言う。掠奪されたのはヘレネ、アリアドネ、ヒッポリュテ、ケルキュオンの娘とシニスの娘。正式に結婚したのは、アイアスの母となったメリボイア。ヘシオドスによると、テセウスはヒッペ、アイグレとも結婚しており、ケルコプスによると、彼はアイグレに惚れてアリアドネとの誓約を破ったのである。

出典　アテナイオス『食卓の賢人たち』五五七A。

註　ヘレネはスパルタ王メネラオスの妃となった後、トロイア王子パリスに誘惑されるが、まだ少女の頃に、テセウスとペイリトオスに誘拐された。アリアドネはクレタ王ミノスの娘。ミノタウロスを退治するテセウスを糸玉の計で助け、一緒に故郷を出奔する。ヒッポリュテはアマゾン族の女王で、アテナイを攻めた折りにテセウスに一子ヒッポリュトスを生んだ。ケルキュオンは道行く人に相撲を挑み、負かして殺していた。シニスは二本の松を撓《たわ》めて旅人の脚を縛りつけ、撥ね上げて引き裂いていた。テセウスはこの二人を成敗したのち、娘を手ごめにした。ヒッペはイピクレス（ヘラクレスの弟）の娘イオペのことかという。アイグレについては断片二三五a参照。

オリオンのこと

二四四
オリオン。ヘシオドスによると、彼はミノスの娘エウリュアレの子で、波の上をあたかも地上の如く歩む能力を授けられていたという。

出典　伝エラトステネス『星座譜』三二。

二四五
ある人たちの説では、数次の大地震が起こって陸地の頸部が分断され、海が大陸（イタリア）と島（シケリア）を分かつことによって、海峡ができた。しかし、詩人ヘシオドスは正反対のことを言っており、海が広がっていた所へ、オリオンがペロリスの岬を積み上げ、地元の人々の尊崇極めて厚いポセイドンの聖域を拵えた、という。オリオンはこの仕事を成し遂げるとエウボイアに移り、そこに住みついた。そして、名声ゆえに天の星の間に数えられることになり、不滅の記憶に与っている、というのである。

出典　シケリアのディオドロス『世界史』四-八五-四―五。
註　ペロリスはシケリア島最東端の砂地の岬。

二四六
アリストマコスが言うところでは、テーバイのヒュリエウスという人物が、息子が欲しいと祈った。ゼウスとヘルメスとポセイドンが彼の所に宿りに来て、息子の誕生を望むなら生贄の獣を殺すよう命じた。牛の皮が剝がれると、神々がその中に放尿し、ヘルメスの指示に従って、それに土が被せられた。そこから上記の者が生まれ、オリオンと名づけられた。星々の間に［　　　　］。同じような縁起をヘシオドスも語っている。
出典　アラトス『星辰譜』のゲルマニクスによるラテン語訳への古註。（ラテン語）
註　οὖρον（ウーロン、尿）から生まれたからオリオンと名づけられた、という民間語源説を含む。ヒュリエウスはトラキア地方の王（ヒュギヌス『神話集』一九五）とされる一方、ボイオティア地方の貧しい老農夫（オウィディウス『祭暦』五-四九五以下）とする伝もある。オウィディウス版にはバウキスとピレモンの異人歓待の物語（『変身物語』八-六一八以下）の趣がある。アリストマコスは不明。『星辰譜』のラテン語訳者はユリウス・カエサル・ゲルマニクス（ローマ皇帝ティベリウスの甥で養子）である。

テュンダレオスの娘たち

二四七

ステシコロスが言うには、テュンダレオスは神々に生贄を捧げる際に、アプロディテを失念していた。女神は怒って、彼の娘たちを二度も三度も結婚する女、夫を捨てる女にした。（中略）ヘシオドスもこう語る。

　　微笑みを愛づるアプロディテは、彼女たちを
眼に留めるや怒りを発して、悪い評判を投げつけた。
するとティマンドラは、エケモスを見捨てて出奔し、
至福なる神々の寵児、ピュレウスの許に奔った。
同じくクリュタイメストラも、神の如きアガメムノンを捨てて、
アイギストスと添い臥ししたのは、一段劣った夫を選んだものだ。
同じくヘレネも、金髪のメネラオスの臥牀《ねどこ》を辱めた。

出典　エウリピデス『オレステス』二四九（「テュンダレオスは、ギリシア中の非難の種にと、悪名高い娘ばかりを生んだものだ」）への古註。

註　ステシコロスのパリノディアについては断片一九八への註参照。

ヘレネの子供たち

二四八

ヘシオドスは言う。

彼女（ヘレネ）は槍に名を得たメネラオスに、ヘルミオネを生んだ。そして末の子として、アレスの分身、ニコストラトスを生んだ。

出典　ソポクレス『エレクトラ』五三九（「メネラオスには二人の子供があったのではなかったか」）への古註。

二四九

アミュタオンの子孫たちは（予言の）知識ゆえに、往古、ギリシア人の間で第一人者と目されていた。ヘシオドスも次の詩で言うとおりである。

オリュンポスの神（ゼウス）は、アイアコスの子らには武勇を与え、アミュタオンの子らには知力を、アトレウスの子らには富を授けた。

出典　ダマスコスのニコラオス『世界史』断片二四（Jacoby）。

註　アイアコスはゼウスとアイギナの子、彼の息子にはテラモンとペレウス、孫にはアイアスとアキッレウスがいる。アミュタオンの子メランプスの子孫に予言者が多いことは断片二四二参照。アトレウスの子とはアガメムノンとメネラオス。

ドリス人

二五〇

トリカイケス（三分の民）、ヘシオドスにある。ドリス人が三つに分かれて住むことからかく言う。

祖国を遠く離れて、土地を三つに分けたことから、

彼ら（ドリス人）は皆、三分の民と呼ばれる。

出典『真正語源辞典』*τριχάϊκες* の項。

レレゲス人

二五一

レレゲス人についてヘシオドスが次のように語るのは、何よりも信用できそうである。

正にロクロスが、レレゲスの民を導いたのだ。

これはその昔、不滅の謀《はかりごと》を知るクロノスの子ゼウスが、

大地から拾い集めた民として、デウカリオンに与えた人々だ。

出典　ストラボン『地誌』七-七-二。

註　ゼウスが大洪水によって暴虐な人類を滅ぼそうとした時、デウカリオンとピュッラの夫婦のみは生き延びた。水が引いた後、二人が背中越しに投げた石から新しい人民が生じる（アポロドロス『文庫（ギリシア神話）』一-七-二）。本断片には音の類似を用いた言葉遊びが二つある。λεκτοί（レクトイ、拾い集められた）と Λέλεγες（レレゲス人）、λᾶας（ラーアス、石）と λαός（ラーオス、人民）である。レレゲス人は小アジアからギリシア本土のあちこちに現われる先住民。

アルゴ船乗組員の帰路

二五二a

ヘシオドスとピンダロス『ピュティア祝勝歌』（四-二五以下）とアンティマコス『リュデ』が言うには、彼ら（アルゴ船乗組員）はオケアノスを航行してリビュアまで来た後、アルゴ船を担いで我々の海（地中海）に到達した。

出典　アポロニオス（ロドスの）『アルゴナウティカ』四-二五九への古註。

註　イオルコス（マグネシア地方の港町）を出港して黒海の東、コルキス国に至るアルゴ船の往路については『アルゴナウティカ』に詳しいが、帰路については諸説あって定まらない。

二五二b

彼ら（アルゴ船乗組員）はパシス川に沿って船出した、とヘシオドスは言う。

出典　アポロニオス（ロドスの）『アルゴナウティカ』四‐二八二への古註。

註　一説によると、パシス川はコーカサス山脈に発し、黒海東岸に注ぐ。現リオニ川。φασιανὸς ὄρνις（パーシアーノス・オルニス、パシスの鳥）は pheasant（雉子）の語源。『アルゴナウティカ』では、勇士たちはイストロス（ドナウ川）を溯行する。

二五三

しかしヘシオドスの記しているところも、先に述べたところと一致している。

如何なる予言者といえども、アイギスを持つゼウスの心を
知りうる者など、地上に生を享ける人間にはいないのだ。

出典　アレクサンドレイアのクレメンス『雑録』五‐一四‐一二九。

註　アイギスについては断片一の註参照。

二五四

ある時間的周期をもって、ダイモン（神霊）たちにも死が訪れる、とヘシオドスは考えている。すなわち、登場人物のナイス（水のニュンフ）に、時について謎めかしてこう語らせている。

やかましい嘴細烏《コロネ》は、男盛りの殿方の

九世代を生きますが、鹿は嘴細烏の四倍、
大烏《コラクス》は鹿の三倍年を取ります。でも、不死鳥《ポイニクス》は
大烏の九倍ですし、アイギスを持つゼウスの娘である
私たち髪麗しいニュンフたちは、不死鳥の一〇倍生きるのです。

出典　プルタルコス『神託の衰微について』四一五C。
註　人間の一世代は三〇年とされる。

リノスについて

二五五
ヘシオドスもこう語る。

ウラニアはいとも愛らしい息子、リノスを生んだ。
世にある限りの歌人と竪琴弾きは一人残らず、
宴の席や歌舞の場で、彼を哀悼する。
歌の初めと終わりで、リノスに呼びかけるのだ。

出典　ホメロス『イリアス』一八-五七〇への古註T。

註　儀礼における哀悼の感嘆詞αἴλινον（アイリノン）からリノスの名が作られたとされる。アポロンに歌競べを挑んだから、あるいは竪琴の弦を亜麻からガットに変えたため神の怒りに触れて殺されたとされる。系譜や物語には異伝が多い。

二五六

ヘシオドスは竪琴弾きのリノスのことを
あらゆる伎芸（σοφία, ソピアー）を熟知した

と言いつつ、船乗りについてもσοφός（ソポス、熟知した）の語を使うのをためらわない。「航海のことはまったく熟知しない」（『仕事と日』六四九）と書いているからである。

出典　アレクサンドレイアのクレメンス『雑録』一‐四‐二五。

二五七

パイエオンがアポロンとは別人であることは、ヘシオドスも証言している。

もしもポイボス・アポロンが、あるいは、万病の
薬に通じたパイエオン当人が、死から救ってくれないならば、

出典　ホメロス『オデュッセイア』四-二三一への古註。

註　ホメロス『オデュッセイア』では、エジプトでは誰もが名医で、それはパイエオンの子孫であるからだ、とあり、『イリアス』五-四〇一ではパイエオンは、ヘラクレスの矢に射られたハデスを癒す、神界の医師である。アポロンを称える詞 ἰὲ Παιάν（イエ・パイアン）を介して、後にはアポロンと同一視される。

二五八

アスクラのヘシオドスも、神のことをこのように謎めかして言っている。

自ら万物の王にして支配者、
不死なる神々の誰一人として、その人と権力を争った者はない。

出典　アレクサンドレイアのクレメンス『ギリシア人への勧め』七-七三-三。

二五九

ヘシオドスの句、

不死なる神々の賜物は地面近くにある

出典　『ホメロス語彙の分析』ε 一〇四。

註　*πλῆσθαι*（プレースタイ）が *πελάζω, πιλνάω*（ペラゾー、ピルナオー、近づける）の受動相不定詞であることを言うようである。

二六〇

ヘシオドスの句、

神さながらの言葉を発する男をば
雄弁にして下さるムーサイの、

出典　アレクサンドレイアのクレメンス『雑録』一-六-三六。

パエトンのこと

二六一a

彼らの語ったところでは、パエトンはヘリオスとクリュメネの息子で、父親の戦車を操ろうとして、大火災による損害を自分と世界に与えたため、ゼウスの雷火に撃たれてエリダノス川に墜落した——とヘシオドスは語る——そして父のヘリオスによって星々の間に置かれた。

出典　アラトス『星辰譜』のゲルマニクスによるラテン語訳への古註。（ラテン語）

二六一b

しかしヘシオドスは、(エリダノス)は星々の間でパエトンの近くに置かれた、と言う。

出典　断片二六一 aに同じ。

註　エリダノスについては断片九八への註参照。

二六二a

ヘシオドスが示すところでは、彼女たち(パエトンの姉妹たち)の涙は、固まって琥珀になった。彼女たちはヘリアデスと呼ばれ、メロペ、ヘリエ、アイグレ、ランペティエ、ポイベ、アイテリエ、ディオクシッペである。

出典　ヒュギヌス『神話集』一五四。(ラテン語)

二六二b

パエトンの姉妹、パエトゥサとランペティエとポイベは兄弟の死を嘆いているうちに、神々の憐れみによってポプラの木に変わった。ヘシオドスとエウリピデスの示すところでは、彼女たちの涙は琥珀に変わり、流れ出したと言われている。

出典　ラクタンティウス・プラキドゥス『オウィディウスの物語の再話』。(ラテン語)

註　エウリピデスの『パエトン』は失われたが、かなりの断片が伝存する。

その他

二六三

ヘシオドスが言うには、鳥類の中ではナイチンゲールのみが眠らずにずっと眼を覚ましている。一方燕は、完全に眠らずにいるのではないが、眠りの半分を失った。これは二人がトラキアで、人倫に悖る食事を供するということを敢えて行なった、あの惨劇の罰を受けているのだ、と。

出典　アイリアノス『ギリシア奇談集』一二-二〇。

註　トラキア王テレウスはアテナイの王女プロクネを嫁に迎え一子イテュスを儲けるが、妻の妹ピロメラにも恋慕して、彼女を犯して舌を切り取った。彼女はテレウスの犯罪を織物に縫いこんで姉に知らせる。プロクネは我が子イテュスを殺し、料理してテレウスに食わせる。逃げる姉妹を神々が憐れみ、プロクネはナイチンゲールに、ピロメラは燕に変えられた（アポロドロス『文庫（ギリシア神話）』三-一四-八）。

二六四

πρωΐ（プローイ）というのは「適切な時より前に」ということで、ヘシオドスも、

時ならず、結婚もせず

死んだ人のことを語っている。

出典　(伝) アンモニオス『類似語の意味の違いについて』三五四 (Nickau, p. 92. 9-11)。

二六五

「あたかも *ἄξυλος* (アクシュロス) の森で、全てを烏有《うゆう》に帰せしめる火が襲いかかるように」(ホメロス『イリアス』一一-一五五) の *ἄξυλος* については様々な解釈がなされている。ある人は「下草ばかりの」と解し、別の人は「木材が豊かな」と釈く。しかし、「誰も木材を伐り出したことがない」と解釈するのがよく、ヘシオドスがその証拠となる。

遠くにいて木を伐り出せぬことから、船の木材が腐りつつあった。

出典　ホメロス『イリアス』一一-一五五への古註。

註　形容詞 *ἄξυλος* は *ἀ* + *ξύλον* (クシュロン、木材) から成る。第一の解釈は、「下草ばかりの」つまり「木材となる木がない」というもの。第二の解釈は、*ἀ* を否定ではなく強勢の接尾辞ととるのである。ヘシオドスの一行では名詞 *ἀξυλία* (木を伐り出せぬこと) が使われている。

二六六

λαρόν (ラーロン、美味なる、眼・耳・鼻に快い)、これはまた「柔らかい」の意味でも使われる。ヘシオドスに、

彼女らはもはや柔らかい足では歩まずに

出典　『真正語源辞典』λαρόν の項。
註　この詩行は韻律も合わず、校訂も不確実である。

二六七
「彼らは慎重に焼き上げてから、全てを引き抜いた」（ホメロス『イリアス』二四-六二四）の行に一部の学者が校訂記号を付けているのは、ヘシオドスにこうあるからである。

彼らは先ず焼き上げてから、慎重に引き抜いた。

しかし、誰も慎重に肉を引き抜いたりはしない、慎重に焼き上げるのである。

出典　ホメロス『イリアス』二四-六二四への古註A。

二六八
クリュシッポスによるヘシオドスからの引用は非常に多いのだが、例として二、三に言及するだけで十分であろう。
その胸の中《うち》に、彼の激情《テューモス》が膨れあがったからだ。
出典　ガレノス『ヒッポクラテスとプラトンの学説』三-二-一七。

二六九

そしてまた、

胸の中《うち》に、心を苛むそんな怒りを懐きつつ彼女は、

出典　断片二六八に同じ。

二七〇

ペラスゴイ人はギリシア一帯に勢力を張った人々の中で最も古いと伝えられている。(中略)ヘシオドスは言う。

ドドナとオークの木へ、ペラスゴイ人の居所へと、彼はやって来た。

出典　ストラボン『地誌』七-七-一〇。

註　断片一八一と関連するとみる説もあるが、不明。ドドナとオークの木については、そこの註参照。ペラスゴス(神話中に何人も現われる)の子孫とされるペラスゴイ人は、広くギリシアの先住民を指す名称となる。断片一一〇a以下参照。

二七一

「行動は若者のもの」、これはヘシオドスの句であると、ヒュペレイデスも『アウトクレス弾劾』の中で言っている。一種諺のようになっており、文献学者アリストパネスもこう採録している。

行動は若者のもの、謀《はかりごと》は壮年の、祈りは老年のもの。

出典　ハルポクラティオン『アッティカ十大弁論家用語辞典』Ἔργα νέων の項。

二七二

ヘシオドスが上古の生贄の習慣を賛美してこう言うのは当然である。

ポリスが生贄を執り行なうという時、上古の習慣が最上である。

出典　ポルピュリオス『肉食の禁止について』二-一八。

二七三

この語はヘシオドスにも見える。

君は父親には［　　］従順でなければならぬ。

出典　ニカンドロス『有毒生物誌』四五二への古註。

註　「従順な」と訳したκτίλος（クティロス）はニカンドロスでは、「（ドラコン、蛇は）鳥たちの雛や大切な（κτίλα）卵を貪り食いつつ」と、異なる意味で使われている。

二七四

とはいえ、君や植民者の方々に忠告することはできるけれども、私がそれを言えば、ヘシオドスが言うように、つまらぬことに思われそうだし、理解するのが難しい。

出典　プラトン『第十一書簡』三五九A。

註　前三六〇／三五九年、タソス島の人々が対岸本土に植民地を建設するにあたり、ラオダマスが師のプラトンに立法等について助言を求め、それに対するプラトンの返書である。これを偽作とする説も強い。

二七五

「街衢《がいく》を燻煙で満たす」とは、ヘシオドスで神々に生贄を捧げることを言う。

出典　ポティオス『群書要覧』二七九（五三五a三八）。

二七六

ἀγαπητή（アガペーテー、可愛がられる）娘、ヘシオドスでは一人娘のこと。

出典　ポッルクス『辞林』三-一九。

二七七

詩を作るに際して初めてこれら（六脚韻）を守ったのは誰か？　アポロンの巫女ペモノエが神がかりとなって、初めてそのような語りをしたと言われている。彼女にはヘシオドスが言及している。

出典　アウダクス『スカウルスとパッラディウスの文法書の抜粋』。（ラテン語）

註　ペモノエはアポロンの神託を告げる最初のピュティア（巫女）となり、託宣を英雄叙事詩の韻律（六脚韻）で告げることを始めたとされる（パウサニアス『ギリシア案内記』一〇-五-七他）。

二七八

（トロイア勢はアキッレウスの前に算を乱して）*πεφυζότες*（ペピュゾテス、逃げて）、ここからヘシオドスはライオンを*ἄφυζα*（アピュザ、逃げざるもの）と呼んだ。

出典　ホメロス『イリアス』二一-五二八への古註AT。

二七九

ヘシオドスは βριθύ（ブリーテュ、重く）、βριαρόν（ブリアロン、強く）の代わりに βρῖ（ブリー）と短縮形で言う。

出典　ストラボン『地誌』八-五-三。

註　この前後にホメロスが用いる短縮形 κρῖ（クリー、大麦。κριθή より）、δῶ（ドー、家。δῶμα より）、ソポクレスとイオン（前五世紀、悲劇詩人）が用いる ῥᾶ（ラー、容易に。ῥᾴδιον より）、エピカルモス（前六／五世紀、喜劇詩人）が用いる λῖ（リー、甚だしく。λίαν より）などが例示される。

二八〇

他にも大勢の人がホメロスの註釈に意を用いたが、アポロニアの人ポセイドニオスもその一人である。この人は、「オイレウス」を「イレウス」と言ったり、νήδυμον（ネーデュモン、甘く）を ἥδυμον（ヘーデュモン）と言ったり、その他諸々の点でホメロスの語法を堕落させたとして、ヘシオドスを非難している。

出典　ツェツェス『イリアス』註解。

註　イレウス（正確にはイーレウス）については断片一七六参照。

二八一

（不定関係代名詞 ὅστις ホスティスの）複数属格 ὧντινων（ホーンティノーン）の代わりに ὅτων（ホトーン）を使うことは、ヘシオドスにのみ見られることである。

出典　ピロストラトス『英雄が語るトロイア戦争』への古註、四六四頁（Boissonade）。

二八二

ヘシオドスに登場する名前*Πρόκρις*（プロクリス）は*κρίσις*（クリシス、判断）から来ている。*πρόκρισις*（プロクリシス、優先、選択）を縮めて*Πρόκρις*としたのである。

出典『ホメロス語彙の分析』α二五三。

註　プロクリスについては、夫ケパロスから貞節を疑われ試された話、逆に夫の浮気を案じて、夫の狩りの様子を窺いに行き、過って投げ槍で殺された話が名高い（オウィディウス『変身物語』七-六七二以下）。

二八三

植物や実の成る木についての語彙としては、（中略）*μαραίνεται*（マライネタイ、凋む）、*σβέννυται*（スベンニュタイ、消える）、*ἀπανθεῖ*（アパンテイ、花が終わる）、*φυλλορροεῖ*（ピュッロッロエイ、葉を落とす）、*γυμνοῦται*（ギュムヌータイ、裸になる）、*ψιλοῦται*（プシルータイ、丸坊主になる）などがあり、ヘシオドスのように、

葉落とし月

という言い方もある。

出典　ポルックス『辞林』一-二三一。

二八四

エウボイア人は女性名詞に形容詞の男性形を付けて、κλυτὸς Ἱπποδάμεια（クリュトス・ヒッポダメイア、名高いヒッポダメイア。ホメロス『イリアス』二-七四二）、θερμὸς ἀϋτμή（テルモス・アウトメー、熱き息吹。『ヘルメス讃歌』一一〇）、ἁλὸς πολιοῖο（ハロス・ポリオイオ、灰色の海の。『イリアス』二〇-二二九）などとするが、ヘシオドスにも、

城市《ポリス》が引き裂かれる時（δαϊζομένοιο πόληος）

というのがある。

出典　レスボナクス『文彩について』二-五—八（一七八頁）(Blank)。

二八五

「婢《はしため》たちは林檎色の穀粒を（μήλοπα καρπόν）臼の上で（μύλης ἔπι）挽く」（ホメロス『オデュッセイア』七-一〇四）について、腿の上で羊毛を巻きとることだ、と解釈する人たちもいる。μύλη（ミュレー、臼）には腿の先端（膝頭）の意味もあるからである。ヘシオドスにも、

彼らは μήλοπα καρπόν を μύλη の上で挽く

の詩行があるが、これは臼のように回転させる糸巻棒のことを言っている。「林檎色のもの」は「羊の果実」すな

わち羊毛房のことだ、というのである。

出典　ホメロス『オデュッセイア』七‐一〇四への古註E。

註　μύλη（ミュレー）に「臼」と「膝蓋骨、膝頭」の両意あること、μῆλον（メーロン）が「林檎」をも「羊」をも意味すること、から来る混乱である。ホメロス『オデュッセイア』七‐一〇四は本文のように訳すのが本筋であるが、古代には右記のような異論があった。ヘシオドスの詩行についてはさらに、μύλη は臼でも膝頭でもなく、「臼のように回転する糸巻棒」という異説が出された。「臼で挽く」という動詞 ἀλετρεύω（アレトレウオー）も「紡ぐ」の意味だという強弁も付け加えられて、「彼らは糸巻棒で羊毛を紡ぐ」の意味に解釈するわけである。

二八六a

ἀκαλός（アカロス）。「優しく、そっと」の意味の ἦκα（エーカ）から派生語 ἤκαλος（エーカロス）が作られ、音を短くして ἀκαλός（優しい、静かな）となる。ヘシオドスに、

静かに流れ行く

出典　『大語源辞典』ἀκαλός の項（Gaisford）。

二八六b

パルテニオス。アマストリスの町（黒海南岸）の中央を流れる川である。優しく、乙女のような流れであるところから、こう名づけられた。

嫋《たお》やかな乙女《パルテノス》の歩みの如く、静かに流れ行く

出典　ビュザンティオンのステパノス『地理学辞典』Παρθένιος の項。

二八七

プリアポスは後代の人々によって神に列せられた。ヘシオドスはプリアポスを知らないのである。

出典　ストラボン『地誌』一三-一-一二。

註　プリアポスは小アジア起源の豊穣神で、巨大な男根を具えた姿で造形された。

二八八

我々がリュクノス（λύχνος, ランプ）と呼んでいるものを、ホメロスの詩に登場する英雄たちは使っていないし、ヘシオドスもそれに言及していない。

出典　ホメロス『オデュッセイア』一九-三四への古註。

註　それ故、この行「アテネは黄金のリュクノスを持って」は後人による挿入ではないかと疑う説もある。考古

学的には、ミュケナイ文明では使われていたランプは、その後、前七世紀後半まで現われなくなるが、祭祀用にはとぎれず使われていたとも考えられる。

二八九

「テュランノス τύραννος」という言葉が新しいものであることは明らかである。ホメロスもヘシオドスも、その他いずれの古人も、作品中にテュランノスの語を使っていないからである。

出典　ソポクレス『オイディプス王』のヒュポテシス（古伝梗概）二。

註　テュランノスは前七／六世紀、各地のポリスで非合法的に支配権を掌握した独裁者、僭主をいう。ギリシア人が『オイディプス王』を「オイディプース・テュランノス」と呼んだのは、これが最高傑作であるからであった。

疑わしい断片

二九〇

他にオイネウスがイナコスの父親だと考えた人たちがいるので、ヘシオドスの聖なる物語では、イナコスは「オイネウスの子」と呼ばれている。

オイネウスの子イナコス、クロノスの子（ゼウス）に最も愛される川

出典　ナターレ・コンティ『神話集』八－二二。（ラテン語）

註　アイトリア地方の王オイネウスはアグリオスの息子たち（甥にあたる。断片系図(1)参照）に王位を追われ、アルゴスに逃れてディオメデスに庇護される。そこに村を作りオイノネと名づけるが、近くの山中にイナコス川の源流があった。このことから、オイネウスがイナコスの父とされるのであろう。ナターレ・コンティ（一五二〇―八〇年）はルネッサンス期の神話学者。ヨゼフ・スカリゲルには酷評されている。

二九一

話によると、ヘラクレスはエリス地方のトリピュリア地域へと出かけた時、ヘシオドス『ケユクスの結婚』によるとピュルゲウスの子ということになっている、レプレオスと大食い競争をした。両者食い料として牡牛を一頭ずつ殺したが、レプレオスはスピードと食い気において決して負けてはいなかった。しかし食後に、互いに妬ましいほどの能力に憤激して殴り合いとなり、レプレオスはヘラクレスの怪力の前に倒れた。

出典　ナターレ・コンティ『神話集』七－一。（ラテン語）

二九二

トロイア戦争中のこと、アキッレウスはイリオン（トロイア）周辺の町々を掠奪しつつ、昔はコロネイア、今はペダソスと呼ばれる町に到った。彼が最後まで包囲攻撃することを諦め撤退しようとしていると、城内にいる乙女

がアキッレウスに恋し、林檎を手にとると文字を刻み、アカイア軍の真ん中に投げ落とした、と言われている。そこにはこんなことが刻まれていた。

アキッレウスよ、コロネイアを陥れるまで急ぐでない。

城内に水なく、人々の渇き甚だし。

こうしてアキッレウスは留まり、水の欠乏に苦しむ町を陥れた。デメトリオス［　　　］の伝えるところである。

出典　ホメロス『イリアス』六-三五への古註D。

註　写本ではデメトリオス（パレロンのデメトリオスか？）の次が破損しているが、別写本には「デメトリオスとヘシオドス」とある。類話がある。アキッレウスが小アジア沿岸を荒らして回る時、レスボス島のメテュムナの町の抵抗が激しく陥れることができずにいたが、町の王女ペイシディケが彼に恋し、妻にしてくれるなら町を引き渡そうと内通してきた（パルテニオス『恋の苦しみ』二一「ペイシディケ」）。

二九三a

両方の言い分を聞くまでは、裁きを下してはならない。

という人に対して、ゼノンは次のように反論した。（後略）

出典　プルタルコス『ストア派の自己矛盾について』一〇三四E。

註　これは偽ポキュリデス『格言集』（紀元前後、アレクサンドレイアのユダヤ人の編集）八七に見える格言詩であるが、『ケイロンの教え』に含まれていたと考える人もあって、ヘシオドスの存疑断片に入れられる。この詩行はまた偽プラトン『デモドコス』三八三Cにも見える。ロイチュとシュナイデヴィン『ギリシア俚諺集成』中、Mantissae Proverbiorum Centuria II, 6では、この詩行はデモクリトスのもの、という。

二九三b
「両方の言い分を聞くまでは裁くなかれ」と言った人は、確かに賢者であるようだ。
出典　アリストパネス『蜂』七二五。
註　エウリピデス『ヘラクレスの子供たち』一七九にはやや詳しく、「両方からはっきりと話を聞き出すまでは、誰が裁きをつけ、理非を判断できようか」とある。

二九三c
私としてはしかし、過ってヘシオドスのものと思われているあの言葉、μηδὲ δίκην（メーデ・ディケーン、裁くなかれ）に従うが、（後略）
出典　キケロ『アッティクス宛書簡集』七-一八-四。

二九四

このように争った挙句、彼女（ヘラ）はアイギスを持つゼウスなしに、
自分の甲斐性で、輝かしい息子ヘパイストスを生んだ。
その手技にかけては、ウラノスの子孫全てを凌駕する神だ。
一方、彼の方（ゼウス）は、頬麗しいヘラを離れて、
オケアノスと髪麗しいテテュスの娘（メティス）と添い寝した。
知恵豊かな女神ではあったが、そのメティスをも欺いたのだ。
彼は女神を手でひっ摑むと、我が下腹に押しこんだ。
彼女が雷電よりも強い何かを生むことを恐れたのだ。
そのために、上天に高御座《たかみくら》を持つクロノスの子（ゼウス）は、
いきなり彼女を呑みこんだ次第。彼女はたちまちパッラス・アテネを
身籠った。それを、人間と神々の父（ゼウス）は、
トリトン川の堤にて、頭の脇から生み出したが、
メティスの方は、ゼウスの臓腑《はらわた》の中に隠されたまま、
留まっていた。アテネの母は正義を組み立てる神、
神々と死すべき人間たちの中で、最も多くを知っている。
［次いで、女神テミスが添い臥しした］。手技にかけては、

オリュンポスの館に住む全ての神々を凌駕する女神で、
アテネのために、軍勢を蹴散らす武具、アイギスを作ってやった。
猛々しい武具を纏った娘を、アイギスもろとも、彼は生み出した。

出典　ガレノス『ヒッポクラテスとプラトンの学説』三-八-一一以下。

註　ガレノスでは『神統記』八八六—八九〇、九〇〇、九二四—九二六の引用に続けて本断片が引かれるが、これは『神統記』のものではない。

一二行「トリトン川」、アテネの枕詞 Τριτογένεια（トリトゲネイア）は語源不詳であるが、それを「トリトン川の辺りで生まれた」と解いたわけである。トリトン川もリビュアのトリトニス湖に流れ込む川、ボイオティアあるいはテッサリア地方の川、等定まらない。

二九五

彼は、鳥たちが未来を予言することを許された理由を説明しようとする。（中略）第一のヘシオドスの意見はこうである。世界の至高の創造者が、カオスを諸々の要素へと形作る時に、鳥たちにこの能力を許したから、鳥たちは未来を予言するのだ、と。

出典　スタティウス『テーバイ物語』三-四八三への古註。（ラテン語）

註　「彼」とは作者スタティウス、もしくは作中での話者、予言者アンピアラオスであろう。

二九六

ヘシオドスやヘカタイオスやヘッラニコスやアクシラオス、加うるにエポロスやニコラオスらは、太古の人々は千年生きたと伝えている。

出典　ヨセフス（イオセポス）『ユダヤ古代誌』一-一〇八。

註　ヘカタイオス以下の歴史家の断片集では、ヨセフスのこの断章が採録されるばかりで、具体的な章句はない。

二九七

ピロコロスが言うには、彼らは歌を組み合わせ縫いつけるところから、ラプソドスと呼ばれた。ヘシオドスはその事情をこう明らかにする。

その時デロス島にて、私とホメロスとが歌人として初めて、
レトの御子、黄金《こがね》の太刀佩《は》くポイボス・アポロンを歌った、
新しい讃歌もて、歌を縫い合わせて。

出典　ピンダロス『ネメア祝勝歌』二-一への古註

註　ホメロスやヘシオドスの詩を朗唱するラプソドスの語源としては、ᾠδή（オーデー、歌）とῥάπτω（ラプトー、縫う）からとするものと、ῥάβδος（ラブドス、杖）で拍子を取りながら歌うから、とするものとがある。

二九八

ヘレネについて、似姿（エイドロン）を初めて導入したのはヘシオドスである。

出典　リュコプロン『アレクサンドラ』八二二のパラフレーズ。

註　トロイア王子パリスがスパルタの王妃ヘレネを奪い去ったのがトロイア戦争の原因となっているが、それに対して、パリスが連れ帰ったのは雲から作られたヘレネの似姿で、本人はエジプトに留まった、とする異説が生まれた。これを最初に言ったのは抒情詩人ステシコロスのようである。彼はテュンダレオスの娘たち（ヘレネとクリュタイメストラ）を淫乱な女だと罵る詩を作ったため（断片二四七参照）、ヘレネ（実はゼウスの娘）の神罰が下り、失明した。しかし、すぐに「ヘレネはトロイアへは行かなかった」旨のパリノディア（歌い直しの歌）を作ったところ、たちまち視力を回復したという（プラトン『パイドロス』二四三A）。エウリピデスの『ヘレネ』『エレクトラ』もヘレネの似姿を前提にした劇である。

二九九a

ヘシオドスが言うところでは、このヘスペリデスというのは、アイグレとエリュテイアとヘスペレトゥサで、夜《ニュクス》の娘たちであり、オケアノスの向うで黄金の林檎を保っていた。

出典　ウェルギリウス『アエネイス』四-四八四へのセルウィウス註釈。（ラテン語）

註　ヘスペリデスはオケアノスの向うの園で、ゼウスとヘラの婚礼の折に大地《ガイア》が贈った黄金の林檎の樹を守っていた。後にヘラクレスが十二の難業の一つとして、この林檎を奪いに来る。

二九九b

ヘスペリデスというのは牧神のようなニュンフでこのように（夕べの娘たちと）呼ばれ、所謂黄金の林檎を見張っている。ロドスのアポロニオスの言うところでは、「エリュテイアと牛の眼をしたヘスペレトゥサ」である。

出典　アレクサンドレイアのクレメンス『ギリシア人への勧め』への古註、三〇二頁三四以下（Stählin）。

註　アポロニオス（ロドスの）『アルゴナウティカ』四‐一四二七ではヘスペリデスの名は、ヘスペレ、エリュテイス、アイグレであるから、クレメンスはヘシオドスの伝と混同している。

三〇〇a

また、彼らに向かってこんな歌を聴かせてもいけない。

贈物は神々を、贈物は畏れ多い王たちを、説得する。

出典　プラトン『国家』三九〇E。

三〇〇b

「贈物は神々や畏れ多い王たちをも説得する」、この行をヘシオドスのものと考える人たちもいるが、プラトン『国家』三巻でも言われている。

出典 『スーダ辞典』δ 一四五一。

註 類似の句として、「贈物は神々をも説得するという話です」（エウリピデス『メデイア』九六四）、「贈物は人をも神をも虜にする」（オウィディウス『恋の手ほどき』三-六五三）などもある。

三〇一

これ（月の七日）についてヘシオドスはこのように言う、

まず、朔日《ついたち》、四日、七日は聖なる日（『仕事と日』七七〇）

そしてまた、

七日には再び太陽の輝かしい光。

出典 アレクサンドレイアのクレメンス『雑録』五-一四-一〇七-二。

註 七日はレトがアポロンを生んだ日である。

三〇二

φοῖβον（ポイボン）は稀語としては καθαρόν（カタロン、浄らかな）の意味で、ヘリオドロスもこう言っている。

彼は浄らかな水を運び来て、オケアノスの流れに混ぜた。

出典　ソフィストのアポロニオス『ホメロス語彙集』一六四頁一四（Φοῖβος の項）。
註　ヘリオドロスをヘシオドスに改める説がある。

三〇三
爪の曲がった鳥（猛禽類）は、単純に言えば、まったく飲むことをしない。しかし、ヘシオドスはそのことを知らず、「ニノス（ニネヴェ）包囲の物語」の中で、予言の首座を占める鷲に飲ませている。
出典　アリストテレス『動物誌』六〇一a三一以下。
註　ヘシオドスをヘロドトスとする写本もあるが、ヘロドトスにもこの記事はない。鷲はゼウスの聖鳥で、ゼウスがこれを前兆として飛ばす例は多い（ホメロス『イリアス』一二-二〇一他）。

三〇四
イオ・カッリテュエッサ。アテネの最初の祭司がカッリテュエッサと呼ばれた。
出典　ヘシュキオス『辞典』ι 一一八五（Ἰὼ καλλιθύεσσα の項）。
註　カッリテュエッサは「見事な生贄を捧げる女」と解釈できるので、アテネをヘラに改め、本断片と断片七二を関連づける説がある。

三〇五

アクタイオンの犬の名前は［　　　］によると次のとおりである。

さて今や、まるで獣にたかるように、（アクタイオンの）美しい体を取り巻いて、
獰猛な犬どもが、彼を分けあった。真っ先に近くに［アルケナ］、
［　　　］それに続いて、屈強な仔犬ども、
リュンケウスに快速で評判のバリオス、はたまたアマリュントスに、
一頭残らず名前を添えて数え上げたなら［
その時、ゼウスの指図でアクタイオンを殺すこと［
最初に主人の黒い血を啜ったのは、
スパルトスにオマルゴスに、行くこと飛ぶが如きボレス。
これらが真っ先にアクタイオンを啖い、血を貪った。
続いて他の全てが、我先にと飛びついたのだ。

出典　アポロドロス『文庫（ギリシア神話）』三-四-四。

註　この詩は古い語法を含んでもいるが、ヘレニズム時代のものとするのが大勢である。五―六行は意味を取りにくい。アクタイオンについては断片一六一参照。オウィディウス『変身物語』三-二〇六以下では三六頭もの犬の名が示され、他にも多数いたという。

三〇六

ボイオティアの人、［甘き］ムーサイに仕える
ヘシオドスがこう言った、
不死なる神々が尊ぶほどの者には、
人の世の名声もついてまわると。

出典　バッキュリデス『祝勝歌』五‐一九一―一九四。

註　ヘシオドスの現存する詩句にこれとぴったり重なるものはないが、『神統記』八一―九七の趣旨を緩やかに指すかと考えられる。

解説

一、ヘシオドスの生涯と年代

ギリシア文学史の劈頭に聳える二つの山塊。ホメロスとヘシオドスはそのように評せられるが、実在したかどうかさえ定かならぬホメロスの名に帰せられる『イリアス』一万五千余行、『オデュッセイア』一万二千余行に比べると、真作たるを疑われないヘシオドス『神統記』一〇二二行、『仕事と日』八二八行はいかにも小振りである。しかし、英雄叙事詩の伝統に育まれて古今に冠絶する二作品を残したホメロスに対して、同じ叙事詩の言語・韻律を用いながら、宇宙開闢から現在に至る世界の秩序の成り立ちを説き明かし、そこに生きる人間の生き方を説き勧める詩を構想したヘシオドスの革新性も、文学史および思想史の中で輝いている。

ヘシオドスはギリシア文学史上初めて作品中で自分のことを語った詩人である。とはいえ、作品から知られる伝記的要素は多くなく、次のことでほぼ尽きてしまう。

ヘシオドスの父はアイオリス地方（小アジア西岸）のキュメで貿易を生業《なりわい》としていたが、貧困に堪えかねて、ギリシア本土のボイオティア地方に移住し、ヘリコン山麓のアスクラという村に住みついた（『仕事と日』六二三以下）。ある時、羊を飼うヘシオドスの前に詩神《ムーサ》たちが現われ、月桂樹の杖と霊感の声とを与えて彼を歌人の道に導き入れた（『神統記』二二以下）。ヘシオドスが海を渡ったのは一度のみ。エウボイア島のカルキスで行なわれたアンピダマス王の葬送競技に参加して、歌競べで優勝し、賞品の鼎は詩神《ムーサ》たちに奉納した（『仕事と日』六五〇以下）。ヘシオドスにはペルセスという兄弟がいたが、性根の悪い怠け者で、父親の遺産分割にあたってヘシオドスの分まで強奪した（『仕事と日』三五以下）。

これだけである。しかも、この中にも詩的フィクションを見ようとする考えもあるが、私は以上のことは伝記的事実と認めておきたい。その上で、各項について些か註釈めいたことを加えてゆこう。

ヘシオドスは父母の名前は明示していない。証言一、二、九五他によると、父の名はディオス、母はピュキメデとされるが、これは後人の作り事であろう。ヘシオドスが「働くのだ、名門の出のペルセスよ」と兄弟を促す箇所があるが（『仕事と日』二九九）、「名門の出」と訳したものの原文は δῖον γένος（ディーオン・ゲノス）。δῖος（ディーオス）は「神の如き」というのが原義ながら、「高貴な、立派な」程度の意味で広く人や物を形容する言葉で、ここからペルセスとヘシオドスの父親の名が作られたと考えられるからである。ピュキメデも「知恵の詰まった女」というほどの意味になり、賢者ヘシオドスの母親にふさわしい名として虚構されたに違いない。

ヘシオドスの父が小アジアからギリシア本土に移住したのは前八世紀中頃のことと推測される。アイオリス地方のキュメは、ロクリス地方（ボイオティア地方の北隣）の住民が、別伝ではエウボイア島の町キュメの住民が前十一世紀に植民して建てた町で、交易の要衝として大いに栄えたが、ヘシオドスの父はそこでの暮らしに破綻して、ギリシア本土に渡った。ということは、父祖の地の近くに戻ったわけである。彼はヘリコン山麓のアスクラ村で割当地を手に入れ、ヘシオドスとペルセスという少なくとも二人の男子を儲け、死に際しては息子たちに遺産（地所）を残したから、恐らく農業で暮らしを立て直したのであろう。

ヘシオドスは海を渡ったのは生涯にただ一度というから、両親がアスクラへ移住した後に生まれたと考えられるが、彼はその生まれ故郷を「みすぼらしい村、冬は辛く、夏は堪えがたく、善き時とてないアスクラ」（『仕事と日』六三九以下）と描いている。アスクラを訪れたことのない評者、例えばフレイザー（パウサニアス『ギリシア案内記』の註釈）やシンクレア（『仕事と日』の註釈）がヘシオドスの言葉をそのままに、この地の苛酷な気候風土を言うのに対して、この地を旅したリーク（W. M. Leake, Travels in Northern Greece. II, London 1835, 491 ff.）は、「美しい景色、快適な夏の避暑地、肥沃な野に囲まれ、冬中穏やかな気候に恵まれた地」と報告している（Wallace, 8 f.）。ヘシオドスが故郷をこんなに酷評するのは自分の気持からではなく、住み慣れた地と生業を捨てて見知らぬ土地に移り住まざるを得なかった父親の無念を映している、という解釈があるが、穿ち過ぎのように思われる。ウェッレイユス・パテルクルスは、ヘシオドスは祖国から罰を受けたので祖国を罵っていると記すが（証言七）、これも根拠はない。

牧童として暮らしていたヘシオドスに転機が訪れる。

さて、ある時女神らは、このヘシオドスに美しい歌を教えてくれた、
神さびたヘリコンの麓で、羊を飼っていた時のことだ。
（中略）

偉大なるゼウスの娘、言の葉の匠たちはこう言うと、
瑞々しい月桂樹の枝を折って、私の杖にと
下さった。見事な杖だ。そして、これから起こること、
既にあったことを歌い広めるよう、私に霊感の声を吹きこんで、
併せて命じたのは、永遠に在《いま》す至福なる神々の族《やから》を祝《ほ》ぎ歌うこと、
初めと終わりには必ず、他ならぬムーサたちを歌うことだった。

（『神統記』二二以下）

これはヘシオドスの如何なる経験を語るのであろうか。ギリシアには詩人の聖別とでも言うべき伝説があり、例えば合唱抒情詩の大家ピンダロスは、若き日の旅の途上、熱暑に疲れて道のほとりでまどろむうち、蜜蜂が飛来して唇に蜜蠟を塗り、それ以来詩人になったという（パウサニアス『ギリシア案内記』九-二三-二）。哲学者プラトンも幼い頃、父母が詩神《ムーサ》かニュンフの祭を勤める間、ミルテの木蔭に寝かしておかれたところ、ヒュメットス山の蜜蜂がその口に蜜を滴らせ、彼が将来雄弁家になることを約束したという（アイリアノス『ギリシア奇談集』一〇-二一）。

しかしヘシオドスの場合、象徴的な蜜蜂というに留まらず、詩神《ムーサ》たちが現《うつつ》に顕われ、詩人の職分を示す杖を与え神の声を吹きこんだというから、ヘシオドスは詩人として召命を受けたことになる。詩神《ムーサ》の顕現は信じがたいとして、ヘシオドスは夢を見たのだと解釈する人もあるが、それはある意味では当たっているかもしれない。というのは、夢を見たことによって歌人となる話がしばしば報じられるからである。

チベットで語り継がれてきた世界最長の英雄叙事詩『ケサル王の物語』というものがある。梵天により地

上に遣わされたケサルが競馬に勝って王となり、周りの国々を討ち従えてゆく物語、と言えば簡単だが、これは朗読するのに平均六、七時間、長いものは一〇五時間をも要する物語の集積で、そんな物語が二〇〇部ほども存在するという。途方もない長さであり、成立についても七世紀から十五世紀と学説は定まらないようである。二〇〇一年五月のこと、十一歳のスタドルジ少年はそれまでこの物語を聞いたことも読んだこともなかったのに、不思議な夢を見たことで物語を語れるようになり、三年後にはレパートリーも一八部に増えたという（「朝日新聞」二〇〇四年一月二六日、「神秘の口承叙事詩　残せ」）。

キルギスの英雄叙事詩『マナス』は、矢も通らぬ白豹の皮を纏い無敵の白馬に跨がって、四〇人の勇士と共に次々と敵を打ち破り、父祖の地に帰還する英雄マナスを歌う物語群である。その専門の語り手はマナスチと呼ばれるが、彼らは幻覚の中でマナスとその部下たちに召されて歌い手となり、修業時代にはタラス渓谷のマナスの墓と伝えられるものの傍で眠ったという（A. T. Hatto, ed., Traditions of Heroic and Epic Poetry. I, London 1980, 305）。ジュースフ・ママーイ（一九一八年生まれ）というマナスチは十三歳の時に五人の騎馬武者に会った夢を見た。ママーイが最後尾の騎士の傍に駆け寄ると、その人は、先頭を走るのが英雄マナス、その次がバカイ老人、その後ろがアルマムベト、そして続くのがチュワクだと教えてくれた。それ以来ママーイは、『マナス』の写本を一度見ただけで暗記できるようになったという（若松寛訳『マナス　少年篇』平凡社東洋文庫、三二九頁）。

詩人の召命はエリアーデが豊富に紹介するシャーマンのイニシエーションと似通うし（M. Eliade, Shamanism. Archaic Techniques of Ecstasy. Princeton UP. 1964）、あるいは宗教者の神がかりを思い出してもよいかもしれない。大本教の開祖出口ナオ（一八三七―一九一八年）は明治二五年からしばしば神がかりに陥るようになったが、狂人として座敷牢に閉じこめられること四〇日、碌に食物も与えられず、掌をしゃぶってひもじさを凌いだ。ナオは無筆であったが、神の命ずるままに、落ちていた釘を拾い、柱に文字を書きつけるようになったのが、ナオの筆先の始まりという。明治二九年旧一二月二日の筆先は、ヘシオドスが語る「五時代の説話」の鉄の世を連想させるところがある。

昔の初《はじま》りと申すものは、誠に難渋《なんじゅう》な世で有《あ》りたぞよ。木《こ》の葉《は》を衣類《きるい》に致し、草や笹《ささ》の葉を食物《たべもの》に致して、切《きれ》物《もの》一つ在《あ》るでなし、土に穴を掘りて住居《すまい》を致したもので有りたが、天地の神々の御恵《おかげ》で、段々《だんだん》と住家《すみか》も立派《りっぱ》になり、衣類《きるい》も食物《たべもの》も結構に授けて戴《いただ》く様《やう》になりたのは、皆此世《このよ》を創造《こしらへ》た元の活神《いきがみ》の守護で、人民が結構になりたのであるぞよ。人民は世が開けて、余り結構になると、元の昔の活神の苦労を忘れて、勝手気儘《きまま》に成りて、全然《さっぱり》世が頂上《てっぺん》へ登りつめて、誠の神の思ひを知りた人民は漸々《だんだん》に無くなりて、利己主義《われよし》の行方《やりかた》ばかり致して、此世《このよ》を強い者勝ちの畜生原《ちくしやうばら》にして了《しま》ふて、神の居る所も無い様に致したから、モウ此儘にして置いては、世界が潰《つぶ》れて、餓鬼《がき》と鬼との世に成るから、立替《たてかへ》を致さな成らん事に、世が迫りて来たのであるぞよ。

（出口ナオ、村上重良校注『大本神諭　天の巻』平凡社東洋文庫、一二頁）

ヘシオドスは詩神《ムーサ》たちの訪れを受けたのか、そのような夢を見ただけなのか、それとも話そのものが作り事なのか。ヘシオドスを一介の農民詩人ではなく偉大な思想家と見て、その作品に哲学の萌芽を読みとろうとする人たちは、寒村の牧童が大詩人になったことについても合理的な説明をしようとする。アスクラは確かに奥まった村であったが、東南方向に近いテスピアイの町では祭礼や叙事詩の朗唱の機会があり、ヘシオドスもそこで叙事詩の言語を聞き覚え、自ら詩作に手を染めるようになったのだ、という風に。そのようなこともあったであろう。しかし私は、ヘシオドスはチベットの少年のように、あるいはシャーマンや出口ナオのように、神秘的な体験を経て詩人となったと考えている。

ヘシオドスがアンピダマス王の葬送競技に参加して歌競べで勝った、という条（『仕事と日』六五〇以下）からは奇妙な物語（伝記）が作られている。『ホメロスとヘシオドスの歌競べ』と呼ばれるその物語は、フリードリヒ・ニーチェとヴィラモーヴィッツ-メレンドルフが成立を巡って激しく対立したことで、文献学史に話題を残している。この『歌競べ』は前四世紀の弁論家アルキダマスの『ムーセイオン』（散逸）を基に作られた、とニーチェが主張したのに対して、ヴィラモーヴィッツは、これは学者の手に成るものというより民衆本で、前六世紀にも溯りうるものだと論じたのである（Wilamowitz-Moellendorf, 400 ff.）。いずれにしても、『歌競べ』はハドリアヌス帝（在位一一七—一三八年）に言及しているから、現在の形に纏められたのは二世紀前半以後ということになる。

さて、『歌競べ』はヘシオドスとホメロスの生国と系譜を述べた後、二人が旅の途中で出会い、エウボイア島のカルキスに渡って歌の技を競った次第を物語る。競技はヘシオドスが次々に問いを発し、ホメロスが答える形で進められたが、当意即妙の応接をするホメロスの勝利は誰の目にも明らかであったのに、審判役の王は更に、両者に自作の中から最も美しい詩節を朗唱させた。ヘシオドスが『仕事と日』三八三以下を歌えば、ホメロスは『イリアス』からギリシア軍とトロイア軍の相撃つ場面を吟じたが、戦争と殺戮を歌うホメロスより農業と平和を勧めるヘシオドスの方が優れているとして、賞品はヘシオドスの手に帰すのである。

『歌競べ』はこの後、それぞれの道を辿るヘシオドスとホメロスが神託を解き誤ったり失念したりして、共に賢者らしからぬ死を迎える経緯を語る。ヘシオドスの最期については証言二や三二も伝えるが、とある町に滞在した折り、宿主の妹を誘惑したと疑われて殺されたという。主人と客人は心を同じくせねばならぬと説いた（『仕事と日』一八三）ヘシオドスが、これは何としたことであろう。

ギリシア詩人の伝記は面白おかしいフィクションに満ちているが、作り事をする際の一つの常套は、作品中に述べられた事柄からありもしない物語を紡ぎ出すことである。ヘシオドスが歌の競技で優勝したことは事実であろうが、『歌競べ』にあるように、ホメロスを相手に丁々発止の応酬があったというのは、アリストパネス『蛙』の中で繰り広げられるアイスキュロスとエウリピデスの歌合戦と同じくらい荒唐無稽なのである。では、『仕事と日』で高いモラルを説いているヘシオドスが、若い娘を誘惑してその兄弟たちに殺されたというような奇説は、作品のどこから作られたのであろうか。

今は私としては、私も我が息子も、この世間で、
正しい人間でなどありたくない。不正な奴の方が裁判で
得をするのなら、善い人間であるのは悪いことだからだ。

（『仕事と日』二七〇以下）

レフコヴィッツは、この三行が姦通者ヘシオドスの伝を作らせたのではないかというが（M. R. Lefkowitz, The Lives of the Greek Poets. The Johns Hopkins UP. 1981, 4）、そうだとすれば、ヘシオドスの逆説は伝記作者に通じなかったのである。

ヘシオドスとならず者の弟ペルセスのことについては、『仕事と日』の作品解説のところで触れたい。

虚構の伝記より重要なのは、ホメロスとヘシオドスの先後関係と、ヘシオドスが作詩にあたって文字を用いたかどうかという問題である。証言一から一五に見るように、古代にはホメロスが年長だとするもの、ヘシオドスの方を古くに置くもの、二人は同時代人であったとするもの、三つの考えがあったが、いずれも確たる根拠があるわけではない。しかし、現在においても決定的な判断材料が見つけ出されたとは言えず、言語特徴や考古学的事実を基にいろいろ論じられるものの、結局は印象判断たるを免れていない。

ヘシオドスとホメロスに共通して現われる事柄を比較して両者の先後を探るアプローチがある。例えば、『神統記』には河川のカタログ（三三七以下）や大洋《オケアノス》の娘たちのカタログ（三四九以下）など、羅列の文学とでも呼ぶべきものがあり作品に魅力を添えているが、圧巻は海の老人ネレウスの娘たち（ネレイデス）のカタログで、二四三から二〇行にわたって、息も継がずに五〇人の名が呼び上げられる。一方、『イリアス』（一八－三八以下）にもネレイデスのカタログが現われる。アキッレウスが莫逆《ばくげき》の友パトロクロスの死を知って、大地にうち伏して呻くと、海の底に住む母親テティスが逸早く彼の悲痛の叫びを聞く。テティスはネレウスの娘で、心配して周りに集まって来る姉妹たちの名が列挙されるのである。

ところが、ヘシオドスでは五〇人いるネレイデスが、『イリアス』では三三人でしかない。このことから、ヘシオドスの五〇人は長過ぎると考えたホメロスが三三人で止めた、あるいは逆に、ホメロスの三三人に不満を感じたヘシオドスが総勢五〇人を挙げた、などという考えが出されるのである。しかし、ヘシオドスの五〇人とホメロスの三三人の中、名前が一致するのは一七名しかないことから見て、両詩人は何らかのリストを基にしながら、それぞれ独自のカタログを作ったと考えるべきであろう。

地の底深くにあるタルタロスの描写はどうであろう。ヘシオドスの宇宙は天空・大地・タルタロスの三層から成り、『神統記』七二〇以下によると、青銅の金敷を天から落とせば、九日九夜落下して十日目に大地に着き、大地からそれを落とすと、同じ日数をかけてタルタロスに達するという。一方、ホメロスの宇宙は天空・大地・冥界《ハデス》・タルタロスの四層で、天・地の距離と冥界《ハデス》・タルタロスの距離が同じだという（『イリアス』八・一三以下）。これについて『神統記』の註釈者ウェストは、ヘシオドスの描写が先にあって、ホメロスはそれを乗り越えようと試みた、と考えている。

ウェストはもちろんこれだけではなく様々な考察に基づき、ヘシオドスがホメロスより古いと主張するのであるが（West, Hesiod Theogony, 46）、賛同者は少ない、と自ら認めている。ホメロスの『イリアス』は前八世紀後半の早い時期、数十年遅れて『オデュッセイア』、ヘシオドスの『神統記』は前七三〇年頃、『仕事と日』は前七〇〇年頃、それぞれの成立をこの辺りに見るのが多数説ではないかと思う。

ヘシオドスが文字を用いたかどうかの問題についても、確定的なことは言えない。エジプト産のパピルスは未だ使われていなかったと思われるので、ヘシオドスは木板か獣皮に作品を書き付けたか、口述して誰かに書かせた、とウェストは言うが、その推論には一理あるように思われる。自分のことを一人称で語り（『神統記』二四のように）、兄弟のペルセスを叱りつけたり、父親の夜逃げ同然の移住を語ったりする詩（『仕事と日』）を、ヘシオドス以外の人々が口承で歌い継ぐであろうか。これらはヘシオドスが自分のために書き、自分の手許に置いた作品にすぎぬ。こんな私的な作品がヘシオドスの死後も残ったのは、書かれていたからである、というのである。淀みなく口を衝いて出るというより、苦吟しながら編み上げたような作品の性格も、書かれたものであることを示唆するという（West, Hesiod Theogony, 40, 48）。

ヘシオドスの名の下に伝わる全てをローブ叢書の二冊に纏めたモストの功績は大きいが、彼もヘシオドスは文字を使用したと考える。『仕事と日』一一以下で「そもそも争い《エリス》というのは一種類ではなかった。この地上には、二種類あるのだ」とヘシオドスが立言するのは、『神統記』二二五で語った争い《エリス》の系譜を訂正するものであるが、旧説が書き物の形で世の中に定着していたからこそ、新しい詩で打ち消さなければならなかった、と考えるわけである（Most, Hesiod Theogny etc. xxi）。

しかし、このような考えが優勢だというわけではなく、エドワーズなどはヘシオドスの語形や作詩法を詳細に分析した結果、ヘシオドスの文字使用にはむしろ否定的で、ウェストの推論には丁寧に反論を行なっている（G. P. Edwards, 190 ff.）。私自身は確信を持てずにいるものの、ヘシオドスは文字を用いなかったのではないかとの考えに傾いている。修飾句《エピセット》や定型句《フォーミュラ》、典型的場面の用意など、文字の助けなしに長い詩を紡いでゆく技術の発達した口承詩の伝統の中でヘシオドスも活動していたこと、詩神《ムーサ》の召命により詩人となり、詩神《ムーサ》への呼びかけの形で詩を作ることが単なる詩的慣例以上のものに思えること、アルファベットの使用は前八世紀半ばに始まっているとはいえ、長いものを書くスピードは未だ獲得されていなかったと考えられること、などを漠然と考えている。基本的に神々の系譜という一本線に沿って作品を進めて行く『神統記』は文字の助けなしに作られたが、思想も深まった数十年後、連想の赴くままに話題を変えて行く『仕事と日』は、書いては止まり書いては止まりして仕上げられた、というような考えにも誘われるが、根拠のない憶測は慎むべきであろう。

二、作品

ヘシオドスの名の下に伝わる作品は数多いが、完全な形で残るのは『神統記』、『仕事と日』、『ヘラクレスの楯』（以下では『楯』と呼ぶ）の三作のみで、更にその中、今日ヘシオドスの真作と認められているのは『神統記』と『仕事と日』だけである。言語特徴の面から比較すると、『神統記』と『仕事と日』は同じ程度に非ホメロス的要素を含むが、『楯』はヘシオドスよりむしろホメロスに近いという（G. P. Edwards, 196）。

ホメロスの『イリアス』と『オデュッセイア』は随分趣が異なるとはいえ、共にトロイア戦争に関わる英雄叙事詩である。対してヘシオドスの場合は、一方は神々の世界をカタログ風に歌ったもの、他方は地上の人間に向けた教訓詩であり、同じジャンルの作物とも思えぬほどの違いがある。しかし、天上の支配者の交替を経て、最後に神々の王となったゼウスの正義によってこの世界が秩序づけられていることを謳いあげる『神統記』と、そのゼウスの正義に則って生き働くべきことを説く『仕事と日』は、正義という原則で貫かれている。ミレトスのタレスに始まる自然哲学は、万物の根源は何かを究めようとして自然研究を行なったが、ソクラテスも初めその道を志しながら、やがてそれに慊《あきた》らなくなって人間の探究に向かったと伝えられる。そんな哲学史の流れのようなものを、ヘシオドスは一身の中に生きたのではないかと思われる。

（1）『神統記』Theogonia

大抵の民族は宇宙の始まりや神々の誕生を物語る神話を持っているが、その神話は匿名の集団によって伝承されたか、さもなければ、国家的な事業として編纂されている。歴史の始まりの時期において、その国の神話を整理統合しようとした人として、ヘシオドスのように個人の名前が残るのは極めて珍しい例だと思われる。この点について、我々には恰好の比較材料として『古事記』がある。その「序第二段」は『古事記』撰録の経緯を記して言う。

ここに天皇詔《の》りたまひしく、「朕《われ》聞きたまへらく、『諸家の賷《もた》る帝紀及び本辞、既に正実に違《たが》ひ、多く虚偽を加ふ。』といへり。今の時に当たりて、其の失《あやまり》を改めずは、未だ幾年をも経ずしてその旨《むね》滅びなむとす。これすなはち、邦家の経緯、王化の鴻基《こうき》なり。故《かれ》これ、帝紀を撰録し、旧辞を討覈《たうかく》して、偽《いつは》りを削り実《まこと》を定めて、後葉《のちのよ》に流《つた》へむと欲《おも》ふ。」とのりたまひき。

（倉野憲司校注、岩波文庫、一五頁）

すなわち、壬申の乱に勝利して飛鳥の浄原《きよみはら》に即位した天武天皇は、天皇家支配の正当性を証しする統一的文書を定めようとするが、邦家の経緯（国家行政の根本組織）、王化の鴻基（天皇徳化の基礎）である帝紀（天皇の系譜と事績）と本辞（神話や物語）は家毎に違って伝えられているので、その誤りを正し一書に纏めて後世に伝えたい、というのである。そしてそのために、人となり聡明で、一度目にすれば口に出して誦《よ》むことができ、一度耳にすれば暗記できた稗田《ひえだの》阿礼《あれ》を起用して、帝皇日継（帝紀）と先代旧辞（本辞）を誦み暗記させたことはよく知られている。「口に出して誦《よ》むことができた」というのは、漢字を用いて大和言葉を表記するのに家毎に違った方式があって、余人には訓《よ》むことすら難しかったと思われるが、阿礼は一見してそれを訓読できたのであろう。

このように『古事記』は国家の意思によって編まれ、天皇家の今が天地初発の神々に溯って繋がることを示すことにより、天皇家支配の正当性を証ししようとする神話・歴史の書である。それとの対比で言うならば、『神統記』はヘシオドスという個人が詩神《ムーサ》の召命を受けて、原初に出現した神々からゼウスに到る幾闘争を語ることにより、今の世がゼウスの正義によって秩序づけられたものであることを謳いあげた叙事詩である、ということになる。

『神統記』の構成はほぼ次のように見ることができるであろう。

一—　序歌。詩神《ムーサ》への呼びかけ。
一一六—　宇宙開闢。カオスの子、大地《ガイア》の子。
①一五四—　クロノスによる天空《ウラノス》の去勢。王権の交替第一幕。
二一一—　夜《ニュクス》の子、争い《エリス》の子、海《ポントス》の子、等。
四一一—　ヘカテ讃。
②四五三—　クロノスの子ゼウスの誕生。王権の交替第二幕。
五〇七—　イアペトスの子。
③五三五—　プロメテウスとゼウスの対決。女性の誕生。
④六一七—　ティタノマキア。

七二一―　タルタロスの描写。
⑤八二〇―　ゼウスとテュポエウスの戦い。
八八一―　ゼウスの登位、ゼウスの結婚、等。

一口に神々と言っても、『神統記』の神々は四種類に分類できる。まずオリュンポス神族。オリュンポスの峰に住み現在の世界を治める神々で、ゼウスとヘラ、ポセイドン、アテネ、アポロンとアルテミス等、豊富な神話を有し日常的な崇拝の対象でもある。次にティタン神族。オリュンポス神族の親の世代で、その敵として現われる他は神話を持たず、ほとんど祭祀の対象にもなっていない。百手の巨人《ヘカトンケイレス》や巨人族《ギガンテス》もここに入る。第三は大地《ガイア》や天空《ウラノス》、夜《ニュクス》と昼《ヘメラ》といった自然そのものの人格化。そして第四は争い《エリス》、戦い《マケ》、秩序《エウノミア》、正義《ディケ》、平和《エイレネ》（季節の三女神）といった抽象概念の人格化である。

『神統記』は「誰それの子」としてこれらの神々の系譜を歌い全ての神々の位置を定めながら、合間合間に①から⑤の物語を語って、始源から今へと時間を進めてゆく。その結果、複雑晦渋な神々の世界が、カオスから生まれた諸悪の系譜と大地《ガイア》からゼウスに至る神々の系譜の、二本の線に整理されてしまう。このヘシオドスの力業には驚く他ない。

『神統記』の骨子は天界における三代の支配者の交替である。最初の支配者天空《ウラノス》を末子のクロノスが追い落とし、今度はそのクロノスを末子のゼウスが倒す。ゼウスは父クロノスに代わって王位に就いた後も、ティタン神族と一〇年にわたって戦い続けなければならず、百手の巨人《ヘカトンケイレス》の援助を得て辛うじて勝利を収める。

そしてその後に、最大の敵テュポエウスを独力で打ち破って初めて、神々の王と認められる。実はそのゼウスも、自分より優れた子に取って代わられる可能性があったが、彼がメティス（知恵）を腹中に嚥みこみ、アテネを自分の頭から誕生させたため、子が父を倒す連鎖は断ち切られ、ゼウスの支配が永遠のものとなるのである。

この王権の交替の神話については、オリエントにモデルがあると古くから指摘されて来た。一つはバビロニアの天地創造神話『エヌマ・エリシュ』で、成立はハンムラビ王のバビロン第一王朝（前二千年紀前半）に溯るかとされる。それによると、原初にアプスー（淡水、男神）とティアマト（塩水、女神）がいて、そこからラハムとラハム、アンシャルとキシャルが生まれ、アンシャルからアヌが、アヌからエアが、エアからマルドクが生まれた。若い神々が騒々しくするのをアプスーが憎んで滅ぼそうとするが、エアが先手を打ってアプスーを捕えて、殺す。夫を殺されたティアマトが怪物たちを創造して復讐を図ると、若い神々は怖気づくが、天命を授与されて主権者となる約束でマルドクが立ち向かい、一騎討でティアマトを倒す。ティアマトの死体から天や山河が造られる（邦訳は『古代オリエント集』による）。

これは天界の争闘ということで『神統記』を思わせるのであるが、ヒッタイトの「クマルビ神話」は更によく似ている。こちらはヒッタイト王国がフルリ人の影響を強く受けた一三八〇―一二〇〇年頃の成立とされ、フルリ人の神話のヒッタイト語訳と目されるが、その大本には当然シュメル・バビロニアの神話がある。それによると、天上の王アラルは在位九年目に神々の王アヌ（アラルの給仕であった）の反抗にあい、敗れて暗い地に降る。更に九年後、クマルビ（アヌの給仕であった）がアヌに戦いを挑み、アヌの陰部を噛み切り精液を呑み込む。慌てて吐き出すが、クマルビの体内で天候神が成長し、生まれると、アヌの命令によりクマルビと戦い、倒す。クマルビは巨岩と交わってウルリクムミを生ませ、こっそりと海で育て、巨大な体に成長した後に天候神と戦わせる。陰部を噛み切られるアヌは去勢される天空《ウラノス》に、クマルビはクロノスに、天候神はゼウスに、ウルリクムミはテュポエウスに対応すると考えられるのである。

もちろん、「クマルビ神話」と『神統記』は相違も顕著であるが（最初の王アラルに対応するものが『神統記』にはない。陰部からアプロディテが誕生する話は『神統記』にのみ、等）、全体的な類似は驚くほどと言わねばならない。しかし、時代も地域も大きく隔たるヘシオドスがどのような経路でオリエントの神話を採り入れることができたのか、全く明らかにはされていない。

『神統記』はどこで終わるのかという問題もある。一〇二一からの二行「さあ今度は、女《おみな》らの族《やから》を歌って下さい。アイギスを持つゼウスの姫君、オリュンポスに住む言の葉甘き詩神《ムーサ》たちよ」は『名婦列伝』の冒頭と同じであり、これは『神統記』を系譜文学の大きな枠組みの中に組み込もうとした後人による追加と考えて間違いない。しかし、『神統記』を九二九で、九三九で、九六一で、九六四で終わると考える諸説は、それぞれ一理あるように見えるものの、確たる根拠があるわけではない。ウェストは言語・スタイルの急変と後代の話題の混入を根拠に、九〇〇までがヘシオドスの真筆で、ゼウスの最初の結婚で『神統記』は終わったと考えるが、その場合には終わり方が唐突で、作品は未完ということになる。この問題も、今となっては不明のままにおくしかないように思われる。

(2)『仕事と日』Erga kai Hemerai

『仕事と日』というタイトルは内容を欺いている。そのことはこの詩の構成を見れば了解されるであろう。

一― 序歌。ゼウス讃。

一一― 二種類の争い《エリス》。

四二― パンドラの物語。

一〇六― 五時代の説話。

二〇二― 鷹とナイチンゲールの寓話。正義について。

二八六― 労働の勧め。

三二〇― 様々な教え。

三八一― 季節の中の農業。「仕事」

六一八― 航海について。

六九五― 人生訓。

七二四― 様々な禁忌。

七六五― 日の吉凶。「日」

『仕事と日』にはこのように、起源に関する説明神話、動物寓話、格言、説教、処世訓、迷信集、といった多彩な要素がちりばめられているのに、季節毎の農作業を教える三八一以下の「仕事」と、何かをなすにあたっての吉の日・凶の日を示す七六五以下の「日」の部分だけが、作品全体を指す呼称とされてきたのである。この二つの部分は全八二八行の中、三〇〇行でしかない。

この作品ではヘシオドスは、連想の赴くまま自由自在に話題を繋いで行っているように見える。冒頭でゼウスを祝《ほ》ぎ歌うよう詩神《ムーサ》に呼びかけた後、正義によって掟を正して下さい、と自らゼウスに祈り、直ちに本題に入って行く。

ヘシオドスの口ぶりからすると、何よりも先ず兄弟ペルセスに、争い《エリス》は一つではなく二種類あることを教えたかったようである。『神統記』二二五以下では争い《エリス》は夜《ニュクス》が最後に生んだ子で、自らは労苦《ポノス》、飢え《リモス》、殺戮《ポノス》、迷妄《アテ》などの母となる悪神であったが、それとは別に夜《ニュクス》の長女なる争い《エリス》がいて、こちらは、富める人を見ては発奮するよう競争心・向上心を植え付ける善神だというのである。そして、善き争い《エリス》を奉じて働け、ということから、労働の起源と病苦災厄がこの世に現われた謂れを説く「パンドラの物語」と「五時代の説話」に移って行く。五時代の最後の鉄の種族では正義が地を掃うということから、正義についての「鷹とナイチンゲールの寓話」が呼び出され、正義はゼウスが鳥獣ならぬ人間にのみ授けたものであること、正義を守る者への恩恵と正義に悖る者への神罰が説かれる。正しく働いて得る富こそ尊いということから、「季節の中の農業」の教えが展開される。ヘシオドスの思考はこんな風に進んで行ったのであろう。

ところで、作品中でヘシオドスから一〇回呼びかけられる兄弟ペルセスは実在の人物かどうかという問題がある。父親の遺産分割にあたり、王たち（裁判役）に賄賂を使ってヘシオドスの分まで強奪した悪い兄弟。『仕事と日』はヘシオドスがこの兄弟に対して正義を説き、働いて命の糧を稼ぐよう勧める詩であるが、教訓詩によくあるように、このペルセスも虚構の人物だとする説が古代からあった。ヘシオドス以前にも以後にも、メソポタミアとエジプトでは多くの教訓文学が作られたが、その教訓は父が子に伝えるか、あるいは大臣（賢者）が王に献言するスタイルのものが多い。ヘシオドスもそのスタイルを模倣して、兄弟に教訓を与える構想にした、と考えるのである。

しかし、『仕事と日』に見える伝記的要素、父親のギリシア本土移住やヘシオドスが受けた召命、歌競べでの勝利などを事実と信じておきながら、兄弟ペルセスとの諍いだけをフィクションと考えるのも奇妙であろう。

これについて、ウェストはこんなことも考える。『神統記』四一一以下で熱烈に賛美されるヘカテは富を授ける神であり、小アジア西岸地方でも崇拝されていた。貿易商たるヘシオドスの父もヘカテの信者であった可能性があり、ヘカテの父神ペルセスの名を息子につけたことは充分に考えられる、と（West, Hesiod Theogony, 278）。私も『仕事と日』のペルセスは実在の人物だとして読みたいと考えている。

恐らくヘシオドスを読んだことのない人にも知られていると思われる話が、『仕事と日』には幾つか含まれている。そのような話についての問題点を記しておきたい。

(a)「パンドラの甕、そして希望《エルピス》について」（『仕事と日』九〇以下）

『神統記』五三五以下では、生贄の牛の分け方でプロメテウスに騙されたゼウスは、怒って火を隠したが、プロメテウスに火を盗み出されたため、その見返りに女性を創造して人類の災厄とした。『仕事と日』では、最初の女性パンドラの創造と、パンドラが甕の蓋を開けて災厄をばら撒いたこととに、禍いの原因が二重化されている。

パンドラと甕のエピソードが、この世は悪と苦に満ちているが、なお人間には希望が残されている、ということを言わんとしていることはほぼ間違いあるまい。しかし、ヘシオドスの記述は曖昧さに満ち、論理的矛盾が残る。そもそも甕はどこにあったのか（パンドラが嫁入り道具として持参したのか、エピメテウスの家に元からあったのか）、甕の中身は何だったのか、パンドラは何故それを開けたのか、これらが説明されていない。昔話の類型に合わせるならば、パンドラはゼウスから甕を開けてはならぬと戒められていたのに、好奇心から禁を破った、と考えられる。そして、ゼウスの計らいにより慌てて蓋を閉めたのだから、初めから人類を害するつもりで開けたのではなかろう。

甕の中身は何か。甕（ピトス）というのは人間が入れるほど大きなものもあり、穀物やオリーブ油を貯蔵するものであるから、普通は善きものを納めるイメージがある。バブリオス『イソップ風寓話集』にはこんな話がある。

ゼウスが大きな壺に善なるものをひとつ残らず集め、壺に蓋をかぶせた上で、ある男のもとに置きました。けれども自制心のない男は、なかになにが入っているのか知りたくてたまりません。蓋をずらして中身を解き放ちました。中身は神々の館に立ち去り、大地を遠く離れて天上で飛び回っています。ただ希望だけが、地上にとどまりました。蓋がかぶせられて希望を押さえ込んでいるのです。こういうわけで、人間のもとには希望しかないのです。逃げてなくなった善きものをどれもこれも与えると空手形を切りながら。

（五八「ゼウスと善の壺」西村賀子訳）

この話ならば、地上から善きものが逃げ去り、ただ希望のみが残ったとして辻褄が合う。しかし、この話がヘシオドス以前に存在し、ヘシオドスがそれを悪の壺に変えた、とは論証できない。他方、甕には災厄が詰まっていたのだから、「エルピス」も悪いものだとする解釈がある。災厄は人間にとり辛いものなのに、それが襲って来ることを予め知るのは最も辛い悪だとして、エルピスを「予知、悪いことの予期」と解するのである。しかし、名詞 *ἐλπίς*（エルピス）、動詞 *ἔλπομαι*（エルポマイ）は善悪いずれを予期する場合にも使われ、限定なしに使われるエルピスは善いものを予期することが多い。ホメロス『イリアス』二四-五二七以下に、ゼウスの館に善の入った甕と悪の入った甕があり、ゼウスはそこから善悪を混ぜて人間に与えるが、悪ばかりを下される人間は目も当てられぬ、という話がある。ヘシオドスではそれとは異なり、一つの甕に諸悪とエルピス（善き希望）が一緒に入っていた、と考える他はない。

しかし、それでも矛盾が残る。諸々の災厄は甕から飛び出すことにより人間の世に広まったのであるから、甕の中に留まった希望《エルピス》は人間にとって役に立たないはずだ、と。これについては、甕には善きものを貯蔵する器のイメージと、悪いものを閉じ込める牢獄のイメージがあり、ヘシオドスは二つのイメージを区別せずに使っている、と考えられる。

なお、パンドラの甕が「パンドラの箱」に変わったのはエラスムスの誤解に始まるとされるが、これについてはドラおよびエルヴィン・パノフスキー『パンドラの箱』（阿天坊耀・塚田孝雄・福部信敏訳、美術出版社、一九七五年）に詳しい考証がある。

(b)「五時代の説話について」（『仕事と日』一〇六以下）

現在生きている我々は鉄の種族の人間で、これより前には金の種族、銀の種族、青銅の種族、英雄の種族が次々と地上に現われては消えた。ヘシオドスが語る「五時代の説話」は魅力的だが謎に満ちている。金から銀、銀から青銅へと人間の性質は格段に劣化するが、次の英雄の種族で流れが反転するから、これは単純な堕落史観ではない。老いの観点、食物と労働の問題、この世からの消え方についても連続した説明はない。四つの種族が金属の名をもって呼ばれるのはオリエント思想からの影響と認められるが、唯一金属ならぬ英雄の種族が挟まることにより、この説話は俄然複雑な様相を帯びることになった。この説話に関しては実に夥しい研究が公にされているが、説話の形成についてはウェストが巧みに纏めてくれているのでそれを援用し、その後で説話の解釈について考えを述べたい。

ウェストによると、五時代説話を一貫性のある話として纏め上げている要素は四つある。㈠金・銀・青銅・鉄という、価値の尺度と理解できる金属の連続性。㈡金属ごとに進む道徳的な堕落。但し、英雄は例外。㈢若く美しい期間が次第に短くなり、老いの到来が早くなること。但し、このことは明瞭には示されていない。㈣死後（来世）の輝かしさが次第に減じていくこと。但し、英雄は例外。

ヘシオドスもしくは先行者が四つの金属の並びの中に英雄の種族を挿入した。ギリシア人にとってはトロイア戦争やテーバイ戦争で戦った人たちが過去の偉大な英雄であった。この人々を過去のどこかに位置づけなければならぬが、彼らは叙事詩では鉄も用いているので、青銅の種族とは同一視できなかった。一方、この英雄たちより前に更に強力で恐るべき者たちがいた、という伝承も別にあった。ケンタウロス（半人半馬）族と戦ったラピタイ族（ホメロス『イリアス』一–二六三以下）、神々と弓の技を競ったヘラクレスやエウリュトス（ホメロス『オデュッセイア』八–二二三以下）、オリュンポス山にオッサ山、その上にペリオン山を重ねようとしたオトスとエピアルテス（『オデュッセイア』一一–三〇八以下）、巨人の狩人オリオンなどがそれにあたる。これらの存在が青銅の種族とされた。

　四つの金属の種族についてはオリエントに極めてよく似た話を見出せる。㈠『アヴェスタ』の失われた二書に見える、アフラ・マズダーがゾロアスターに未来を示す話。中世ペルシア語の『デーンカルト』九–八および『バフマン・ヤシュト』一–一—五のパラフレーズによると、ゾロアスターが金・銀・鋼・鉄の四本の枝をもつ木を見たところ、神はこれを千年期を分かつ四つの時代だと説明した（ゾロアスター教徒は世界の歴史をそれぞれ三〇〇〇年から成る四つの時期に分割し、最後の時期の最初の千年を金・銀・鋼・鉄の時代に分けた。ジョン・R・ヒネルズ、井本英一・奥西峻介訳『ペルシア神話』青土社、一九九三年）。『バフマン・ヤシュト』二–一四—二二には、七種の金属の七本の枝をもつ木が現われる。㈡旧約聖書『ダニエル書』二–三一以下で、ダニエルはバビロンのネブカドネツァル王の見た夢を言い当て、解釈する。王が見たのは、頭が金、胸と腕が銀、腹と腿が青銅、臑《すね》が鉄、足は一部が鉄、一部が陶土でできた巨像で、預言者はこれを五つの継起する王国と解いた。㈢インド文献には、博奕《ばくち》の骰子《さいころ》の数四、三、二、一に対応して呼ばれ、その割合で劣化していく四つのユガの思想が見える（『マヌ法典』一–六八以下、一–八一以下。『マハーバーラタ』等）。㈣シュメル人・バビロニア人も人間の寿命が次第に短くなると信じていたことが「王の表」から窺える。

このように、ヘシオドスの五時代説話の諸特徴を全て併せもつものはないが、それぞれの特徴に対応するものがオリエントにはある。これらの文献の成立は『仕事と日』より遅いが、その思想はより古くメソポタミアに興り、ペルシア・インド・ユダヤ・ギリシアに伝わった。ギリシアに入ったのは前八世紀、そして遥かに下って、ローマ人が黄金の種族を黄金の時代に変えた（West, Hesiod Works and Days, 172 ff.）。説話形成の背景はこのように考えられる。

では、ヘシオドス（もしくは先行者）はオリエント起源の四種の金属の話に英雄の種族を挿入することによって、何を表わそうとしたのであろうか。これについても様々な解釈が提出されているが、私は大層古い説ながら、五時代説話研究史の初期に現われたバンベルガー説と、それを修正したガッツの考えが妥当ではないかと考えている。

バンベルガーによると、五時代説話は二つの神話の結合したものである。後半の青銅・英雄・鉄の部分は、無法な自然状態から英雄時代を経て現在に至るギリシア人の閲歴を説明したもので、歴史的な神話としてこれで完結している。前半の金・銀の部分は、原初の至福なる存在が罪によって堕落する過程を考察したもので、太古に関する哲学的神話としてこれまた完結している。二つの神話が本来別個のものであったことは、金の種族と英雄の種族の来世が全く同様であることや、金・銀の種族を複数の神々が造ったのに対して、後半の三種族にはゼウス一人が関わること、などからも窺える。楽園の時代にふさわしい金と、無法な自然状態に似つかわしい青銅の二つの金属が、二つの神話を融合させるきっかけとなった、と。

同じ対象を金・銀の神話は哲学的に、青銅・英雄・鉄の神話は歴史的に考察する、というこの解釈は魅力的だが、同じ対象を考察するというには二対三のアンバランスが残るし、哲学的神話が楽園から始まり、歴史的神話は無法状態から出発するという不均衡が解消できない。そこで、ガッツは青銅の種族の中心的位置を強調することで、この難点を克服しようとする。ガッツによると、銀と鉄の種族はよく似ているが、金と英雄の種族はさらによく似ている。そして、金と銀の隔たりは、英雄と鉄の隔たりにほとんど等しい。一方、青銅の種族は倫理的な性質では直前の銀の種族と異ならず、戦士の外観では直後の英雄の種族と同じである。つまり、青銅の種族だけがペアから外れている。ところで、楽園的な始原から堕落した現在への移行はほとんど全ての民族のもつ観念であるが、ギリシア人にとっては、クロノスに支配された太古と、記憶に新しい英雄たちの時代の、二種類の理想の過去があった。ヘシオドスは理想の過去と堕落した現在の対立を、青銅の種族を中心軸として二重化して描いた、と。

オリエントから受け継いだ四つの金属の話にギリシア固有の英雄時代の要素を加えるにあたり、それを三番目（中心）にではなく四番目に位置させることにより、金から銀へ、英雄から鉄へと楽園喪失のテーマを二重化して見せたのがヘシオドスその人であったとすれば、その手際は見事というほかない。

（この項については拙稿「ヘシオドスの五時代説話について」に拠るところが大きい。バンベルガー論文とガッツ書は文献の部に記す）

（c）「鷹とナイチンゲールの寓話について」（『仕事と日』二〇二以下）

「鷹とナイチンゲール」はギリシア文学中に現われる最古の動物寓話とされるが、簡明な教訓をメッセージとする寓話とは些か異なるように思われる。この二種の鳥を主人公とする寓話は他にもあるので比べてみよう。

「ナイチンゲールと鷹」

ナイチンゲールが高い木の上でいつものように歌っていると、鷹が見つけ、餌に困っていた折りから、飛びかかってつかまえた。ナイチンゲールは殺される寸前、自分は鷹の胃袋を満たすには不十分である、餌に困っているならもっと大きな鳥に向かうべきだと言って、放してほしいと頼んだ。すると鷹が答えて言うには、「もしも手の中にあるご馳走を放り出して、まだ見ぬものを追いかけるなら、俺はとんだ抜作だろうよ」

このように人間の場合でも、もっと大きなものを望んで手の中にあるものを投げ捨てるのは、考えの足りない人だ。

（『イソップ寓話集』Perry 版四番）

「サヨナキドリとタカ」

タカが、サヨナキドリの巣に降り立ち、何匹かの雛を見つけました。サヨナキドリの親は巣に戻ってくると、タカに子供たちを助けてくれるよう頼みました。

タカは言いました。

「もしあんたが俺のために上手に歌を歌ってくれたら、あんたの望み通りにしてやろう」

サヨナキドリは恐怖にふるえながらも、かろうじて歌うことができました。

心は重かったのですが、それより他にできることがなかったからです。するとすでに獲物をつかまえていたタカは、こう言いました。

「そんな歌じゃあ不十分だ」

そして一匹の雛をつかんで、のみ込もうとしました。ちょうどそのとき、別のところから鳥刺しがそっと近づいてきて、鳥もちでタカをつかまえました。

（パエドルス『イソップ風寓話集』散文パラフレーズ、Perry版五六七番。岩谷智訳）

イソップ寓話は結びの言葉が示すように、「先の雁より手前の雀」、「明日の百より今日の五十」の主旨を述べる。パエドルスの散文パラフレーズは、強い者は何の彼のと言っても、結局は弱者を踏みにじるということを言おうとするかに見せて、急転、狙うものもまた狙われていることを明かすから、蟬を狙う蟷螂《かまきり》を狙う鳥を狙う荘子の寓話（『荘子』山木篇二〇）と同趣である。では、『仕事と日』におけるこの寓話は何を言わんとするのであろうか。

ピンダロスは「人間には愚かきわまる輩《やから》がいて、土地のものを貶めては遥かなものを捜し求め、果たしもできぬ望みのもとに空《うつ》ろな獲物を追いかける」と歌うが（『ピュティア祝勝歌』三-二一以下。内田次信訳）、それに対する古註は、「土地のものというのは目の前にあるもののことで、意は『愚かなり、目の前にあるものを捨て、無いものを追い求める者は』の詩句と同じである」、という（断片二四〇参照）。テオクリトスにも「手元の羊の乳をしぼるのだ。なぜ逃げるものを追いかける」の一行があり（『エイデュリア』一一-七五。古澤ゆう子訳）、そこへの古註は同じ詩句を引いて、ヘシオドス作だと名言している。この詩句をヘシオドスに帰す時の古註家の念頭には、あるいは「鷹とナイチンゲール」の寓話があったかもしれないが、ヘシオドスは全く異質の結びを用意している。寓話の結びには教訓が来るのが普通であるが、正義を勧め暴力を諫めるヘシオドスが「己れより強い者と張り合おうとするのは愚か者、勝てるわけがなく、恥をかく上に痛い目を見る」というのを教訓としたとは思えないから、この寓話は教訓ではなく現状認識と見るべきであろう。すなわち、歌人（アオイドス）であるヘシオドスが自分を歌の上手なナイチンゲール（アエドン）になぞらえて、それが鷹の暴力に屈する世界、正義が待ち望まれる弱肉強食の現世のイメージを描いているのであろう。

『仕事と日』にも部分的な真偽論が行なわれている。六九五以下「人生訓」の部分を他所からの竄入と見る説があり、七二四以下「様々な禁忌」は余りにも迷信的として削除説が根強いし、ヴィラモーヴィッツやゾルムゼンといった有力な学者が、七六五以下の「日」の部分を偽作と考えている。「季節の中の農業」の部分では太陽や星の運行に従って時を測るのに、「日」の部分では太陰暦を用いることも疑いの理由とされるが、太陽暦・太陰暦の併用は我々もしていることである。余りにも迷信的という批判についても、ヘシオドスは農民の間に行なわれていた迷信の類いを知識人として集めただけ、と考えることもできる。私はむしろ、雑多な要素の混在こそ『仕事と日』の魅力だと考えている。

(3)『ヘラクレスの楯』Aspis

『楯』は『神統記』、『仕事と日』と同じ中世写本に収められて伝わったが、ヘシオドスの作とは認められていない。言語特徴からはヘシオドスよりホメロスに近いとされることは上で触れたが、もちろんホメロスより遥かに新しく、前七世紀末から六世紀前半の成立ではないかと考えられている。

『楯』は明らかに二つの部分が拙劣に繋ぎ合わされた作品である。冒頭の一行、「あるいはまたこのような女もいた」は『名婦列伝』で新しい女の話に移行する時の常套句であるから、一—五六は『名婦列伝』から取り込まれたと考えられる。そこではアルクメネが、過って我が父を殺したアンピトリュオンと結婚したこと、同じ夜にゼウスとアンピトリュオンに抱かれて、ヘラクレスとイピクレスの双児を生んだことが語られる。

そこから唐突に、五七—四八〇の「ヘラクレスのキュクノス退治」の物語に移行する。キュクノス（白鳥という意味）は軍神アレスの子で、各地からデルポイのアポロン神殿に奉納される生贄を強奪していた凶賊である。二人の決闘はあっけなく勝負がつくが、この作品の眼目は、ヘラクレスのために鍛冶神ヘパイストスが拵えた楯の描写（『楯』一三九—三二〇）にある。作者はホメロス『イリアス』一八-四七八—六〇八で描写される「アキッレウスの楯」を模倣して、あるいはそれに対抗して、最大の英雄ヘラクレスにふさわしい楯を描こうとしたと思われるから、二つの楯の描写《エクプラシス》（絵や彫刻を文章で表現する文学形式）の比較が文学的関心事となる。

最大の違いは、アキッレウスの楯が既に出来上がってそこにあるものとして描かれるのでなく、図柄が一つまた一つと刻まれてゆく過程が描かれることである。これはレッシングが評論『ラオコオン　絵画と文学の限界について』で激賞した技法であるが、『楯』の作者はさすがにその二番煎じは許されぬと感じたのであろう、平凡に完成品を描写している。アキッレウスの楯が天空から地上と大洋《オケアノス》の全世界にわたり、平和な場面と争いの場面、様々な人間活動をバランスよく含んでいたのに対し、ヘラクレスの楯には潰走《ポボス》、争い《エリス》、殺戮《ポノス》、蛇など威嚇的なものが多数彫り込まれ、猪とライオンの殺し合い、ラピタイ族とケンタウロスたちの戦い、ゴルゴたちから逃げるペルセウスなど、激しい動きが顕著である。アキッレウスの楯の詩人は静止画像ではなく制作過程を動的に描いたが、『楯』の作者はその「動的」ということを別の意味で追及したかの如くである。

(4)『名婦列伝』Gynaikon Katalogos sive Ehoiai

『名婦列伝』の原題 Gynaikon Katalogos は「女たちのカタログ」の意味であり、別名 Ehoiai は、新しい女の話題に移る時の決まり文句 ἢ οἵη（エー・ホイエー、あるいはまたこのような女が）の複数形である。『神統記』の九〇一以下が様々な削除案に曝されていることは上に見たとおりであるが、『名婦列伝』は一〇二〇まであるものとしての『神統記』の続編として構想された。すなわち、『神統記』が宇宙開闢からゼウスと女神たちの結婚までを歌った後、「不死の身にして、死すべき男たちと添い臥しして、神々にも似た子供らを生んだ女神たち」を列挙して終わるので、『名婦列伝』はそれを受けて、「神々と枕を交わした女たち」（断片一）、そしてそこから生まれた英雄（半神）たちの系譜と物語を歌い継ぐのである。

古代にはこの作品をヘシオドスの真作と認める説（『楯』古伝梗概参照）と偽作と見なす説（証言四二、断片一二七参照）とがあったが、今では偽作説が確定したと見てよいであろう。その成立も遅く、前六世紀半ばと考えられる。馬乳を搾るスキュタイ人（断片九八）が話題になるのは、ギリシア人が黒海北岸に植民地を建設する前七世紀末以降であろうし、アポロンとキュレネの恋物語（断片一五八、一五九）が作られるのも、リビュアにおけるギリシア人植民地キュレネ（建設は前六三〇年頃）が大いに発展する前六世紀以後であろう、等の推測がその理由となる。

『名婦列伝』は人祖デウカリオン（断片二）に始まりヘレネの求婚者（断片一五五）で終わるが、全五巻から成るというから、相当規模の大きなギリシア神話集であったと考えられる。しかし断片化が甚だしいため、その構成は不明なところが多かったのであるが、近年ウェストによって、『名婦列伝』が伝アポロドロス『文庫（ギリシア神話）』と同じ原理で構想されていることが明らかにされた（West, The Hesiodic Catalogue of Women）。『文庫（ギリシア神話）』は前二世紀アテナイの文献学者アポロドロスの作と伝えられて来たが、今日では後一、二世紀の別人の手になるものと考えられている。ともあれ、古代に編まれた最も詳細な神話ハンドブックを『名婦列伝』に並べて考えることができるようになったのである。ごく大まかに両書の対応を示すと次のようになる。上段に『文庫（ギリシア神話）』の小見出しを掲げるが、（ ）で囲んだものは『名婦列伝』には現われない話題である。

『文庫（ギリシア神話）』	巻-章-節	『名婦列伝』	巻-断片番号
神々について	一-一-一—		
デウカリオンの子孫	一-七-二—	デウカリオンの子孫	一-二

アイオロスの子孫　一-七-三—
（アルゴ船の冒険）　一-九-一六—
イナコスの子孫　二-一-一
ベロスの子孫　二-一-四—
（ヘラクレスの事績と子孫）　二-四-九—
アゲノルの子孫　三-一-一—
（テーバイ戦争）　三-六-一—
ペラスゴスの子孫　三-八-一—
アトラスの子孫　三-一〇-一—
アソポスの子孫　三-一二-六—
アッティカの英雄　三-一四-一—
（テセウスの事績）　三-一六-一—
タンタロスとペロプスの子孫　摘要二-一—
（トロイア戦争）　摘要三-一—
（帰国物語、『オデュッセイア』、テレゴニア）　摘要六-一—

アイオロスの子孫　一-一〇、一-三八
イナコスの子孫　二-七二
ベロスの子孫　二-七五
アゲノルの子孫　三-八八
ペラスゴスの子孫　四-一一〇
アトラスの子孫　四-一一八
アソポスの子孫　四-一四二
アトレウスの子孫　四-一三七
ヘレネの求婚者　五-一五四

二つの書にこのような対応が認められるということは、『文庫（ギリシア神話）』の作者が網羅的な神話書を編むにあたり『名婦列伝』の結構を多いに利用したということであろう。しかし、人祖デウカリオンから時代を下がって行けば自ずからこのような配列になりそうだ、とも考えられる。それにまた、同じ話題を扱いながら、両書で名前や細部が異なることが少なからず、幾つかの場合には訳註で記しておいた。

『名婦列伝』の特色は、ヘラクレスやテセウスといった国民的英雄、アルゴ船の冒険、テーバイ戦争、トロイア戦争といった名高い神話を扱っていないことである。その代わりに、ホメロスやヘシオドスには現われない民話的・土俗的な話を好んで採り入れている。変身能力のあるペリクリュメノス（断片三一―三三）、俊足の女傑アタランテ（断片四七―五二）、泥棒名人アウトリュコス（断片六七―六八）、燃えるような飢えに苛まれるエリュシクトンと、変身の術で父を助けるメストラの物語（断片六九―七二）、性転換した英雄カイネウス（断片一六五）、等は世界共通の昔話モチーフを含む話である。

『名婦列伝』はヘレネの求婚者の物語をもって閉じるが（断片一五五）、メネラオスとヘレネに娘ヘルミオネが生まれたところで、ゼウスは突如、英雄たちの世界を滅ぼそうと考える。「滅ぼす口実としては」（一〇〇行）の辺りが解読不可能で、理由が分からないのがまことに残念である。神々が人間と離れて住むようになる（一〇三行）のは、神々と人間が宴を共にした時代（断片一）との対比を示している。この後、不思議な蛇の描写が続いたようだが、その意味は解明されていない。『名婦列伝』の詩人はこうして、テーバイ戦争やトロイア戦争で英雄たちが死に絶えることを予感させて物語を閉じる。

(5) その他

『大エーホイアイ』Megalai Ehoiai

タイトルからすれば『名婦列伝』五巻より大きな作品であったようだし、残る二〇余の断片も広範な話題を扱っていたことを思わせるが、詳細は不明である。求婚者を競走で負かしては殺していたヒッポダメイアの物語(断片一九七)、美少年エンデュミオンにまつわる異伝(断片一九八)等の他、メランプスの物語がここでも語られていた(断片一九九)。

『ケユクスの結婚』Keykos Gamos

まず、ケユクスという名前が極めて曖昧である。『楯』三五四(そこへの註参照)に見えるケユクスはトラキスの町の王でヘラクレスの親友。ヘラクレスの死後にはその遺児たちを保護した。一方、断片一二に現われるケユクスは暁の明星《ポスポロス》の子で、妻のアルキュオネと愛し合うあまり、お互いをゼウス・ヘラと呼び合って、増上慢の罰として鳥に変身させられた。オウィディウス『変身物語』一一-四一〇以下では悲しい夫婦愛の物語になっているケユクスである。この二人のケユクスが同一人物なのか別人なのか、不明である。従って、本作が英雄詩なのかロマンスなのかも分からない。メルケルバッハとウェストの推測によると、この作品はヘラクレスの武勇伝を扱った小叙事詩の一つで、ヘラクレスが冒険の途中でたまたまケユクスの婚礼に行き合わせたのではないか、という。謎々はアリストパネス『蜂』二一以下などにもみえるが、酒宴や祝いの宴につきものの機知の競いであった。断片二〇二—二〇五の他に、二九一もこの作品に属する可能性がある。

『メランプス物語』Melampodia

メランプスは昔話的要素の強い人物で、蛇に耳を舐められて予言の術を獲得した（断片一九九ａ）。本作は少なくとも三巻まであったし（断片二一三）、テイレシアス、カルカス、モプソスといった有名な予言者の名前が見えるから、単にメランプスのみならず、予言者たちの競演といった趣の作品であったのだろう。性交における男と女の歓びの比率はいかほどか、という有名な話題はこの作品で語られていた（断片二一〇）。

『ペイリトオスの黄泉降り《よみじ》』Peirithoy Katabasis

アテナイの英雄テセウスとラピタイ族の王ペイリトオスは歴とした妻帯者であるが、所謂念友で、その上二人ともゼウスの娘を愛人にすることを誓った。テセウスはいまだ幼いヘレネを誘拐することに成功するが、ペイリトオスのためには冥界に降って、ハデスの妻ペルセポネを奪うことを企てる。

生者が冥界に降るモチーフは世界中の神話に見られるが、ギリシアではそれが黄泉降り《カタバシス》と呼ばれる一つの文学的テーマとなっていた。最も古いものは、ホメロス『オデュッセイア』一一歌で語られる「ネキュイア（死霊の呼び出し）」の場面。オデュッセウスがキルケの指示で冥界に降り、予言者テイレシアスから帰国についてのアドヴァイスを受け、併せて数々の亡者と言葉を交わす場面である（オデュッセウスは船で世界の西か北の果てに到り、穴を掘って儀式を行ない、死者の霊魂を呼び出すのであるが、いつの間にか冥界を巡るかの如き記述になる)。最も有名なのは、新婚早々身罷ったエウリュディケを連れ戻すために地下に降るオルペウスの物語であろう(オウィディウス『変身物語』一〇‐一以下)。

ヘラクレスがエウリュステウス王の命令で地獄の番犬ケルベロスを連れ出すために冥界を訪れる話もよく知られている。それはホメロス(『イリアス』八‐三六六以下)では簡単に言及されるだけだが、バッキュリデス(『祝勝歌』五‐五六以下)は、その折りヘラクレスがメレアグロスの亡霊を見つけて暫し語り合う場面を歌っている。バッキュリデスはこの詩を作る時、『ペイリトオスの黄泉降《よみじ》り』のテセウスとメレアグロスの対話を思い出していたのではないか、とされる(D. L. Cairns, Bacchylides Five Epinician Odes. Cambridge 2010, 237)。

『イダ山のダクテュロイ』Idaioi Daktyloi

イダはプリュギア地方の山、あるいはクレタ島の同名の山とも言われる。そこに住むダクテュロス(複数形がダクテュロイ)は指の意味で、冶金の術をよくする地の精霊。大地母神キュベレの従者とされ、またレイア(レア)から赤子ゼウスを託され養育したなどとされるが、この作品がどのようなものであったかは不明である。

『ケイロンの教え』Kheironos Hypothekai

ケンタウロス(半人半馬)族はイクシオンが女神ヘラに恋慕し、雲で造られたヘラの似姿と交わって生ませた怪物とされるが、ケイロンはケンタウロスながら出生が異なる。彼はクロノスとピリュラ(大洋《オケアノス》の娘)

が馬の姿で交わり生んだ子とされ、賢者であり、アキッレウス、イアソンらの英雄を傅育し、医神アスクレピオスらに薬草の知識を教えた。本作は『仕事と日』の中の教訓と似るところからヘシオドス作とされたが、ビュザンティオンのアリストパネスが偽作と断じた。断片二四〇、二五四、二七一、二七二、二七三なども本作に属したのかもしれない。

『メガラ・エルガ』Megara Erga

『仕事と日』Erga kai Hemerai に対して、「大きな『仕事と日』」というのがタイトルの意味であるが、モラルを説いた断片が残るものの、全体の性格を窺うことはできない。

『アストロノミアまたはアストロロギア』Astronomia vel Astrologia

これはアラトス『星辰譜《パイノメナ》』のモデルになった作品であり（証言七三参照）、十二世紀の学者ツェツェスの頃までは伝存していたが、その後失われた。農業・漁業をはじめ生活にとって必要な天文学的知識を歌う内容であったろう、とタイトルから推測される他は不明である。断片二四四、二四五、二六一、二六二もあるいは本作に属したのかもしれない（アラトス『星辰譜』は本叢書、伊藤照夫訳『ギリシア教訓叙事詩集』に収められている）。

『アイギミオス』Aigimios

アイギミオスはヘッレンの子ドロスの子であるから（断片一〇参照）、ドリス人（ギリシア民族の一分派で、ペロポンネソス半島が主な住地）の祖の一人である。しかし、残された断片はゼウスの愛人イオを見張るアルゴス、老女グライアイやメドゥサ、アリアドネとテセウス、金羊毛皮、アキッレウスの不死の施術、など多彩な話題を含み、このアイギミオスとの関連は不明である。本作は古代にはヘシオドスまたはケルコプスの作とされた。

この他、『仕事と日』末尾の「鳥の前兆を判断し……」に続けて『鳥占い』Ornithomanteia なる書を収める写本もあったが、ロドスのアポロニオスが削除したという（証言八〇）。断片二六三、二九五がそれに関係するのかもしれないが、他には確実に『鳥占い』のものと考えられる断片はない。『スーダ辞典』は、ヘシオドスには「寵童バトラコスに寄せる悼詩」があったというが（証言一）、『神統記』と『仕事と日』の中に、ヘシオドスの美少年への愛好を窺わせるものは皆無である。バトラコスは蛙の意味である。

文献

(a) テクスト

M. L. West, Hesiod Theogony. Oxford 1966

M. L. West, Hesiod Works and Days. Oxford 1978

F. Solmsen, Hesiodi Theogonia Opera et Dies Scvtvm. : R. Merkelbach, M. L. West, Fragmenta Selecta. Oxford 1990 (OCT)

G. M. Most, Hesiod Theogony, Works and Days, Testimonia. London 2006 (Loeb CL)

G. M. Most, Hesiod The Shield, Catalogue of Women, Other Fragments. London 2007 (Loeb CL)

R. Merkelbach, M. L. West, Fragmenta Hesiodea. Oxford 1967

P. Mazon, Hésiode Théogonie, Les travaux et les jours, Le bouclier. Paris 1972 (Budé)

底本としては、『神統記』と『仕事と日』にはWestを、『楯』にはSolmsenを、断片にはMost（2007）を、証言にはMost（2006）を用いた。断片について、Most（2007）の引用が短くて文脈が把握しにくい場合には、Merkelbach-West（1967）に拠って長い引用を訳出した。断片はオクシュリュンコス・パピュロスの刊行（一九六二年）により飛躍的に増え、Rzach（1902）の一三六片がMerkelbach-West（1967）では二四五片と倍増し、Most（2007）では更に三〇六片を数えるに至った。断片編者によって断片の帰属箇所についての見解が異なるため、ナンバリングに異同があるのはやむを得ないが、対照表をも備えて最も包括的なMost（2007）版の出現により、研究の便宜は多いに進展した。長らくヘシオドスの標準的テクストとされたシャッハ（Rzach, Hesiodi Carmina, 1958）と、ヘシオドスとホメロス文書の合本として重宝されてきたイヴリン-ホワイト（H. G. Evelyn-White, Hesiod, The Homeric Hymns and Homerica, 1936）は全く用いなかった。

(b) スコリア（古註）

L. Di Gregorio, Scholia Vetera in Hesiodi Theogoniam. Milano 1975
A. Pertusi, Scholia Vetera in Hesiodi Opera et Dies. Milano 1955

(c) 註釈書

W. Aly, Hesiods Theogonie. Heidelberg 1913
M. L. West, Hesiod Theogony. Oxford 1966
U. von Wilamowitz-Moellendorf, Hesiodos Erga. Dublin/ Zürich 1970（Berlin 1928）
T. A. Sinclair, Hesiod Works and Days. Hildesheim 1966（London 1932）
M. L. West, Hesiod Works and Days. Oxford 1978
W. J. Verdenius, A Commentary on Hesiod Works and Days, vv. 1–382. Leiden 1985
M. Hirschberger, Gynaikon Katalogos und Megalai Ehoiai. München/ Leipzig 2004

註釈書はいずれも有益であるが、とりわけ記念碑的な West の二書に教えられることが最も多かった。二四歳年長のウェルデニウスがウェストの所説にしきりに批判的な言辞を向けるのは、やりとりとしては興味深かった。『名婦列伝』の註釈としてはHirschbergerが詳細で行き届いている。

なお、語彙索引、コンコーダンスが何種類も作られているが、今回は専らTLG（Thesaurus Linguae Graecae）の電子検索を利用した。

(d) 翻訳

A. W. Mair, Hesiod The Poems and Fragments. Oxford 1908
R. Lattimore, Hesiod. Ann Arbor 1959
W. Marg, Hesiod Sämtliche Gedichte. Zürich/ Stuttgart 1970
M. L. West, Hesiod Theogony, Works and Days. Oxford 1988
G. M. Most, Hesiod Theogony, Works and Days, Testimonia. London 2006（Loeb CL）
G. M. Most, Hesiod The Shield, Catalogue of Women, Other Fragments. London 2007（Loeb CL）
廣川洋一訳、ヘシオドス『神統記』岩波文庫、一九八四
真方敬道訳、ヘシオドス『仕事と日々』筑摩書房、一九六三（世界人生論全集　一）
廣川洋一訳、ヘシオドス『仕事と日』（『ヘシオドス研究序説』所収）
松平千秋訳、ヘシオドス『仕事と日』岩波文庫、一九八六（『ホメーロスとヘーシオドスの歌競べ』を併収）
杉勇他訳、『古代オリエント集』筑摩書房、一九七八（筑摩世界文学大系　一）

(e) 参考書

E. Heitsch, hrsg., Hesiod. Darmstadt 1966 (Wege der Forschung)

F. Montanari, A. Rengakos, Ch. Tsagalis, edd., Brill's Companion to Hesiod. Leiden/ Boston 2009

F. Bamberger, Über des Hesiodus Mythus von den ältesten Menschengeschlechtern. 1842. in: Heitsch, hrsg., Hesiod

A. S. F. Gow, The Ancient Plough. JHS 34 (1914), 249–275

U. von Wilamowitz-Moellendorf, Die Ilias und Homer. Berlin 1966 (1920)

R. Merkelbach, M. L. West, The Wedding of Ceyx. RhM 108 (1965), 300–317

P. Walcot, Hesiod and the Near East. Cardiff 1966

B. Gatz, Weltalter, goldene Zeit und sinnverwandte Vorstellungen. Hildesheim 1967

G. P. Edwards, The Language of Hesiod in its Traditional Context. Oxford 1971

P. W. Wallace, Hesiod and the Valley of the Muses. GRBS 15 (1974), 5–24

M. L. West, The Hesiodic Catalogue of Women. Oxford 1985

T. Gantz, Early Greek Myth. A Guide to Literary and Artistic Sources. I, II. Baltimore/ London 1993

M. L. West, The East Face of Helicon. West Asiatic Elements in Greek Poetry and Myth. Oxford 1997

A. T. Edwards, Hesiod's Ascra. Berkeley and Los Angeles 2004

R. Hunter, ed., The Hesiodic Catalogue of Women. Cambridge 2005

久保正彰『ギリシァ思想の素地　ヘシオドスと叙事詩』岩波新書、一九七三
廣川洋一『ヘシオドス研究序説　ギリシア思想の生誕』未来社、一九九二（一九七五）
川崎義和「ホメロスとヘシオドスの競演とアルキダマス」『西洋古典学研究』三三、一九八五
松平千秋「ヘーシオドスの文体」『ホメロスとヘロドトス　ギリシア文学論考』筑摩書房、一九八五、所収
岩片磯雄『古代ギリシアの農業と経済』大明堂、一九八八
中務哲郎「ヘシオドスの五時代説話について」『饗宴のはじまり　西洋古典の世界から』岩波書店、二〇〇三、所収

ホメロスほどでないとはいえ、ヘシオドスの研究書も汗牛充棟、夥しい数に上るが、二十世紀半ばまでの重要な論文を多数集めた Heitsch, hrsg., Hesiod と、最新の研究動向を示し、解説で触れられなかった後世への影響についても数章を宛てた Brill's Companion to Hesiod を挙げることで、長大な文献表に代えたい。神話辞典は数々あるが、『名婦列伝』の理解のためには T. Gantz 書が最も有益であろう。

私は西洋古典叢書の編集委員を務めながら、未だ翻訳によって叢書に貢献することがなく心苦しく思っていたところ、委員の方々からヘシオドスの翻訳を勧められた。松平先生の名訳があるものは訳せないという思いがあったが、未だ邦訳のない『楯』と断片を紹介する意義もあろうかという思いがそれに打ち勝った。しかし、ギリシア喜劇断片の仕事を終えてヘシオドスに取りかかった時には、与えられた時間は一年しかな

かった。ヘシオドスを西洋古典叢書の百冊目として出すことを決めていただいたため、この期限は動かせなかったのである。アレテに到る道のりは遠く険しく、初めはごつごつしているが後は楽になる、という『仕事と日』の教えに従って、初めに難物の断片を片付け、読み慣れた『仕事と日』を最後に残したが、案に相違してこれが一番難しかったかもしれない。それでも、スコリアを傍らに『仕事と日』を読んでくださった松平先生の御授業を懐かしく思い出しながら仕事ができたのは幸せであった。この間、廣川洋一先生が私の企てをお聞きになって、激励とともに御著書『ヘシオドス研究序説』の新版を御恵与くださったのには身の引き締まる思いであった。本叢書のテオプラストス『植物誌』の訳者小川洋子さんには植物の和名のことでお教えいただいた。訳稿の遅れる間、編集部の和田利博さんは寛大にお待ちくださり、電子トゥールの使い方などを懇切にご指導くださった。入稿後の和田さんと國方栄二さんの迅速で濃やかなご配慮にも心から感謝したいと思う。

二〇一三年三月　　中務哲郎

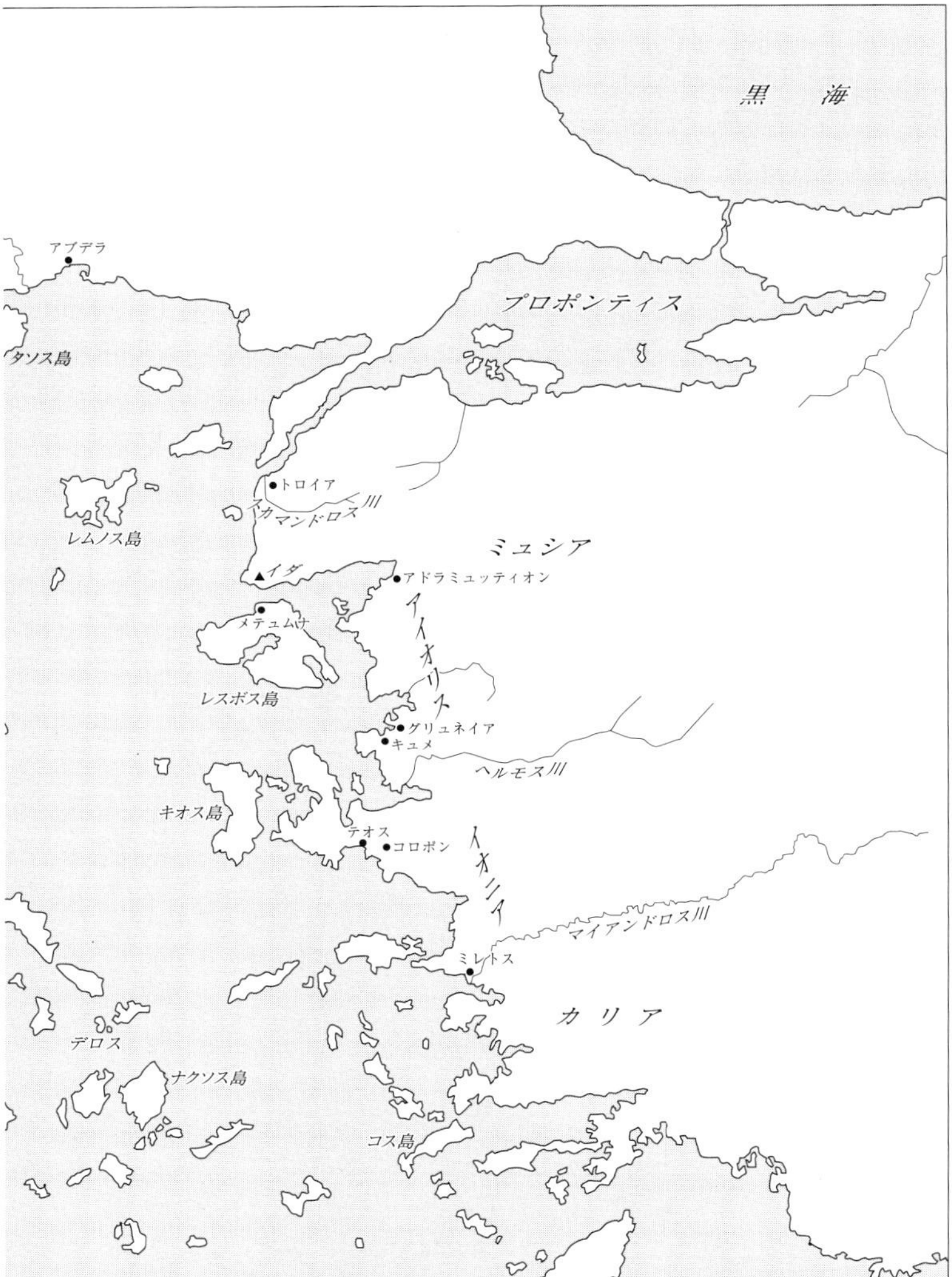

黒　海
プロポンティス
アブデラ
タソス島
トロイア
スカマンドロス川
レムノス島
ミュシア
イダ
アドラミュッティオン
アイオリス
メテュムナ
レスボス島
グリュネイア
キュメ
ヘルモス川
キオス島
テオス
コロポン
イオニア
マイアンドロス川
ミレトス
カリア
デロス
ナクソス島
コス島
ロドス島
クノッソス
イダ
リュクトス
クレタ

トラキア
ストリュモン川
マケドニア
エペイロス
ピエリア
オリュンポス
オッサ
ドドナ
ペネイオス川
マグネシア
ペリオン
テッサリア
イオルコス
ペライ
パガサイ
アペタイ
ピュラケ
アカイア・
プティオティス
オトリュス
アケロオス川
アカルナニア
トラキス
エウボイア
コパイス湖
テスピアイ
テーバイ
ロクリス
オルコメノス
カイロネイア
アウリス
キュメ
タポス島
アイトリア
ロクリス
プレウロン
カリュドン
オイノエ
イタケ
モリュクリア
ナウパクトス
パルナッソス
デルポイ
ポキス
アスクラ
ボイオティア
カルキス
エウリポス海峡
ヘリコン
ヒュリア
オレノス
アカイア
エレウテライ
メガラ
エレウシス
シキュオン
アテナイ
コリントス
ヒュメットス
エ
リ
ス
ピサ
オリュンピア
キュッレネ
ネメア
サラミス
アルゴリス
ミュケナイ
アルゴス
アイギナ
アルペイオス川
アルカディア
テゲア
ティリュンス
アシネ
エピダウロス
トロイゼン
ヘルミオネ
メッセニア
スパルタ
ピュロス
ラコニア
キュテラ島

ヘシオドス関連地図

『神統記』系図 (1)

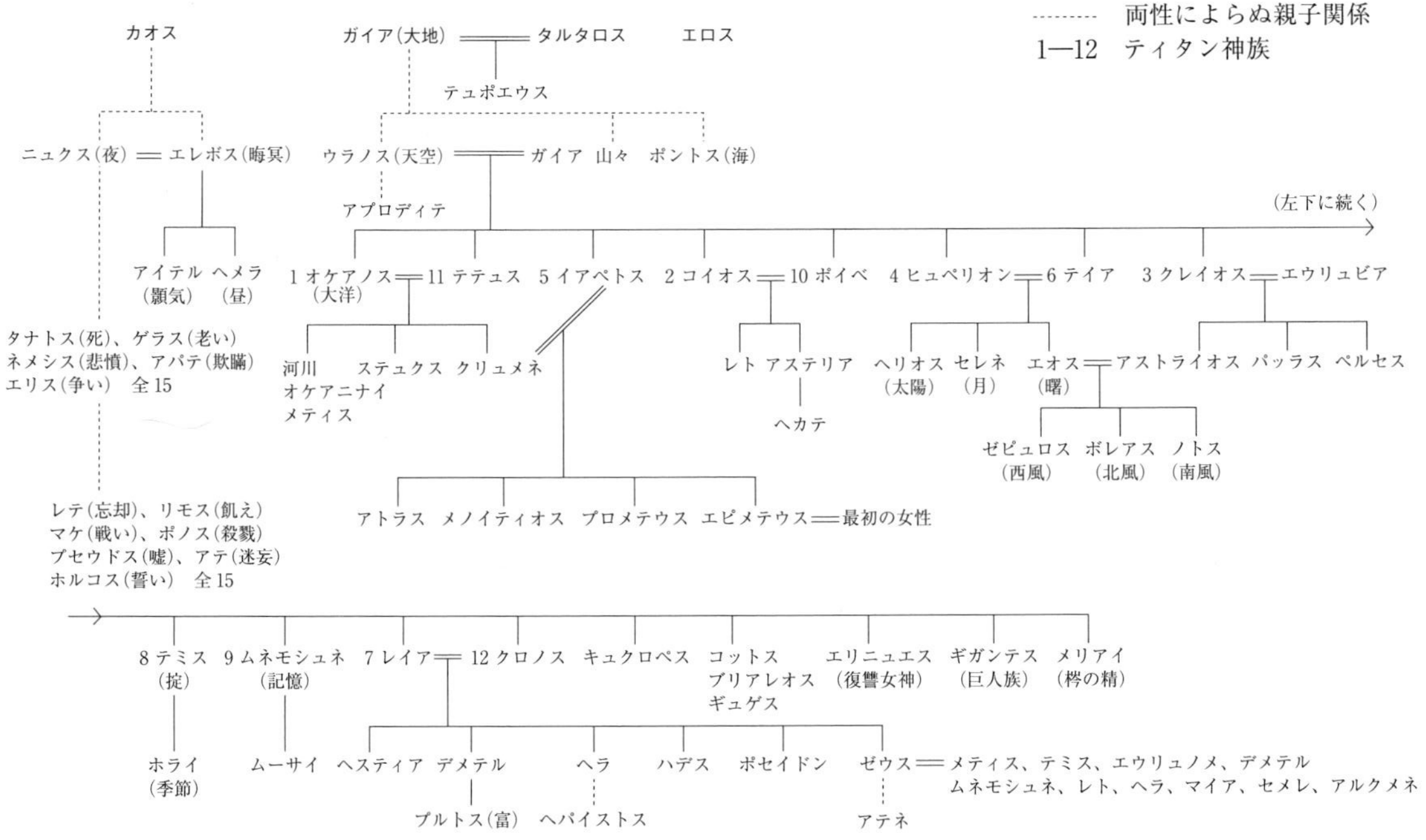

両性によらぬ親子関係
1—12 ティタン神族
カオス
ガイア(大地)
タルタロス
エロス
テュポエウス
ニュクス(夜)
エレボス(晦冥)
ウラノス(天空)
ガイア
山々
ポントス(海)
アプロディテ
(左下に続く)
アイテル
(顥気)
ヘメラ
(昼)
タナトス(死)、ゲラス(老い)
ネメシス(悲憤)、アパテ(欺瞞)
エリス(争い) 全15
1 オケアノス
(大洋)
11 テテュス
5 イアペトス
2 コイオス
10 ポイベ
4 ヒュペリオン
6 テイア
3 クレイオス
エウリュビア
河川
オケアニナイ
メティス
ステュクス
クリュメネ
レト
アステリア
ヘカテ
ヘリオス
(太陽)
セレネ
(月)
エオス
(曙)
アストライオス
パッラス
ペルセス
ゼピュロス
(西風)
ボレアス
(北風)
ノトス
(南風)
アトラス
メノイティオス
プロメテウス
エピメテウス
最初の女性
レテ(忘却)、リモス(飢え)
マケ(戦い)、ポノス(殺戮)
プセウドス(嘘)、アテ(迷妄)
ホルコス(誓い) 全15
8 テミス
(掟)
9 ムネモシュネ
(記憶)
7 レイア
12 クロノス
キュクロペス
コットス
ブリアレオス
ギュゲス
エリニュエス
(復讐女神)
ギガンテス
(巨人族)
メリアイ
(梣の精)
ホライ
(季節)
ムーサイ
ヘスティア
デメテル
ヘラ
ハデス
ポセイドン
ゼウス
メティス、テミス、エウリュノメ、デメテル
ムネモシュネ、レト、ヘラ、マイア、セメレ、アルクメネ
プルトス(富)
ヘパイストス
アテネ

『神統記』系図 (2)

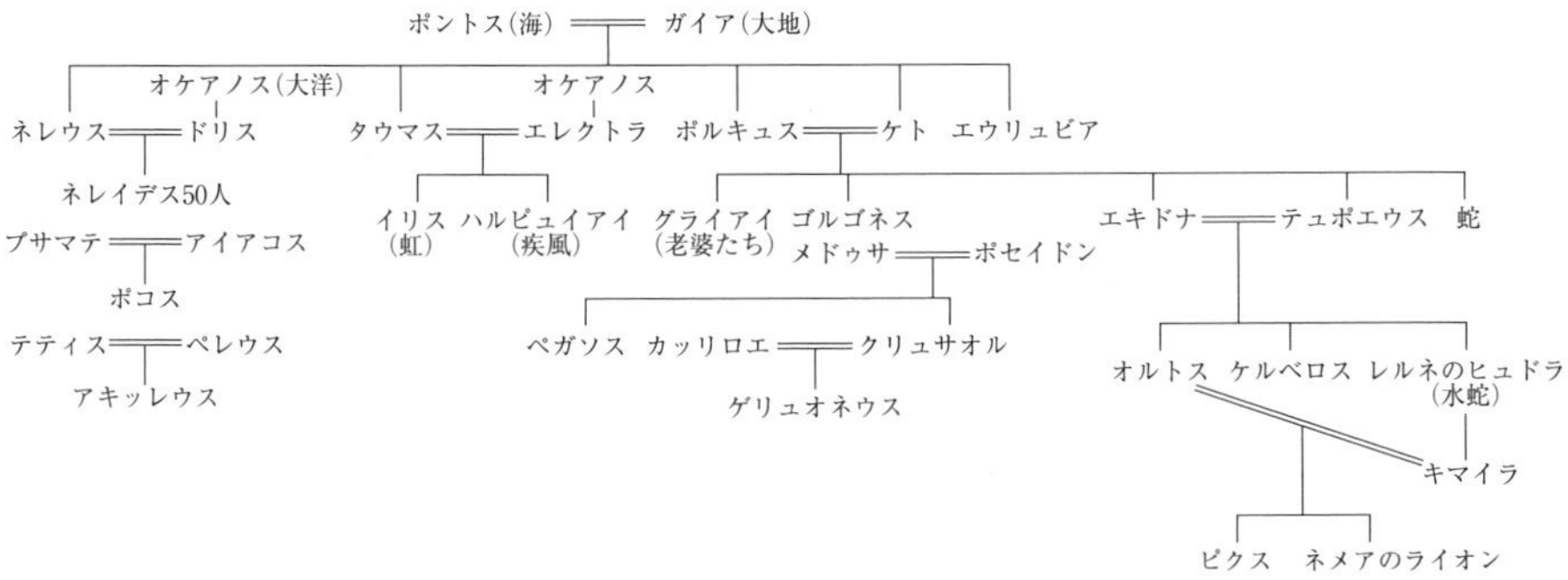
ポントス（海）
ガイア（大地）
オケアノス（大洋）
ネレウス
ドリス
ネレイデス50人
プサマテ
アイアコス
ポコス
テティス
ペレウス
アキッレウス
オケアノス
タウマス
エレクトラ
イリス
（虹）
ハルピュイアイ
（疾風）
ポルキュス
ケト
エウリュビア
グライアイ
（老婆たち）
ゴルゴネス
メドゥサ
ポセイドン
ペガソス
カッリロエ
クリュサオル
ゲリュオネウス
エキドナ
テュポエウス
蛇
オルトス
ケルベロス
レルネのヒュドラ
（水蛇）
キマイラ
ピクス
ネメアのライオン

『楯』系図

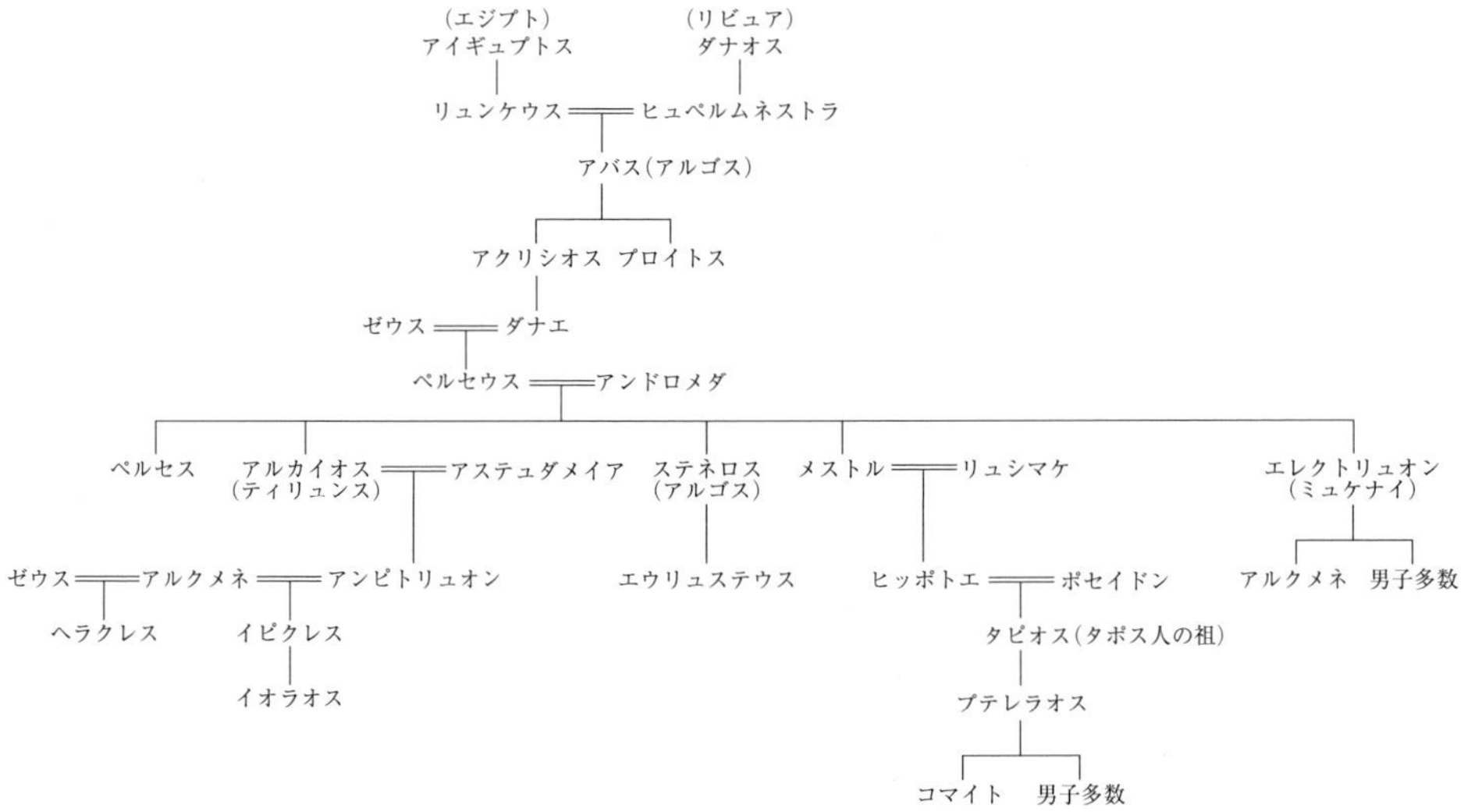
(エジプト)
アイギュプトス
(リビュア)
ダナオス
リュンケウス
ヒュペルムネストラ
アバス(アルゴス)
アクリシオス
プロイトス
ゼウス
ダナエ
ペルセウス
アンドロメダ
ペルセス
アルカイオス
(ティリュンス)
アステュダメイア
ステネロス
(アルゴス)
メストル
リュシマケ
エレクトリュオン
(ミュケナイ)
ゼウス
アルクメネ
アンピトリュオン
エウリュステウス
ヒッポトエ
ポセイドン
アルクメネ
男子多数
ヘラクレス
イピクレス
イオラオス
タピオス(タポス人の祖)
プテレラオス
コマイト
男子多数

断片系図 (2) Frr. 19—23

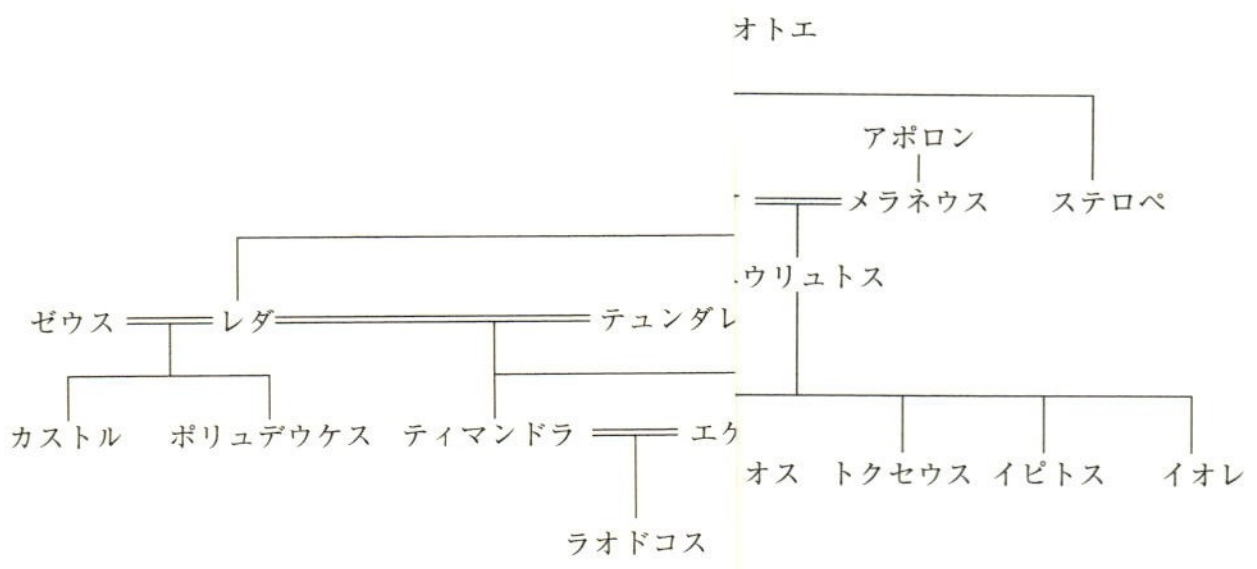

断片系図 (5) Frr. 72—86

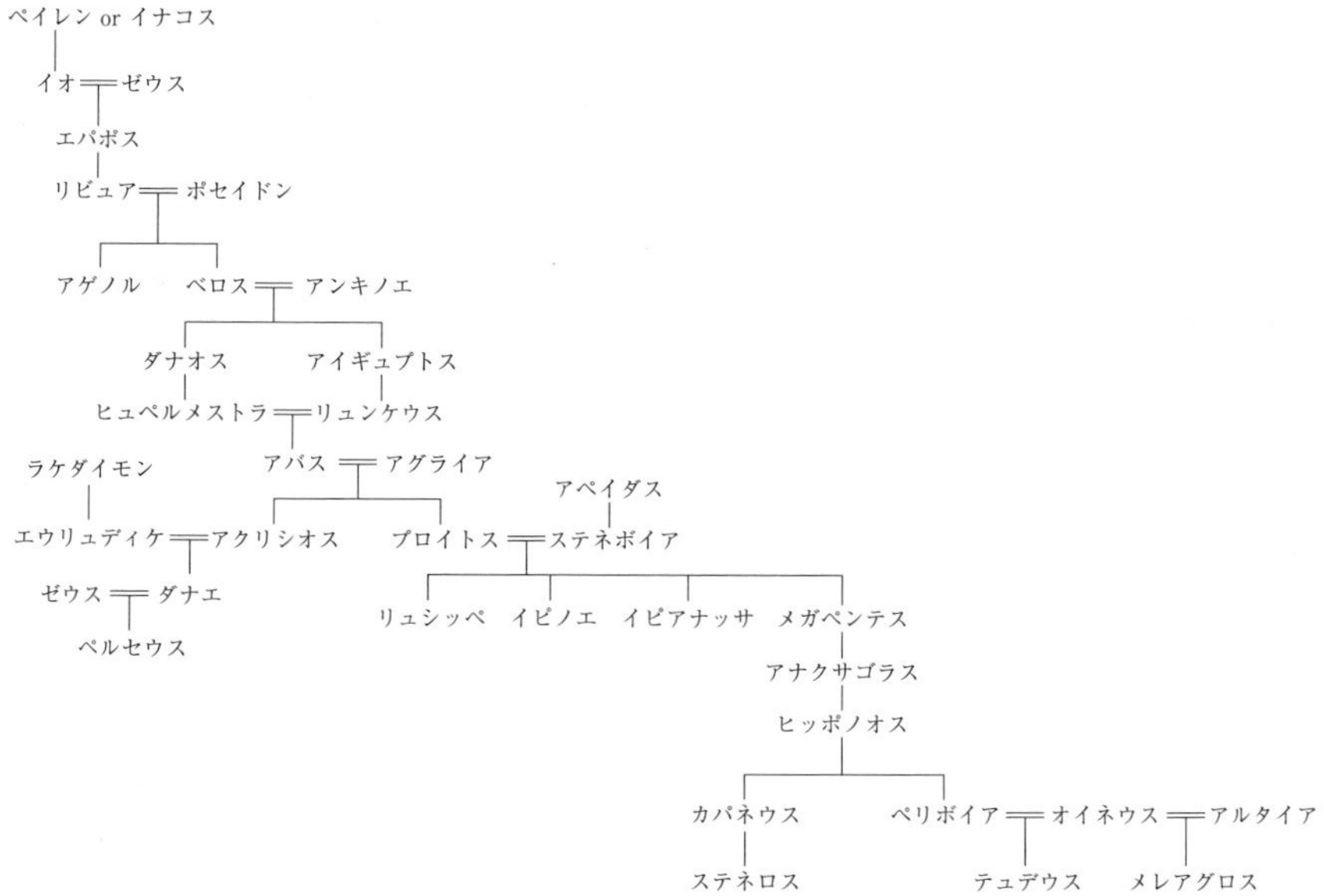
ペイレン or イナコス
イオ
ゼウス
エパポス
リビュア
ポセイドン
アゲノル
ベロス
アンキノエ
ダナオス
アイギュプトス
ヒュペルメストラ
リュンケウス
アバス
アグライア
ラケダイモン
エウリュディケ
アクリシオス
プロイトス
アペイダス
ステネボイア
ゼウス
ダナエ
ペルセウス
リュシッペ
イピノエ
イピアナッサ
メガペンテス
アナクサゴラス
ヒッポノオス
カパネウス
ステネロス
ペリボイア
オイネウス
アルタイア
テュデウス
メレアグロス

断片系図 (6) Frr. 88—107

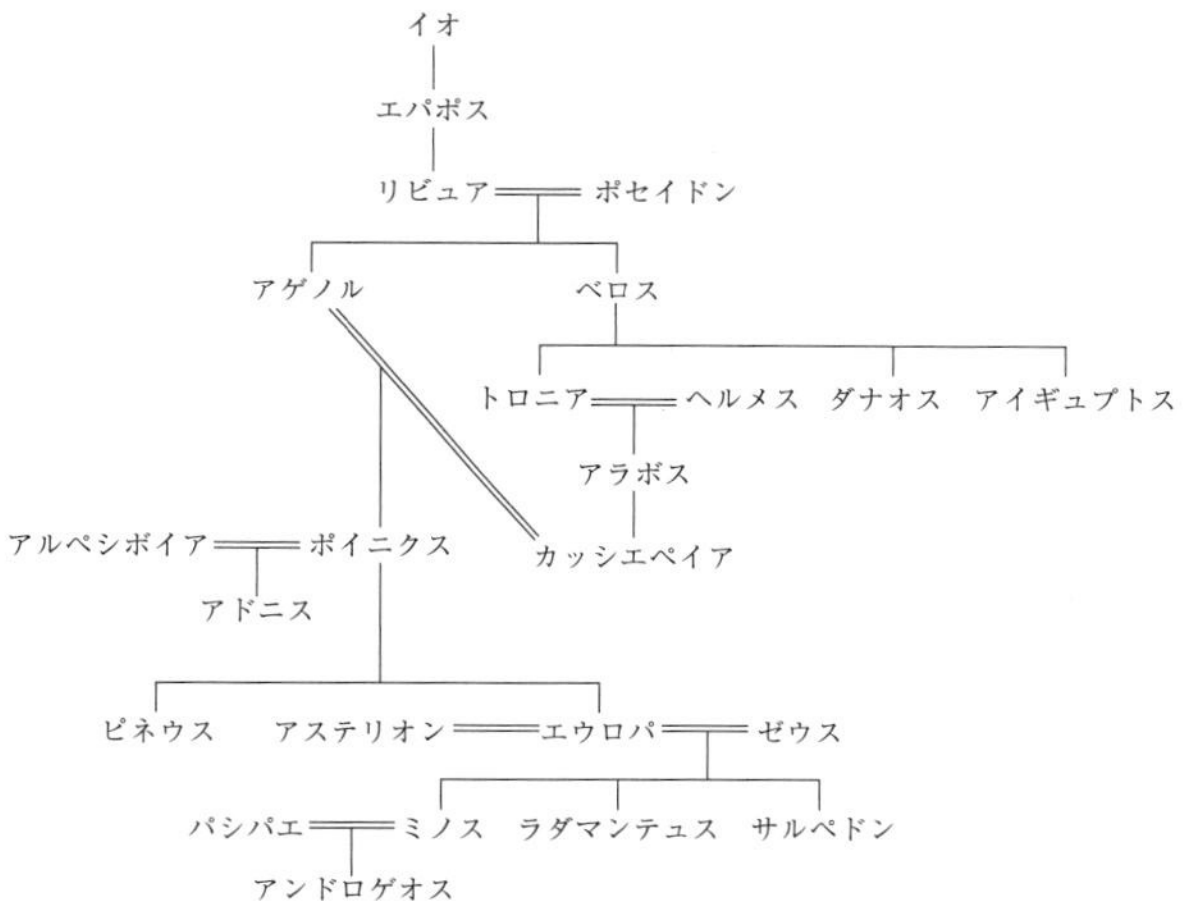

断片系図 (7) Frr. 110—117

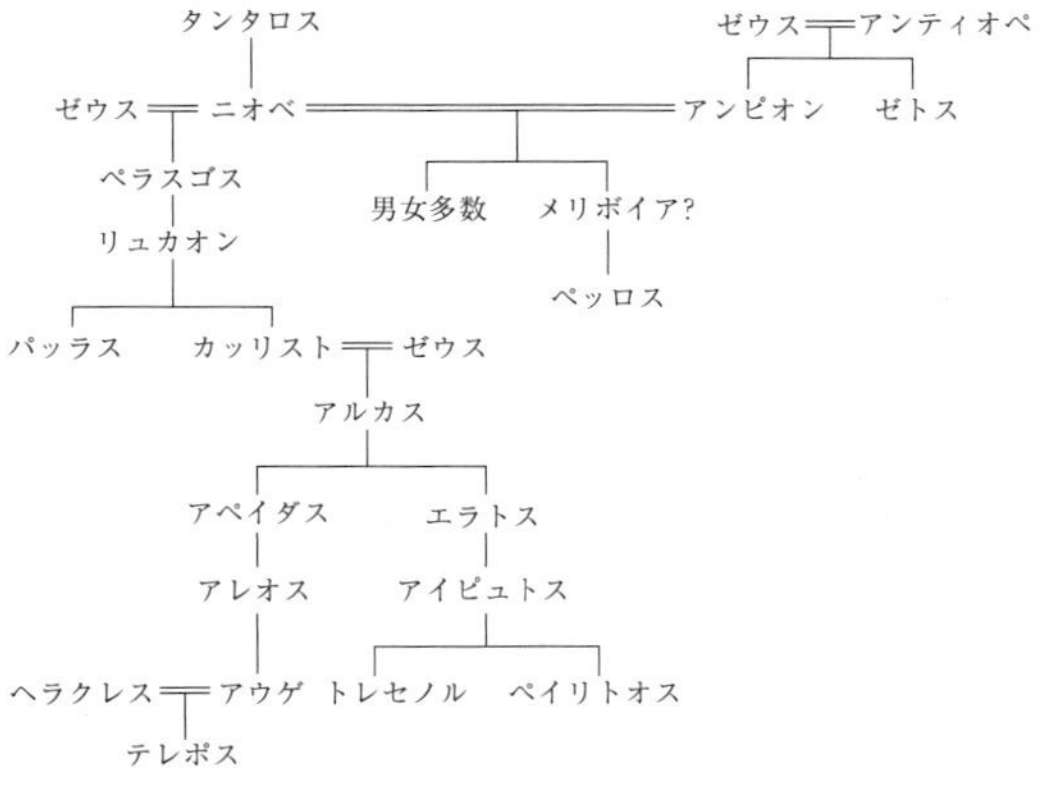

断片系図（8）Frr. 118—140

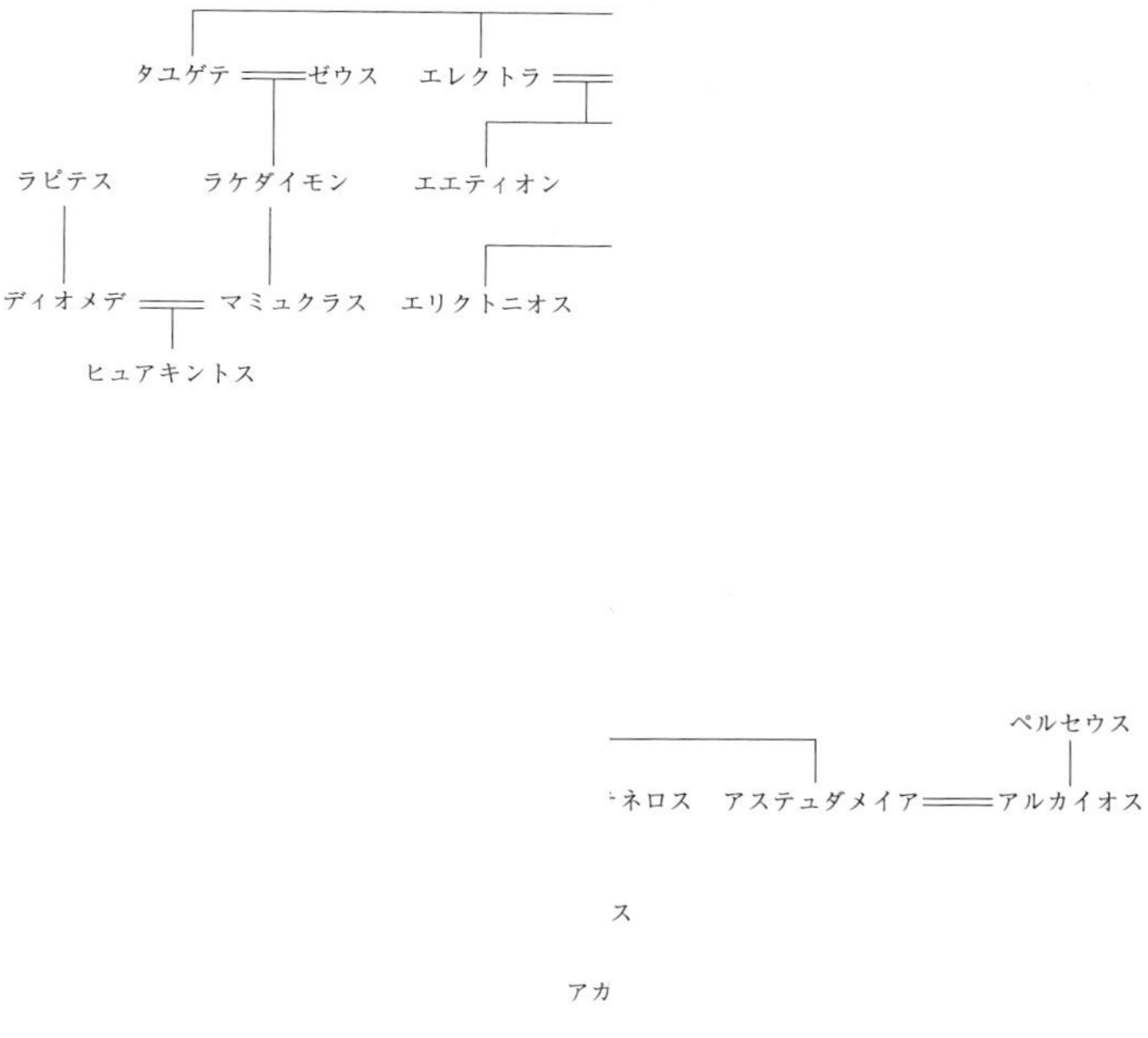

断片系図 (9) Frr. 142—153

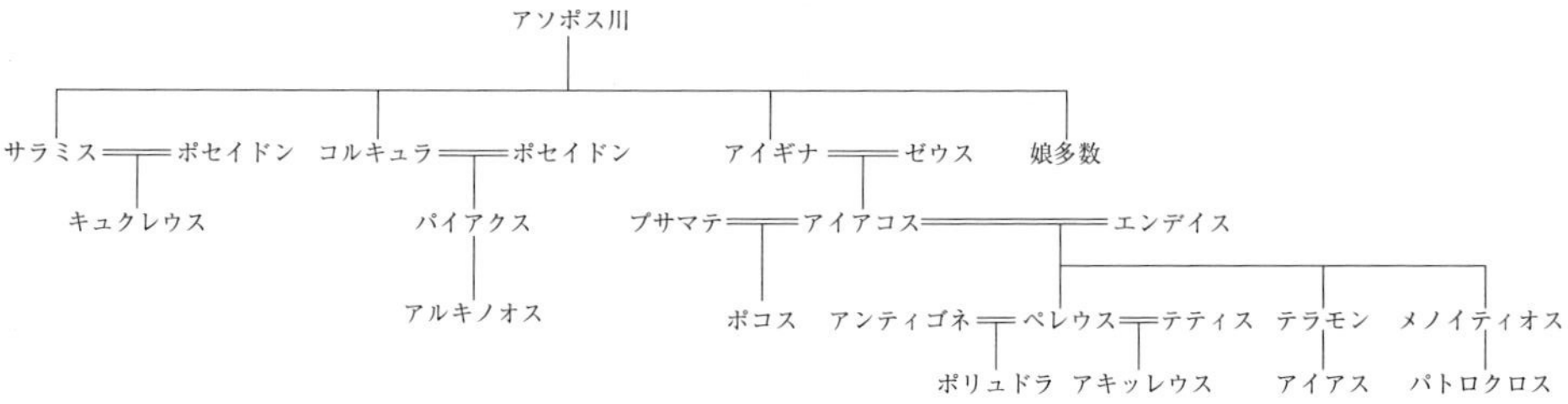

著作家・資料索引

証言と断片を伝える著作家（資料）、およびその文中に現われる著作家を対象とする。

証：証言　　断：断片

下線はそこに註を施したことを示す。

アイスキュロス　Aiskhylos　前 525-456 年、悲劇詩人　断 137b, 233

―『縛られたプロメテウス』への古註　断 100

アイリアノス　Ailianos　2／3 世紀、随筆家　断 127, 263

アウダクス　Audax　7 世紀以前？　文法抜粋作者　断 277

アクシラオス　Akusilaos　前 6 世紀、神話作家　証 121, 122; 断 59b, 72, 110b, 193, 296

アシオス　Asios　年代不詳、系譜作家　断 189b

アスクレピアデス　Asklepiades　前 4 世紀、神話編集者　断 59a, 191a, 231

アッキウス　Lucius Accius　前 170 頃-86 年頃、ローマの悲劇作家・学者詩人　証 3; 断 148

アテナイオス　Athenaios　2／3 世紀、文人　証 66, 68, 75, 79, 81, 85; 断 179, 204b, 207, 208, 209, 213, 223, 224, 225, 235b, 238, 243

アテナゴラス　Athenagoras　2 世紀、キリスト教護教家　断 55

アナクレオン　Anakreon　前 570 頃-485 年頃、抒情詩人　証 124a

アポロドロス（アテナイの）　Apollodoros　前 2 世紀、文献学者　断 78, 101

アポロドロス　Pseudo-Apollodoros　1／2 世紀？　神話編集者　断 49, 72, 79, 84, 103, 107, 110ab, 115, 123, 126, 211a, 231, 234, 305

アポロニオス（ロドスの）　Apollonios Rhodios　前 300 頃-215 年頃、アレクサンドレイア 2 代目図書館長、叙事詩人　証 52, 80, 135; 断 24, 28, 104b, 141, 193, 194b, 198, 199ab, 200, 202, 236, 237, 252ab, 299b

―『アルゴナウティカ』への古註　断 3, 6, 16, 64, 96, 104ab, 105, 174

アポロニオス（ソフィストの）　100 年頃、辞書編集者　断 116, 302

アポロニオス・デュスコロス　Apollonios Dyskolos　2 世紀、文法学者　断 109

アメレサゴラス　Amelesagoras　前 300 年頃、神話作家？　断 95

アラトス　Aratos　前 4／3 世紀、詩人　証 73, 151

―『星辰譜』への古註　断 227a

―『星辰譜』ゲルマニクスのラテン語訳への古註　断 246, 261ab

アリスタルコス（サモトラケの）　Aristarkhos　前 217 頃-144 年頃、アレクサンドレイア 6 代目図書館長　証 49, 137; 断 15a

アリスタルコス（サモスの）　Aristarkhos　前 310 頃-230 年頃、天文学・数学者　証 76

アリステイデス　Ailios Aristeides　2 世紀、ソフィスト　証 156

アリステュッロス　Aristyllos　前 3 世紀半ば、アレクサンドレイアの天文学者　証 76

アリストクレス　Aristokles　前 2 世紀、音楽家？　証 85

アリストテレス　Aristoteles　前 384-322 年、哲学者　証 2, 37, 102, 117abc, 119c, 128; 断 217a, 303

―『ニコマコス倫理学』へのギリシア語註釈　断 187ab, 221

アリストニコス（アレクサンドレイア

の） Aristonikos　前 1 ／後 1 世紀、文献学者　*証 142*
アリストパネス　Aristophanes　前 445 頃-380 年頃、喜劇詩人　*証 18, 82; 断 204c, 219, 293b*
アリストパネス（ビュザンティオンの） Aristophanes　前 257 頃-180 年頃、アレクサンドレイア 4 代目図書館長　*証 52, 136; 断 220, 271*
アリストマコス　Aristomakhos　不明　*断 246*
アルキロコス　Arkhilokhos　前 7 世紀前半、パロス島出身、抒情詩人　*証 83, 85, 101; 断 78*
アルケマコス　Arkhemakhos　前 3 世紀前半、エウボイア島の歴史家　*証 12*
アルテモン　Artemon　前 2 世紀、歴史家　*断 239*
アンティゴノス（カリュストスの） Antigonos　前 1 世紀末、エピグラム・神話作家　*断 194b*
アンティドロス（キュメの） Antidoros　前 300 年頃活躍、文献学者　*証 133*
アンティマコス（コロポンの） Antimakhos　前 400 年頃、学匠詩人　*断 104b, 184, 252a*
アントニノス・リベラリス　Antoninos Liberalis　2 ／ 3 世紀、神話作家　*断 194ab*
アンドロン　Andron　前 4 世紀、系譜作家　*断 59b*
アンモニオス　Ammonios　1 ／ 2 世紀、文法家　*断 264*
イアソン　Iason　前 100 年頃？　詳細不明　*証 85*
イアンブリコス　Iamblikhos　3 ／ 4 世紀、哲学者　*証 114*
イオセポス　→ヨセフス
イストロス　Istros　前 3 世紀半ば、歴史家　*断 243*
イソクラテス　Isokrates　前 436-338 年、弁論家、教育者　*証 123, 124a*
ウァッカ　Vacca　6 世紀？　伝記作者　*証 26*
ウァッロ　Marcus Terentius Varro　前 116-27 年、ローマの百科全書家　*証 3*
『ヴァティカン本ギリシア語格言集』 *Gnomologium Vaticanum Graecum*　*証 16, 157*
ウェッレイユス・パテルクルス　Velleius Paterculus　前 1 ／後 1 世紀、歴史家　*証 7*
ウェルギリウス　Publius Vergilius Maro　前 70-19 年、ローマ最大の詩人　*証 90a, 90b; 断 29*
—『牧歌』『農耕詩』への古註　*断 29*
—『牧歌』への Probus の註釈　1 世紀　*断 80, 106*
—へのセルウィウス註　Servius　4 世紀　*証 61; 断 110c, 159, 229, 299a*
エウスタティオス　Eustathios　12 世紀、古典学者・聖職者
　ホメロス『イリアス』註解　*断 62, 76b, 114, 147, 169*
　ホメロス『オデュッセイア』註解　*証 65; 断 82, 168*
エウセビオス　Eusebios　260 頃-360 年、キリスト教聖職者　*証 23c*
エウテュデモス　Euthydemos　前 2 世紀？　医師？　*証 81*
エウテュメネス　Euthymenes　詳細不明、年代記作者　*証 12*
エウドクソス　Eudoxos　前 400 頃-374 年頃、天文学・数学者　*証 76*
エウナピオス　Eunapios　4 ／ 5 世紀、哲学者・文人　*証 62*
エウメロス　Eumelos　前 8 世紀末、歴史家？　叙事詩人　*証 121; 断 115*
エウリピデス　Euripides　前 485 頃-406 年頃、悲劇詩人　*証 119b1, 124a, 262b*
—への古註　*断 59a, 75, 230, 247*
エピクロス　Epikouros　前 341-270 年、哲学者　*証 118*
エパプロディトス　Epaphroditos　1 世紀、文献学者　*証 145*
エピメニデス　Epimenides　前 7 ／ 6 世紀、預言者・詩人　*断 193, 197b*
エポロス　Ephoros　前 405 頃-330 年頃、『世界史』30 巻の歴史家　*証 3, 14a, 25, 124a; 断 97, 111, 296*
エラトステネス（伝） Pseudo-Eratosthenes　『星座譜』 *Katasterismoi*

断 38, 244
(エラトステネス Eratosthenes 前 285 頃-194 年頃、アレクサンドレイア 3 代目図書館長・博学者)
エンペドクレス Empedokles 前 492 頃-432 年頃、シケリア出身の哲学者 証 119b3
オウィディウス Publius Ovidius Naso 前 43-後 18 年、ローマの詩人 証 92
オルペウス Orpheus (伝説的な歌人) 証 17, 18, 115, 116ac, 119b1-3, 126
オロス Oros 5 世紀、文法家 断 66
カッシウス Lucius Cassius Hemina 前 2 世紀、ローマの歴史家 証 11
カッリマコス Kallimakhos 前 4 / 3 世紀、学匠詩人 証 73, 87b, 151; 断 165
—への古註 断 228
ガッルス Gaius Cornelius Gallus 前 69 頃-26 年頃、政治家、詩人 証 90a
カマイレオン Khamaileon 前 350 頃-280 年頃、ペリパトス派の哲学者 証 85, 130
ガレノス Galenos 2 世紀、医師 証 119b3; 断 39, 268, 269, 294
キケロ Marcus Tullius Cicero 前 106-43 年、ローマの政治家・弁論家 証 6, 20, 21, 119a, 152; 断 293c
『帰国物語』 Nostoi 断 234, 293c
キナイトン Kinaithon 年代不詳、系譜作家 断 189b
『キュプリア』 Kypria キュプロスのスタシノス作、前 7 世紀 断 151
『ギリシア詞華集』 Anthologia Graeca 証 44, 88, 89, 93, 94, 111
『ギリシア金石文集成』 Inscriptiones Graecae 証 104, 105, 107
『ギリシア金石文補遺』 Supplementum Epigraphicum Graecum 証 106
クインティリアヌス Marcus Fabius Quintilianus 1 世紀、修辞学者 証 69, 125; 断 220
クセノパネス Xenophanes 前 570 頃-470 年頃、哲学者・詩人 証 3, 37, 97, 113a
『グーデ語源辞典』 Etymologicum Gudianum 11 世紀 証 145
クラテス (マッロスの) Krates 前 2 世紀、文献学者、ストア派の哲学者 証 50, 139; 断 57
クリュシッポス (ソロイの) Khrysippos 前 280 頃-207 年頃、ストア派の哲学者 証 119b1-3; 断 268
クレアンテス Kleanthes 前 331 頃-232 年頃、ストア派の哲学者 証 119b1
クレイタルコス Kleitarkhos 前 4 世紀、歴史家 断 165
クレオメネス Kleomenes 文献学者? 証 149
クレメンス (アレクサンドレイアの) Klemes 150 頃-215 年頃、教父 証 12, 121, 149; 断 210, 217b, 253, 256, 258, 260, 299b, 301
ゲオルギオス・モナコス Georgios Monakhos (別名ハマルトロス) 9 世紀、年代記作者 証 77
ゲッリウス Aulus Gellius 2 世紀、随筆家 証 3, 11, 147; 断 148
ケルコプス Kerkops 前 6 世紀? ヘシオドスの批判者 証 37, 79; 断 231, 234, 235b, 238, 243
コイロボスコス Khoiroboskos 9 世紀、文法家 断 177
『言葉の誤用と文法的破格について』 De soloecismo et barbarismo 断 8
コマノス Komanos 前 3 / 2 世紀、文献学者? 証 150
コンスタンティノス・ポルピュロゲンネトス Konstantinos Porphyrogennetos 10 世紀、ビザンツ皇帝 断 7
サッポー Sappho 前 7 / 6 世紀、抒情詩人 証 60, 124a
シモニデス Simonides 前 556 頃-467 年頃、合唱抒情詩人 証 16, 20, 115, 124a, 157; 断 175
シュンケッロス Synkellos 8 / 9 世紀、歴史家 証 14b
『真正語源辞典』 Etymologicum genuinum 9 / 10 世紀 断 45, 250, 266
『スーダ辞典』 Suda 10 世紀、文学百科事典 証 1, 71, 131, 140, 141, 142, 146, 148; 断 17, 81, 91, 300b
スタティウス Publius Papinius Statius

45-96 年頃、ローマの叙事詩人　断 *295*
ステシコロス　Stesikhoros　前 630 頃 -556 年頃、合唱抒情詩人　証 *2*, *19*, *20*, *52*, *119b3*, *247*
ステパノス（ビュザンティオンの） Stephanos　6 世紀、文法家　断 *34*, *44*, *66*, *112*, *142*, *167*, *232*, *286b*
ストラボン　Strabon　前 1 ／後 1 世紀、地誌学者　断 *11*, *76a*, *78*, *85*, *88*, *97*, *101*, *111*, *143*, *164*, *214*, *215*, *251*, *270*, *279*, *287*
セクストス・エンペイリコス　Sextos Empeirikos　2 ／ 3 世紀、医師、哲学者　証 *118*
ゼノドトス（エペソスの） Zenodotos　前 4 ／ 3 世紀、アレクサンドレイア初代図書館長　証 *134*; 断 *153*
ゼノドトス（アレクサンドレイアの） Zenodotos　前 2 ／ 1 世紀？　文献学者　証 *140*
ゼノビオス　Zenobios　2 世紀前半、諺編集者　断 *203*
ゼノン（キティオンの） Zenon　前 335 頃-263 年頃、ストア派哲学の開祖　証 *119a*; 断 *293a*
セルウィウス　→ウェルギリウス
セレウコス（アレクサンドレイアの） Seleukos　1 世紀、文献学者　証 *144*
ソクラテス　Sokrates　前 469-399 年、哲学者　証 *37*, *83*
ソポクレス　Sophokles　前 496 頃-406 年、悲劇詩人
—への古註、古伝梗概　断 *181*, *248*, *289*
ソリヌス　Gaius Iulius Solinus　3 世紀、文人　証 *9*
『大語源辞典』 *Etymologicum Magnum* 12 世紀　証 *27*, *28*; 断 *68*, *176*, *286a*
『楯』の古伝梗概　*Argumentum Scuti*　証 *52*
タレス（ミレトスの） Thales　前 624 頃 -546 年頃、最初の哲学者　証 *76*, *117c1*
ツェツェス　Ioannes Tzetzes　12 世紀、博学者　証 *2*, *24*, *78*; 断 *137bc*, *212*, *227b*, *280*
ディオゲネス（バビュロンの） Diogenes　前 3 ／ 2 世紀、哲学者　証 *84*
ディオゲネス・ラエルティオス　Diogenes Laertios　前 3 世紀初、哲学史家　証 *37*, *100*, *129*, *130*
ディオドロス（シケリアの） Diodoros　前 1 世紀、歴史家　断 *128*, *245*
ディオニュシオス　Dionysios　ヘレニズム期、キュクロス作者　証 *2*
ディオニュシオス（コリントスの） Dionysios　叙事詩人？　証 *146*
ディオニュシオス（トラキアの） Dionysios Thrax　前 170 頃-90 年頃、文法学者　証 *55*, *133*
ディオニュシオス（ハリカルナッソスの） Dionysios　前 60 頃-後 7 年頃、歴史家、修辞学者　証 *124ab*
ディオニュシオス・ペリエゲテス　Dionysios Periegetes　2 世紀、『世界の案内』の著者　証 *50*
『ディオニュシオス・ペリエゲテス伝』 *Vita Chigiana Dionysii Periegetis*　証 *50*
ディオメデス　Diomedes　4 ／ 5 世紀、文法家　証 *63*
ディオン・クリュソストモス　Dion Khrysostomos　40 頃-120 年頃、弁論家　証 *57*, *153*, *154*
ディカイアルコス　Dikaiarkhos　前 4 世紀末、博学者　断 *165*
ディデュマルコス　Didymarkhos　ヘレニズム時代、作家　断 *194b*
ディデュモス　Didymos　前 1 世紀、文献学者　証 *143*
ティモカリス　Timokharis　前 3 世紀前半、アレクサンドレイアの天文学者　証 *76*
テオクリトス　Theokritos　前 3 世紀、牧歌詩人　断 *178*
—『牧歌』への古註　断 *178*
テオプラストス　Theophrastos　前 370 頃-287 年頃、アリストテレスの後継者、哲学者　証 *49*; 断 *217a*
テオポンポス　Theopompos　前 378 頃 -320 年頃、キオス島出身の歴史家　証 *124a*
『テーバイ物語』 *Thebais*　前 8 世紀、作

者不詳　断 84
デメトリオス（パレロンの）　Demetrios　前 350 頃-280 年頃、政治家・学者　証 85; 断 292 ?
デメトリオス・イクシオン　Demetrios Ixion　前 2 世紀、文献学者　証 141
テュルタイオス　Tyrtaios　前 7 世紀、スパルタで活躍したエレゲイア詩人　証 119b3
トゥキュディデス　Thukydides　前 460 頃-400 年頃、歴史家　証 30
トリュポン　Tryphon　前 1 世紀末、アレクサンドレイアの文法学者　断 204d
『ナウパクトス物語』　*Naupaktia*　カルキノス作とされる叙事詩　断 189b
ナターレ・コンティ　Natale Conti（ラテン語形 Natalis Comes）　16 世紀、神話学者　断 290, 291
ニカンドロス　Nikandros　前 2 世紀、叙事詩人　断 194b, 273
ニコクレス　Nikokles　不明　証 41
ニコラオス（ダマスコスの）　Nikolaos　前 1 ／後 1 世紀、歴史家　断 249, 296
ネポス　Cornelius Nepos　前 1 世紀、ローマの伝記作者　証 11
ノンノス　Nonnos　5 世紀、叙事詩人　証 96
パウサニアス　Pausanias　2 世紀、地誌学者　証 4, 31, 35, 39, 40, 42, 103, 108, 109, 110; 断 20a, 43, 53b, 170, 185, 186, 189b, 190, 195, 196, 197a
バッキュリデス　Bakkhylides　前 6 ／ 5 世紀、合唱抒情詩人　断 89, 306
パピュロス
　Berlin papyrus　断 22, 23, 154abcde, 155
　Cairo papyrus　断 241
　Ibscher papyrus　断 216
　London papyrus　断 47
　Michigan papyrus　断 12, 13, 19, 130, 161a
　Milan papyrus　断 131
　Oxyrhynkhus papyrus　証 95, 151; 断 1, 19, 22, 23, 27, 30, 33, 40, 46, 47, 58, 60, 65, 67, 69, 77, 90, 98, 117, 120, 121, 123, 133, 138, 140, 160, 162, 182, 189a, 204a, 242
　Papyrus Cairensis Instituti Francogallici　断 69
　Pubblicazioni della Società Italiana　断 18, 35, 41, 48, 136
　Strasbourg papyrus　断 152
　Tebtynis papyrus　断 93
　Turner papyrus　断 10
　Yale papyrus　断 41
パライパトス　Palaiphatos　前 4 世紀、神話学者　断 125
パラリス　Phalaris　前 570 頃-550 年頃在位、アクラガスの僭主　証 2
ハルポクラティオン　Harpokration　2 世紀、文献学者　断 102, 171, 271
パルメニデス　Parmenides　前 6 ／ 5 世紀、エレア派哲学の開祖　証 117c2
『パロス島大理石刻文』　*Marmor Parium*　前 3 世紀　証 15
パンピロス　Pamphilos　50 年頃、辞書編集者　断 194b
ヒエロニュモス　Hieronymos　前 3 世紀、哲学者、文学史家　証 100
ヒッパルコス　Hipparkhos　前 190 頃-120 年頃、ニカイア出身、古代最大の天文学者　証 76
ヒッピアス　Hippias　前 481 頃-411 年頃、ソフィスト　証 17
ヒュギヌス　Hyginus　2-4 世紀？　神話編集者　断 262a
ピュタゴラス　Pythagoras　前 570 年頃-？　哲学者・数学者　証 2, 37, 100, 113a, 114
ヒュペレイデス　Hypereides　前 4 世紀、アッティカ十大弁論家の一人　断 271
ピロコロス　Philokhoros　前 340 頃-260 年頃、歴史家・考証家　証 3, 19; 断 171, 297
ピロストラトス　Philostratos　2 ／ 3 世紀、文人　証 13, 54
—『英雄が語るトロイア戦争』*Heroikos* への古註　断 281
ピロデモス　Philodemos　前 110 頃-40 年頃、詩人、哲学者　証 119b1; 断 20b, 51, 56, 59b, 71, 83, 99, 151, 157, 161b, 233
ピロン（アレクサンドレイアの）　Philon

前 1 ／後 1 世紀、哲学者　証 *119c*
ピンダロス　Pindaros　前 6 ／ 5 世紀、合唱抒情詩人　証 *2; 断 21, 158, 175, 252a*
—への古註　*Scholia Vetera in Pindarum*
『オリュンピア祝勝歌』への古註　断 *42, 52, 86, 175, 197b*
『ピュティア祝勝歌』への古註　証 *70; 断 53a, 158, 163, 191abc, 218, 239, 240*
『ネメア祝勝歌』への古註　証 *41; 断 21, 36, 118, 119, 145, 150, 297*
『イストミア祝勝歌』への古註　断 *188*
フィラストリウス　Filastrius　4 世紀、ブリクシアの主教　断 *4*
プラクシパネス　Praxiphanes　前 4 ／ 3 世紀、文献学者　証 *49*
プラトン　Platon　前 428 頃-347 年、哲学者　証 *36, 72, 83, 99, 115, 116abc, 119c; 断 92, 274, 300ab*
—『饗宴』への古註　断 *73*
「プリスクスの墓碑」 *Titulus funerarius Prisci*　証 *51*
プリニウス　Gaius Plinius Secundus　23-79 年、ローマの博物学者　証 *22, 74; 断 217a*
プリュニコス　Phrynikhos　2 世紀、文法家　断 *219*
プルタルコス　Plutarkhos　46 頃-120 年頃、文人　証 *8, 32, 33, 38, 67, 76, 86, 101, 102, 112, 147, 155; 断 9, 204c, 235a, 254, 293a*
プレゴン　Phlegon　2 世紀前半、著述家　断 *165*
プロクロス　Proklos　2 または 5 世紀、文献学者　証 *43*
プロクロス　Proklos　410 頃-485 年、新プラトン主義哲学者　証 *120c, 148*
プロタゴラス　Protagoras　前 5 世紀、ソフィスト　証 *115*
プロティノス　Plotinos　205-270 年、新プラトン主義の哲学者　証 *120a*
プロペルティウス　Sextus Aurelius Propertius　前 50 頃-15 年頃、ローマのエレギーア詩人　証 *91*
ヘカタイオス（ミレトスの）　Hekataios　前 6 ／ 5 世紀、歴史家　証 *113a; 断 6, 75*
ヘカタイオス（アブデラの）　Hekataios　前 300 年頃活躍、哲学者・文学者　証 *131; 断 296*
ヘシオドス
—への古註　*Scholia Vetera in Hesiodum* 証 *19, 25, 29, 48, 49, 80, 102, 127, 134, 135, 136, 137, 139, 143, 144, 148, 150; 断 57, 222*
—『仕事と日』へのツェツェス註釈　証 *2; 断 227b*
ヘシュキオス　Hesykhios　5 ／ 6 世紀、辞典編者　証 *64, 128; 断 95, 304*
ヘッラニコス　Hellanikos　前 5 世紀、神話作家　断 *96, 178, 296*
ヘパイスティオン　Hephaistion　2 世紀、文法家　断 *206*
ヘラクレイデス（ポントスの）　Herakleides　前 4 世紀、哲学者　証 *129, 130*
ヘラクレイトス　Herakleitos　前 6 ／ 5 世紀、哲学者　証 *113*
ヘラクレイトス　Herakleitos　1 世紀？ホメロス学者　断 *74*
ヘリオドロス　Heliodoros　不明、ヘシオドスの誤記か？　断 *302*
ヘルメシアナクス　Hermesianax　前 3 世紀、エレゲイア詩人　証 *56*
ヘレアス　Hereas　前 200 年頃、メガラの歴史家　断 *235a*
ペレキュデス　Pherekydes　前 6 世紀、神話作家　断 *37, 38, 64, 231*
ヘロディアノス　Herodianos　2 世紀、文法家　断 *87, 94, 108, 113, 172, 183*
ヘロドトス　Herodotos　前 485 頃-425 年頃、歴史家　証 *2, 10, 98*
ヘロドロス　Herodoros　前 400 年頃、神話作家　断 *193*
ポキュリデス　Phokylides　不明　証 *85*
ポセイドニオス　Poseidonios　前 135 頃-51 年、ストア派の哲学者・歴史家　証 *5*
ポセイドニオス　Poseidonios　前 2 世紀、文献学者　断 *280*
ポッルクス　Pollux　2 世紀、辞典編者　証 *34, 82; 断 204c, 276, 283*
ポティオス　Photios　9 世紀、コンスタ

ンティノプルの総主教、文献学者　*断 275*
ホメロス Homeros　前 8 世紀末、叙事詩人　*証 1, 2, 3, 4, 5, 6, 7, 8, 9, 10, 11, 12, 13, 14ab, 15, 16, 17, 18, 21, 23a, 35, 36, 37, 52, 54, 57, 60, 65, 83, 84, 85, 97, 98, 99, 100, 110, 114, 115, 116ab, 119b1-3, 120b, 123, 132, 133, 141, 142, 148, 149, 152, 155, 156, 157; 断 127, 137bc, 142, 148, 149, 175, 183, 288, 289, 297*
—『イリアス』への古註　*断 14, 15ab, 32, 50, 54, 63, 89, 122, 124, 129, 132, 134, 135, 137a, 153, 156, 166, 173, 205, 255, 265, 267, 278, 292*
—『オデュッセイア』への古註　*断 5, 25, 37, 61, 144, 180, 257, 285, 288*
『ホメロス語彙の分析』 *Epimerismi Homerici*　作者不詳　*断 259, 282*
ポリュビオス　Polybios　前 2 世紀、歴史家　*断 146*
ポルピュリオス　Porphyrios　3 世紀、テュロスの人、新プラトン派哲学者　*証 1, 23b; 断 149, 272*
マクシモス（テュロスの）　Maximos　2 世紀、哲学者　*証 46, 59*
マニリウス　Manilius　前 1 ／後 1 世紀、教訓詩人　*証 47*
ミキュトス　Mikythos　前 5 世紀前半、レギオンの統治者　*証 110*
ミムネルモス　Mimnermos　前 7 世紀後半、抒情詩人　*証 85*
ムーサイオス　Mousaios　伝説的な歌人　*証 17, 18, 115, 116ac, 119b1-2*
メガクレイデス　Megakleides　前 4 世紀後半、ホメロス学者　*証 52*
メナンドロス　Menandros Rhetor　3 世紀、弁論家　*証 60, 126*
メレサゴラス　→アメレサゴラス
モーセ　Moses　前 14 世紀、ユダヤの立法家　*証 119c*
ユリアノス　Iulianos　331-363 年、ローマ皇帝、背教者　*証 120b; 断 26*
ヨセフス　Iosephos　37 頃-101 年頃、ユダヤ人歴史家　*証 77, 122; 断 296*
ヨハンネス・リュドス　Ioannes Lydos　6 世紀、官吏・著作家　*断 2*
ラクタンティウス・プラキドゥス　Lactantius Placidus　5 ／ 6 世紀、註釈家、神話編集者？　*断 262b*
ラソス（ヘルミオネの）　Lasos　前 6 世紀、詩人　*断 127*
リノス　Linos　伝説的な歌人　*証 90a*
リュコプロン　Lykophron　前 4 ／ 3 世紀、詩人　*断 114, 212*
—『アレクサンドラ』への古註、パラフレーズ　*断 70, 211b, 298*
ルキアノス　Loukianos　2 世紀、小説家　*証 45, 58*
レスボナクス　Lesbonax　1 世紀、文法家　*断 284*
ロンギノス（伝）　Longinos　1 世紀、批評家　*証 53*

固有名詞索引

証：証言　　数字は証言番号を表わす。
神：『神統記』　*仕*：『仕事と日』　*楯*：『楯』　数字は行数を表わす。
断：断片　　数字は断片番号を表わし、数十行に及ぶ長い断片の場合のみ（　）で行数を付記する。
下線はそこに註を施したことを示す。

ア　行

アイアコス　Aiakos　アイギナとゼウスの子、最も正しい人　*神* *1005*; *断* *145*, *146*, *152*, *249*

アイアス　Aias　テラモンの子、トロイア戦争の英雄　*断* *155* (*44*), *188*, *235b*, *243*

アイエテス　Aietes　コルキスの王、メデイアの父　*神* *957*, *958*, *992*, *994*; *断* *193*, *236*

アイオリス　Aiolis　小アジア西岸の地域　*証* *2*, *27*; *仕* *636*

アイオロス　Aiolos　ヘッレンの子、アイオリス族の名祖　*断* *5*, *9*, *10* (*31*), *12*, *69* (*99*)

アイガ　Aiga　ポキス地方の野　*断* *167*

アイガイオン　Aigaion　幼児ゼウスが匿われたクレタの山　*神* *484*

アイギストス　Aigisthos　クリュタイメストラの情夫　*断* *247*

アイギナ　Aigina　アソポス河伯の娘、ゼウスの愛人　*断* *145*

アイギナ　Aigina　サロニカ湾の島　*断* *155* (*47*)

アイギュプトス　Aigyptos　ベロスの子、エジプトの名祖　*断* *75*

アイギミオス　Aigimios　ヘッレンの孫　*断* *10* (*6*)

アイグレ　Aigle　パノペウスの娘、テセウスの愛人　*断* *235ab*, *243*

アイグレ　Aigle　ヘリオスの娘、パエトンの姉妹　*断* *262a*

アイグレ　Aigle　ヘスペリデスの一人　*断* *299a*

アイセポス　Aisepos　オケアノスの子の川　*神* *342*

アイソン　Aison　テュロとクレテウスの子　*断* *36*, *37*

アイティオペス人　Aithiopes　世界の西と東の果てに住む民　*神* *985*

アイテリエ　Aitherie　パエトンの姉妹　*断* *262a*

アイテル（顥気）　Aither　ニュクスの子　*神* *124*, *697*

アイトゥサ　Aithousa　アポロンの愛人　*断* *157*

アイドス（恥の心）　Aidos　*仕* *200*, *324*

アイトナ　Aitna　シケリア島の火山、エトナ　*断* *98* (*25*)

アイトリア　Aitolia　ギリシア中西部の地域　*断* *16*, *154c*

アイトロス　Aitolos　エンデュミオンの子　*断* *10* (*63*)

アイトン（燃え盛る飢え）　Aithon　→エリュシクトンの綽名

アイナレテ　Ainarete　アイオロスの妻　*断* *10* (*31*)

アイネイアス　Aineias　アンキセスとアプロディテの子　*神* *1008*

アイノス　Ainos　ケパッレニア島の山　*断* *104a*

アイピュトス　Aipytos　エラトスの子、アルカスの孫　*断* *116*

アウゲ　Auge　ヘラクレスの愛人、テレポスの母　*断* *117*

アウトノエ　Autonoe　ネレイデス（ネレウスの娘）の一人　*神* *258*

アウトノエ　Autonoe　カドモスの娘、アリスタイオスの妻　*神* *977*; *断* *161a*

アウトメドン　Automedon　ヒッポダメ

イアの求婚者　断 *197b*
アウトリュコス　Autolykos　ヘルメスとピロニスの子、泥棒名人　断 *65*, *67*, *68*
アウリス　Aulis　ボイオティア地方の港町　仕 *651*
アエッロ（旋風）　Aello　ハルピュイアの一人　神 *267*
アエッロプス　Aellopous　ハルピュイアの一人　断 *103*
アエトリオス　Aethlios　ゼウスの子　断 *10*（*58*）
アエロペ　Aerope　アトレウスの妻　断 *137abc*, *138*
アオニア　Aonia　ボイオティア地方の代称　証 *90a*
アカイア地方　Akhaia　ペロポンネソス半島西北の地域　断 *84*, *128*, *155*（*47*）
アカイア人　Akhaioi　ギリシア人の古称　仕 *651*; 断 *117*, *154c*, *292*
アカイオス　Akhaios　クストスとクレウサの子　断 *10*（*23*）
アガウエ　Agaue　ネレイデス（ネレウスの娘）の一人　神 *247*
アガウエ　Agaue　カドモスの娘　神 *976*
アカカッリス　Akakallis　ヘルメスとアポロンの愛人　断 *157*
アカステ　Akaste　テテュスとオケアノスの娘　神 *356*
アカストス　Akastos　キオス島の支配者　証 *2*, *12*
アカストス　Akastos　イオルコスの王、ペリアスの子　断 *149*, *150*
アガニッペ　Aganippe　ヘリコン山の泉のニュンフ　証 *95*
アガメムノン　Agamemnon　アルゴス王、クリュタイメストラの夫　断 *19*（*13*, *28*）, *20b*, *137abc*, *138*, *154b*, *242*, *247*
アカルナニア　Akarnania　ギリシア西部の地域　証 *42*
アカルナン　Akarnan　ヒッポダメイアの求婚者　断 *197b*
アキッレウス　Akhilleus　テティスとペレウスの子、ホメロス『イリアス』の主人公　証 *3*, *42*, *71*; 神 *1007*; 断 *147*, *148*, *155*（*88*, *92*）, *178*, *237*, *278*, *292*
アクタイア　Aktaia　ネレイデス（ネレウスの娘）の一人　神 *249*
アクタイオン　Aktaion　アリスタイオスの子、鹿に変えられる　断 *161a*, *162*, *305*
アクトル　Aktor　ペイシディケの子　断 *10*（*101*）, *13*, *14*
アクトル　Aktor　プロテシラオスの父　断 *154d*
アグライア　Aglaia　カリテスの一人　神 *909*, *945*
アグライア　Aglaia　アバスの妻　断 *77*（*5*）
アグリオス　Agrios　オデュッセウスとキルケの子　神 *1013*; 断 *2*
アグリオス　Agrios　ポルタオンとエウレイテの子　断 *10*（*52*）
アクリシオス Akrisios　ダナエの父、アルゴス王　断 *77*（*8*, *10*）, *79*, *241*
アクリュス　Akhlys　戦死者の周りに立ちこめる靄の擬人化　証 *53*; 楯 *264*
アゲノル　Agenor　プレウロンの子　断 *10*（*65*）, *18*
アゲノル　Agenor　リビュアとポセイドンの子　断 *96*, *106*
アゲラオス　Agelaos　アルタイアの子　断 *22*（*15*）
アケロオス　Akheloos　オケアノスの子、ギリシア最大の河　神 *340*; 断 *10*（*35*）
アシア　Asia　テテュスとオケアノスの娘、アジア　神 *359*; 断 *117*
アシネ　Asine　アルゴリス地方の町　断 *155*（*49*）
アスクラ　Askra　ボイオティア地方の村、ヘシオドの故郷　証 *1*, *2*, *25*, *56*, *90ab*, *91*, *92*, *94*, *95*, *96*, *102*, *103*, *111*, *151*; 仕 *640*; 断 *258*
アスクレピオス　Asklepios　医神、アポロンの子　証 *110*; 断 *53ab*, *54*, *55*, *56*, *157*
アステュオケ　Astyokhe　トレポレモスの母　断 *175*
アステュダメイア　Astydameia　ヒッポダメイアとペロプスの娘　断 *133*
アステュダメイア　Astydameia　トレポレモスの母　断 *175*

アステリア　Asteria　ポイベの娘、ヘカテの母　神 409
アステリオス　Asterios　ネレウスとクロリスの子　断 31（10）
アステリオン　Asterion　エウロパの夫　断 89
アステロデイア Asterodeia　デイオンの娘　断 60
アステロペ　Asterope　アトラスの娘　断 118
アストライオス　Astraios　エウリュビアの子　神 376，378
アストレイス　Astreis　イアシオンの娘、アポロンの愛人　断 123，157
アスプレドン　Aspledon　オルコメノスの子　断 44
アスプレドン　Aspledon　ポキス地方の町　断 44
アスボロス　Asbolos　ケンタウロスの一人　楯 185
アソポス　Asopos　シキュオン辺の河　断 231
アタマス　Athamas　アイオロスの子　断 5，10（26），39，41（9），43
アタランテ　Atalante　スコイネウスの娘、女傑　断 47，48（6，30，34，45），49，50，51
アテ（迷妄、破滅）　Ate　エリスの子　神 230; 仕 231，413
アテナイ　Athenai　アッティカ地方の町　断 69（91），95，154e，216（26），235a
アテネ　Athene　ゼウスの娘、知恵・技芸の神、パッラスは称号　証 47; 神 13，318，573，577，587，888，924; 仕 63，72，76，430; 楯 126，325，343，443，455，470; 断 31（19，22，31），32，41（11），69（62，95，102），294，304
アドニス　Adonis　ポイニクスとアルペシボイアの子　断 106，107
アドメテ　Admete　テテュスとオケアノスの娘　神 349
アドメトス　Admetos　ペライの王、ペレスの子　断 59ab，194a
アトラス　Altas　巨神族、アフリカ西岸の山脈　証 1，151; 神 509，517，746; 仕 383; 断 98（25），118
アドラストス　Adrastos　アルゴス王、テーバイ攻めの総大将　断 135
アトレウス　Atreus　ペロプスの子、アガメムノンの父　断 133，137abc，249
アトロポス　Atropos　運命の三女神の一人　神 218，905; 楯 259
アナイデイア（無恥）　Anaideia　仕 324
アナウロス　Anauros　テッサリアの川　楯 477
アナクサンドリデス　Anaxandrides　スパルタ王クレオメネスの父　証 155
アナクシビア　Anaxibia　ネストルの妻　断 33
アナクシビア　Anaxibia　アガメムノンの姉妹　断 137b
アバス　Abas　リュンケウスの子　断 77（3），241
アバス　Abas　アレトゥサとポセイドンの子　断 131
アパテ（欺瞞）　Apate　ニュクスの子　神 224
アバンティス　Abantis　エウボイア島の古名　断 232
アバンテス　Abantes　エウボイア島の住民　断 131，155（53）
アブラハム　Habraam　イスラエルの民とアラブの民の祖　証 77
アプロディテ　Aphrodite　愛と美の女神　証 110，120a; 神 16，195，822，962，975，980，989，1005，1014; 仕 65，521; 楯 8，47; 断 1，19（35），23（13），27（25），48（31，35），154a，168，247
アペイダス　Apheidas　アルカスの子、ステネボイアの父　断 77（19，22）
アペサス　Apesas　ネメア近くの山　神 331
アペタイ　Aphetai　マグネシア地方の港町　断 202
アペッリス　Apellis　ヘシオドスの祖父　証 1
アポロパネス　Apollophanes　アルカディアの人　断 53b
アポロン　Apollon　ゼウスとレトの子、デルポイ神託所の神、ポイボスは輝かしいという意味の称号　証 86，90a，103; 神 14，94，347，918; 仕 771; 楯 58，

68, 70, 100, 202, 478; 断 22 (12), 23 (22), 31 (29), 53ab, 55, 57, 59ab, 65, 120, 123, 155 (120), 157, 159, 176, 190, 199a, 216 (2), 239, 257, 277, 297
アマストリス　Amastris　黒海南岸の町　断 286b
アマリュンケウス　Amarynkeus　ヒッポストラトスの父（先祖）　断 84, 86
アマリュントス　Amarynthos　アクタイオンの犬　断 305
アミュクラス　Amyklas　タユゲテの孫、ヒュアキントスの父　断 120
アミュタオン　Amythaon　テュロとクレテウスの子　断 37, 80, 249
アミュモネ　Amymone　ダナオスの娘、ポセイドンの愛人　断 157, 234
アミュロス　Amyros　テッサリアの町　断 164
アミュントル　Amyntor　アステュダメイアの父　断 175
アメカニア　Amekhania　仕 496
アラジュゴス　Alazygos　ハリッロティオスの子　断 52
アラストル　Alastor　ネレウスとクロリスの子　断 31 (9)
アラボス　Arabos　カッシエペイアの父　断 88
アリアドネ　Ariadne　ミノスの娘、テセウスとディオニュソスの愛人　神 947; 断 235ab, 243
アリオン　Arion　ヘラクレスの名馬　楯 120
アリスタイオス　Aristaios　アポロンとキュレネの子　神 977; 断 159, 160, 161a
アリスタイクメ　Aristaikhme　イオレとヒュッロスの子　断 189a
アリストマコス　Aristomakhos　ヒッポダメイアの求婚者　断 197b
アリスバス　Arisbas　モルロスの父　断 195
アリモイ人（アリマ山？）　Arimoi (Arima)　不明の地名　神 304
アルカイオス　Alkaios　ペルセウスの子、アンピトリュオンの父　楯 26; 断 133, 241
アルカス　Arkas　アペイダスの父　断 77 (17, 22), 117
アルカディア　Arkadia　ペロポンネソス半島中央部　断 19 (32), 53b, 110c, 116
アルカトオス　Alkathoos　ポルタオンの子、ヒッポダメイアの求婚者　断 10 (52), 197ab
アルキエペ　Arkhiepe　ステシコロスの母　証 19
アルキッポス　Arkhippos　アテナイの統治者　証 2
アルキノオス　Alkinoos　パイアケス人の島の王　断 144
アルキメデ　Alkimede　イアソンの母　断 37
アルキュオネ　Alkyone　アイオロスの娘、翡翠に変身　断 10 (33), 12
アルキュオネ　Alkyone　ペリエレスの妻　断 52
アルキュオネ　Alkyone　アトラスの娘、プレイアデスの一人　断 118, 129, 157
アルギュンノス　Argynnos　レウコンの孫　断 41 (33)
アルクトゥロス　Arktouros　牛飼座の主星　仕 566, 610
アルクトス　Arktos　ケンタウロスの一人　楯 186
アルクマイオン　Alkmaion　アンピアラオスの子、第二次テーバイ遠征の将　断 136
アルクメネ　Alkmene　ヘラクレスの母　神 526, 943, 950; 楯 3, 16, 35, 86; 断 21, 136, 138, 187a, 191bc
アルゲイア　Argeia　アドラストスの娘　断 135
アルゲイオス　Argeios　エウボイアとアポロンの子　断 157
アルケイデス　Alkeides　アルカイオスの子（子孫）の意　楯 112
アルゲス　Arges　キュクロプスの一人　神 140
アルケスティス　Alkestis　ペリアスの娘、アドメトスの妻　断 35
アルゴ　Argo　金羊毛皮を求める英雄たちの乗った船　断 252a
アルゴス（痛苦）　Algos　エリスの子

神 227
アルゴス　Argos　アルゴリス地方の古都　断 22 (36), 35, 75, 76ab, 77 (10), 80, 138, 154be, 195
アルゴス　Argos　ゼウスの子　断 186
アルゴス　Argos　多眼の巨人　断 72, 74, 75, 76a, 230, 231
アルゴス　Argos　プリクソスの子　断 193, 194a
アルゴス殺し　Argeiphontes　ヘルメスの異名　仕 68, 77, 84; 断 65, 74
アルゴナウタイ　Argonautai　アルゴ船の乗組員　断 64, 252ab
アルシノエ　Arsinoe　アスクレピオスの母　断 53ab, 54, 157
アルタイア　Althaia　テスティオスの娘、メレアグロスの母　断 19 (5), 22 (14), 84
アルデスコス　Aldeskos　オケアノスの子の川　神 345
アルテミス（幸矢射る神）　Artemis　ゼウスとレトの娘　証 110; 神 14, 918; 断 19 (11, 18, 21, 26), 20a, 107, 161a, 162
アルネ　Arne　テッサリアの町　楯 381, 475
アルネ　Arne　ボイオティアの町、カイロネイアの古名　断 166
アルバ　Alba　ローマの母市アルバ・ロンガ　証 11
アルペイオス　Alpheios　オケアノスの子の川、オリュンピア辺　神 338
アルペシボイア　Alphesiboia　ポイニクスの妻、アドニスの母　断 106, 107
アレイトオス　Areithoos　メネスティオスの父　断 166
アレクサンドレイア　Alexandreia　ヘレニズム時代文化の中心　証 85
アレクサンドロス　Alexandros　マケドニア王　証 153
アレス　Ares　ゼウスの子、軍神　神 922, 933, 936; 仕 145; 楯 59, 71, 98, 109, 191, 192, 333, 346, 357, 425, 434, 441, 444, 446, 450, 457; 断 22 (16), 23 (30), 86, 248
アレストル　Arestor　アルゴス地方の英雄、ミュケネの夫、巨人アルゴスの父　断 185, 231
アレテ　Arete　アルキノオスの妃　断 144
アレティアデス　Aretiades　アンドライモンの父　断 154c
アレトゥサ　Arethousa　ヒュペレスの娘、泉に変身　断 130
アレトス　Aretos　ネストルの子　断 33
アレトス　Aretos　ニソスの父　断 98 (32)
アロエウス　Aloeus　カナケとポセイドンの子　断 16
アンキセス　Ankhises　アプロディテの愛人、アイネイアスの父　神 1009
アンタゴラス　Antagoras　エウリュピュロスの子　断 69 (84)
アンテイア　Antheia　テッサリアの町　楯 381, 474
アンティオペ　Antiope　アルキュオネの後裔、ゼウスの愛人　断 124
アンティパテス　Antiphates　メランプスの息子　断 242
アンティビア　Antibia　アンピダマスの娘　断 134
アンティポス　Antiphos　ヘシオドスを殺した男　証 1, 31
アンティポス　Antiphos　ペイシディケの子　断 10 (101)
アンティポン　Antiphon　ソクラテスの論敵　証 37
アンティマコス　Antimakhos　ヒッポダマスの子　断 10 (48)
アンティメネ　Antimene　ネレウスとクロリスの娘　断 31 (9)
アンティロコス　Antilokhos　ネストルの子　断 33
アンティロコス　Antilokhos　ソクラテスの論敵　証 37
アンテモエッサ　Anthemoessa　セイレンたちの住む島　断 24
アンドレウス　Andreus　エウヒッペの夫　断 41 (34), 43
アンドロクタシア（殺人）　Androktasia　エリスの子　神 228; 楯 155
アンドロゲオス　Androgeos　ミノスの子　断 95

アンドロメダ　Andromeda　ペルセウスの妻　断 241
アンピアラオス　Amphiaraos　ヒュペルメストラの子、予言者　断 22 (34), 154b, 214
アンピオン　Amphion　クロリスの父　断 31 (6)
アンピオン　Amphion　アンティオペとゼウスの息子　断 125, 126
アンピギュエエイス　Amphigyeeis　足萎えの神　→ヘパイストスの異称
アンピクテュオン　Amphiktyon　デウカリオンの息子　断 5
アンピクリトス　Amphikritos　金石文奉納者の父　証 105a
アンピダマス　Amphidamas　エウボイア島の王、葬送競技で有名　証 2, 38; 仕 654
アンピダマス　Amphidamas　ステネボイアの父　断 80
アンピッロギア（水掛け論）　Amphillogia　エリスの子　神 229
アンピドコス　Amphidokos　オルコメノスの子　断 44
アンピトリテ　Amphitrite　ネレイデス（ネレウスの娘）の一人　神 243, 254, 930
アンピトリュオン　Amphitryon　ヘラクレスの義父　楯 2, 37, 44, 54, 80; 断 21, 191c, 241
アンピパネス　Amphiphanes　ヘシオドスの妻クティメネの兄弟？　証 2
アンピビア　Amphibia　ペロプスの娘　断 134
アンピマコス　Amphimakhos　リュシディケの子　断 136
アンピロ　Amphiro　テテュスとオケアノスの娘　神 360
アンピロコス　Amphilokhos　アンピアラオスとエリピュレの子　断 214
アンピロコス　Amphilokhos　アルクマイオンとマントの子　断 215
イアオン（イオン）　I(a)on　クストスとクレウサの子、イオニア人の名祖　断 10 (23)
イアシオス　Iasios　デメテルの愛人　神 970
イアシオン　Iasion　アルキュオネの後裔　断 123
イアソス　Iasos　クロリスの祖父　断 31 (6)
イアソス　Iasos　アタランテの父　断 49
イアソス　Iasos　カイレシラオスの父　断 189a
イアソン　Iason　アイソンの子、アルゴ船のリーダー　神 993, 999, 1000; 断 36, 37
イアネイラ　Ianeira　テテュスとオケアノスの娘　神 356
イアペトス　Iapetos　ガイアとウラノスの子　神 18, 134, 507, 565, 746
イアルダノス　Iardanos　リュディア王、オンパレの父　断 182 ?
イアンテ　Ianthe　テテュスとオケアノスの娘　神 349
イオ　Io　ペイレンまたはイナコス河伯の娘、ゼウスの愛人　断 72, 74, 230, 232, 304
イオニア　Ias　アカイア地方の古称　断 128
イオバテス　Iobates　リュキアの王、アクリシオスの兄弟　断 69 (112)
イオポッサ　Iophossa　アイエテスの娘　断 193
イオラオス　Iolaos　イピクレスの子、ヘラクレスの義理の甥で従者　神 317; 楯 74, 77, 78, 102, 111, 118, 323, 340, 467; 断 141, 190
イオルコス　Iolkos　テッサリア東部の港町　神 997; 楯 380, 474; 断 35, 152
イオレ　Iole　ヘラクレスの愛人、ヒュッロスの妻　断 189a
イオレイア　Ioleia　エウリュトスの娘　断 23 (31)
イスキュス　Iskhys　コロニスの夫、アポロンの恋敵　断 239
イストロス　Istros　オケアノスの子の川、ドナウ河　神 339
イスメネ　Ismene　アソポス河伯の娘　断 231
イダ　Ida　プリュギア地方（またはクレタ島）の山　神 1010; 断 217a

イタケ　Ithake　ギリシア西岸の島、オデュッセウスの故郷　断 154c
イデュイア　Idyia　テテュスとオケアノスの娘　神 352, 960
イドメネウス　Idomeneus　クレタ島の英雄　断 155（56）
イナコス　Inakhos　アルゴリス地方の川　断 185, 231, 290
イノ　Ino　カドモスの娘、アタマスの後妻　神 976; 断 40
イピアナッサ　Iphianassa　ステネボイアの娘　断 77（24）, 79
イピアネイラ　Iphianeira　ヒュペルメストラの娘　断 22（39）
イピクレス　Iphikles　ヘラクレスの異父兄弟　楯 54, 89; 断 21
イピクロス　Iphiklos　ピュラコスの子、俊足　断 61, 62, 63, 154d, 199b, 208
イピトス　Iphitos　エウリュトスの子　断 23（30）
イピノエ　Iphinoe　ステネボイアの娘　断 77（24）, 79
イピメデ（イピゲネイア）　Iphimede（Iphigeneia）　クリュタイメストラの娘　断 19（15, 17）, 20ab
イピメデイア　Iphimedeia　オトスとエピアルテスの母　断 16, 157
イリオン（トロイアの別名）　Ilion　証 2; 断 19（19）
イリス（虹）　Iris　タウマスの娘、神々の使者　神 266, 780, 784; 断 104a
イレウス　Ileus　アポロンの子、小アイアスの父　断 176, 280
イロス　Ilos　ダルダノスの子　断 121
ウラニア　Ourania　ムーサの一人、リノスの母　神 78; 断 255
ウラニア　Ourania　テテュスとオケアノスの娘　神 350
ウラノス（天空）　Ouranos　ガイアの子　証 45, 99, 116c, 120c; 神 45, 106, 127, 133, 147, 154, 159, 176, 208, 421, 463, 470, 617, 644, 702, 737, 808, 891; 断 69（77）, 294
ウラノス一族、ウラノスの子孫　Ouraniones　神 461, 919, 929; 断 69（77）, 294（3）
ウレイオス　Oureios　ケンタウロスの一人　楯 186
エイオネ　Eione　ネレイデス（ネレウスの娘）の一人　神 255
エイレイテュイア　Eileithyia　ゼウスの娘、お産の神　神 922
エイレネ（平和）　Eirene　ホライ（季節）の一人　神 902; 仕 228
エウアイクメ　Euaikhme　イオレとヒュッロスの子　断 189ab
エウアゴラ　Euagora　ネレウスとクロリスの娘　神 257; 断 31（9）
エウアルネ　Euarne　ネレイデス（ネレウスの娘）の一人　神 259
エウアンテス　Euanthes　オイノピオンの子　断 180
エウエノス　Euenos　アイトリア地方の川　神 345; 断 23（19）
エウクランテ　Eukrante　ネレイデス（ネレウスの娘）の一人　神 243
エウテュクレス　Euthykles　金石文奉納者　証 105a
エウテルペ　Euterpe　ムーサの一人　神 77
エウドラ　Eudora　ネレイデス（ネレウスの娘）の一人　神 244
エウドラ　Eudora　テテュスとオケアノスの娘　神 360
エウドラ　Eudora　ヒュアデスの一人　断 227a
エウニケ　Eunike　ネレイデス（ネレウスの娘）の一人　神 246
エウノミア（秩序）　Eunomia　ゼウスの娘、ホライ（季節）の一人　神 902
エウヒッペ Euippe　レウコンの娘　断 41（10）, 43
エウプロシュネ　Euphrosyne　カリテスの一人　神 909
エウプロン　Euphron　もう一人のホメロスの父　証 2
エウペモス　Euphemos　メキオニケとポセイドンの子　断 191abc
エウボイア　Euboia　アッティカ地方東方の大島　証 2; 仕 651; 断 155（52）, 213, 232, 245, 284
エウボイア　Euboia　マカレウスの娘、

アポロンの愛人　断 157
エウポンペ　Eupompe　ネレイデス（ネレウスの娘）の一人　神 261
エウモルポス　Eumolpos　エレウシス神官職の祖　断 172
エウリポス海峡　Euripos　ボイオティア地方の東　証 40; 断 130
エウリメネ　Eulimene　ネレイデス（ネレウスの娘）の一人　神 247
エウリュアナッサ　Euryanassa　クリュメネの母　断 61
エウリュアレ　Euryale　ゴルゴの一人　神 276
エウリュアレ　Euryale　オリオンの母　断 244
エウリュアロス　Euryalos　ヒッポダメイアの求婚者　断 197a
エウリュギュエス（エウリュギュオス）Eurygyes, -os　アンドロゲオスの別名　断 94, 95
エウリュステウス　Eurystheus　ミュケナイ王、ヘラクレスの迫害者　楯 91
エウリュティオン　Eurytion　ゲリュオネウスの牛飼い　神 293
エウリュディケ　Eurydike　アクリシオスの妻　断 77 (12), 79
エウリュテミステ　Eurythemiste　ポルタオンの娘　断 23 (9)
エウリュトス　Eurytos　アクトル（実はポセイドン）の子　断 13
エウリュトス　Eurytos　メラネウスの子　断 23 (28)
エウリュノメ　Eurynome　テテュスとオケアノスの娘　神 358, 907
エウリュノメ　Eurynome　ニソスの娘、ベッレロポンテスの母　断 69 (95, 105)
エウリュビア　Eurybia　ポントスとガイアの子　神 239, 375
エウリュビオス　Eurybios　ネレウスとクロリスの子　断 31 (11)
エウリュビオス　Eurybios　リュシディケの子　断 136
エウリュピュロス　Eurypylos　メストラとポセイドンの子　断 69 (82)
エウリュマコス　Eurymakhos　ヒッポダメイアの求婚者　断 197ab
エウリュロコス　Eurylokhos　サラミスの英雄　断 143
エウリュロコス　Eurylokhos　ヒッポダメイアの求婚者　断 197b
エウレイテ　Eureite　ヒッポダマスの娘　断 10 (49)
エウロパ　Europa　テテュスとオケアノスの娘　神 357
エウロパ　Europa　ポイニクスの娘、ゼウスの愛人　断 89, 90
エエティオン　Eetion　エレクトラの子　断 121
エオス（曙）　Eos　ヒュペリオンの娘　神 19, 372, 378, 381, 451, 984; 仕 610
エキドナ　Ekhidna　半人半蛇の怪物　神 297, 304
エキナイ諸島　Ekhinai　ギリシア西方、タポス人の住地　断 136
エキナデス諸島　Ekhinades　ギリシア西部沿岸　断 103
エクサディオス　Exadios　ラピタイ族の一人　楯 180
エケプロン　Ekhephron　ネストルの子　断 33
エケモス　Ekhemos　テゲアとアルカディアの王　断 19 (31), 247
エジプト　Aigyptos　証 77
エチオピア人　Aithiopes　断 98 (15, 17), 99
エテオクロス（エテオクレス）　Eteoklos　アンドレウス（実はケピソス河伯）の子　断 41 (34), 42, 43
エニペウス　Enipeus　テッサリア地方の大河　断 27 (35), 157
エニュアリオス　Enyalios　アレスの別名　楯 371
エニュオ　Enyo　グライアイの一人　神 273
エピアルテス　Ep(h)ialtes　アロエウス（実はポセイドン）の子　断 17
エピオネ　Epione　マカオンの母　断 54
エピカステ　Epikaste　アポロンの愛人　断 157
エピダウロス　Epidauros　アルゴリス地方の町　断 53b, 155 (46)

エピダウロス　Epidauros　アルゴスの子、ゼウスの孫　断 *186*
エピメテウス　Epimetheus　プロメテウスの兄弟　証 *120a;* 神 *511;* 仕 *84, 85;* 断 *5*
エピラオス　Epilaos　ネレウスとクロリスの子　断 *31*（*11*）
エピラオス　Epilaos　リュシディケの子　断 *136*
エペイオイ人　Epeioi　エリス地方の民　断 *86*
エホイエ　Ehoie　ヘシオドスが求婚した女　証 *56*
エマティオン　Emathion　エオスとティトノスの子　神 *985*
エラト　Erato　ムーサの一人　神 *78*
エラト　Erato　ネレイデス（ネレウスの娘）の一人　神 *246*
エラトス　Elatos　テッサリアの王　断 *165*
エラトス　Elatos　アルカディア王アルカスの子、イスキュスの父　断 *239*
エラトン　Eraton　プルタルコス『食卓歓談集』の話者　証 *86*
エララ　Elara　ティテュオスの母　断 *45*
エリオピス　Eriopis　アルシノエの娘　断 *53a*
エリクテュポス　Eriktypos　ヘパイストスか？　断 *98*（*19*）
エリクトニオス　Erikhthonios　ダルダノスの子　断 *121*
エリス　Elis　ペロポンネソス半島西北部の地方　断 *292*
エリス（争い）　Eris　ニュクスの子　証 *42, 49;* 神 *225, 226;* 仕 *11, 16, 24, 28, 804;* 楯 *148, 156*
エリダノス　Eridanos　オケアノスの子、世界の西北端の川　神 *338;* 断 *98*（*23*），*261ab*
エリニュス　Erinys（Erinyes）　復讐の女神（たち）　神 *185, 472;* 仕 *803;* 断 *216*（*9*）
エリュシクトン　Erysikhthon　綽名アイトン、飢餓に苦しむ　断 *69*（*2, 61*），*70, 71*
エリュテイア　Erytheia　西の果て、神話上の島　神 *290, 983*
エリュテイア　Erytheia　ヘスペリデスの一人　断 *299ab*
エルピス　Elpis（希望）　仕 *96*
エレウシス　Eleusis　アテナイの西方、デメテルの聖地　断 *143*
エレウテル　Eleuther　キタイロン山麓の地　神 *54*
エレクテウス　Erekhtheus　神話中のアテナイ王　断 *10*（*21*），*170*
エレクトラ　Elektra　オケアノスの娘　神 *266, 349*
エレクトラ　Elektra　クリュタイメストラの娘　断 *19*（*16*）
エレクトラ　Elektra　アトラスの娘、プレイアデスの一人　断 *118, 121*
エレクトリュオン　Elektryon　ペルセウスの子、アルクメネの父　楯 *3, 82;* 断 *136, 241*
エレクトル　Elektor　不明　断 *10*（*67*）
エレトリア　Eretria　エウボイア島の町　証 *38*
エレペノル　Elephenor　アバスの子、エウボイア島の英雄　断 *131, 155*（*52*）
エレボス（晦冥）　Erebos　カオスの子　神 *123, 125, 515, 669*
エロス　Eros　恋、結びつける原理　証 *45, 117c2;* 神 *120, 201, 910*
エンデオス　Endeos　ヒュペルメストラの子　断 *22*（*40*）
エンデュミオン　Endymion　アエトリオスの子　断 *10*（*60*），*198*
エンノシガイオス（大地を揺する神）　Ennosigaios　→ポセイドンの異称
オイアクス　Oiax　ナウプリオスの子　断 *234*
オイカリア　Oikhalia　エウリュトスが治める町　断 *23*（*32*）
オイクレス　Oikles　メランプスの孫、アンピアラオスの父　断 *22*（*35*），*154b, 242*
オイジュス（苦悩）　Oizys　ニュクスの子　神 *214*
オイタ　Oita　テッサリアとマケドニアの間の山　断 *23*（*26*）
オイディプス　Oidipous　テーバイ王

仕 163; 断 135
オイネウス　Oineus　ポルタオンとエウレイテの子、アイトリア地方の王　断 10 (52, 57), 22 (14), 84, 290
オイノエ　Oinoe　西ロクリス地方の町、一名ネメアのゼウスの聖域　証 2
オイノピオン　Oinopion　ディオニュソスの子　断 180
オイノマオス　Oinomaos　ヒッポダメイアの父、ピサの王　断 197a
オイバロス　Oibalos　テュンダレオスの父　断 154d, 196
オキュトエ　Okythoe　ハルピュイアの一人　断 103
オキュペテ（速飛び）　Okypete　ハルピュイアの一人　神 267; 断 103
オキュポデ　Okypode　ハルピュイアの一人　断 103
オギュリア　Ogylia　クレタ東方の海　断 155 (60)
オキュロエ　Okyrhoe　テテュスとオケアノスの娘　神 360
オケアノスの娘　Okeanine (Okeaninai)　神 364, 389, 507, 956
オケアノス（大洋）　Okeanos　大地を取り巻く大洋　証 116c, 117c1; 神 20, 133, 215, 242, 265, 274, 282, 288, 292, 294, 337, 362, 368, 383, 695, 776, 789, 816, 841, 908, 959, 979; 仕 171, 566; 楯 314; 断 21, 252a, 294, 299a, 302
オデュッセウス　Odysseus　トロイア戦争の知謀の英雄　神 1012, 1017; 断 154c
オトリュス　Othrys　ティタン神族の陣地となった山　神 632
オナロス　Onaros　ディオニュソスの神官　断 235a
オネイテス　Oneites　デイアネイラの子　断 22 (19)
オネイロス（夢）　Oneiros　ニュクスの子　神 212
オマルゴス　Omargos　アクタイオンの犬　断 305
オリオン　Orion　ポセイドンとエウリュアレの子、またはヒュリエウスの申し子　証 151; 仕 598, 609, 615, 619; 断 244, 245, 246
オリュンピア　Olympia　エリス地方の町　証 110
オリュンポス　Olympos　北ギリシア、神々の住む高峰　神 25, 37, 42, 51, 62, 68, 75, 101, 113, 118, 391, 397, 408, 680, 689, 783, 794, 804, 833, 842, 855, 953, 963, 966; 仕 81, 110, 128, 139, 197, 257; 楯 30, 79, 203, 466, 471; 断 7, 10 (89), 22 (27), 27 (15), 48 (20), 55, 77 (5), 140, 162, 294
オルコメノス　Orkhomenos　ミニュアスの子　断 41 (30, 35), 44
オルコメノス　Orkhomenos　ボイオティア地方の古都　証 2, 32, 102, 103; 断 41 (23), 42, 195
オルテュギア島　Ortygia　シラクサ島東岸の小島　断 98 (26)
オルトス　Orthos　ゲリュオネウスの番犬、エキドナの子　神 293, 309, 327
オルメイオス　Olmeios アスクラ付近の川　神 6
オルメノス　Ormenos　アステュダメイアの父（一説）　断 175
オレステス　Orestes　アガメムノンの息子　断 19 (28)
オレノス　Olenos　ペロポンネソス半島西北岸の町　断 84, 85, 128
オンケストス　Onkhestos　ポセイドンの杜、同名の名祖　断 142

カ　行

ガイア（大地）　Gaia　証 117ac2, 118, 119c; 神 20, 45, 117, 126, 147, 154, 158, 159, 173, 176, 184, 238, 421, 463, 470, 479, 494, 505, 626, 644, 702, 736, 807, 821, 884, 891
カイコス　Kaikos　オケアノスの子の川、ペルガモン辺　神 343
カイニス　Kainis　エラトスの娘、性転換してカイネウス　断 165
カイネウス　Kaineus　ラピタイ族の一人、変成前はカイニス　楯 179; 断 165
カイレシラオス　Khairesilaos　イアソスの子　断 189a

カイロネイア　Khaironeia　ボイオティア地方の町　断 190
カイロン　Khairon　アポロンとテロの子　断 190
カオス　Khaos　原初の空隙　証 45, 47, 87a, 117ac2, 118, 119c; 神 116, 123, 700, 814; 断 295
カストル　Kastor　ポリュデウケスの双児の兄弟　断 21, 154bcd
カッシエペイア　Kassiepeia　アラボスの娘　断 88, 96
カッリオペ　Kalliope　ムーサの一人　神 79
カッリスト　Kallisto　リュカオンの娘　断 115
カッリテュエッサ　Kallithyessa　アテネの最初の祭司　断 304
カッリロエ　Kallirhoe　オケアノスの娘　神 288, 351, 981
カトゥダイオイ（竪穴族）　Katoudaioi　断 98 (18), 99
カドモス　Kadmos　テーバイ建国の祖　証 77; 神 937, 940, 975; 仕 162; 楯 13; 断 161a
カドモスの民　Kadmeioi　テーバイ人　神 326
カトレウス　Katreus　ミノスの子、アエロペらの父　断 137c, 138, 234
カナケ　Kanake　アイオロスの娘　断 10 (34, 102)
ガニュクトル　Ganyktor　アンピダマス王の子　証 2
ガニュクトル　Ganyktor　ヘシオドスの妻クティメネの兄弟？　証 2, 31, 33a
ガニュメデス　Ganymedes　トロイアの王子、ゼウスの酌童　証 110
ガラクサウラ　Galaxaura　テテュスとオケアノスの娘　神 353
ガラクトパゴイ（馬乳常食者）　Galaktophagoi　スキュタイ人の一部　断 97
ガラテイア　Galateia　ネレイデス（ネレウスの娘）の一人　神 250
カリテス（優美の女神たち）　Kharites　証 120a, 157; 神 64, 907, 946; 仕 73; 断 10 (49), 42, 47, 154a, 158, 227a
カリュケ　Kalyke　アイオロスの娘　断 10 (34, 59), 157, 178
カリュドン　Kalydon　アイトロスの子　断 10 (63)
カリュプソ　Kalypso　海のニュンフ、オデュッセウスを抑留　神 359, 1017; 断 98 (31)
カリュベス人　Khalybes　黒海西南岸の住民　断 217a
カルカス　Kalkhas　トロイア戦争時の予言者　断 214
カルキオペ　Khalkiope　アイエテスの娘　断 193
カルキス　Khalkis　エウボイア島の町　証 13, 38, 40; 仕 655; 断 130, 213
カルコドン　Khalkodon　エレペノルの父　断 155 (53)
カルコン　Khalkon　エウリュピュロスの子　断 69 (84)
カルコン　Khalkon　ヒッポダメイアの求婚者　断 197b
カルデア人　Khaldaioi　バビロニア南部の民　証 77
ガレネ　Galene　ネレイデス（ネレウスの娘）の一人、凪の意　神 244
キオス　Khios　小アジア西岸の島　証 12
ギガンテス（巨人族）　Gigantes　証 95, 99; 神 50, 185; 断 69 (89)
キッラ　Kirrha　ポキス地方の町　断 167
キマイラ　Khimaira　獅子、山羊、蛇の合体怪獣　神 319, 326; 断 69 (111)
キュクノス　Kyknos　アレスの子、街道の強盗　証 54; 楯 57, 65, 329, 331, 346, 350, 368, 370, 413, 468, 472, 480
キュクノス　Kyknos　ポセイドンの子　断 178
キュクレイア　Kykhreia　サラミスの古名　断 143
キュクレウス　Kykhreus　サラミスの王　断 143
キュクロプスたち　Kyklopes　ガイアとウラノスの子、神々の鍛冶師　神 139, 144, 502; 断 57, 217a
キュクロプスたち　Kyklopes　ホメロス『オデュッセイア』に出る一眼の人食い巨人　証 3

ギュゲス　Gyges　ガイアとウラノスの子　神 149, 618, 714, 734, 817
キュッレネ　Kyllene　アルカディアの山、ヘルメスの生地　断 65, 119, 211a
キュティソロス　Kytisoros　プリクソスの子　断 193
キュテラ　Kythera　ペロポンネソス半島南沖の島　神 192, 198
キュテレイア　Kythereia　アプロディテの異称　神 196, 198, 934, 1008
キュドイモス（乱闘）　Kydoimos　乱闘の擬人化　楯 156
キュプリス　Kypris　アプロディテの異称、キュプロス島の女神の意　断 73
キュプロス島　Kypros　小アジア東南部の大島　神 193, 199; 断 217b
キュマトレゲ　Kymatolege　ネレイデス（ネレウスの娘）の一人　神 253
キュメ　Kyme　小アジア西岸、ヘシオドスの出身地　証 1, 2, 95; 仕 636
キュモ　Kymo　ネレイデス（ネレウスの娘）の一人　神 255
キュモトエ　Kymothoe　ネレイデス（ネレウスの娘）の一人　神 245
キュモドケ　Kymodoke　ネレイデス（ネレウスの娘）の一人　神 252
キュモポレイア　Kymopoleia　ポセイドンの娘　神 819
キュレネ　Kyrene　アポロンの愛人　断 157, 158, 159
キュロン　Kylon　ピュタゴラスの敵　証 37
キュントス　Kynthos　デロス島の山　証 91
ギリシア　→ヘッラス
ギリシア人　→ヘッレネス
キルケ　Kirke　ヘリオスの娘　神 957, 1011
クサンテ　Xanthe　テテュスとオケアノスの娘　神 356
クサンテ　Xanthe　マカオンの母　断 54
クストス　Xouthos　ヘッレンの子　断 9, 10 (20)
クテアトス　Kteatos　アクトル（実はポセイドン）の子　断 13
クティメネ　Ktimene　ヘシオドスの妻？　証 2
クティメノス　Ktimenos　ヘシオドスを殺した男　証 1, 31
クテシッポス　Ktesippos　デイアネイラの子　断 22 (19)
グライアイ　Graiai　ポルキュスの娘たち、老婆たちの意　神 271; 断 233
グライコス　Graikos　ゼウスとパンドラの子、またはデウカリオンの子　断 2, 4
グラウケ　Glauke　ネレイデス（ネレウスの娘）の一人　神 244
グラウコス Glaukos　シシュポスの子　断 69 (77, 106)
グラウコノメ　Glaukonome　ネレイデス（ネレウスの娘）の一人　神 256
クラトス（権力）　Kratos　ステュクスの子　神 385
グラニコス　Granikos　オケアノスの子の川、黒海南岸　神 342
クラロス　Klaros　小アジア西岸の町　断 214
クリソス　Krisos　ポコスの息子　断 60
クリナコス　Krinakos　ゼウスの子、ヒュリエウスの子　断 128, 129
クリュサオル　Khrysaor　メドゥサの首から生まれた子　神 281, 287, 979; 断 233
クリュセイス　Khryseis　テテュスとオケアノスの娘　神 359
クリュタイメストラ Klytaimestra　レダの娘、アガメムノンの妻　断 19 (9, 14, 27), 247
クリュティア　Klytia　テテュスとオケアノスの娘　神 352
クリュティオス　Klytios　エウリュトスの子　断 23 (29)
グリュネイア　Gryneia　アイオリス地方の古都　証 90a
グリュプス　Gryps　怪鳥　断 100
クリュメネ　Klymene　ステシコロスの母　証 19
クリュメネ　Klymene　テテュスとオケアノスの娘　神 351, 508
クリュメネ　Klymene　デウカリオンの母（一説）　断 5

クリュメネ　Klymene　ミニュアスの娘、ヘリオスの妻　断 61, 261a
クリュメネ　Klymene　カトレウスの娘、ナウプリオスの妻　断 234
クリュメノス　Klymenos　アルタイアとオイネウスの子　断 22 (16)
クリュメノス　Klymenos　オルコメノスの子　断 44
クレイウサ（クレウサ）　Kre(i)ousa　エレクテウスの娘　断 10 (20)
クレイオ　Kleio　ムーサの一人　神 77
クレイオス　Kreios　ガイアとウラノスの子　神 134, 375
クレイオン　Kreion　テーバイの王　楯 83
クレエイア　Kleeia　ヒュアデスの一人　断 227a
クレオダイオス　Kleodaios　ヘラクレスの孫　断 174
クレオッラ　Kleolla　アガメムノンらの母　断 137b
クレオドラ　Kleodora　ペレウスの娘　断 153
クレオメネス　Kleomenes　スパルタ王　証 155
クレタ島　Krete　神 477, 480, 971; 断 89, 90, 137c, 138, 155 (56)
クレテス　Kouretes　ポロネウスの曾孫たち　断 10 (19), 11
クレテス人　Kouretes　プレウロンの住民　断 22 (13)
クレテウス　Kretheus　アイオロスの子　断 5, 10 (26), 27 (29), 37
グレノス　Glenos　デイアネイラの子　断 22 (19)
クロカロス　Krokalos　ヒッポダメイアの求婚者　断 197b
クロタロス　Krotalos　ヒッポダメイアの求婚者　断 197a
クロト　Klotho　運命の三女神の一人　神 218, 905; 楯 258
クロノス　Kronos　ガイアとウラノスの子、ティタン神族の王　証 99, 116c, 120c; 神 18, 73, 137, 168, 395, 453, 459, 473, 476, 486, 495, 625, 630, 634, 648, 660, 668, 851; 仕 111
クロノスの子　Kronides, Kronion　→ゼウス
クロミオス　Khromios　ネレウスとクロリスの子　断 31 (12)
クロリス　Khloris　ネレウスの妻　断 31 (7)
ケイロン　Kheiron　ケンタウロス族中の賢者　証 71; 神 1001; 断 36, 155 (87), 162, 163
ゲー（大地）　Ge　証 45, 116c; 神 106; 仕 563; 断 222　→ガイア
ケクロピス　Kekropis　アテナイの神話的王ケクロプスの後裔部族　断 171
ケト　Keto　ポントスとガイアの子　神 238, 270, 333, 336
ケパッレニア　Kephallenia　ギリシア西部、イオニア海の島　断 98 (30), 104a
ケパロス　Kephalos　エオスの愛人　神 986
ケピソス　Kephisos　ポキス地方の川　断 42, 43
ケペウス　Kepheus　アンドロメダの父　断 241
ケユクス　Keyx　トラキス町の王、ヘラクレスの友　楯 354, 472, 476; 断 46, 189a, 203
ケユクス　Keyx　ポスポロスの子、アルキュオネの夫　断 12
ケライネウス　Kelaineus　リュシディケの子　断 136
ケライノ　Kelaino　アトラスの娘　断 118, 157
ゲーラス（老い）　Geras　ニュクスの子　神 225
ケラメイコス　Kerameikos　アテナイの墓地　断 95
ゲリュオネウス　Geryoneus　三つの頭を持つ怪物　神 287, 309, 982
ケリュクス　Keryx　エウモルポスの子　断 173
ケール（死神、複数、ケーレス）　Ker (Keres)　ニュクスの子　神 211, 217; 楯 156, 249
ケルキュオン　Kerkyon　テセウスに退治された梟勇　断 243
ケルケイス　Kerkeis　テテュスとオケア

ノスの娘　神 355
ケルベロス　Kerberos　エキドナの子、冥界の番犬　神 311, 769
ケルミス　Kelmis　イダ山のダクテュロイの一人　断 217b
ゲレニア　Gerenia　ネストルの育った町　断 33, 34
ケンタウロス　Kentauros　半人半馬の野蛮な種族　証 71; 楯 184; 断 150
コイオス　Koios　ガイアとウラノスの子　神 134, 404
コイラノス　Koiranos　メランプスの息子　断 242
コス　Kos　小アジア西南岸の島　断 69 (81, 90)
コットス　Kottos　ガイアとウラノスの子　神 149, 618, 654, 714, 734, 817
コプレウス　Kopreus　オルコメノスの孫　断 41 (29)
コリントス　Korinthos　ペロポンネソス半島へ入る地峡の町　断 155 (48)
ゴルゲ　Gorge　アルタイアの娘　断 22 (17)
ゴルゴ（複数、ゴルゴネス）　Gorgo (Gorgones)　視線で人を石に化す女怪、ポルキュスの娘　証 54; 神 274; 楯 224, 230, 237; 断 157
ゴルゴポノス　Gorgophonos　リュシディケの子　断 136
コレ　Kore　デメテルの娘、固有名ペルセポネ　証 110
コロス（飽満）　Koros　神 593
コロニス　Koronis　プレギュアスの娘、アポロンの愛人　断 53ab, 54, 239
コロニス　Koronis　ヒュアデスの一人　断 227a
コロネイア　Koloneia　トロイアの近くの町、ペダソスの古名　断 292

サ　行

サオ　Sao　ネレイデス（ネレウスの娘）の一人　神 243
サテュロスたち　Satyros (Satyroi)　ポロネウスの曾孫　断 10 (18), 11
サトゥルヌス　Saturnus　イタリアの農耕神　証 90b
サラミス　Salamis　アテナイ西方の島　断 143, 155 (44)
サラミス　Salamis　アソポス河伯の娘、ポセイドンの愛人　断 143
サルペドン　Sarpedon　エウロパとゼウスの子　断 89, 90
サルモネウス　Salmoneus　アイオロスの子　断 10 (27), 26, 27 (16, 26), 37
サンガリオス　Sangarios　オケアノスの子の川、黒海南岸　神 344
シキュオン　Sikyon　エレクテウスの子　断 170
シケリア　Sikelia　断 104a
シシュポス　Sisyphos　アイオロスの子　断 5, 10 (26), 69 (61, 75, 99, 104)
シニス　Sinis　テセウスに退治された梟勇　断 243
シムース　Simous　オケアノスの子の川、トロイア辺　神 342
シュアグロス　Syagros　ホメロスの敵　証 37
シルウィウス　Silvius　アエネアスとラウィニアの子　証 11
シレノス　Silenos　山野の精　証 90a
スカマンドロス　Skamandros　オケアノスの子の川、トロイア辺　神 345
スキュッラ　Skylla　海の怪物　断 200
スキュテス　Skythes　リュディア人、青銅を発明　断 217ab
スキラス　Skiras　サラミスの古称　断 143
スコイネウス　Skhoineus　アタマスとテミストの子　断 47, 48 (12), 49, 51
ステネボイア　Stheneboia　プロイトスの妻　断 77 (20), 79
ステネロス　Sthenelos　ペルセウスとアンドロメダの子　断 133, 134, 241
ステパノス　Stephanos　アリスタイクメの子　断 189a
ステュクス　Styx　オケアノスの娘、冥界の川　証 117c1; 神 361, 383, 389, 397, 776, 805
ステロペ　Sterope　ポルタオンの娘　断 23 (9)
ステロペス　Steropes　キュクロプスの

一人　神 140
ステンノ　Sthenno　ゴルゴの一人　神 276
ストラティオス　Stratios　ネストルの子　断 33
ストラトニケ　Stratonike　ポルタオンの娘　断 23 (9, 23, 27)
ストリュモン　Strymon　オケアノスの子の川、マケドニア北辺　神 339
ストロパデス諸島　Strophades　エキナデス諸島の後の名　断 103, 104ab
スパルトス　Spartos　アクタイオンの犬　断 305
スペイオ　Speio　ネレイデス（ネレウスの娘）の一人　神 245
セイリオス　Seirios　シリウス星　仕 417, 587, 609; 楯 153, 397
セイレン（複数、セイレネス）　Seiren (Seirenes)　鳥女の姿の魔女　断 24, 25, 98 (33)
ゼウクソ　Zeuxo　テテュスとオケアノスの娘　神 352
ゼウス　Zeus　オリュンポス神族の王、人間と神々の父、クロノスの子　証 38, 47, 95, 116c, 119a; 神 4, 11, 13, 25, 29, 36, 41, 47, 51, 52, 53, 56, 76, 81, 96, 104, 141, 285, 286, 316, 328, 348, 386, 388, 399, 412, 423, 428, 450, 457, 465, 468, 479, 498, 513, 514, 520, 529, 534, 537, 545, 548, 550, 558, 561, 568, 572, 580, 601, 613, 624, 643, 669, 687, 708, 730, 735, 784, 815, 820, 839, 853, 868, 884, 886, 893, 899, 901, 904, 912, 914, 915, 920, 924, 938, 940, 944, 949, 952, 966, 1002, 1022; 仕 2, 4, 8, 18, 36, 47, 51, 52, 53, 59, 69, 79, 87, 99, 104, 105, 122, 138, 143, 158, 168, 180, 229, 239, 242, 245, 253, 256, 259, 267, 273, 276, 281, 333, 379, 416, 465, 474, 483, 488, 566, 626, 638, 661, 668, 676, 724, 765, 769; 楯 22, 27, 33, 53, 56, 89, 103, 318, 322, 328, 383, 422; 断 1, 2, 5, 7, 10(61, 89, 97), 12, 21, 22 (29, 33), 24, 26, 27 (12, 23), 31 (2), 39, 48 (17, 19, 25), 51, 53a, 55, 56, 58, 59b, 69 (76, 100, 102), 72, 77 (6, 9), 89, 90, 92, 98 (16), 104ab, 110b, 114, 121, 128, 140, 145, 151, 155 (97, 126), 162, 176, 181, 186, 187a, 188, 198, 211a, 212, 216 (13), 231, 232, 236, 246, 249, 251, 253, 254, 261a, 290, 294, 305
ゼウスの子　→ヘラクレス
セッロイ人　Selloi　ドドナを含む地域の住民　断 181
ゼテス　Zetes　ボレアスの子、カライスの兄弟　断 104a
ゼトス　Zethos　アンティオペとゼウスの息子　断 125, 126
ゼピュロス（西風）　Zephyros　エオスとアストライオスの子　神 379, 870; 仕 594; 断 48 (9)
セメレ　Semele　カドモスの娘、ゼウスの愛人　神 940, 976; 断 161a, 162
セモス　Semos　ペリエレスの孫　断 52
セレネ（月）　Selene　ヒュペリオンの子　神 19, 371
ゼロス（妬み心）　Zelos　ステュクスの子　神 384
ソロイ　Soloi　小アジア東南、キリキア地方の町　断 215

タ　行

タウマス　Thaumas　ポントスとガイアの子　神 237, 265, 780
タウロス　Tauros　ネレウスとクロリスの子　断 31 (10)
ダクテュロイ　Daktyloi　イダ山の鍛冶師　断 217ab
ダナエ　Danae　ペルセウスの母　断 77 (14), 79
ダナオス　Danaos　ベロスの子　断 76ab
タナトス（死）　Thanatos　ニュクスの子　神 212, 756, 769
ダプノス川　Daphnos　西ロクリス地方の川　証 32
タポス人　Taphioi　海賊の民　楯 19; 断 136
タミュリス　Thamyris　神話的楽人　証 27; 断 66
ダムナメネウス　Damnameneus　イダ山のダクテュロイの一人　断 217b

タユゲテ　Taygete　アトラスの娘　断 *118*
タラオス　Talaos　ペロとビアスの子　断 *35*
タリア　Thalia　ネレイデス（ネレウスの娘）の一人　神 *245*
タリア　Thalia　カリテスの一人　神 *909*
ダルダノス　Dardanos　エレクトラの子、トロイア王　断 *117*, *121*, *182 ?*
タルタロス　Tartaros　冥界の底　神 *119*, *682*, *721*, *723a*, *725*, *736*, *807*, *822*, *841*, *851*, *868;* 楯 *255;* 断 *27*（*22*）, *58*, *59b*
タレイア　Thaleia　ムーサの一人　神 *77*
タンタロス　Tantalos　ニオベの父　断 *126*
テイア　Theia　ガイアとウラノスの娘　証 *120b;* 神 *135*, *371*
ディアス　Dias　クレオッラの父　断 *137b*
デイアネイラ　Deianeira　アルタイアの娘、ヘラクレスの妻　断 *22*（*17*）
ディオクシッペ　Dioxippe　パエトンの姉妹　断 *262a*
ディオグネトス　Diognetos　アテナイの王　証 *15*
ディオス　Dios　ヘシオドスの父　証 *1*, *2*, *95*, *105c*
ディオスコロイ　Dioskoroi　ゼウスの双児、カストルとポリュデウケス　断 *15a*
ディオニュソス　Dionysos　ゼウスとセメレの子、葡萄酒の神　証 *47;* 神 *941*, *947;* 仕 *614;* 楯 *400;* 断 *79*, *162*, *179*, *180*
ディオネ　Dione　オケアノスの娘　神 *17*, *353*
ディオメデ　Diomede　クストスとクレウサの娘　断 *10*（*24*）
ディオメデ　Diomede　アミュクラスの妻、ヒュアキントスの母　断 *120*
デイオン　Deion　アイオロスの子　断 *10*（*28*）, *60*, *61*
デイオン　Deion　エウリュトスの子　断 *23*（*29*）
ディクテュス　Diktys　マグネスの子　断 *8*
ティグレス川　Tigres　ペロポンネソス半島の川　断 *103*
ディケ（正義）　Dike　ゼウスの娘、ホライ（季節）の一人　神 *902;* 仕 *213*, *220*, *256*, *275*
ティタン　Titan（Titanes）　ガイアとウラノスの子たち　証 *47*, *120c;* 神 *207*, *392*, *424*, *630*, *632*, *648*, *650*, *663*, *668*, *674*, *676*, *697*, *717*, *729*, *814*, *820*, *851*, *882*
ティテュオス　Tityos　レトに狼藉を働いた巨人　断 *45*
ディデュマ　Didyma　テッサリアの山地　断 *164*
ティトノス　Tithonos　トロイア王子、エオスの愛人　神 *984*
デイマコス　Deimakhos　ネレウスとクロリスの子　断 *31*（*11*）
デイマコス　Deimakhos　リュシディケの子　断 *136*
デイマコス　Deimakhos　アリスタイクメの子　断 *189a*
ティマンドラ　Timandra　レダとテュンダレオスの娘　断 *19*（*9*, *31*）, *247*
デイモス（怖れ）　Deimos　アレスの子　神 *934;* 楯 *195*, *463*
ティリュントス（ティリュンス）　Tirynthos（Tiryns）　アルゴリス地方の古市　神 *292;* 楯 *81;* 断 *77*（*16*）
テイレシアス　Teiresias　テーバイの予言者　断 *211a*, *212*, *214*
デウカリオン　Deukalion　プロメテウスの子　断 *2*, *3*, *4*, *5*, *6*, *251*
デウカリオン　Deukalion　イドメネウスの父　断 *155*（*57*）
テウクロス　Teukros　トロイア王家の祖　断 *122*
テウトラス　Teuthras　ミュシアの王、アウゲの夫　断 *117*
テオクリュメノス　Theoklymenos　メランプスの曾孫、予言者　断 *242*
テゲア　Tegea　アルカディアの町　断 *19*（*32*）
テスティオス　Thestios　アレスとデモディケの子　断 *23*（*35*）
テスピアイ　Thespiai　ボイオティア地

方の町　証 *102*, *108*
テセウス　Theseus　アテナイ王、アイゲウス（実はポセイドン）の子　証 *42*; 楯 *182*, *216*（*7*, *26*）, *235ab*, *243*
テッサリア　Thessalia　ギリシア東北部の地域　断 *6*, *78*
テティス　Thetis　ネレイデスの一人、アキッレウスの母　神 *244*, *1006*; 断 *151*, *237*
テテュス　Tethys　ウラノスとガイアの娘　証 *116c*, *117c1*; 神 *136*, *337*, *362*, *368*; 断 *294*
テーバイ（テーベ）　Thebai（Thebe）　ボイオティアの古都　証 *2*; 神 *978*; 仕 *162*; 楯 *2*, *13*, *49*, *80*, *105*; 断 *125*, *126*, *135*, *211a*, *246*
テーベ　Thebe　アソポス川の娘、ゼトスの妻　断 *126*
テミス（掟）　Themis　ウラノスとガイアの娘　神 *16*, *135*, *901*; 断 *294*
テミスト　Themisto　ネレイデス（ネレウスの娘）の一人　神 *261*
テミストノエ　Themistonoe　キュクノスの妻　楯 *356*
デメテル　Demeter　ゼウスの姉、穀物神　証 *47*, *110*; 神 *454*, *912*, *969*; 仕 *32*, *300*, *393*, *465*, *466*, *597*, *805*; 楯 *290*, 断 *70*, *121*, *143*, *216*（*20*）
デモステネス　Demosthenes　アテナイの将軍、前 460 頃-413 年　証 *30*
デモディケ　Demodike　アゲノルの娘　断 *18*
テュイア　Thyia　デウカリオンの娘　断 *7*
テュエステス　Thyestes　ペロプスの子、アイギストスの父　断 *133*
テュケ　Tykhe　テテュスとオケアノスの娘　神 *360*
デュスノミア（無法）　Dysnomia　エリスの子　神 *230*
テュデウス　Tydeus　オイネウスの子、ディオメデスの父　断 *10*（*55*）, *84*
デュナメネ　Dynamene　ネレイデス（ネレウスの娘）の一人　神 *248*
テュノス　Thynos　ピネウスの子　断 *105*
テュパオニオン　Typhaonion　テーバイ北方の山　楯 *32*
テュポエウス　Typhoeus（Typhaon）ガイアとタルタロスの子　神 *306*, *821*, *859*, *869*
デュマス　Dymas　アイギミオスの子　断 *10*（*7*）
テュルセノイ人　Tyrsenoi　エトルリア人　神 *1016*
テュロ　Tyro　サルモネウスの娘　断 *27*（*25*）, *37*, *157*
テュンダレオス　Tyndareos　レダの夫、ヘレネの父　断 *19*（*7*）, *21*, *154acd*, *155*（*61*, *78*）, *247*
デラス　Delas　プリュギア人、青銅を発明　断 *217ab*
テラモン　Telamon　アイアスの父　断 *188*
テルプシコラ　Terpsikhora　ムーサの一人　神 *78*
デルポイ　Delphoi　ポキス地方、アポロンの神託所で有名　証 *2*
テレゴノス　Telegonos　オデュッセウスとキルケの子　神 *1014*
テレスト　Telesto　テテュスとオケアノスの娘　神 *358*
テレボアイ人　Teleboai　タポス人の別名　楯 *19*; 断 *241*
テレポス　Telophos　アウゲとヘラクレスの子　断 *117*
テレマコス　Telemakhos　オデュッセウスの子　断 *168*
テロ　Thero　カイロンの母　断 *190*
デロス　Delos　エーゲ海の小島、アポロンとアルテミスの生誕地　断 *297*
トアス　Thoas　アンドライモンの子　断 *154c*, *177* ?
トアス　Thoas　ディオニュソスとアリアドネの子　断 *177* ?
トエ　Thoe　テテュスとオケアノスの娘　神 *354*
ドース（与え）　Dos　仕 *356*
トクセウス　Toxeus　アルタイアの子　断 *22*（*16*）
トクセウス　Toxeus　エウリュトスの子　断 *23*（*30*）

ドティオン　Dotion　テッサリアの野　*断 66, 164*
ドト　Doto　ネレイデス（ネレウスの娘）の一人　*神 248*
ドドナ　Dodona　エペイロス地方、ゼウスの神託所　*断 181, 270*
トラキア　Thraice　ギリシア北部の地域　*仕 507, 553; 断 263*
トラキス　Trakhis　テッサリア南部の古都、ヘラクレス終焉の地　*楯 353, 355, 469; 断 203*
ドラコン　Drakon　竜座　*断 229*
トラシュメデス　Thrasymedes　ネストルの子　*断 33*
トリオパス　Triopas　カナケとポセイドンの子　*断 69 (3), 70*
ドリオン　Dorion　エリス地方の町　*断 66*
ドリコス　Dolikhos　エレウシスの神職の祖　*断 172*
トリコロノス　Trikoronos　ヒッポダメイアの求婚者　*断 197b*
ドリス人　Dorieis　ギリシア民族の一分派　*断 250*
ドリス　Doris　オケアノスの娘　*神 241, 354*
ドリス　Doris　ネレイデス（ネレウスの娘）の一人　*神 250*
トリトゲネイア　Tritogeneia　アテネの別名　*神 895; 楯 197*
トリトン　Triton　ポセイドンの子　*神 931*
トリトン　Triton　アテネ生誕の地の川　*断 294*
トリピュリア　Triphylia　エリス地方の一地域　*断 291*
ドリュアス　Dryas　ラピタイ族の一人　*楯 179*
ドリュアロス　Dryalos　ケンタウロスの一人、*楯 187*
トレセノル　Tlesenor　アイピュトスの子　*断 116*
トレトス　Tretos　ネメア近くの山　*神 331*
トレポレモス　Tlepolemos　ヘラクレスの子　*断 175*
トロイア（人）　Troia (Troes)　小アジア西北　*仕 165, 653; 断 69 (87), 214, 278, 292*
トロイゼン　Troizen　アルゴリス地方の町　*断 155 (46)*
トロイロス　Troilos　ヘシオドスの従者　*証 32*
トロオス　Troos　テウクロスの子　*断 122*
ドロス　Doros　ヘッレンの子、ドリス族の名祖　*断 9, 11*
トロニア　Thronia　ベロスの娘　*断 88*
トロポニオス　Trophonios　アポロンとエピカステの子　*断 157*

ナ　行

ナウシトオス　Nausithoos　オデュッセウスとカリュプソの子　*神 1017*
ナウシノオス　Nausinoos　オデュッセウスとカリュプソの子　*神 1018*
ナウパクトス　西ロクリスの町　*証 31, 33a, 103*
ナイス　Nais, Naias　水のニュンフ　*断 163, 254*
ナウシメドン　Nausimedon　ナウプリオスの子　*断 234*
ナウプリオス　Nauplios　アミュモネとポセイドンの子　*断 234*
ナクソス　Naxos　エーゲ海の島　*断 235a*
ニオベ　Niobe　タンタロスの娘、子沢山を自慢　*断 110b, 126, 127*
ニキッペ　Nikippe　ヒッポダメイアとペロプスの娘　*断 133, 134*
ニケ（勝利）　Nike　ステュクスの子　*神 384*
ニコストラトス　Nikostratos　ヘレネとメネラオスの末子　*断 248*
ニコトエ　Nikothoe　ハルピュイアの一人　*断 103*
ニソス　Nisos　パンディオンの子　*断 69 (94)*
ニソス　Nisos　アレトスの子　*断 98 (32)*
ニノス　Ninos　アッシリアの首都ニネ

ヴェ、ティグリス河東岸　断 *303*
ニュクス（夜）　Nyx　カオスの娘　神 *20, 107, 123, 124, 211, 213, 224, 744, 748, 757, 758;* 仕 *17;* 断 *299a*
ニュンフたち　Nymphe (Nymphai)　ポロネウスの曾孫　断 *10 (17), 11, 13, 23 (10)*
ニュンフたち　Nymphai　山川木々の精　証 *47, 88;* 神 *130, 187;* 断 *227a, 254, 299b*
ネイコス（諍い）　Neikos　エリスの子　神 *229*
ネイロス　Neilos　オケアノスの子、ナイル河　神 *338*
ネサイア　Nesaia　ネレイデス（ネレウスの娘）の一人　神 *249*
ネストル　Nestor　ネレウスとクロリスの子　断 *31 (12), 33, 168*
ネソ　Neso　ネレイデス（ネレウスの娘）の一人　神 *261*
ネッソス　Nessos　オケアノスの子の川　神 *341*
ネペレ　Nephere　アタマスの妻　断 *38*
ネメア　Nemea　アルゴリス地方北部の町　証 *2, 30;* 神 *327, 329, 331*
ネメアのライオン　Nemeiaion leon　キマイラの子　神 *327*
ネメアのゼウスの神域　Nemea　西ロクリス地方のオイノネの別名　証 *2, 30, 32, 33b*
ネメシス　Nemesis（悲憤、震怒）　ニュクス（夜）の娘　神 *223;* 仕 *200;* 断 *21*
ネメルテス　Nemertes　ネレイデス（ネレウスの娘）の一人　神 *262*
ネレウス　Neleus　テュロとポセイドンの子　断 *31 (1, 6, 20), 33, 35, 37, 168*
ネレウス　Nereus　ポントスとガイアの子、海の老人　神 *233, 240, 263, 1003*
ノトス（南風）　Notos　エオスとアストライオスの子　神 *380, 870;* 仕 *675*
ノミオス　Nomios　リュシディケの子　断 *136*

ハ　行

パイエオン　Paieon　神々の医師　断 *257*
パイオ　Phaio　ヒュアデスの一人　断 *227a*
パイシュレ　Phaisyle　ヒュアデスの一人　断 *227a*
パエトゥサ　Phaethousa　パエトンの姉妹　断 *262b*
パエトン　Phaethon　エオスとケパロスの子　神 *987*
パエトン　Phaethon　ヘリオスとクリュメネの子　断 *61, 261ab, 262ab*
パガサイ　Pagasai　テッサリア地方南端、キュクノス殺害の地　楯 *70*
パガノス　Paganos　デウカリオンとピュッラの子　断 *4*
パシス　Phasis　黒海東岸に流れこむ川　神 *340;* 断 *252b*
パシテア　Pasithea　ネレイデス（ネレウスの娘）の一人　神 *246*
パシトエ　Pasithoe　テテュスとオケアノスの娘　神 *352*
パシパエ　Pasiphae　ミノスの妻　断 *93*
パッラス　Pallas　エウリュビアの子　神 *376, 383*
パッラス　Pallas　リュカオンの子　断 *112*
パッラティオン　Pallation　アルカディアの町　断 *112*
ハデス（冥王）　Aides, Aidoneus　ゼウスの兄、冥界の王　神 *311, 455, 768, 774, 850, 913;* 仕 *153;* 楯 *151, 227;* 断 *22 (25), 155 (118), 198, 216 (4, 19, 22)*
バトラコス　Batrakhos　ヘシオドスの寵童　証 *1*
パトロクロス　Patroklos　アキッレウスの親友　断 *147*
パネイデス　Paneides　アンピダマス王の兄弟　証 *2*
パノペ　Panope　ネレイデス（ネレウスの娘）の一人　神 *250*
パノペウス　Panopeus　ポコスの息子　断 *60, 235a*
パノペウス　Panopeus　ポキス地方の町　断 *41 (21)*
パラメデス　Palamedes　ナウプリオスの子、知謀の英雄　断 *234*

ハリアクモン　Haliakmon　オケアノスの子の川、マケドニア地方　*神 341*
ハリアルトス　Haliartos　ボイオティア地方の町　*断 142*
パリオクシス（反撃）　Palioxis　反撃の擬人化　*楯 154*
バリオス　Balios　アクタイオンの犬　*断 305*
ハリッロティオス　Halirrhothios　ペリエレスの子　*断 52*
ハリメデ　Halimede　ネレイデス（ネレウスの娘）の一人　*神 255*
パルテニオス　Parthenios　黒海南岸の川　*神 344; 断 286b*
パルナッソス　Parnassos　デルポイの北に接する山地　*神 499; 断 23*（*12*）
ハルパクス（奪い）　Harpax　*仕 356*
ハルピュイア　Harpyia（疾風の精）　*神 267; 断 48*（*43*），*97*，*103*，*104b*
ハルピュス川　Harpys　ティグレス川の後の名　*断 103*
ハルモニア　Harmonia　アレスとアプロディテの娘　*神 937*，*975*
パレロス　Phaleros　ラピタイ族の一人　*楯 180*
パンディオン　Pandion　アテナイ王　*仕 568; 断 69*（*94*）
パンディオンの娘　ピロメラ(Philomela)、燕に変身　*仕 568*
パンディオン　Pandion　ダルダノスまたはイアルダノスの子　*断 182*
パンドラ　Pandora　最初の女性　*証 120a; 仕 81; 断 2*，*3*，*5*
パンヘッレネス　Panellenes　全ギリシア人　*仕 528; 断 78*
パンピュロス　Pamphylos　アイギミオスの子　*断 10*（*7*）
ビア（暴力）　Bia　ステュクスの子　*神 385*
ビアス　Bias　メランプスの兄弟　*断 35*
ピエリア　Pieria　オリュンポス山北麓、ムーサイの住まう山地　*神 53; 仕 1; 楯 206; 断 7*
ピキオン　Phikion　テーバイにあるスピンクスの丘　*楯 33*
ピクス　Phix　スピンクス、女顔獅子体の怪物　*神 326*
ヒッペ　Hippe　テセウスの妻　*断 235b*，*243*
ヒッポ　Hippo　テテュスとオケアノスの娘　*神 351*
ヒッポクレネ　Hippokrene　ヘリコン山頂の泉　*神 6*
ヒッポクロス　Hippoklos　レウコンの孫　*断 41*（*33*）
ヒッポストラトス　Hippostratos　アマリュンケウスの子（裔）　*断 84*，*86*
ヒッポダマス　Hippodamas　ペリメデの子　*断 10*（*45*）
ヒッポダメイア　Hippodameia　父が求婚者に難題、ペロプスの妻　*断 133*
ヒッポダメイア　Hippodameia　ペイリトオスの妻　*断 216*（*27*），*284*
ヒッポテス　Hippotes　レイペピレの子　*断 190*
ヒッポトエ　Hippothoe　ネレイデス（ネレウスの娘）の一人　*神 251*
ヒッポトオス　Hippothoos　ヒッポダメイアの求婚者　*断 197b*
ヒッポトオン　Hippothoon　アテナイの英雄　*断 172*
ヒッポノエ　Hipponoe　ネレイデス（ネレウスの娘）の一人　*神 251*
ヒッポノオス　Hipponoos　ペリボイアの父　*断 84*，*85*
ヒッポメネス　Hippomenes　アタランテの求婚者　*断 48*（*15*），*50*
ヒッポリュテ　Hippolyte　アマゾン族の女王、テセウスの妻　*断 243*
ピネウス　Phineus　ポイニクスの子　*断 96*，*97*，*105*
ヒメロス（憧れ）　Himeros　*神 64*，*201*
ヒュアデス　Hyades　アトラスとプレイオネの娘たち、雨の女　*仕 615; 断 227ab*
ヒュエットス　Hyettos　間男を殺した男　*断 195*
ヒュギエイア　Hygieia　健康の女神　*証 110*
ピュキメデ　Pykimede　ヘシオドスの母　*証 1*，*2*，*95*
ピュクテウス　Phykteus　ヒッポストラ

トスの父　断 86
ピュグマイオイ（小人族）　Pygmaioi　断 98（18），99，101
ヒュスミネ（戦闘）　Hysmine　エリスの子　神 228
ピュッラ　Pyrrha　デウカリオンの妻　断 3，4，5
ピュッラ　Pyrrha　詩人マルコス・アルゲンタリオスの恋人　証 89
ヒュッロス　Hyllos　ヘラクレスとデイアネイラの子　断 22（19），46，189b
ピュティア　Phythia　アポロンの巫女　証 103; 断 53b
ピュト　Pytho　デルポイの別名　神 499; 楯 480; 断 239
ヒュドラ（水蛇）　Hydra　エキドナの子、レルネに棲む　神 313
ヒュプノス（眠り）　Hypnos　ニュクスの子　神 212，756，769
ヒュペリオン　Hyperion　ガイアとウラノスの子　証 120b; 神 134，374，1011
ヒュペルパス　Hyperphas　エウリュアナッサの父　断 61
ヒュペルボレオイ　Hyperboreoi　極北人　断 98（21）
ヒュペルメストラ　Hypermestra　テスティオスの娘　断 10（5），22（34）
ヒュペレシア　Hyperesia　アカイア地方の町　断 23（7）
ヒュペレス　Hyperes　アルキュオネとポセイドンの子　断 130
ピュラオン　Pylaon　ネレウスとクロリスの子　断 31（10）
ピュラケ　Phylake　アカイア・プティオティス地方の町　断 60，154d
ピュラコス　Phylakos　デイオンの子、牛持ち　断 61，154d，208
ピュラス　Phylas　アステュダメイアの父　断 175
ピュラス　Phylas　テロの父　断 190
ヒュリア　Hyria　ボイオティアの町　断 124，191a
ヒュリエウス　Hyrieus　アルキュオネとポセイドンの子　断 129，246
ピュルゲウス　Pyrgeus　レプレオスの父　断 291
ピュレウス　Phyleus　ティマンドラが再嫁した男　断 247
ピュロス　Pylos　メッセニアの町　楯 360; 断 31（5），33
ピュロス　Pylos　ポルタオンとエウレイテの子　断 10（54）
ピュロノエ　Phylonoe　レダの娘　断 19（10）
ピランモン　Philammon　ピロニスの子　断 65，157
ピリュラ　Philyra　ケイロンの母　神 1002; 断 162
ピリュラ　Philyra　ナウプリオスの妻　断 234
ピロテス（色事）　Philotes　ニュクスの子　神 224
ピロニス　Philonis　デイオンとディオメデの娘　断 65，157
フェニキア人　Phoinikes　証 77
プサマテ　Psamathe　ネレイデス（ネレウスの娘）の一人　神 260，1004
プセウドス（嘘）　Pseudos　エリスの子　神 229
プティア　Phthia　テッサリア地方の町、アキッレウスの故郷　断 152，158
ブテス　Boutes　アテナイ王パンディオンの子（ポセイドンの子）　断 169，189ab
プリアポス　Priapos　巨大な男根を具えた豊穣神　断 287
ブリアレオス　Briareos　ガイアとウラノスの子　神 149，617，714，734，817
プリクソス　Phrixos　アタマスとネペレの子　断 38，105，193，194a，236
プリュノエ　Poulynoe　ネレイデス（ネレウスの娘）の一人　神 258
プリュノエ　Prynoe　デウカリオンの母（一説）　断 5
プリュムノ　Prymno　テテュスとオケアノスの娘　神 350
プルト　Plouto　テテュスとオケアノスの娘　神 355
プルトス（富）　Ploutos　デメテルの子　神 969
プレイアデス　Pleiades　アトラスの 7 人の娘、昴星　証 45，74，75，151; 仕

383, 572, 615, 619; 断 118, 157, 223, 224, 225
プレイステネス　Pleisthenes　アガメムノンたちの父　断 137abc, 138
プレウロン　Pleuron　エンデュミオンの孫　断 10 (50, 64)
プレウロン　Pleuron　アイトリア地方の町　断 22 (13)
プレギュアス　Phlegyas　アレスの子、コロニスの父　断 53b, 239
プレクサウラ　Plexaura　テテュスとオケアノスの娘　神 353
プレグラ　Phlegra　ギガンテスと神々の戦場　断 69 (89)
プレスボン　Presbon　プリクソスの子　断 193
プロイオクシス（追撃）　Proioxis　追撃の擬人化　楯 154
プロイトス　Proitos　アバスの子、ティリュンス王　断 35, 77 (8, 16), 78, 79, 80, 81, 83
プロクリス　Prokris　ケパロスの妻　断 282
プロタイ諸島（浮き島）　Plotai　ストロパデス諸島の旧名　断 104a
ブロテアス　Broteas　タンタロスの子　断 182
プロテシラオス　Protesilaos　トロイア一番乗りの勇士　断 154d
プロト　Protho　ネレイデス（ネレウスの娘）の一人　神 243
プロト　Proto　ネレイデス（ネレウスの娘）の一人　神 248
プロトゲネイア　Protogeneia　デウカリオンの娘　断 5
プロトメデイア　Protomedeia　ネレイデス（ネレウスの娘）の一人　神 249
プロノエ　Pronoe　ネレイデス（ネレウスの娘）の一人　神 261
プロノエ Pronoe　オイタ山のニュンフ　断 23 (26)
プロノエ　Pronoe　メランプスの娘　断 242
プロポンティス　Propontis　現マルマラ海　断 103
プロメテウス　Prometheus　イアペトスの子　証 120a; 神 510, 521, 528, 536, 543, 546, 559, 565, 614; 仕 48, 50, 54, 86; 断 3, 5
プロロコス　Prolokhos　ラピタイ族の一人　楯 180
プロンティス　Phrontis　プリクソスの子　断 193
ブロンテス　Brontes　キュクロプスの一人　神 140; 断 58
ペイシストラトス　Peisistratos　アテナイの僭主　断 235a
ペイシディケ　Peisidike　アイオロスの娘　断 10 (33, 100)
ペイシディケ　Peisidike　ネストルの娘　断 33
ペイシディケ　Peisidike　ペリアスの娘　断 35
ペイシディケ　Peisidike　レウコンの娘　断 41 (10)
ペイト　Peitho　テテュスとオケアノスの娘　神 349; 仕 73
ペイリトオス　Peirithoos　ラピタイ族の王、テセウスの友　証 42; 楯 179; 断 216 (12, 28)
ペイリトオス　Peirithoos　アイピュトスの子　断 116
ペイレネ　Peirene　オイバロスの娘、同名の泉　断 196
ペイロス　Peiros　ペロポンネソス半島西北部の川　断 85
ヘオスポロス（暁の明星）　Heosphoros　神 381
ペガソス　Pegasos　有翼の馬、メドゥサの首から誕生　神 281, 325; 断 69 (108)
ヘカテ　Hekate　人間生活万般を守る神　神 411, 418, 441; 断 20ab, 200
ペゲウス　Phegeus　ヘシオドスの妻クティメネの父？　証 2
ヘゲシアス　Hegesias　喜劇役者　証 85
ヘシオドス　Hesiodos　『神統記』の作者　神 22
ヘシオネ　Hesione　ナウプリオスの妻　断 234
ヘスティア　Hestia　クロノスとレアの娘　証 119a; 神 454
ヘスペリデス（夕べの娘たち）　Hesper-

ides　ニュクスの子　神 215, 275, 518; 断 299ab
ヘスペレトゥサ　Hesperethousa　ヘスペリデスの一人　断 299ab
ペダソス　Pedasos　トロイアの近くの町　断 292
ヘッラス　Hellas　ギリシア　証 94; 仕 653; 断 270
ヘッレ　Helle　アタマスとネペレの娘　断 38
ベッレロポンテス　Bellerophontes　エウリュノメとポセイドンの子　神 325; 断 69 (106)
ヘッレネス　Hellenes　元アカイア・プティオティス地方の民、後ギリシア人に意味を拡張　証 14b, 17, 77, 98, 154; 断 78, 185, 195, 249
ヘッレン　Hellen　デウカリオンの子、ギリシア人の名祖　断 3, 4, 5, 9
ペッロス　Phellos　メリボイアの子　断 113
ヘッロピア　Hellopia　ギリシア西部、ドドナを含む地域　断 181
ペテオス　Peteos　メネステウスの父　断 154e
ペトライア　Petraia　テテュスとオケアノスの娘　神 357
ペトライオス　Petraios　ケンタウロスの一人　楯 185
ペニア（貧乏）　Penia　神 593; 仕 497
ヘニオケ　Heniokhe　クレイオンの妃　楯 83
ペネイオス　Peneios　テッサリア地方の川　神 343; 断 158
ヘパイストス　Hephaistos　ヘラの子、鍛冶の神　神 571, 579, 866, 927, 945; 仕 60, 70; 楯 123, 219, 244, 297, 313, 319; 断 90, 150, 294
ヘプタポロス　Heptaporos　オケアノスの子の川　神 341
ヘブライ人　Hebraioi　証 77
ヘベ　Hebe　ゼウスとヘラの娘、青春の意　神 17, 922, 950; 断 22 (28, 30), 140
ヘミキュネス（半分犬）　Hemikynes　断 101
ヘメラ　Hemera　ニュクスの子　神 124, 748
ペモノエ　Phemonoe　アポロンの最初の巫女　断 277
ヘラ　Hera　ゼウスの妃　証 116c, 119a; 神 11, 314, 328, 454, 921, 927, 952; 断 12, 22 (29), 26, 35, 72, 80, 81, 82, 83, 130, 140, 151, 198, 211a, 230, 231, 294
ヘラクレス　Herakles　ギリシア神話最大の英雄、ゼウスとアルクメネの子　証 120a; 神 289, 315, 318, 332, 527, 530, 943, 951, 982; 楯 52, 57, 66, 69, 74, 110, 115, 138, 150, 163, 165, 320, 349, 371, 392, 413, 416, 424, 433, 448, 452, 458, 459, 467; 断 21, 22 (18, 23), 23 (33), 31 (23, 25, 27, 30, 32), 32, 33, 69 (85, 89), 117, 140, 141, 187a, 188, 189b, 191c, 202, 203, 291
ペラスゴス　Pelasgos　ゼウスとニオベの子　断 110abc, 111
ペラスゴイ人　Pelasgoi　ペラスゴスの子孫、ギリシアの先住民　断 111, 270
ペリアス　Pelias　テュロとポセイドンの子　神 996; 断 31 (1), 35, 37
ヘリアデス　Heliades　パエトンの姉妹たち　断 262a
ヘリエ　Helie　パエトンの姉妹　断 262a
ペリエレス　Perieres　アイオロスの子　断 10 (27), 52, 53a
ヘリオス（太陽）　Helios　証 120b; 神 19, 371, 760, 956, 958, 1011; 断 61, 261a
ペリオン　Pelion　テッサリア地方の山　断 36, 150, 155 (87)
ペリクリュメノス　Periklymenos　ネレウスとクロリスの子、変身の術を持つ　断 31 (12, 33), 32, 33, 71
ヘリケ　Helike　テッサリアの町　楯 381, 475
ヘリコン山　Helikon　ボイオティア地方の山、ムーサイの聖地　証 2, 3, 40, 42, 56, 93, 95, 105bc, 109; 神 2, 7, 23; 仕 639, 658
ペリボイア　Periboia　オイネウスの妻　断 84
ペリメデ　Perimede　アイオロスの娘　断 10 (34)

ペリメデス　Perimedes　ケンタウロスの一人　楯 187
ペリメレ　Perimele　アドメトスの娘　断 194
ペルサ　Pherousa　ネレイデス（ネレウスの娘）の一人　神 248
ペルセイス　Perseis　テテュスとオケアノスの娘　神 356, 957
ペルセウス　Perseus　ゼウスとダナエの子、ヘラクレスの母方の高祖父　神 280; 楯 216, 229; 断 77 (15), 133, 241
ペルセウス　Perseus　ネストルの子　断 33
ペルセス　Perses　ヘシオドスの兄弟　証 2, 95, 106; 仕 10, 27, 213, 274, 286, 299, 397, 611, 633, 641
ペルセス　Perses　エウリュビアの子、ヘカテの父　神 377, 409
ペルセポネ　Persephone　ゼウスとデメテルの娘、ハデスの妻　神 768, 774, 913; 断 216 (12, 20)
ペルセポリス　Persepolis　テレマコスの子　断 168
ヘルミオネ　Hermione　アルゴリス地方の町　断 155 (49)
ヘルミオネ　Hermione　ヘレネの娘　断 155 (94), 248
ヘルメス　Hermes　ゼウスとマイアの子、神々の使者　神 444, 938; 仕 68, 77; 断 65, 67, 74, 88, 98 (31), 104a, 119, 157, 160, 236, 246
ペルメッソス　Permessos　ヘリコン山麓の川　証 90a; 神 5
ヘルモス　Hermos　リュディア地方の川　神 343; 断 182
ヘルモパントス　Hermophantos　喜劇役者　証 85
ペレイアデス　→プレイアデス
ペレウス　Peleus　アイアコスの子、アキッレウスの父　証 3; 神 1006; 断 147, 148, 149, 150, 152, 153, 237
ペレウス　Phereus　アルタイアの子　断 22 (15)
ペレス　Pheres　テュロとクレテウスの子　断 37
ヘレネ　Helene　ゼウスとレダの娘　仕 165; 断 19 (20), 21, 154ade, 155 (43, 55, 62, 91, 94), 156, 243, 247, 248, 298
ペロ　Pero　ネレウスの娘　断 35
ベロス　Belos　リビュアとポセイドンの子　断 88
ペロプス　Pelops　ヒッポダメイアの夫　断 134, 136, 137ac
ペロプス　Pelops　オプス出身、ヒッポダメイアの求婚者　断 197b
ペロポンネソス　Peloponnesos　ギリシア南部を占める半島　断 103, 132
ペロリス　Peloris　シケリア島最東端の岬　断 245
ペンプレド　Pemphredo　グライアイの一人　神 273
ボイオティア　Boiotia　テーバイを含む地域　証 1, 2, 42, 56; 楯 24; 断 124, 130, 166, 306
ボイオトス　Boiotos　アルネとポセイドンの子　断 142
ポイニクス　Phoinix　アゲノルとカッシオペイアの子　断 89, 90, 96, 106, 107
ボイベ　Boibe　テッサリアの湖　断 164
ポイベ　Phoibe　パエトンの姉妹　断 262ab
ポイベ　Phoibe　ガイアとウラノスの娘　神 136, 404
ポイボス　Phoibos　→アポロンの異称、光り輝くの意
ボオテス　Bootes　牛飼座　断 228
ポキス　Phokis　中部ギリシア、デルポイを含む地域　証 2; 楯 25
ポコス　Phokos　アイアコスとプサマテの子　神 1004; 断 60
ポスポロス　Phosphoros　暁の明星　断 12
ポセイドン　Poseidon　ゼウスの兄、海神（大地を揺する神、か黒い髪の神）　証 31; 神 15, 278, 441, 456, 818, 732, 930; 仕 667; 楯 104; 断 10 (102), 13, 14, 16, 27 (32), 30, 31 (13), 37, 61, 69 (79, 92, 105), 71, 98 (27), 129, 130, 131, 142, 157, 165, 169, 176, 178, 191ab, 234, 245, 246
ポダルケス　Podarkes　イピクロスの子　断 154d

ポノス（殺戮） Phonos エリスの子 *神 228; 楯 155*
ポノス（労苦） Ponos エリスの子 *神 226*
ホプレウス Hopleus ラピタイ族の一人 *楯 180*
ポボス（潰走） Phobos アレスの子 *神 934; 楯 144, 195, 463*
ホマドス（どよめき） Homados どよめきの擬人化 *楯 155*
ホライ（季節） Horai ゼウスとテミスの娘（秩序、正義、平和） *神 901; 仕 75*
ポリュイドス Polyidos メランプスの孫、予言者 *断 242*
ポリュカステ Polykaste カリュドンの娘 *断 10 (66)*
ポリュカステ Polykaste ネストルの娘 *断 33, 168*
ポリュクレイオン Polykreion ブテスの子 *断 189a*
ポリュコオン Polykoon (Polykaon) ブテスの子 *断 189ab*
ポリュデウケス Polydeukes ゼウスとレダの子、カストルと双児 *断 21, 154bcd*
ポリュデクテス Polydektes マグネスの子 *断 8*
ポリュドラ Polydora テテュスとオケアノスの娘 *神 354*
ポリュドラ Polydora ペレウスの娘 *断 153*
ポリュドロス Polydoros カドモスの子 *神 978*
ポリュボイア Polyboia ポセイドンの愛人 *断 157*
ポリュポンテス Polyphontes メランプスを受け入れた王 *断 199a*
ポリュムニア Polymnia ムーサの一人 *神 78*
ポリュメラ Polymela アウトリュコスの娘、イアソンの母 *断 37, 69 (1)*
ポルキュス Phorkys ポントスとガイアの子 *証 116c; 神 237, 270, 333, 336*
ポルキュスの娘たち Phorkides グライアイとゴルゴネス *断 233*
ホルコス（誓い） Horkos エリスの子 *神 231; 仕 219, 804*
ポルタオン Porthaon アゲノルの子 *断 10 (50), 23 (5)*
ポルバス Phorbas スキュッラの父 *断 200*
ボレアス（北風） Boreas エオスとアストライオスの子 *神 379, 870; 仕 506, 518, 547, 553; 断 155 (126)*
ボレス Bores アクタイオンの犬 *断 305*
ポロネウス Phoroneus 最初の人間 *断 11*
ポントポレイア Pontoporeia ネレイデス（ネレウスの娘）の一人 *神 256*
ポントス（海） Pontos ガイアの子 *神 107, 132, 233, 737, 808*

マ 行

マイア Maia アトラスの娘、ヘルメスの母 *神 938; 断 118, 119, 160*
マイアンドロス Maiandros オケアノスの子の川、ミレトス辺 *神 339*
マカオン Makhaon アスクレピオスの子 *断 54*
マカレウス Makareus クリナコスの子 *断 128, 129, 157*
マカロン・ネソイ Makaron nesoi（至福者の島） *仕 171*
マグネシア Magnesia テッサリアの東の沿岸地域 *断 194a, 202*
マグネス Magnes ゼウスとテュイアの子 *断 7, 8*
マグネス Magnes アイオロスの子 *断 10 (28)*
マグネス Magnes アルゴスとペリメレの子、マグネシア地方の名祖 *断 194a*
マクロケパロイ（長頭族） Makrokephaloi *断 101, 102*
マケ（戦い） Makhe エリスの子 *神 228*
マケドニア Makedonia ギリシア北方の地域 *断 7*
マケドン Makedon ゼウスとテュイアの子 *断 7*

マセス　Mases　アルゴリス地方の町　*断 155*（*47*）
マリアンデュノス　Mariandynos　ピネウスの子　*断 105*
マルマクス　Marmax　ヒッポダメイアの求婚者　*断 197a*
マレス　Mares　『メランプス物語』中の使者　*断 207*
マロン　Maron　ディオニュソス（またはアポロン）の祭司　*断 180*
マント　Manto　テイレシアスの娘で予言者　*断 214*
マント　Manto　メランプスの娘　*断 242*
ミキュトス　Mikythos　オリュンピア神殿への奉納者　*証 110*
ミニュアイ人　Minyai　ギリシア人の古層をなす民　*証 2, 103; 断 195*
ミニュアス　Minyas　ポセイドンの子　*証 103; 断 41*（*35*），*61*
ミノス　Minos　エウロパとゼウスの子、クレタ王　*神 948; 断 89, 90, 92, 93, 95, 155*（*57*）
ミノス　Minos　エウリュアレの父、オリオンの祖父　*断 244*
ミマス　Mimas　ケンタウロスの一人　*楯 186*
ミュケネ　Mykene　イナコスの娘、ミュケナイの名祖　*断 185*
ミュシア（人）　Mysia（Mysoi）　小アジア西岸の地域　*断 117*
ミュルミドン　Myrmidon　ペイシディケの夫　*断 10*（*99*）
ミュルミドン人　Myrmidones　蟻から生まれた民、アカイア・プティオティス地方に拠る　*楯 380, 474; 断 78, 145*
ミレトス　Miletos　イオニア地方の町　*証 32*
ムーサイ　Mousai　詩歌の女神たち（単数、ムーサ）　*証 2, 27, 38, 42, 49, 59, 86, 87ab, 88, 90a, 93, 95, 101, 104, 105bc, 111, 120b, 153, 154, 157; 神 1, 25, 34, 36, 52, 75, 93, 94, 96, 100, 114, 916, 966, 1022; 仕 1, 658, 663; 楯 206; 断 1, 23*（*11*），*260, 306*
ムナセアス　Mnaseas　ヘシオドスの息子　*証 19*
ムネモシュネ（記憶）　Mnemosyne　ガイアとウラノスの娘　*神 54, 135, 915*
メガラ　Megara　アテナイ西方の町　*断 155*（*48*）
メキオニケ　Mekionike　ポセイドンの愛人　*断 157, 191ab*
メコネ　Mekone　ゼウスとプロメテウスの争いの場　*神 536*
メストラ　Mestra　エリュシクトンの娘、変身の術を持つ　*断 69*（*4, 78, 90*），*70, 71*
メッセニア　Messenia　ペロポンネソス半島西南部の地域　*断 53b*
メッセネ　Messene　メッセニア地方の名祖　*断 189b*
メデイア　Medeia　イアソンの妻　*神 961, 992*
メデイオス　Medeios　イアソンとメデイアの子　*神 1001*
メティス　Metis　オケアノスとテテュスの娘、知恵　*神 358, 886, 894; 断 294*
メドゥサ　Medousa　ペリアスの娘　*断 35*
メドゥサ　Medousa　ポルキュスの娘、ゴルゴ三姉妹の一人　*神 276; 断 157, 233*
メトネ　Methone　ポセイドンの愛人　*断 157*
メニッペ　Menippe　ネレイデス（ネレウスの娘）の一人　*神 260*
メネスティオス　Menesthios　アレイトオスの子　*断 166*
メネステウス　Menestheus　アテナイ王　*断 154e*
メネスト　Menestho　テテュスとオケアノスの娘　*神 357*
メネラオス　Menelaos　スパルタ王、アガメムノンの弟　*断 137bc, 138, 154bc, 155*（*41, 86, 89, 93*），*242, 247, 248*
メノイティオス　Menoitios　イアペトスの子　*神 510, 514*
メノイティオス　Menoitios　パトロクロスの父　*断 147*
メムノン　Memnon　エオスの子、アイティオペス人の王　*神 984*

メラス　Melas　ポルタオンとエウレイテの子　断 10（53）
メラス　Melas　プリクソスの子　断 193
メラネウス Melaneus　アポロンの子　断 23（25）
メラネス（黒人族）　Melanes　断 98（17），99
メラノポス　Melanopos　ヘシオドスの曾祖父　証 1
メランテイア　Melantheia　デウカリオンの娘　断 5
メランプス　Melampus　アミュタオンの子、鳥語を解する予言者　証 42; 断 35，80，199ab，208，210
メリアイ　Meliai　トネリコの精　神 187
メリテ　Melite　ネレイデス（ネレウスの娘）の一人　神 247
メリテ　Melite　ミュルメクスの娘、アテナイの区名　断 171
メリボイア　Meliboia　ペッロスの母　断 113
メリボイア　Meliboia　アイアスの母　断 235b，243
メルポメネ　Melpomene　ムーサの一人　神 77
メルムネス　Mermnes　ヒッポダメイアの求婚者　断 197b
メレアグロス　Meleagros　アルタイアとオイネウス（実はアレス）の子、カリュドン猪狩の勇士　断 22（10），216（1，10，24）
メロプス　Merops　エピオネの父　断 54
メロペ　Merope　アトラスの娘、プレイアデスの一人　断 118
メロペ　Merope　パエトンの姉妹　断 262a
メロボシス　Melobosis　テテュスとオケアノスの娘　神 354
モイラ（運命、複数、モイライ）　Moira（Moirai）　ニュクスの子　神 217，904; 断 187b，216（2）
モプソス　Mopsos　ラピタイ族の一人、予言者　楯 181
モプソス　Mopsos　テイレシアスの孫、マントの子、予言者　断 214
モモス（非難）　Momos　ニュクスの子　神 214
モリネ（モリオネ）　Moline（Molione）　アクトルの妻　断 13，14
モリュクリア　Molykria　西ロクリス地方南岸の町　証 31，32
モルロス　Molouros　ヒュエットスに殺された男　断 195
モロス（死の定め）　Moros　ニュクスの子　神 211

ラ　行

ライストリュゴネス　Laistrygones　人食い巨人　断 98（26）
ラエルテス　Laertes　オデュッセウスの父　証 152
ラオディケ　Laodike　ポセイドンの愛人　断 157
ラオトエ　Laothoe　ポルタオンの妻　断 23（7）
ラオドコス Laodokos　ティマンドラの子　断 19（34）
ラオノメ　Laonome　ヘラクレスの姉妹　断 191bc
ラオメデイア　Laomedeia　ネレイデス（ネレウスの娘）の一人　神 257
ラオメドン　Laomedon　トロイア王　断 69（88），117
ラケシス　Lakhesis　運命の三女神の一人　神 218，905; 楯 258
ラケダイモン　Lakedaimon　エウリュディケの父　断 77（12），79
ラケダイモン　Lakedaimon　スパルタの別名　断 154cd
ラシオス　Lasios　ヒッポダメイアの求婚者　断 197b
ラダマンテュス　Radamanthys　エウロパとゼウスの子　断 89，90
ラティノス　Latinos　オデュッセウスとキルケの子　神 1013; 断 2
ラドン　Ladon　オケアノスの子の川　神 344
ラピタイ族　Lapithai　テッサリアの勇猛な種族　楯 178; 断 165
ラピテス　Lapithes　ディオメデの父　断 120

ラペテイア　Lapetheia　ポセイドンの愛人　断 *157*
ランペティエ　Lampetie　パエトンの姉妹　断 *262ab*
リオン　Rion　西ロクリス地方南岸の町　証 *32, 33b*
リケス　Liches　ヘラクレスの伝令　断 *22 (22)*
リノス　Linos　神話上の歌人　断 *255, 256*
リビュア（リビュア人）　Libya (Libys)　断 *98 (15), 252a*
リモス（飢え）　Limos　エリスの子　神 *227;* 仕 *230, 299, 302*
リュカオン　Lykaon　ペラスゴスの子、アルカディア王　断 *111, 112, 114, 115*
リュキア　Lykia　小アジア西南岸の地域　断 *90*
リュクトス　Lyktos　クレタの地　神 *477, 482*
リュケイオン　Lykeion　アリストテレスの学園　証 *123*
リュコメデス　Lykomedes　クレタ人、ヘレネの求婚者　断 *156*
リュシアナッサ　Lysianassa　ネレイデス（ネレウスの娘）の一人　神 *258*
リュシッペ　Lysippe　ステネボイアの娘　断 *77 (24), 79*
リュシディケ　Lysidike　ヒッポダメイアとペロプスの娘　断 *133, 136*
リュンケウス　Lynkeus　アイギュプトスの子、ヘラクレスの遠祖　楯 *327;* 断 *77 (2)*
リュンケウス　Lynkeus　アクタイオンの犬　断 *305*
リライア　Lilaia　ポキス地方の町、ケピソス川源流　断 *41 (18)*
レア（レイア）　Rhea (Rheia)　ウラノスとガイアの娘　証 *116c;* 神 *135, 453, 467, 481, 625, 634*
レイアゴラ　Leiagora　ネレイデス（ネレウスの娘）の一人　神 *257*
レイペピレ　Leipephile　イオラオスの娘　断 *190*
レウキッポス　Leukippos　ペリエレスの子　断 *53ab, 57*
レウコン　Leukon　アタマスの子　断 *41 (9, 28), 43*
レスケス　Leskhes　ホメロスとヘシオドスの歌競べの立会人　証 *38*
レソス　Rhesos　オケアノスの子の川、トロイア辺　神 *340*
レダ　Leda　テスティオスの娘、ゼウスの愛人　断 *19 (5, 8), 21*
レテ（忘却）　Lethe　エリスの子　神 *227*
レト　Leto　アポロンとアルテミスの母　神 *18, 406, 918;* 仕 *771;* 楯 *202;* 断 *53a, 55, 59b, 297*
レプレオス　Lepreos　ヘラクレスと競った男　断 *291*
レラントン　Lelanton　エウボイア島の平原　証 *38*
レルネ　Lerne　アルゴリス地方の沼、ヒュドラの棲処　神 *314*
レレゲス　Leleges　小アジアやギリシア本土にいた先住民　断 *251*
ロクリス　Lokroi Opountioi　東ロクリス、ボイオティアの北の地域　楯 *25*
ロクリス　Lokroi Ozolai　西ロクリス、コリントス湾北岸の地域　証 *2, 32, 88*
ロクロス　Loklos　レレゲス人の指導者　断 *251*
ロゴス（屁理屈）　Logos　エリスの子　神 *229*
ロディア　Rhodia　テテュスとオケアノスの娘　神 *351*
ロディオス　Rhodios　オケアノスの子の川　神 *341*
ローマ　Roma　証 *90b*

訳者略歴

中務哲郎（なかつかさ　てつお）

京都大学名誉教授
一九四七年　大阪市生まれ
一九七五年　京都大学大学院文学研究科博士課程単位取得退学
京都産業大学助教授、京都大学教授を経て二〇一〇年退職

主な著訳書
『物語の海へ　ギリシア奇譚集』（岩波書店）
『イソップ寓話の世界』（ちくま新書）
『饗宴のはじまり』（岩波書店）
『ヘロドトス「歴史」　世界の均衡を描く』（岩波書店）
キケロ『老年について』『友情について』（岩波文庫）
『ギリシア恋愛小曲集』（岩波文庫）

ヘシオドス全作品《ぜんさくひん》　西洋古典叢書　２０１３第１回配本

二〇一三年五月十日　初版第一刷発行

訳　者　中《なか》務《つかさ》哲《てつ》郎《お》

発行者　檜山爲次郎

発行所　京都大学学術出版会
606-8315 京都市左京区吉田近衛町六九京都大学吉田南構内
電　話　〇七五-七六一-六一八二
ＦＡＸ　〇七五-七六一-六一九〇
http://www.kyoto-up.or.jp/

印刷／製本・亜細亜印刷株式会社

ISBN978-4-87698-280-6

定価はカバーに表示してあります

西洋古典叢書 ［第Ⅰ～Ⅳ期、２０１１～２０１２］既刊全99冊

【ギリシア古典篇】

アイスキネス　弁論集　木曾明子訳　４４１０円
アキレウス・タティオス　レウキッペとクレイトポン　中谷彩一郎訳　３２５５円
アテナイオス　食卓の賢人たち　1　柳沼重剛訳　３９９０円
アテナイオス　食卓の賢人たち　2　柳沼重剛訳　３９９０円
アテナイオス　食卓の賢人たち　3　柳沼重剛訳　４２００円
アテナイオス　食卓の賢人たち　4　柳沼重剛訳　３９９０円
アテナイオス　食卓の賢人たち　5　柳沼重剛訳　４２００円
アラトス／ニカンドロス／オッピアノス　ギリシア教訓叙事詩集　伊藤照夫訳　４５１５円
アリストクセノス／プトレマイオス　古代音楽論集　山本建郎訳　３７８０円
アリストテレス　天について　池田康男訳　３１５０円
アリストテレス　魂について　中畑正志訳　３３６０円
アリストテレス　動物部分論他　坂下浩司訳　４７２５円

アリストテレス　ニコマコス倫理学　朴　一功訳　4935円
アリストテレス　政治学　牛田徳子訳　4410円
アリストテレス　トピカ　池田康男訳　3990円
アリストテレス　生成と消滅について　池田康男訳　3255円
アルクマン他　ギリシア合唱抒情詩集　丹下和彦訳　4725円
アルビノス他　プラトン哲学入門　中畑正志訳　4305円
アンティポン／アンドキデス　弁論集　高畠純夫訳　3885円
イアンブリコス　ピタゴラス的生き方　水地宗明訳　3780円
イソクラテス　弁論集　1　小池澄夫訳　3360円
イソクラテス　弁論集　2　小池澄夫訳　3780円
エウセビオス　コンスタンティヌスの生涯　秦　剛平訳　3885円
エウリピデス　悲劇全集　1　丹下和彦訳　4410円
ガレノス　自然の機能について　種山恭子訳　3150円
ガレノス　ヒッポクラテスとプラトンの学説　1　内山勝利・木原志乃訳　3360円
ガレノス　解剖学論集　坂井建雄・池田黎太郎・澤井　直訳　3255円

クセノポン　ギリシア史　1　根本英世訳　2940円
クセノポン　ギリシア史　2　根本英世訳　3150円
クセノポン　小品集　松本仁助訳　3360円
クセノポン　キュロスの教育　松本仁助訳　3780円
クセノポン　ソクラテス言行録　1　内山勝利訳　3360円
セクストス・エンペイリコス　ピュロン主義哲学の概要　金山弥平・金山万里子訳　3990円
セクストス・エンペイリコス　学者たちへの論駁　1　金山弥平・金山万里子訳　3780円
セクストス・エンペイリコス　学者たちへの論駁　2　金山弥平・金山万里子訳　4620円
セクストス・エンペイリコス　学者たちへの論駁　3　金山弥平・金山万里子訳　4830円
ゼノン他　初期ストア派断片集　1　中川純男訳　3780円
クリュシッポス　初期ストア派断片集　2　水落健治・山口義久訳　5040円
クリュシッポス　初期ストア派断片集　3　山口義久訳　4410円
クリュシッポス　初期ストア派断片集　4　中川純男・山口義久訳　3675円
クリュシッポス他　初期ストア派断片集　5　中川純男・山口義久訳　3675円
テオクリトス　牧歌　古澤ゆう子訳　3150円

テオプラストス　植物誌　1　小川洋子訳　4935円
ディオニュシオス／デメトリオス　修辞学論集　木曾明子・戸高和弘・渡辺浩司訳　4830円
ディオン・クリュソストモス　トロイア陥落せず――弁論集　2　内田次信訳　3465円
デモステネス　弁論集　1　加来彰俊・北嶋美雪・杉山晃太郎・田中美知太郎・北野雅弘訳　5250円
デモステネス　弁論集　2　木曾明子訳　4725円
デモステネス　弁論集　3　北嶋美雪・木曾明子・杉山晃太郎訳　3780円
デモステネス　弁論集　4　木曾明子・杉山晃太郎訳　3780円
トゥキュディデス　歴史　1　藤縄謙三訳　4410円
トゥキュディデス　歴史　2　城江良和訳　4620円
ピロストラトス／エウナピオス　哲学者・ソフィスト列伝　戸塚七郎・金子佳司訳　3885円
ピロストラトス　テュアナのアポロニオス伝　1　秦　剛平訳　3885円
ピンダロス　祝勝歌集／断片選　内田次信訳　4620円
フィロン　フラックスへの反論／ガイウスへの使節　秦　剛平訳　3360円
プラトン　ピレボス　山田道夫訳　3360円
プラトン　饗宴／パイドン　朴　一功訳　4515円

プルタルコス　モラリア　1　瀬口昌久訳　3570円
プルタルコス　モラリア　2　瀬口昌久訳　3465円
プルタルコス　モラリア　5　丸橋　裕訳　3885円
プルタルコス　モラリア　6　戸塚七郎訳　3570円
プルタルコス　モラリア　7　田中龍山訳　3885円
プルタルコス　モラリア　8　松本仁助訳　4410円
プルタルコス　モラリア　9　伊藤照夫訳　3570円
プルタルコス　モラリア　11　三浦　要訳　2940円
プルタルコス　モラリア　13　戸塚七郎訳　3570円
プルタルコス　モラリア　14　戸塚七郎訳　3150円
プルタルコス　英雄伝　1　柳沼重剛訳　4095円
プルタルコス　英雄伝　2　柳沼重剛訳　3990円
プルタルコス　英雄伝　3　柳沼重剛訳　4095円
ポリュビオス　歴史　1　城江良和訳　3885円
ポリュビオス　歴史　2　城江良和訳　4095円

ポリュビオス　歴史 3　城江良和訳　4935円
ポリュビオス　歴史 4　城江良和訳　4515円
マルクス・アウレリウス　自省録　水地宗明訳　3360円
リュシアス　弁論集　細井敦子・桜井万里子・安部素子訳　4410円
ルキアノス　偽預言者アレクサンドロス――全集 4　内田次信・戸田和弘・渡辺浩司訳　3675円

【ローマ古典篇】

ウェルギリウス　アエネーイス　岡　道男・高橋宏幸訳　5145円
ウェルギリウス　牧歌／農耕詩　小川正廣訳　2940円
ウェレイユス・パテルクルス　ローマ世界の歴史　西田卓生・高橋宏幸訳　2940円
オウィディウス　悲しみの歌／黒海からの手紙　木村健治訳　3990円
クインティリアヌス　弁論家の教育 1　森谷宇一・戸高和弘・渡辺浩司・伊達立晶訳　2940円
クインティリアヌス　弁論家の教育 2　森谷宇一・戸高和弘・渡辺浩司・伊達立晶訳　3675円
クインティリアヌス　弁論家の教育 3　森谷宇一・戸田和弘・吉田俊一郎訳　3675円
クルティウス・ルフス　アレクサンドロス大王伝　谷栄一郎・上村健二訳　4410円

スパルティアヌス他　ローマ皇帝群像 1　南川高志訳　3150円
スパルティアヌス他　ローマ皇帝群像 2　桑山由文・井上文則・南川高志訳　3570円
スパルティアヌス他　ローマ皇帝群像 3　桑山由文・井上文則訳　3675円
セネカ　悲劇集 1　小川正廣・高橋宏幸・大西英文・小林　標訳　3990円
セネカ　悲劇集 2　岩崎　務・大西英文・宮城徳也・竹中康雄・木村健治訳　4200円
トログス／ユスティヌス抄録　地中海世界史　合阪　學訳　4200円
プラウトゥス　ローマ喜劇集 1　木村健治・宮城徳也・五之治昌比呂・小川正廣・竹中康雄訳　4725円
プラウトゥス　ローマ喜劇集 2　山下太郎・岩谷　智・小川正廣・五之治昌比呂・岩崎　務訳　4410円
プラウトゥス　ローマ喜劇集 3　木村健治・岩谷　智・竹中康雄・山澤孝至訳　4935円
プラウトゥス　ローマ喜劇集 4　高橋宏幸・小林　標・上村健二・宮城徳也・藤谷道夫訳　4935円
テレンティウス　ローマ喜劇集 5　木村健治・城江良和・谷栄一郎・高橋宏幸・上村健二・山下太郎訳　5145円
リウィウス　ローマ建国以来の歴史 1　岩谷　智訳　3255円
リウィウス　ローマ建国以来の歴史 3　毛利　晶訳　3255円
リウィウス　ローマ建国以来の歴史 9　吉村忠典・小池和子訳　3255円